www.tredition.de

Marta Monti
Kein Halt Nirgendwo

Marta Monti ist eine Bergfrau. Im Inntal aufgewachsen, zog es sie mit Zwanzig nach Brig im Rhonetal, wo man, um den Himmel zu sehen, den Kopf in den Nacken legen muss. Später sehnte sie sich nach gipfelloser Landschaft, und machte sich auf nach Berlin. Inzwischen weilt sie in den Sommermonaten in Katalonien, und tummelt sich dort zwischen Granat- und Liebesäpfeln. Auch beruflich lotete sie verschiedene Bereiche aus. Ob als Journalistin oder Kneipenwirtin, ob als Mitarbeiterin beim WWF Zürich oder im Haus der Kulturen der Welt in Berlin – sie liest Leben auf. Beim Sammeln von dem, was ist, helfen ihr drei erwachsene Kinder und fünf Enkelkinder.

Nach dem ersten Band 'Auf ein Ewiges' und dem zweiten 'Der mit den Glasaugen' verabschiedet sich das Berner Kripoteam B&B von seinen Lesern mit dem letzten Band 'Kein Halt Nirgendwo'.

Marta Monti

Kein
Halt
Nirgendwo

Kriminalroman

www.tredition.de

© 2018 Marta Monti

Verlag tredition GmbH
Halenreie 40-44
22359 Hamburg

ISBN
978-3-7469-2328-4 (Paperback)
978-3-7469-2329-1 (Hardcover)
978-3-7469-2330-7 (e-Book)

Für

Romed
Nadia
Lukas

und

Lars
Noah
Ayla
Milena
Elin

Bei der Entstehung des Romans
waren mir Freundinnen und Freunde wertvolle
Gesprächspartner.
Sie haben meine Arbeit kritisch begleitet und
unterstützt.
Mein ganz besonderer Dank gilt
Verena Brigger
Jan Hauck
Ulrike Petry
Louis Sterck
Franz Trenkwalder
Romed Wyder

Umschlaggestaltung:
Designbüro Miller Partners communications

Der Roman 'Kein Halt Nirgendwo' ist als Fiktion angelegt.

Aus erzählerischen Gründen wurde ein Fluss umgeleitet. Dörfer wurden versetzt, und Städte erhielten eine andere Note.

Der Kriminalroman erhebt keinen Anspruch auf Realität.

Reto Matter streunt mit gesenktem Blick durch den Wald. Vollmundig hat er seiner Frau Pfifferlinge versprochen, und hat es nach einer Stunde erst auf zwei mickrige Pilze gebracht.

Frustriert beschließt Matter, die Übung abzublasen. Unterwegs streut er ein wenig Erde in den Korb, garniert mit Tannennadeln und Moos, damit die Pilze, die er im Supermarkt dazukauft, nach Wald aussehen. Seine Rita wird über die stattliche Ernte staunen, und sich sofort in die Küche stürzen. Ihm läuft das Wasser im Mund zusammen. Kurz gegarte Pfifferlinge mit währschafter Rösti sind für ihn das Größte.

Matter wählt eine Abkürzung hinunter nach Bethlehem. Weiter vorn, zwischen den Tannen, erspäht er eine Gestalt. Mann oder Frau, das kann er nicht ausmachen, aber wahrscheinlich jemand, der ähnlichen Interessen verfolgt wie er. Matter stellt sich eine Person mit prallem Korb vor. Er riecht förmlich die Pfifferlinge und sein Neidpegel schnellt in die Höhe. Gespannt hält er auf die Gestalt zu, und ruft 'Hallo, Hallo', um sie nicht zu erschrecken. Doch er kriegt keine Antwort. Eine orangefarbene Jacke wiegt sich sanft im Wind. Dann versperren ihm dicke Baumstämme einen Moment lang die Sicht. Matter hat das Gefühl, die Person wolle fliehen, und beeilt sich, ihr näher zu kommen. Nach wenigen Schritten geben die Bäume den Blick frei.

Abrupt bleibt Matter stehen. Am Ast einer Tanne aufgeknüpft baumelt die Leiche einer Frau.

Matter starrt die Tote an. Beim orangefarbenen Kleidungsstück handelt es sich nicht um eine Jacke, sondern um einen leichten Rock, der über die Waden streicht. Die Frau trägt schwarze Leggings und grellgrüne Sneakers. Die Kapuze ihres braunen Pullis hat sie über den

Kopf gezogen.

Er speichert jedes Detail der Frau, als würde sein Leben davon abhängen. Der Schnürsenkel des linken Sneakers ist offen. Er macht das Schnürband zu.

Nach einer Weile wagt er es, ihr Gesicht zu betrachten. So also sieht eine Erhängte aus, denkt er. Eigentlich ganz friedlich.

Im selben Augenblick beginnt es ihn zu würgen. Er rennt los, stolpert über eine Kerze, erreicht mit letzter Kraft das Gebüsch und erbricht sich. Nach einer Weile beruhigt sich der Magen, doch als er sich aufrichtet, revoltiert er erneut. Matter speit und stöhnt. Am Ende quält ihn nur noch der Brechreiz. Er hat nichts mehr im Magen, um sich zu übergeben. Das Augenwasser quillt ihm über. Der Hals schmerzt ihn, und er gäbe ein Vermögen für einen Schluck Wasser. Es schüttelt ihn, und ihm schlottern die Knie. Er macht einen großen Bogen um die Tote und telefoniert vom Wanderweg aus der Polizei.

Zwanzig Minuten später hört Matter unten auf dem Flurweg ein Auto. Es hält an, und der Motor wird abgeschaltet. Das Türenschlagen klingt wie das SOS-Morsezeichen. Zwei Männer kommen näher, ab und zu fällt zwischen ihnen ein Wort. Erst als die Polizisten vor ihm stehen, hebt Matter den Blick. Seine Augen sind blutunterlaufen. Der ältere Beamte zieht den Flachmann aus der Brusttasche und reicht ihn Matter. Der nimmt ihn entgegen, ohne zu wissen, was er damit anfangen soll.

„Los, runter mit dem Zeug. Ein Schnaps erweckt selbst Tote zum Leben", rät der jüngere Beamte, worauf er von seinem Kollegen einen Tritt gegen das Schienbein kassiert.

Matter setzt die Flasche an, als sei es Rivella. Aber es

handelt sich um wundersam verwandelte Pflaumen. Matter japst nach Luft, keucht und hustet, und seine Gesichtsfarbe wird alarmierend violett. Erschrocken klopft ihm der jüngere Beamte auf den Rücken. Der ältere Beamte betrachtet die Szene gelassen, zieht schließlich ein Stück trockenes Brot aus der Tasche und befiehlt Matter: „Essen."

Nachdem sich Matter gefangen hat, beschreibt er den Polizisten den Weg zur Toten. Er wolle nicht mitkommen, sondern hier warten, winkt er ab.

Die Polizisten kehren unerwartet schnell zurück. „Haben Sie am Fundort irgendetwas verändert", erkundigt sich der ältere Beamte streng.

„Ich doch nicht", antwortet Matter empört, „ich war unter Schock und habe gekotzt."

Der Beamte wirft Matter einen prüfenden Blick zu. „Am Boden stehen fünf Kerzen im Halbrund. Haben Sie die Kerzen berührt oder verstellt?"

„Fünf Kerzen?", murmelt Matter. „Ich erinnere mich nur an eine, über die ich gestolpert bin. Es war eine dieser Friedhofskerzen im roten Plastikbehälter."

„Ist Ihnen sonst etwas aufgefallen?"

Matter scharrt mit dem Fuß am Boden. „Sie schaut aus wie jemand, der sich ein bisschen ausruhen will, aber sie hat sich ein bisschen aufgehängt."

Der ältere Beamte schickt ein stummes Stoßgebet zum Himmel, so etwas wie 'Herr, komm ihn holen' und wendet sich dem Kollegen zu. Der hat bereits das Straßennetz rund um Bethlehem auf dem Handy überprüft und meint: „Schaut schlecht aus mit den Verbindungen."

Nach einem Blick auf das Display meint der ältere Beamte: „Stimmt. Die Sanitäter müssten die Tote zu weit tragen."

„Nun, wozu haben wir Helikopter?"

Der ältere Beamte zieht die Augenbrauen hoch. Die jungen Kollegen haben keine Ahnung von den komplexen Dingen dieser Welt. Zum Beispiel, dass es Sparaufträge gibt. Oder dass man keine Fehler machen darf, egal, wie viele Stunden man bereits malocht hat. Oder noch schlimmer, man verständigt nicht die richtigen Personen. Und ganz nebenbei sollte man gut drauf sein, egal, mit welchen Situationen man konfrontiert wird.

„Du kümmerst dich um die Absperrung mit Flatterband", befiehlt er dem Jüngeren, „und pass auf, dass du nicht Fußspuren zertrampelst. Und Sie", er wendet sich an Matter, „bleiben hier." Er hebt sein Handy hoch, um den beiden Männern seine Absicht kundzutun, und schlägt sich in die Büsche.

Der Pilzjäger soll nicht Zeuge seines Gesprächs werden. Geschützt von dessen Blick starrt er auf sein Handy. Soll er? Verunsichert wischt er sich den Schweiß von der Stirn. Schließlich drückt er auf die Taste der Kripo Bern und verlangt Kommissarin Beta Bianca. Zügig schildert er den Fall, von Matter bis zur aufgehängten Frau.

„Interessant", stellt die Kommissarin fest, „und was haben wir von der Kripo mit dem Selbstmord zu tun?"

„Irgendetwas stimmt da nicht. Wer sich aufhängen will, braucht zwei Dinge: einen Strick und einen Stuhl. Der Strick ist vorhanden, nicht aber der Stuhl. Wenn ich Stuhl sage, meine ich eine Art Kletterhilfe, eine Leiter, einen Holzpflock, eine Kiste. Irgendetwas, worauf man sich stellen kann."

„Du gehst von einem vorgetäuschten Selbstmord aus", konstatiert Beta.

„Ja, schau dir den Tatort an. Ich tippe auf Mord."

Beta durchwühlt ihre Haare, dreht ein paar Locken

10

um den Finger und erklärt, sie komme. Er solle die Stelle weiträumig absperren und bewachen, den Pilzsammler vernehmen und das Gespräch protokollieren. Zum Schluss lässt sie sich noch die Koordinaten des Tatorts durchgeben.

Kommissar Benno Bertschi betritt das Büro, das er mit seiner Kollegin teilt, und staunt über Beta, die mit geschlossenen Augen am Schreibtisch sitzt.

„Meditierst du?", erkundigt er sich.

Ohne die Augen zu öffnen, zeigt Beta ihm den Vogel.

„Unser Chef kann Unpünktlichkeit nicht ausstehen", mahnt Bertschi und legt ein paar Blätter in seine schwarze Ledermappe.

„Unser Chef kann mich mal", erwidert Beta unwirsch. „Weißt du, was wir jetzt machen? Wir gönnen uns einen hübschen Spaziergang im Wald."

Sie informiert Bertschi über die Tote oberhalb von Bethlehem und spürt zugleich, wie ihr Energiepegel in den Keller sackt. Ein Opfer! Es gibt ein Opfer zu beklagen.

„Also, ab in die Natur", befiehlt sie lahm, steht auf, streckt sich und plötzlich geht alles Schlag auf Schlag. Die Sitzung mit dem Chef wird verschoben, der Spurendienst losgeschickt, der Pathologe avisiert, und dann telefoniert Beta noch einmal mit ihrem Chef. Ob sie einen Helikopter für die Bergung der Leiche anfordern könne. Kost hat schlechte Laune. Der Einsatz eines Helikopters belaste das Budget, deshalb nein, schnarrt er und hängt auf.

Die beiden Kommissare machen sich auf den Weg. Sie durchqueren die Stadt, zweigen Richtung Bethlehem ab und folgen dem Forstweg. Das geparkte Auto der Polizeistreife deutet darauf hin, dass sie am Tatort angekommen sind. Auch der Wagen des Pathologen

Dr. Fellner steht da.

„Erspar ihm unnötige Fragen", ermahnt Bertschi seine Kollegin. Die grinst schief. „Reib mir nicht ständig meine Fehler unter die Nase." Den Zusammenprall mit Fellner wird sie nie vergessen. Es ging um einen Kindsmord, und sie wartete auf die Ergebnisse aus der Pathologie. In ihrer Ungeduld suchte sie schließlich Fellner in seinem Kabinett auf. Dabei rammte sie mit ihrer Hüfte den Seziertisch, so dass einige Instrumente zu Boden fielen. Das war dem menschenscheuen Pathologen zu viel gewesen. Sie solle sich nie mehr in seinen Arbeitsräumen blicken lassen, hatte er gefaucht. Kein Kommissar dieser Welt, und schon gar keine Frau habe ihn unter Druck zu setzen. Dann hatte er die Tür geöffnet und sie hochkant hinausgeworfen.

„Hier lang", winkt Matter, einigermaßen erholt, die beiden Kommissare heran. „Kann ich jetzt gehen?"

„Moment." Beta schließt sich mit dem älteren Beamten kurz, der den Tatort bewacht. Ja, die Aussage Matters sei aufgenommen und mit den üblichen Daten versehen.

Währenddessen hat sich Bertschi mit Matter unterhalten, der in Bethlehem geboren ist. Der Wald sei seine Heimat, erklärt er. Hier kenne er jeden Baum. Und die Stadt kenne er auch, er arbeite seit 29 Jahren als Straßenbahnfahrer in Bern, fügt er hinzu. Er ist heilfroh, als Bertschi ihn endlich ziehen lässt.

„Einen Moment! Bitte melden Sie sich morgen im Kommissariat. Ihre Fingerabdrücke werden benötigt." Die erschrockene Miene Matters entgeht ihrem Blick.

Die beiden Kommissare schlagen den Weg zum Tatort ein.

„Da." Beta bleibt stehen, das Orange zwischen den grünen Tannen wirkt wie ein Farbtupfer. „Wir nähern uns", sagt sie leise, und weiß nicht, warum sie flüstert.

Die beiden Polizisten und der Pathologe stehen außerhalb der abgesperrten Zone und blicken dem B&B-Team entgegen. Ein kurzes Nicken allerseits, bevor sich die Neuankömmlinge der Leiche zuwenden. Da hängt sie, die Frau. Leicht, schlank. Keine Qual in ihren Zügen. Keine violette Gesichtsfarbe. Sie baumelt am Ast, als wolle sie sich eine Pause gönnen. Der orangefarbene Rock bewegt sich. Wenn Bertschi nicht wüsste, dass es sich um eine Tote handelt, würde er auf eine Puppe tippen und darauf, dass sich jemand einen üblen Scherz erlaubt hat.

Beta und Bertschi befinden sich im Gespräch mit den beiden Polizisten, als die Profis in ihren weißen Schutzanzügen zwischen dunklen Tannen aufleuchten. Sie fotografieren und markieren, streuen weißes Pulver, um Fußabdrücke zu identifizieren, holen die Erhängte herunter und bahren sie auf.

„Wie groß ist der Abstand vom Ast zum Boden", fragt Beta.

Einer vom Spurendienst zückt seinen Block. „267 Zentimeter. Das Maß zwischen Ast und Kopf beträgt 44 Zentimeter, die Größe der Toten 171. Das heißt …"

„… sie hängt 52 Zentimeter über der Erde", vervollständigt Bertschi die Rechnung, worauf er einen bewundernden Blick erntet. Wie kann man ohne Handy so schnell addieren?

„Wenn Sie Ihre mathematischen Fähigkeiten zur Genüge präsentiert haben, würde ich mich gerne an die Arbeit machen", giftet Fellner.

Empört blitzt Beta den Pathologen an. Zwar hat die Bemerkung Bertschi gegolten, aber ein deutliches Wort schadet nicht, schließlich hat sie am Tatort das Sagen und nicht dieser Leichenfledderer.

Gerade noch rechtzeitig bemerkt sie Bertschis Kopfschütteln. Sie holt nur tief Luft und meint süffisant: „Die Leiche gehört Ihnen, Dr. Fellner, sobald der Spurendienst die Arbeit abgeschlossen hat."

Kurz darauf trifft Burger, der Chef des Spurendienstes, ein. Er lässt sich den Ast zeigen, an dem die Tote hing. „Irgendwelche Auffälligkeiten", erkundigt er sich bei seiner Mannschaft. Man habe keine Gegenstände gefunden, und keinen Fußabdruck.

„Aber es muss doch Fußspuren geben", insistiert Beta, „entweder von der Frau oder vom Mörder."

„Da ist jemand rückwärtsgegangen und hat alle Spuren sorgfältig getilgt."

„Ein solches Vorgehen unterstützt die These, dass es sich um Mord handelt."

„Kann man sich an diesem Baum ohne Stuhl selbst erhängen?" Burger schüttelt den Kopf.

„Seid ihr unterm Baum fertig?", ruft er hinüber zu seiner Truppe. Die weißen Männer nicken, und Burger begibt sich zur Tanne, um das Geäst zu begutachten. „Ohne Sockel schafft das kein Mensch, es sei denn, er ist wendig wie ein Affe."

„Darf ich probieren?", mischt sich der jüngere Beamte ein. Verblüfft starren ihn alle an. Er jedoch entledigt sich bereits der Uniformjacke, zieht das Hemd aus der Hose, krempelt die Ärmel auf, prüft die Anordnung der Äste, wippt mit den Füßen, springt ab, kriegt den angepeilten Ast zu greifen,

und hangelt sich bis zum Stamm. Er hievt sich hoch, eine Bravourleistung erster Klasse, klettert einen Stock höher und sitzt dann genau auf dem Ast, an dem die Leiche hing.

„Wow!" Bertschi hebt den Daumen.

„Und jetzt zeig uns, wie du dich erhängst." Burgers

Ton trieft vor Häme. Gleich wird er scheitern, dieser widerlich durchtrainierte Kerl. So ein Muskelpaket war er auch einmal. Früher. Links und rechts seiner Nasenflügel bilden sich Schweißtropfen, obwohl er unbeweglich dasteht. Ob er vor Neid schwitzt? Eigentlich ist er mit sich unzufrieden. Schwer ist er, und plump. Die Frauen pfeifen ihm schon lange nicht mehr nach. Unwillkürlich zieht er die Stirn kraus. Das Problem lässt sich auf die Schnelle nicht lösen, denkt er, und weiß, dass sein Anfall von Neid nur bis zum nächsten Bier reicht.

„Ganz einfach", hört er den schrägen Vogel oben im Baum, „du knüpfst das Seil um den Ast und bereitest die Schlinge vor. Dann lässt du dich hinunter, mit einer Hand hältst du dich am Ast, mit der andern legst du das Seil um den Hals, und ..." der junge Beamte sucht nach einem passenden Wort ..."und hopp", sagt er hilflos.

„Bei dir haut das hin, bleibt die Frage, ob auch die Tote, als sie noch lebte, so fit war." Burgers Ironie ist nicht zu übertreffen.

Beta wendet sich an Burger, der wie ein Felsblock in der Brandung steht und seine Augen unermüdlich schweifen lässt. „Was brütest du aus?"

„Mit der Frage Selbstmord oder Mord haben wir es ja öfters zu tun, aber eine solche Situation habe ich noch nie erlebt", hebt Burger an. „Erhängt oder gehenkt", murmelt er vor sich hin. „Ich tippe aus einem ganz bestimmten Grund auf die zweite Option. Die Tote konnte den Platz unterm Galgen schwerlich selber fegen, es sei denn" - Burger grinst den jungen Beamten boshaft an. „Sie hat sich mit der einen Hand am Ast gehalten, mit der andern gekehrt ... und danach den Besen verschluckt."

Inzwischen hat Fellner die vorläufige Untersuchung

der Toten abgeschlossen, und packt seine Instrumente ein. Die beiden Kommissare gesellen sich zu ihm. Beta beißt sich auf die Unterlippe, um ihn nicht mit Fragen zu löchern.

„Das Genick ist gebrochen, was bei Erhängten der Norm entspricht. Ich melde mich, sobald mir weitere Fakten vorliegen." Fellner macht Anstalten, sich zu entfernen, dreht sich jedoch noch einmal um. „Wie wird die Leiche abtransportiert?"

„Aufgrund der abgelegenen Fundstelle per Helikopter. Wenn es allerdings nach Herrn Kost geht, sollte der Sanitäter die Tote über die Schulter werfen und so wie wir zu Fuß bis zur Straße marschieren", beendet Fellner den Satz, ohne das Gesicht zu verziehen und setzt sich in Bewegung. So übel ist der Bursche gar nicht, denkt Bertschi und grinst ihm hinterher.

„Heli oder nicht, das ist die Frage", überlegt Beta.

„Das ist keine Frage, das ist eine Notwendigkeit. Die Rega verrechnet 90 Franken pro Minute. Ich schätze, dass der Einsatz zwanzig Minuten dauert, so dass sich die Kosten auf rund 2000 Franken belaufen."

Beta nickt. „Den Betrag verkraftet die Kripo Bern. Wir lassen die Rega kommen."

Bald darauf hört man das Tuckern des Motors. Die Maschine hält in der Luft an.

Während der lärmintensiven Aktion schauen alle zu und kommentieren die Handlungsabläufe. Nach zehn Minuten fliegt der Helikopter über die Baumwipfel, zerzaust die Tannen und nimmt den Motorenlärm mit.

Während Bertschi den Wagen durch den Mittagsverkehr lenkt, betrachtet Beta die Fotos auf dem Handy. „Hübsch ist sie, und jung, vielleicht Fünfundzwanzig. Das ist keine Frau aus der Unterschicht, eher Mittel-wenn nicht Oberschicht. Von der Kleidung her eigenwillig, so ein Stil verlangt Selbstbewusstsein. Hoffentlich können wir sie rasch identifizieren."

„Fang bloß nicht an, Fellner zu stressen."

„Mensch, du keifst wie meine Mutter", schimpft Beta.

Bertschi erschrickt: „So schlimm bin ich?"

„Schlimmer", bestätigt Beta. „Wir benötigen Fellners Angaben so schnell als möglich, das ist dir doch klar."

„Ziemlich", antwortet Bertschi spöttisch. „Und dir ist hoffentlich klar, dass er Resultate erst vorlegen kann, wenn er seine Untersuchungen abgeschlossen hat." Er bremst heftig, weil ein Radfahrer plötzlich ausschert. Beta klebt beinahe an der Windschutzscheibe. „Idiot", schreit sie, meint aber nicht Bertschi.

„Wer informiert Kost", will Bertschi wissen, während er die enge Kurve in die Tiefgarage nimmt.

Beta zeigt auf sich, bevor sie mit samtener Stimme fragt: „Horchst du ganz vorsichtig Fellner aus? Ich bringe dafür Kaffee für uns mit."

Nach einem Doppelklopfer betritt Beta das Büro des Chefs. Der sitzt vorm PC und hackt auf die Tasten. Ohne sich umzudrehen oder seine Arbeit zu unterbrechen, sagt er missbilligend: „Sie haben meine Anordnung missachtet."

Beta antwortet nicht. Der Mann soll sich ihr gefälligst zuwenden, wenn er mit ihr spricht. Das macht Kost schließlich. Er stößt sich mit exakt dosiertem Schwung ab und landet wie immer zielgenau an seinem PC-freien Schreibtisch.

„Ich erwarte eine Erklärung."

Beta bleibt in der Mitte des Raums stehen und erklärt die Argumente, die sie bewogen haben, den Helikopter anzufordern. Kost lässt die Gründe nicht gelten und rügt ihr Vorgehen. Die vom Kanton beschlossenen

Sparmaßnahmen würden auch für sie gelten. Sie könne sich nicht über alles hinwegsetzen und selbstherrlich Entscheidungen treffen. So gehe das nicht, ihr nicht abgestimmtes Handeln werde Konsequenzen haben. Er erwäge eine Abmahnung.

Kost unterbricht seine Schimpftirade, um sich von der Wirkung seiner Worte zu überzeugen. Beta nimmt die Drohung mit steinerner Miene entgegen. Auf eine Antwort verzichtet sie.

„Ist Ihnen bewusst, wie viel Geld Sie unerlaubterweise verschleudern?"

„Ja."

Überrascht horcht Kost auf, und im gleichen Moment realisiert Beta, dass er keine Ahnung vom Preissystem der Rega hat. Das ist ihre Chance.

„Der von mir beauftragte Einsatz beläuft sich auf ganze 2000 Franken", erläutert sie kühl.

Kost dreht sich um und rollt auf den PC zu. Seine Augen kleben fast am Bildschirm, als er die Homepage der Rega aufruft. Eine Minute später verkündet er: „In Ordnung." Beta ist entlassen.

Hoch gepokert und gewonnen, triumphiert Beta auf dem Weg zum Kaffeeautomaten. Der rotschwarze Kasten verhält sich korrekt. Die Becher füllen sich, der Kaffee schäumt und verbreitet intensiven Geruch. Beta stellt die heißen Getränke auf ihre Dokumentenmappe und trifft ohne Missgeschick in ihrem Büro ein.

„Und?", fragt sie sofort.

„Wenn du Fellner meinst, so habe ich ihn nicht belästigt. Leider hat er sich noch nicht gemeldet."

Bertschi nippt am Kaffee. „Was bedeuten diese fünf Friedhofskerzen bei der Leiche? Geht es da um schwarze Magie? Oder um einen Ritus? Ist die Anordnung der Kerzen Hinweis auf eine bestimmte

Religion?"

„Keine Ahnung. Aber wir werden es herausfinden. Als erstes trommle ich jetzt unsre Kollegen zusammen."

Bertschi nickt und schreibt weiter an seinem Bericht, bis Venetz und Emmer auftauchen. Der dritte und fähigste, Hunziker, hat frei. Emmer, schon Mitte Vierzig und ohne Chance auf einen Karrieresprung, erhält den Auftrag, die Vermisstmeldungen durchzugehen. Venetz, noch kein Jahr im Team, hat sich bereits einen Namen als Computerspezialist gemacht. Er soll recherchieren, was es mit den fünf Kerzen auf sich hat.

Mitten in der Besprechung läutet Bertschis Telefon. „Die Pathologie", verkündet er. Seit dem Krach zwischen Fellner und Beta hält sich der Mediziner an Bertschi.

Schlagartig verändert sich die Atmosphäre im Büro. Die Luft vibriert, und Beta ist mit einem Satz bei Bertschi. Fellner ruft nicht einfach an, um zu plaudern. Wenn er sich meldet, liegen Ergebnisse vor.

„Schalt das Mikrofon ein", wispert Beta, während Bertschi zum Hörer greift.

„Hier Fellner. Wie bereits vermutet, hat die Frau einen Genickbruch erlitten. Abgesehen davon befindet sich eine stattliche Menge von K.o.-Tropfen im Blut der Frau. Eine erste Analyse hat ergeben, dass die Tropfen vor Mitternacht eingenommen wurden, und innert weniger Minuten zur Bewusstlosigkeit führten. Damit war die Frau außer Gefecht gesetzt. Der Tod jedoch ist erst zwischen zwei und drei Uhr morgens eingetreten."

„Die Frau war zum Zeitpunkt ihres Todes eindeutig bewusstlos", überlegt Bertschi.

„Ja."

„Sie kann sich also nicht selbst erhängt haben."

19

„Richtig. Das hat ein anderer besorgt."

Erneut ist es in der Leitung still, bevor Fellner weiterredet. „Da gibt es noch etwas, was mich stutzig gemacht hat, und zwar das Nostril-Piercing im linken Nasenflügel. Dieses Piercing ist bei Inderinnen beliebt, da sie glauben, es erleichtere die Geburt. Vielleicht hat die Tote Ähnliches für sich erhofft, denn sie war im vierten Monat schwanger."

Beta kritzelt auf ein Blatt Papier: „DNA?" und schiebt es Bertschi hin.

Ob er vielleicht schon eine DNA-Analyse am Fötus vorgenommen habe, erkundigt sich Bertschi höflich.

Darauf entgegnet Fellner pikiert: „Wie, meinen Sie, lautet die Antwort auf diese Frage, wenn ich die DNA nicht erwähne. Ich biete Resultate, nichts als Resultate. Und was ich zu tun habe, weiß ich selbst."

Dann kehrt Fellner zum sachlichen Ton zurück und gibt Größe, Gewicht und geschätztes Alter der Toten durch. Sobald der Leichnam präpariert sei, melde er sich wegen der Fotos beim Spurendienst,

sagt er und verabschiedet sich.

Schweigend begibt sich Beta an ihren Platz zurück.

„Wir haben es mit einem Mord zu tun", erklärt Emmer in die Stille hinein.

Der Kommentar erinnert Venetz an Bildlegenden, die beschreiben, was man ohnedies sieht.

„Du sagst es", wendet sich Beta an Emmer, und Bertschi befürchtet schon, dass sie ihren Lieblingsfeind wieder einmal zur Schnecke macht. Für Beta jedoch existiert Emmer im Moment gar nicht, sie ist viel zu sehr mit den unerwarteten Nachrichten beschäftigt.

Auch Bertschi ist am Grübeln, schließlich sagt er: „Lasst mich zusammenfassen, was wir bis jetzt wissen. Eine Frau zwischen fünfundzwanzig und dreißig, vermutlich aus der Mittelschicht, schwanger, wird betäubt, und dann gehenkt. Unter der baumelnden Leiche stellt der Mörder fünf Friedhofskerzen auf."

„Das klingt nach Teufelsaustreibung", unterbricht Emmer. Venetz prustet los, und Beta verdreht die Augen. Bertschi jedoch, auf Ausgleich bedacht, nimmt den Faden auf: „Vielleicht hast du recht, das werden wir überprüfen. Doch zuerst müssen wir naheliegende Dinge klären. Was hat Bethlehem mit dem Opfer zu tun? Oder mit dem Mörder? Vielleicht wurde der Ort zufällig gewählt."

Beta wirft Bertschi einen genervten Blick zu. „Meiner Meinung nach ist das Naheliegende die Frage nach der Identität der Frau." Sie streckt den Rücken durch und wendet sich an Emmer und Venetz: „Klemmt euch wie besprochen hinter die Arbeit. Wir treffen uns hier um fünf."

„Und wir", Beta wartet, bis sich die Tür hinter den beiden schließt, „konzentrieren uns auf das Essen. Ich habe tierischen Hunger. Italienisch?"

Bertschi schüttelt den Kopf. „Vietnamesisch." Er fischt eine Münze aus den Jeans, um die Sache diskussionslos zu entscheiden. Zu ihrem Leidwesen erwischt Beta die leere Faust. Eine Viertelstunde später stellt der Kurier die Gerichte auf den Rauchtisch in der Sitzecke. „Cam on ban", lächelt Bertschi den Boten an und gibt ihm Trinkgeld.

„Was heißt denn das", erkundigt sich Beta.

„Das sagt man, wenn man etwas bekommt."

„Ach, du Bluffer", Beta wirft Bertschi einen liebevollen Blick zu. „Dabei hast du keinen blassen Schimmer von Asien." Sie stopft die Stoffserviette in den Halsausschnitt des T-Shirts und stürzt sich auf die in würziger Sauce schwimmenden Nudeln, die auf dem langen Weg zum Mund nach allen Seiten spritzen.

„Kleiderfeindlich, aber lecker", seufzt sie zufrieden. Die Plastikschüssel ist fast leer, als ihr Telefon läutet. Burger vom Spurendienst meldet sich.

„Wir haben zwischen den Tannen eine Bahre gefunden, die jemand aus Bambushölzern und Traggurten zusammengebaut hat. Sieht aus, als sei sie in einem Jugendlager entstanden. Das Versteck der Bahre befindet sich in der Mitte einer Geraden, von dort aus gelangt man in der einen Richtung zur Straße, in der anderen Richtung zur verhängnisvollen Tanne. Die Distanz beträgt jeweils rund 80 Meter. Auf der Bahre haben wir das Fragment eines Fingerabdrucks gefunden. Es entspricht dem Teilabdruck auf dem Seil, mit dem die bewusstlose Frau gehenkt wurde."

„Das bedeutet, sie wurde zuerst mit dem Auto in den Wald, und dann mit der Bahre bis zum Baum transportiert."

„Das könnte so gewesen sein", antwortet Burger vage. „Für Schlussfolgerungen seid ihr zuständig."

„Der Fingerabdruck auf dem Schuh der Toten ist mit den anderen Fingerabdrücken nicht identisch."

„Gibt es verwertbare Reifenspuren? Kann man auf einen Autotyp schließen?"

„Keine Chance, tut mir leid."

Beta durchwühlt ihre Schublade nach Zigaretten. Sie findet ein verknautschtes Päckchen Parisienne. Mensch, waren das Zeiten, als ich hier noch rauchen durfte. So ein Stuss, der blaue Salon! Auf dem Rückweg kehre ich beim Chef ein."

„Sag ihm, dass wir im Radio eine Vermisstmeldung durchgeben, wenn wir bis 17 Uhr nicht wissen, wer die Tote ist" ruft Bertschi ihr nach. „Und Kost soll sich mit Staatsanwalt Keller absprechen."

⁓

Kurz vor fünf betritt Emmer das Büro des B&B-Teams. „Ja", begrüßt Beta ihn und liest weiter an einem Text im PC. Da Emmer schweigt, dreht sie sich um. Gleichzeitig stellt sie erschrocken fest, dass sie sich genauso benimmt wie Kost. „Entschuldigung", murmelt sie und fordert ihn auf, zu berichten.

„In der ganzen Schweiz wird bis jetzt niemand vermisst, auf den die Beschreibung passt. Ich habe auch die Listen der Nachbarländer kontrolliert. Nichts. Wenn die Frau zum Beispiel allein gelebt hat, vermisst sie wahrscheinlich noch niemand. Die Tote ist ja noch nicht einmal 24 Stunden tot. Aber auch sonst wird das Verschwinden einer Person erst nach ein paar Tagen angezeigt, weil man davon ausgeht, dass sie wieder auftaucht."

„Gut, dann verfassen wir jetzt einen Text fürs Radio", entscheidet Bertschi. Er greift zum Laptop, peilt die Sitzecke an und winkt Emmer zu sich. Sie diskutieren eine Weile darüber, ob sie bloß eine Vermisstmeldung durchgeben sollen, ohne zu erwähnen, dass die Frau bereits tot ist.

„Nichts von der Toten", ruft Beta ihnen quer durch den Raum zu.

Bertschi formuliert mit Emmer den Text und liest ihn anschließend Beta vor: „Vermisst wird seit gestern Abend eine zirka 30jährige Frau, 171 Zentimeter groß, schlank, halblange schwarz gefärbte Haare, Piercing im linken Nasenflügel. Zuletzt wurde sie im Berner Quartier Bethlehem gesehen. Sie trägt ein dunkelbraunes Sweatshirt mit Kapuze, einen orangefarbenen Rock, schwarze Leggings und hellgrüne Sneakers. Das Kriminalkommissariat Bern bittet um sachdienliche Hinweise."

Beta streckt den Daumen hoch, worauf Bertschi mit dem Radio die Modalitäten aushandelt.

Venetz trifft ein und bekommt mit, dass der Aufruf jede Stunde im Anschluss an die Nachrichten gesendet wird, und zwar bis Mitternacht. Für die französische und italienische Schweiz wird der Text übersetzt.

Venetz setzt sich zu den Männern in der Sitzecke und klappt seinen Laptop auf. „Ich habe über Voodoo recherchiert, über Teufelsaustreibung und Schwarze Messen, aber nirgendwo findet sich ein Bezug zu fünf Friedhofskerzen."

Bertschi beruhigt Venetz. Irgendwann werde man auf die Antwort stoßen.

Venetz unterbricht Bertschi. „Ich habe nicht einfach aufgegeben. Ich dachte mir, dass die Zahl 5 vielleicht so etwas wie Symbolcharakter besitzt und habe mich im Netz schlau gemacht. Dabei bin ich auf eine Erklärung gestoßen, die uns eventuell nützt." Venetz sucht die Information im Laptop und liest vor: „Die Zahl 5 bedeutet Sexualität, und zwar männliche, bei der es darum geht, dass der Mann die Frau besitzt, die Liebesfreuden genießt und auf die sexuelle Vereinigung um ihrer selbst willen erpicht ist. Fünf ist die Zahl der sinnlichen Freuden, basierend auf den fünf Sinnen. Diese fünf Sinne stellen den natürlichen Menschen dar, der die Dinge anstrebt, die dem Vergnügen der äußeren Sinne dienen. Da er als 'Fünfgeprägter' nicht weiß, was spirituelle Freuden sind, kann sich die Seele im Exzess verlieren."

Venetz blickt in die Runde. Niedergeschlagene Augen. Stirnrunzeln. Emmer streicht unaufhörlich mit der Rechten über den Oberschenkel. Niemand will sich äußern. Venetz wird es ungemütlich. „Alles Blödsinn, was", meint er kleinlaut.

„Nein", wehrt Bertschi ab, „der Text ist nur vom Stil her komisch, aber der Inhalt ist faszinierend. Du bringst da etwas auf das Tapet, wovon wir keine Ahnung haben. Oder kennt sich jemand von euch mit mystischem Kram aus? Ob diese Geschichte von der Zahl 5 für den Mord an der Unbekannten relevant ist, werden wir sehen. Vielleicht haben wir es mit Menschen aus Osteuropa zu tun und kennen ihre Bräuche nicht."

„Die Geschichte passt doch für unseren Fall wie der Deckel auf den Topf. Schließlich hat die Frau ein Kind erwartet", mischt sich Emmer ein.

„Ja, und", bügelt Beta den Kollegen ab, „die Schwangerschaft hat doch nicht zwangsläufig mit dem Verbrechen zu tun."

„Ich tippe auf eine schräge Lovestory, bei der Macht oder Ehrverletzung oder weiß der Teufel was eine Rolle spielt", sagt Bertschi, und erntet eifriges Kopfnicken von Emmer.

Beta erhebt sich. „Horcht zu, Leute, wir können nichts tun, so lange die Identität der Toten nicht feststeht. Mal schauen, ob der Hinweis im Radio etwas bringt. Ihr beide", sie wirft Emmer und Venetz einen Blick zu, „habt Feierabend. Lasst die Handys eingeschaltet."

Bertschi schlüpft in seine neue Jacke. Beta streicht über das weiche braune Leder. „Das Teil ist umwerfend schön. Dein Freund hat einen exquisiten Geschmack."

„Ich auch", stellt Bertschi klar, „sonst wäre ich nicht mit Florian zusammen." Er stößt einen Seufzer der Erleichterung aus. „Ich kann es nicht fassen, ich habe einen freien Abend! Mensch, wie ich mich auf den Chor freue. Weißt du, wie sehr ich das Singen vermisst habe? Zwei lange Wochen ohne Chorgesang, das ist mir zu viel! Ich bin süchtig danach, und wenn ich nicht singen kann, werd ich depressiv. Ich kann mir ein Leben ohne A-Capella-Chor nicht mehr vorstellen. Amputiert würde ich mich fühlen ohne ihn. Hab ich dir schon gesagt, dass wir am 8. Dezember auftreten?"

„Ja, und ich werde mit meiner Freundin in der ersten Reihe sitzen. Wir sind doch deine Groupies!"

ↂ

Die Lichtverhältnisse befriedigen Zeiter nicht, obwohl die große Deckenleuchte den Raum in Tageshelle taucht. Er rückt den Scheinwerfer an die Arbeitsplatte, schaltet ihn ein und fokussiert ihn auf eine Serie von Fotos aus den Walliser Alpen. Unschlüssig wandert er vor dem Tisch auf und ab, und mit jedem Schritt wird ihm die Erinnerung an die achttägige Skitour von Chamonix nach Saas Fee lebendiger. Schließlich bleibt er vor dem Bild mit den erotisch anmutenden weißen Hügeln vor düsterem Himmel stehen. Ja, da hält man inne, dieses Foto schaut man an. Zufrieden legt es Zeiter in die Mappe. Dann wählt er ein zweites aus. Ein kleiner Junge mit Skiern und Helm liegt auf der Piste und schleckt Schnee. Sein absoluter Favorit jedoch ist das dritte Bild, das keinen Betrachter gleichgültig lässt, weil es irritiert. Wer außer ihm hat je das im Abendrot versinkende Strahlhorn gesehen, dessen Gipfel sich zum leuchtenden Vollmond beugt? Gibt es das, diesen befremdlichen Paartanz von rot brennendem Sonnenuntergang mit einem kühlen Mondaufgang?

Seine Hand blättert weiter. Ja, das Foto von den Dächern der Altstadt Bern, aufgenommen vom 100 Meter hohen Turm des Berner Münster, wird ebenfalls mitgeschickt. Und auch das nächste, das von der Hochhaussiedlung Tscharnergut. Ein Kollege vertiefte sich lang in dieses Bild, das ihn außerordentlich zu berühren schien. Er sei dort aufgewachsen, erklärte er Zeiter, und die Komposition von Bauklötzen, eingetaucht in geheimnisvolle Dämmerung, verleihe dem Stadtrandquartier eine eigenartige Faszination. Dazu wiegte er den Kopf, und meinte: „Die Schönheit liegt im Auge des Betrachters".

„Nicht nur", wagte Zeiter einzuwenden. „Schönheit entsteht zum Beispiel durch Manipulation der Lichtverhältnisse." Dann lachten sie.

Zufrieden schaltet Zeiter den Scheinwerfer aus. Er weiß, dass seine Arbeiten gut sind. Diesmal wird er den Zuschlag für die Reportage am Wirtschaftsgipfel in Davos bekommen. Klar, wer sonst, wenn nicht er. Sorgfältig schiebt Zeiter die Fotos ins Kuvert und erwähnt im Begleitschreiben, dass sein Atelier in der Brunngasse Interessierten offenstehe.

Bevor er sich auf den Weg zur Post macht, fällt ihm ein, dass noch eine Reportage über die Wagenburg in Bethlehem aussteht. Er wählt die Nummer seiner Kollegin, um einen Termin zu vereinbaren, doch sie nimmt nicht ab. Warum hat sie den Anrufbeantworter ausgeschaltet? Hoffentlich erreicht er sie heute noch. Dann kriegt sie was zu hören. Wäre ja noch schöner, sich von ihr die Tagesplanung über den Haufen werfen zu lassen.

ଓଃ

„Ein letztes", sagt Petrovic und nimmt die Bierdose entgegen. Es ist die dritte, und er spürt, wie sich die Distanz zur Außenwelt verringert. Die Augen seiner Kumpel glänzen. Er fühlt sich leicht, und ihn durchströmt eine Zufriedenheit, wie er sie schon lang nicht mehr erlebt hat. Normalerweise geht er nach der Arbeit sofort nach Hause, mit dem Trinken hat er es nicht und mit dem lärmenden Grölen noch viel weniger. Meistens dreht er nach Dienstschluss eine Runde um den Egelsee, wirft den Enten ein paar Brotkrumen hin und beobachtet manchmal die spielenden Kinder. Dann ertappt er sich dabei, wie er von Enkeln träumt. Alt genug wäre er dafür.

„Prost", reißt ihn der Albaner aus den Gedanken, und dann stoßen alle zum x-ten Mal auf den Mann an, der seinen Geburtstag feiert. Der einzige Schweizer in der Runde ist verbal im Vorteil, wenn politisiert wird. Vorhin, als es um die Löhne ging, schlugen die Wellen hoch. Jeder spielte sich als Experte auf und operierte mit den Begriffen, die ihm zur Verfügung standen. Alles Diebe, Gauner und Betrüger, schrien die Polen und der Albaner durcheinander, und sie hätten gern mehr gesagt, scheiterten aber an den dazu passenden Verben. Der Schweizer dagegen, mit deutscher Zunge und neutral geboren, legte für die Arbeitgeber ein gutes Wort ein, worauf ihn der Bulgare mit einer unmissverständlichen Geste unterbrach. Für Ausbeuter kenne er keine Gnade.

Nach dem letzten Schluck aus der Dose begibt sich Petrovic in den Umkleideraum. Ordentlich hängt er die Arbeitskleider auf und schlüpft in Jeans und Sweatshirt. Er ruft den Kumpeln Ciao zu und verlässt den Recyclinghof, der ihm mit den Jahren zum zweiten Zuhause geworden ist. Die Sammelstelle bietet ihm alles, was er braucht. Er sucht sich Eisen aus und alte Geräte, wühlt im Container nach geeignetem Holz und fertigt originelle Möbel an, die er dann zum Spottpreis an Bekannte verkauft.

Auf dem Weg Richtung Breitenrain beginnt ihm der Magen zu knurren, und er ist froh, dass er sich das Kochen ersparen kann. Es gibt noch Reste vom Vortag. Er hat sich längst daran gewöhnt, dass daheim niemand auf ihn wartet. Seine Frau ist seit fünfzehn Jahren tot, und seine Tochter lebt in ihrer eigenen Wohnung. Sie ist ein guter Mensch, jede Woche kommt sie ihn besuchen, und wenn sie miteinander serbisch sprechen, hat er das Gefühl, in seiner Heimat zu sein. Am Samstag wird sie wieder vorbeischauen, dann wird er das Djuvec machen, er weiß, wie gern sie es isst. Er kocht es immer mit Rindfleisch, Gemüse und Reis. Manche geben auch Kartoffeln hinzu, doch die haben seiner Meinung nach im Schmorgericht nichts verloren.

Wie es seinem Mädchen wohl geht? Das letzte Mal war sie niedergeschlagen. Sie erschien ihm wie ein Vogel mit gebrochenen Flügeln, und es gelang ihm nicht, sie aufzuheitern. Ihre Melancholie machte ihn hilflos, und er wusste nicht, wie sich verhalten. Wenn er ihr die Traurigkeit bloß abnehmen könnte! Kraft hätte er genug, aber das ist nicht der Punkt. Liebeskummer gehört zum Leben wie der Husten, da muss man alleine durch, findet Petrovic.

Es tut ihm aufrichtig leid, sein Mädchen unglücklich zu sehen, aber im Innersten seines Herzens ist er froh, dass die Geschichte mit diesem Finnen zu Ende ist. Der Kerl hat ihm nie gefallen, und er ist der Meinung, dass seine Tochter einen besseren Mann verdient. In den vergangenen drei Jahren hat er sich oft gefragt, warum seine Tochter auf diesen Mann steht. Weil er den Antimacho verkörpert? Weil er das Sanfte, das Liebevolle ausstrahlt? Weil er mit seinem klapprigen Körper ihren Mutterinstinkt weckt?

Petrovic steigt die Galle hoch, wenn er an diesen Nichtsnutz denkt. Einmal hat Hakala großspurig erklärt, dass er aus Finnland stamme, dem Land der Dunkelheit, wo der Alkohol die Sonne ersetze. Und dann hat er, ohne abzusetzen, einen halben Liter Bier in sich hineingeschüttet. Wenn Hakala in seinem Beruf nur halb so tüchtig wäre wie beim Saufen! Gibt sich als

Musiker aus, zupft drei Akkorde auf seiner Gitarre und glaubt dann, mit seinem mageren Song einen Hit zu landen. Von intensiver Arbeit hält der Mann nichts. Ihm reicht die Idee, künstlerisch tätig zu sein. Ungeniert hat er sich aushalten lassen, für Kost und Logis zahlte er nichts. Nun also hat die Made den Speck verlassen. Hakala ist auf und davon, und niemand weiß, wo er sich aufhält.

Petrovic biegt um die Ecke, noch dreißig Schritte, und er ist daheim. Plötzlich herrscht in seinem Kopf ein entsetzlicher Wirrwarr. Der Traum von einer richtigen Familie ist zerplatzt, ohne Schwiegersohn wird er kein Großvater. Er wünscht sich, Hakala möge zurückkehren. Ach was, ich alter Trottel, schimpft er mit sich, auf die Hakalas dieser Welt kann ich verzichten. Nur um sich gleich darauf zu fragen: Was, wenn meine Tochter depressiv wird? Hoffentlich taucht Hakala nie mehr auf.

⅓

Als Beta vor ihrem Haus am Thunersee aussteigt, hat die Sonne bereits sämtliche Strahlen eingesammelt und ist zwischen majestätischen Berggipfeln versunken. Sie lässt einen feuerroten Himmel zurück, der aussieht wie ein mächtiges Heer von Glühwürmchen. Beta geht hinunter ans Wasser und setzt sich auf den Bootssteg. In der Stille empfindet sie das Plätschern der sanften Wellen unverhältnismäßig laut. Doch je länger das Geräusch an ihr Ohr dringt, umso weniger nimmt sie es wahr. Die Schwalben üben ihre Sturzflüge und Saltos und schnappen nebenbei nach Mücken. Beta vermeint, die Vögel vor Übermut kichern zu hören.

Die Dämmerung taucht die Landschaft in blasses Licht. Die Konturen verschwinden.

Beta schlüpft ins Haus, schaltet das wohlige Licht der Steh- und Tischlampen an, und legt Musik auf. Sie wartet auf den Beginn des Songs, und stimmt dann mit ein:

Jetzt san de Tag schon kürzer wordn und Blattln foin a von de Bam ...

Jedes Wort kennt sie vom Lied und der österreichische Dialekt stört sie nicht.

die Sunn is a schon untergangn und i hätt di gern in meiner Näh' ... 'jetzt bist soweit – weit weg von mir ...

Beta verschränkt die Arme vor der Brust, als wolle sie sich selbst umarmen. Sie wiegt den Körper im Takt, und auf einmal schmettert sie leidenschaftlich laut mit:

jetzt is bald a Monat her dass ma uns noch ghalten haben ...

Die letzten Worte singt Hubert von Goisern allein. Beta kämpft mit der Wehmut. Ach, wenn sie nur jemand in den Arm nähme, und ihr über den Rücken streichelte. Aber da ist niemand weit und breit. Unendliche Trauer erfasst sie. Die Luft riecht nach Seelenschmerz.

Erschöpft breitet Beta die kuschelige Decke über sich und flieht in den Halbschlaf. Beim Song Heast du nit, wia die Zeit vergeht fährt sie elektrisiert hoch. Genau. Genau dieses Lied soll an ihrem Begräbnis gespielt werden. Beta sieht ihre Totenfeier vor sich, ein wunderbares Fest mit den besten Tapas der Stadt und edlem Wein. Ihr geliebter Fabrizio sitzt neben Tante Elsa, und die beiden rauchen ohne Ende Zigarillos. Im Hintergrund läuft der Song von der vergehenden Zeit, den Bertschi auf maximale Lautstärke dreht. Alle Gäste kennen das Lied und singen mit.

Beta richtet sich auf und schüttelt den Kopf. Das mit dem Sterben muss sie verschieben, jetzt sind andere Dinge angesagt. Der Magen hängt ihr durch, und ihr Hirn entwirft bereits ein Schnellmenü.

Entschlossen erhebt sie sich vom Sofa.

Während Beta eine Zwiebel schält, denkt sie an Alba und an ihre letzte Begegnung mit Fabrizio.

Vier Tage Urlaub hatte sie, und sie half ihm alle vier Tage bei seiner Arbeit im Weinberg. Zusammen pflückten sie Stunde um Stunde reife Trauben, und abends sackten sie müde in weiche Kissen, und erzählten sich Geschichten aus ihrem Alltag.

Am letzten Abend vor ihrer Abfahrt erwähnte Beta die Belastung in ihrem Beruf. Der Druck von außen sei enorm, weil man von ihr sofort Ergebnisse erwarte, wo man doch zuerst recherchieren, sammeln und prüfen müsse. Der Chef vermittle ihr das Gefühl, sie arbeite zu langsam. Dann zermartere sie sich den Kopf, wo sie Zeit einsparen könne. Manchmal gebe sie ihre Anspannung an die Kollegen weiter, aber das sei fatal, weil die sich dagegen wehren. Das sei dann der Moment, in dem sie sich inkompetent fühle. Die Rolle der klugen Kommissarin, die stets weiß, wie es weiter gehen soll, belaste sie, und die Angst, eine Fehlentscheidung zu treffen, raube ihr die Gelassenheit.

„Das heißt, du stehst von früh bis spät unter Strom", brachte Fabrizio ihre Klagen auf den Punkt, bevor er in seinem wienerisch gefärbten Deutsch fortfuhr: „Warum sperrst du alles weg, was dich belastet? Immer willst du stark sein." Und dann fügte er hinzu: „Wahre Stärke lässt Schwäche zu."

Damals schäumte sie vor Wut, und nur ein letzter Rest von Vernunft hielt sie davon ab, Fabrizio zum Teufel zu jagen. Beta beschleicht ein eigenartiges Gefühl. Sie spürt den gleichen unbändigen Zorn auf Fabrizio wie damals. Plötzlich kennt sie die Antwort. Sie hätte damals von Fabrizio hören wollen, dass sie zu viel um die Ohren habe. dass andere Menschen unter der

Last solcher Verantwortung zusammenbrächen. Und was machte Fabrizio? Er nahm sie nicht in den Arm. Entgegen seiner üblichen Art ging er nicht auf ihre Nöte ein. Beta interpretierte sein Verhalten als Desinteresse und holte zum Gegenschlag aus. Sie schrie und schimpfte, und erklärte ihm, dass sie keinen Besserwisser ohne Mitgefühl brauche. Von seinem Weinberg habe sie ohnedies lägst die Schnauze voll, und den sauren Trauben wünsche sie die Pest.

„Das wird nichts, die hab ich gerade gespritzt", warf Fabrizio trocken ein.

Beta lauschte der Bemerkung hinterher und musste lachen. Das war Fabrizio, wie sie ihn kannte. Sie konnte keifen, so viel sie wollte, er verlor die Ruhe nicht. Selbst im Streit blieb er bei sich, während sie außer sich geriet.

An jenem Abend erklärte Fabrizio ihr, warum er sie nicht in den Arm genommen habe. Er habe sie unzählige Male aufgefangen, wenn es ihr schlecht gegangen sei. Er habe mit ihr eine Strategie entwickelt, um den Stress abzubauen, aber sie habe nichts verändert. Weder mache sie Entspannungsübungen, noch setze sie Prioritäten in ihrem Job. Sie interessiere sich gar nicht für die Verbesserung ihrer Lage. Ihr reiche es, zu jammern und zu schimpfen. Aber so gehe das nicht. Ihm würden keine ermutigenden Worte mehr einfallen, weil sie für einen neuen Weg nicht offen sei.

Damals wurde Beta mit jedem seiner Worte kleiner. Sie hatte geglaubt, Fabrizio würde sie uneingeschränkt bewundern. Aber da hatte sie sich getäuscht. Nach langem Schweigen fragte sie kleinlaut: „Was war jetzt das Problem?"

„Dein Problem ist, dass du Probleme wegschiebst, anstatt dich damit zu beschäftigen. Und mein Problem besteht darin, dir zu helfen, deine Probleme zu verdrängen. So geht das nicht weiter."

„Das sind viele Probleme auf einmal. Aber eigentlich geht es mir doch gut", fügte sie zaghaft hinzu.

„Glaubst du?" Fabrizio schenkte ihr einen hingebungsvollen Blick, der sie verzweifelt schluchzen ließ, bis sie nur noch mit geschwollenen Augen vor sich hinstarrte.

Fabrizio verschwand und kehrte nach einer Weile mit zwei bauchigen Gläsern und einer Flasche zurück. Das sei ein besonderer Tropfen, erklärte er, schenkte ein, und reichte Beta den rubinroten Wein.

„Nach Veilchen riecht er", murmelte Beta, und guckte auf die Etikette. Lacrima. Das Christi war durchgestrichen und darüber prangte in schwarzen Lettern ihr Name.

Beta kramt im Kühlschrank. Dann schneidet sie Fenchel, Champignons, Knoblauch und Ingwer klein, und fügt sie den Zwiebeln bei. Sie streut eine Handvoll Risotto ein, gießt mit Wasser und Wein auf und lässt den Eintopf köcheln.

Warum lebt Fabrizio im Piemont? Warum wachsen seine Reben nicht am Thunersee?

Beta drückt auf die Taste mit der ellenlangen Nummer. Nach dem zweiten Klingeln nimmt Fabrizio ab. „Wer bist du, der da kommt schon vor der Zeit?" rezitiert er.

Beta würde gern mit einer passenden Textstelle antworten und bedauert einmal mehr, dass sie Fabrizio literarisch nicht gewachsen ist. Sein größter Fundus an Zitaten stammt aus der Divina Comedia. Es vergeht kein Tag, an dem er nicht das vom Blättern zerfledderte Buch zur Hand nimmt. Am Anfang ihrer Beziehung ärgerte sich Beta über seine Marotte, vorm Einschlafen mit Dante statt mit ihr zu kommunizieren. Welche Frau will schon ihren Geliebten mit einem Mann teilen, der immer anwesend ist, wenn auch nicht physisch.

Fabrizio erzählt, dass ihm der ununterbrochene Regen Sorgen bereite, denn die späte Traubensorte hänge noch am Rebstock, und er befürchtet, die Beeren könnten verfaulen.

„Dann pflück schleunigst die Trauben", meint Beta, die nicht versteht, wo das Problem liegt.

„Daran hab ich noch gar nicht gedacht."

Beta stutzt. Der Mann verarscht sie, und sie beginnt zu glucksen. „Also, dann verrat mir, wo der Haken ist."

„Die Erde ist so durchweicht, dass ich mit dem Traktor stecken bleibe."

„Cazzo. Welcher Heilige ist zuständig fürs gute Wetter?" Einen Augenblick lang knackst es in der Leitung, offenbar erwartet Fabrizio keine Wunder.

Beta schlägt einen sanften Ton an: „Ich wäre so gern bei dir, und ich habe keine Ahnung, wann ich das nächste Mal kommen kann. Was dir die Reben ..." Beta sucht fieberhaft nach einem entsprechenden Vergleich. „Was mir die Reben, ist dir der Mord", nimmt ihr Fabrizio den Satz aus dem Mund. „Eines Tages werden wir uns entscheiden müssen."

„Ja", haucht Beta sehnsüchtig.

ॐ

Das Einkaufszentrum Tscharnergut hat seit zwei Stunden geschlossen. Der Vorplatz ist wie leergefegt. Still ist es, und leblos ohne die Kunden mit ihren vollgepackten Tüten. Jetzt, nach Einbruch der Dunkelheit, bevölkert sich das Areal wieder. Nun gehört es den Jungen vom Quartier. Sie schlendern heran, bilden Gruppen, schubsen sich, kreischen, lachen und fallen einander ins Wort. Sie unterhalten sich in Berndeutsch. Worte in anderen Sprachen mischen sich darunter.

Manchmal, wenn jemand etwas erklärt, wird es ruhig. Einigen von ihnen sieht man an, dass ihre Eltern von weit herkommen.

Zwei Typen, beide in weißen Sweatshirts und Jeans, verschwinden hinterm Flachbau, kehren aber bald darauf zurück. Ein paar aufgemotzte Mädchen sammeln glucksend Komplimente ein, ein paar Kecke spotten über die Jungs und ihre angestrengte Coolness.

Dann biegt ein spindeldürrer Freak um die Ecke. Sofort zieht er die Aufmerksamkeit auf sich.

Es geht los, der Rapperkönig von Bethlehem ist da. Jeder kennt ihn. Sein Markenzeichen ist die lila Mütze, und schon jeder hat sich mindestens einmal gefragt, wie man als ganzer Kerl die Farbe Lila wählen kann. Lastcall, so nennt sich der Rapper, hat darauf die immer gleiche Antwort: Man muss auffallen wie ein bunter Hund, damit man wahrgenommen wird.

Lastcall begrüßt seine Fans mit dem Victoryzeichen, und sie erwidern stumm den Gruß. Dann stellt er den Ghettoblaster auf die Mauer und dreht die Lautstärke so hoch, dass der Bass richtig wummert. Die Groupies rücken näher und starren gebannt auf seine Bewegungen. Sie kreisen ihn ein, und klatschen und johlen und rappen mit. Lastcall singt von der Endlossuche nach einer Lehrstelle, er singt vom Dauerlauf ohne Ziel. Da ist niemand, der ihm sagt, komm her, ich hab einen Job für dich. Keine Chance. Dabei ist er nicht blöder als der Lüthi und der Hofer, der Meichtry und der Zemp. Sein Problem ist bloß der Name. Wer wie er Nikolic heißt, hat die Arschkarte gezogen und kriegt sie nicht mehr los.

Die Fans wiederholen den Refrain leidenschaftlich, und die Worte, die sie rappen, schlagen Wurzeln in ihren Köpfen.

Nach einer Weile fordert Lastcall Ruhe, und erstaunlich schnell kommen alle seinem Wunsch nach. Lastcall springt hoch, dreht sich in der Luft um sich selbst, und landet in der Ausgangsposition. In Hochgeschwindigkeit bietet er eine ganze Abfolge weiterer Kunststücke und erntet begeisterten Applaus.

„Bring den Nummernsong", schreit jemand aus der Menge.

Lastcall nickt. Gleich nach den ersten Worten wird anerkennend gepfiffen. Der Text schlängelt sich um Vorurteile, knöpft sich den Neid vor, spricht von der Angst, und zwischendrin bietet er die Wiederholung des Zweizeilers, den von der Nummer Dreinullzweisieben, der fatalen Postleitzahl, die jeden zum Tod verurteilt. Wer aus dem Quartier Bethlehem mit seinen Hochhaussiedlungen stammt, hat nichts zu lachen, und Lastcall weiß, wovon er spricht.

Unweit vom Tscharnergut hält eine Polizeistreife an. Ohne auszusteigen, bei offenen Fenstern, hören die beiden Bullen eine Weile dem Rapper zu. In hartem Staccato singt er von der kalten Schweiz, die ihn links liegen lässt, von Unterdrückung und spießigen Bürgern, die mit ihm nichts zu tun haben wollen. Es gibt nur einen Weg: Jeder Mensch muss sich neu erfinden, auch er. Rapper will er werden. Fürs Rappen reicht sein Talent, er braucht keine Lehre und keinen fiesen Boss. Er wird nicht länger Verlierer sein. Geld wird er machen, und dann wird ihn niemand verachten.

„Der Wichser wird noch auf die Welt kommen", brummt einer der Polizisten. Der andere findet den Auftritt nicht übel. „Seine Texte bringen echt ein paar Dinge auf den Punkt. Noch dazu sind sie auf Hochdeutsch. Ist dir klar, warum?"

„Weil er nicht Berndeutsch kann."

„Nein, weil er international mitmischen will. Er will in München und Berlin auftreten, und wenn es nach den Straßenkids da drüben geht, wird er es schaffen."

„Meinst du, wir sollen eine Runde drehen?"

Schweigend beobachten die beiden Polizisten das Areal. Die entspannte Stimmung schwappt bis ins Innere des Dienstwagens. Keine Schlägerei. Keine aufblitzenden Messer.

„Alles friedlich", meint der eine.

„Sie haben uns längst gesehen", konstatiert der andere und startet den Motor.

Auf dem Weg Richtung Bümpliz erreicht die Polizisten ein Funkspruch. Ein anonymer Anrufer behauptet, im Tscharnergut seien wieder Drogendealer unterwegs. Die Polizisten erhalten den Auftrag, zur Tankstelle in der Fellerstraße zu fahren. Dort warte Unterstützung auf sie.

Im Schutz der Dunkelheit nähert sich die Truppe der Hochhaussiedlung.

Eine Weile tut sich nichts. Dann tauchen zwei Jungs in weißen Sweatshirts und Jeans auf. Gelassen blicken sie um sich, bevor sie zum Spielplatz schlendern. Dann versperrt der Kletterturm den Polizisten die Sicht auf die Jungs. Als sie die beiden wieder im Blickfeld haben, sitzen die zwei sorglos auf der Wippe und unterhalten sich. Ein Junge mit sturmfester Tolle gesellt sich zu ihnen. Im Nu dimmen sie die Lautstärke ihres Gesprächs.

„Zugreifen", befiehlt der Einsatzleiter. Die Polizisten kreisen den Spielplatz ein und steuern auf die Jungs zu, die das Spektakel teilnahmslos beobachten.

„Keine Bewegung", bellt der Einsatzleiter mit gezogener Pistole. Er erntet breites Grinsen. Die drei Jungs mimen Klosterschüler, die nicht wissen, wie ihnen geschieht. Dabei ist allen Beteiligten klar, dass ein Drogengeschäft abgewickelt wurde. Die drei werden von Kopf bis Fuß gefilzt. Ohne Erfolg. Wo haben sie die Ware so schnell versteckt? Der Drogenhund braucht für die Antwort gerade mal drei Minuten. Er kläfft die Wippe an und weicht nicht mehr von der Stelle. Der Griff zum Festhalten auf der Schaukel lässt sich abnehmen. Einer der Polizisten linst ins gebogene Eisenrohr, krault den Hund und dann reicht er seinem Kollegen eine Tüte nach der andern.

„Jetzt kriegen wir sie dran", verkündet er.

ભ

Die Brüder Milenkovic und der Albaner werden eine knappe Stunde später freigelassen. Wortlos entfernen sie sich von der Polizeiwache. Die Bullen haben ihnen den Abend versaut und gegessen haben sie auch noch nichts. Erst als sie in die Straße einbiegen, in der der Beth-Treff liegt, murrt Dario: „Eine Schweinerei, dass einen die Bullen vom Schlaf abhalten. Schon gestern ist es verdammt spät geworden."

„Hör auf, mit vierzehn ist man kein Baby mehr", sagt Josip unwirsch. Sofort reißt sich Dario zusammen. Wenn er es sich mit seinem älteren Bruder verscherzt, beschützt der ihn vielleicht nicht mehr.

„Glaubst du, jemand hat uns verpfiffen", fragt er Josip.

„Ja, und soll ich dir sagen, wer?" Josip bleibt stehen und tippt seinem Bruder auf die Brust: „Wetten, das war die Serbenhure?"

„Die hab ich heute nicht gesehen", mischt sich der Albaner ein. „Ich hab so ein Gefühl, dass unser Streetworker dahintersteckt."

„Dem trau ich schon lang nicht mehr über den Weg." Josip unterstreicht seine Meinung mit einer wegwerfenden Handbewegung.

„Eigentlich sollte der auf unsrer Seite sein", empört sich Dario. „Schließlich ist er hier der Boss."

„Verrecken soll er. Biedert sich bei allen an, anstatt seine Arbeit zu machen. Der ist kein echter Streetworker, der ist ein Straßenköter", schimpft Josip.

„Ein Scheißkerl ist er. Ich sag euch, der steckt mit der Serbenhure unter einer Decke." Dario bleibt stehen, und setzt ein paar Haken in die Luft. „Ein freundschaftlicher Besuch würde eigentlich nicht schaden."

Im Nu entsteht eine wilde Rauferei, es wird geboxt und getreten, bis Josip den Kampf stoppt. Aufgeheizt, wie sie sind, steuern sie ohne Umweg den Beth-Treff an. Die Lampen im Café brennen noch.

Hänny packt gerade seine Tasche, als er die Tür gehen hört. Er blickt auf, sieht die drei Jungs hereinstürmen, und ahnt, dass sie auf eine Schlägerei aus sind. Angst kennt er nicht, im Gegenteil, er freut sich auf den Abendsport. Wenn man die Kraft des Angriffs ableitet, kann man den Gegner mit derselben Kraft angriffsunfähig machen. Das ist alles. Es geht nichts über Aikido im Alltag, denkt Hänny noch, bevor er Josip zu Boden wirft, den kleinen Bruder obendrauf knallt und den Albaner mit einer speziellen Haltetechnik abwehrt. Josip stürzt sich erneut auf Hänny, aber der verkeilt ihn so raffiniert, als hätte er ihn gefesselt. Dann, ganz abrupt, lässt Hänny ihn los und greift zu seiner Tasche.

Dario und der Albaner haben genug. Mit der blöden Kampfart wollen sie nichts zu tun haben, so ein Schlitzaugensport ist nichts für harte Jungs, und die Regeln versteht sowieso kein Schwein. Eine zünftige Schlägerei ist da schon was anderes, da kann man wenigstens richtig reinhauen.

Ohne Hänny aus den Augen zu lassen, gehen die

beiden rückwärts in Richtung Tür. Josip dagegen pflanzt sich vor Hänny auf. „Verräter", zischt er, „ich schwöre dir, das wirst du büßen."

Hänny weiß nicht, wovon Josip redet.

„Du hast uns die Bullen auf den Hals gehetzt. Und warum, he? Das hat die Serbenhure von dir verlangt. Die will uns fertig machen, und du stellst dich auf ihre Seite. Das heißt, auch du bist gegen uns und willst uns fertig machen. Ihr seid alle Scheiße, die Bullen, die Streetworker, die Politiker. Scheiße seid ihr."

Josip versetzt dem Stuhl einen Tritt, worauf der umkippt. Hänny stellt ihn wieder auf und antwortet nüchtern: „Nur um die Sache klarzustellen, mein Job als Sozialarbeiter hat nichts mit den Bullen zu tun. Okay? Wenn ihr beim Dealen erwischt werdet, hat das nichts mit mir zu tun. Okay? Und jetzt zu euren Geschäften: Ich hab euch oft genug erklärt, dass ihr die Finger davonlassen sollt. Ihr wollt nicht hören. Und ich finde das ziemlich ärgerlich, denn mit Heroin ist nicht zu spaßen. Ich will, dass das aufhört, weil ich nicht will, dass es hier noch mehr Abhängige gibt. Okay? Ihr könnt davon ausgehen, dass mir etwas einfallen wird, um euch stoppen."

Er geht auf Josip zu und weist zur Tür: „Und jetzt zisch ab."

Hänny schließt die Tür, sperrt ab und greift zum Handy: „Was willst du so spät", bellt ihm die Stimme ungehalten entgegen. Hänny feixt. Milenkovic hat seine Nummer erkannt. „Deine Söhne werden gleich heimkommen. Sie sind wieder einmal beim Dealen erwischt worden."

„Blödsinn, was du da erzählst. Josip ist sauber, und der Kleine macht nur das, was ihm sein Bruder befiehlt."

„Ich hab keine Lust, mit dir über dieses Thema zu

reden. Josip und Dario handeln mit Drogen, und ich will, dass du das unterbindest. In meinem Territorium, und das ist ganz Bümpliz mit seinen Hochhaussiedlungen, haben deine Söhne ab sofort keine krummen Dinge mehr zu drehen."

Milenkovic lacht. Es ist kein gutes Lachen. „Wer bist du? Der Gemeindepräsident? Der Polizeichef? Scher dich um deinen eigenen Mist."

„Mach ich. Ich sag dir nur eins: Wenn du deine Jungs nicht zurückpfeifst, werde ich der Polizei ein paar Sachen stecken, was dich betrifft, und das wird dir garantiert nicht gefallen."

Diese Botschaft versteht Milenkovic. Er unterbricht die Verbindung ohne weiteren Kommentar.

„Mit der verrotteten Familie hat man bloß Scherereien", brummt Hänny. „Die Söhne sind um nichts besser als der Vater. Greifen alles ab, was Geld bringt."

Er genehmigt sich eine Cola und trinkt die Dose in einem Zug fast leer. Die Kohlensäure lässt ihn aufstoßen. Er rülpst laut und stellt die Cola angewidert ab. Müdigkeit überfällt ihn. Er lässt sich aufs verlotterte Sofa fallen und ist heilfroh, dass er dem elenden Milenkovic endlich Paroli bieten konnte. Ohne die satten Informationen, die Lela ihm geliefert hat, wäre er dem miesen Kerl nach wie vor ausgeliefert. Lela. Sie gefällt ihm. Was sie jetzt gerade macht? Er würde gern mit ihr reden. Noch lieber hätte er sie neben sich. Er wirft einen Blick auf die Uhr. Weder noch, beschließt er und parkt seine Gefühle im Depot.

Geräuschlos steigen Josip und Dario die Treppen zum fünften Stock hoch, immer zwei Stufen auf einmal. Den Lift verwenden sie um diese Zeit nicht, weil die Lifttür beim Einschnappen vom Schloss unangenehm laut klickt. Der Vater erwacht meistens, und wenn nicht davon, dann vom Aufsperren der Wohnungstür. Und das heißt Zoff. In der fünften Etage bleibt Josip stehen. „Mama hat uns die Tür offengelassen", flüstert er erleichtert. Die beiden Jungs schlüpfen in die Wohnung, und die Mutter schleust sie vorsichtig in ihr Zimmer. Als sie sich neben ihren Mann hinlegt, fährt der sie an: „Du hast nicht die Brut zu verteidigen, du hast mir zu gehorchen, nur mir, hörst du." Er drischt auf sie ein, und die Schläge treffen Kopf und Brust und Arme. Sie wehrt sich, so gut sie kann, ohne auch nur einen Mucks von sich zu geben. dass sie nicht weint, ödet Milenkovic an. Er steht auf. Er hat mit den Jungs noch etwas zu regeln. Sein schwerer Schritt verheißt nichts Gutes. Mit dem Fuß stößt er die Tür zum Kinderzimmer auf.

„Wo ist Dario", herrscht er Josip an.

„Hinter mir im Schrank. Schlag mich k.o. und er gehört dir." Milenkovic will seinen respektlosen Sohn packen, doch etwas in ihm warnt ihn davor. Wenn er Josip eine Kopfnuss verpasst, beginnt der zu kreischen, als würde er ihn abstechen, und das macht sich mitten in der Nacht nicht gut, weil dann die Bullen klingeln.

„Irgendwann krieg ich dich", zischt er, bevor er wutschnaubend das Zimmer verlässt.

„Hab ich mich nicht immer um euch gekümmert", hören ihn die Jungs im Elternschlafzimmer und vermuten, dass die Mutter wie immer nickt. „Habt ihr nicht genug zu essen? Habt ihr keinen Fernseher? Und Fahrräder? Und modische Jeans?"

„Die Jeans sind von Vögele", flüstert Dario entrüstet.

„Der Alte meint das nur. In Wirklichkeit kaufen wir sie bei Kitchener, weil wir gute Geschäfte machen", korrigiert ihn Josip.

Offenbar wagt die Mutter einen leisen Einwand.

„Dort würden wir am Hungertuch nagen",

protestiert der Vater heftig.

Die Eltern nähern sich ihrem Lieblingsstreit, ahnt Dario. Die Mutter sehnt sich nach der Heimat, und der Vater verteidigt das Land, das sein Bankgeheimnis verloren hat.

„Hör auf zu jammern, bevor ich die Nerven verlier. Du bist zu nichts nutze, und die Söhne sind zu blöd für die Schule. Was hab ich alles unternommen, damit wir in die Schweiz ziehen können, und wie dankt ihr mir das?"

Einen Dreck hat er für uns gemacht, denkt Josip. Abhauen hat er müssen, weil er sonst in Zagreb gelyncht worden wär. So schaut es aus.

Dario schläft schon, als dem Vater endlich die Fragen ausgehen. Morgen früh, vor der Arbeit, muss er sich die Jungs vorknöpfen. Sie sollen ihre Geschäfte nicht vor der Haustür abwickeln. Das ist das letzte, was Milenkovic einfällt, bevor endlich Ruhe einkehrt. Sein Schnarchen signalisiert Friede in den vier Wänden.

Josip aber liegt noch lange wach. Ihn beschäftigt das gleiche Thema. Wie und wo kann man dealen, ohne dass es der Polizei auffällt?

☙

Schwungvoll betritt Bertschi das Büro. Beta sitzt mit dem Rücken zur Tür am Schreibtisch und winkt ihm zu, ohne sich umzudrehen. Bertschi pirscht sich an seine Kollegin heran, um sie zu erschrecken. Doch just in diesem Augenblick stößt sich Beta von der Tischkante ab und rammt mit ihrem Bürostuhl gegen Bertschis Schienbein.

Bertschi stöhnt und jammert und ist stinksauer. Er wird sich schon wieder beruhigen, denkt Beta, und wendet sich wieder dem Computer zu.

„Vom Spurendienst liegen neue Ergebnisse vor",

sagt sie, ohne sich umzudrehen.

„Die hab ich gelesen", erwidert Bertschi grantig, „So ein Blödsinn. Die halben Fingerabdrücke auf dem Seil und die halben auf der Bahre sind identisch. Burger meint wohl, dass zwei halbe Spuren eine ganze ergeben."

„Immerhin wissen wir jetzt, dass nur eine Person am Werk war", wendet Beta ein.

Bertschi lacht höhnisch auf. „Wie bitte hat diese eine Person die Bahre getragen? Und wie erledigt ein einziger Mensch die Arbeit eines Henkers? Und vergiss nicht, dass auf einem der Schuhe ein weiterer Fingerabdruck existiert, den wir noch niemandem zuordnen können.

Beta zieht eine Grimasse. „Ich kann nicht denken, wenn du sauer auf mich bist. Ich hole Kaffee. Willst du auch einen?"

Bertschi übt sich in erlesener Höflichkeit. „Ja bitte, das würde mich freuen. Ich werfe inzwischen einen Blick auf die Vermisstmeldungen."

Später nippen beide an ihrem Kaffee, und Bertschi kann nicht verstehen, dass niemand die Tote vermisst.

„Wart's ab! Du würdest doch auch nicht sofort die Polizei rufen, nur weil du deinen Freund gerade nicht erreichst. Manchmal dauert es Tage, bis man merkt, dass etwas nicht stimmt."

„Genau. Warum verbrenne ich mir beim Kaffeetrinken nicht mehr die Finger?"

Beta wiegt den Kopf. „Diese Frage muss geklärt werden. Wen betrauen wir mit der Aufgabe? Emmer?"

„Elendes Weib." Bertschi versinkt in die Betrachtung des Bechers. „Der ist hitzebeständig. Seit wann führen wir das schicke Teil?"

„Seit heute. Unser Chef behauptet, seine Mannschaft

verbrenne sich sonst schon oft genug die Finger."

Beta stellt den inneren Schalter um. „Was sagt die Pathologie?"

„Die DNA des Fötus steht noch aus. Aber in der momentanen Situation würde uns das Ergebnis auch nicht nützen. Alles steht und fällt mit der Identifizierung der Toten."

„Ich möchte mich mit dem Pilzsammler unterhalten. Der Mann kennt Bethlehem wie seine Westentasche", sagt Beta. Sie greift zum Handy und tippt dessen Nummer ein. Matter sei im Dienst und komme erst um zwei Uhr heim. Kurz entschlossen ruft sie Matter an seiner Arbeitsstelle an und vereinbart mit ihm ein Treffen.

Bertschi studiert wieder und wieder die Unterlagen zum Fall der unbekannten Toten. „Vielleicht hat der Mord gar nichts mit Bethlehem zu tun."

„Das hast du schon gestern gesagt. Aber deine Vermutung wird nicht wahrer, indem du sie wie ein Mantra herunterleierst. Laut Statistik wählt ein Verbrecher den Tatort ganz bewusst, meistens jedenfalls. Wir können also davon ausgehen, dass die Täter, es sind ja mindestens zwei, entweder direkt aus Bethlehem stammen, sicher jedoch aus der Region Bern. So oder so ist ihnen der Wald vertraut. Deshalb hoffe ich ja, dass uns das Gespräch mit Matter weiterbringt."

„Kann sein", meint Bertschi. „Mich verunsichert die Tatsache, dass die Frau offensichtlich mit dem Tod bestraft wurde. Geht es um Ehrenmord? Handelt es sich um Täter mit Migrationshintergrund?"

„Vielleicht wurde die Frau nicht mit dem Tod bestraft, sondern aus dem Weg geräumt. Das würde auf ein Beziehungsdrama hindeuten, bei dem ein störender Dritter beseitigt wird."

„Mir fällt gerade der Junge ein, den die Mutter

umbracht hat, weil er nicht in das neue Leben mit neuem Mann passte."

„Das Skelett im Felsloch", murmelt Beta, und wirft einen Blick auf ihre Uhr. „Hör zu, ich geh shoppen und bin pünktlich für Matter zurück."

„Hallo! Du gehst einkaufen, und ich erledige die Arbeit? So geht das nicht."

Beta verlegt sich aufs Bitten. „Fabienne hat Geburtstag und ich muss ein Geschenk kaufen. Ich weiß, was ich kaufen will, und ich bin sofort zurück."

Als Beta eine halbe Stunde später auftaucht, packt Bertschi die Neugier. Er deutet auf die Hochglanztüte in edlem Design. „Herzeigen."

Der violette Windstopper überzeugt ihn als Sportfan. Und dann gibt es noch ein Buch mit dem Titel: 'Wann endlich wird es wieder so wie es nie war." Der Klappentext weckt Bertschis Interesse, und er fragt sich, wie das ist, zwischen körperlich und geistig Behinderten als Sohn des Direktors einer Kinderpsychiatrie aufzuwachsen.

Das Sekretariat benachrichtigt Beta, dass Herr Matter im Konferenzraum 1 warte.

„Schön, dass Sie so schnell vorbeikommen", begrüßt sie Herrn Matter und staunt über seine Körperfülle. War er vorgestern nicht viel schlanker?

„Wir wissen noch nicht, wer die Tote ist, deshalb ermitteln wir in alle Richtungen. Jemand vom Spurendienst kommt jetzt gleich wegen der Fingerabdrücke vorbei. Inzwischen können wir uns austauschen. Mir scheint, dass Sie sich in Bethlehem gut auskennen."

„Das stimmt, ich bin so was wie ein Eingeborener, und ich bin gut vernetzt. Aber die Frau, die da am Baum gehangen hat, ist mir nie begegnet. Höchstwahrscheinlich stammt sie nicht aus meinem Quartier. In der

Innenstadt von Bern sieht man einige Frauen, die so gekleidet sind wie die Tote - mit Rock und Leggings und Kapuzenpulli. Die legen Wert auf Selbstbestimmung und lassen sich von den Männern nichts sagen. Anno dazumal nannte man sie Emanzen."

Matter wirft seinem Gegenüber einen prüfenden Blick zu. Beta lächelt freundlich. Wenn der Mann wüsste, dass sie kürzlich einen Rock samt Leggings gekauft hat! Und daheim bei ihr stapeln sich die Kapuzenpullis.

„Manche Männer hassen selbstbewusste Frauen. Sind Ihnen solche Männer in Ihrer Umgebung begegnet?"

Matter streicht über seine widerborstigen Haare, die einen Moment kuschen, nur um sich dann wieder aufzurichten. Er taxiert Beta. „Sie sind zwar aus Bern, aber Bethlehem kennen Sie nur vom Hörensagen. Stimmt's?"

„Ganz so wild ist es nicht", verteidigt sich Beta.

„Nur so unter uns: Bethlehem ist die ideale Brutstätte für frauenfeindliche Aktivitäten."

Beta setzt ihre kritische Miene auf. Von Stammtisch-Rhetorik hält sie nichts. Ihre abweisende Miene bleibt Matter nicht verborgen. „Sehen Sie, das ist das Problem mit euch. Ihr habt keine Ahnung vom Leben im Ghetto, aber ihr glaubt genau zu wissen, wie man mit den Leuten dort umgehen soll."

Kompaktes Schweigen breitet sich aus.

Schließlich fährt Matter besonnen fort: „Manchen Menschen mit Migrationshintergrund fehlt es schlichtweg an demokratischer Erfahrung. Das heißt, man muss sie an eine andere Denkweise erst hinführen. Begriffe wie Gleichberechtigung, Freiheit und Selbstbestimmung sind für sie oft leere

Worthülsen. Zudem muss man von ihnen Verantwortung für ihr Tun fordern. Leider ist da viel versäumt worden, und die Handvoll Schweizer, die in den Wohnblöcken leben, sind selten ein gutes Beispiel. Meist untere Schicht, oft reaktionär und autoritär."

„Scheint ein schwieriger Flecken Welt zu sein."

Ein Kollege vom Spurendienst betritt den Raum. Er breitet seine Utensilien aus und nimmt Matters Fingerabdrücke. Ein paar Minuten später kann Beta das Gespräch ungestört fortsetzen. Warum er dort ausharre und sich nicht anderswo eine Wohnung gesucht habe, will sie wissen.

„Als ich vor dreißig Jahren heiratete, war Bethlehem wie ein großes Dorf, trotz der Hochhäuser. Man kannte sich, und vor allem pflegte man freundschaftlichen Kontakt zu den Ausländern."

Matter beginnt zu lächeln. „So nannte man sie zu jener Zeit. Das Leben damals war spannend und abwechslungsreich. Bei den Vietnamesen lernte ich kochen, mit den Italienern veranstaltete ich Weinproben, und mein Hausarzt war ein Iraner, der Klavier spielen konnte. Doch in der Neunzigern veränderten sich die Strukturen. Das Leben auf der Straße verrohte, und es entstand eine Subkultur mit kriminellen Auswüchsen. Als ich mir endlich eingestand, wie sehr die Lebensqualität abgenommen hatte, war es zu spät. Wir, meine Frau und ich, hatten nicht mehr den Mumm, neu anzufangen."

Beta denkt an ihre Lieblingstante, die sich mit zweiundsiebzig in ein Dreigenerationen-Projekt einklinkte. Zwei Jahre später bezog sie eine neue Wohnung in einem anderen Stadtviertel. Tante Elsa ist halt ein Fall für sich. Welche Frau ihres Alters tanzt schon wie eine Verrückte und gesellt sich zu den Jungen draußen vor der

Tür, um zu rauchen. Tante Elsa würde nicht stehenbleiben. Aufstehen würde sie, um sich ein besseres Umfeld zu suchen.

„Auf einer Hauswand steht rot gesprayt, dass in der Betonwüste nur noch die Neurosen blühen", sagt Matter.

Ob Matter jemanden aus der Szene kenne, erkundigt sich Beta.

„Meinen Sie die Jungs, die dealen? Die treffen sich beim Quartierzentrum Bethlehem. Überhaupt trifft sich dort alles, was jung und in ist, auch diese Kindfrauen, die keine vierzehn sind, und dann natürlich Rapper und Hiphopper, Jongleure und Zirkusartisten. Ein buntes Volk, das da zusammenkommt."

„Kennen Sie jemand persönlich?", wiederholt Beta.

Matter schüttelt den Kopf. Nach einer Weile fügt er hinzu: „Mit dem Streetworker habe ich schon ein paarmal gesprochen. Der ist in Ordnung, und der weiß Bescheid."

Nachdem sie die Adresse vom Beth-Treff notiert hat, begleitet Beta Matter zur Tür. Der bleibt plötzlich stehen. „Ein paarmal ist eine Frau aufgekreuzt. Die hat die Leute in Bethlehem mit Fragen gelöchert. Als dann die Reportage erschien, waren landauf landab alle empört. Sodom und Gomorrha herrsche da, nur ein paar Kilometer vom Bundeshaus entfernt."

„Kennen Sie die Journalistin? Wie heißt sie?"

Matter zuckt mit der Schulter. „Ihren Namen habe ich vergessen. Aber ich habe sie einmal gesehen. Hübsch, blonde Haare, von ihrer Arbeit beseelt. Der Streetworker hat sich öfters mit ihr unterhalten. Der weiß sicher mehr über sie."

Betas Handy läutet. Jemand scheint sie mit Informationen zu überschütten.

Kaum hat sie aufgelegt, wendet sich Beta an Herrn Matter. „Jetzt müssen Sie mir erklären, warum sich Ihre Fingerabdrücke auf der Ermordeten befinden. Haben Sie die Frau erhängt?"

Matter erstarrt. „Du meine Güte! Ich habe der Toten den offenen Schnürsenkel gebunden. Fragen Sie mich nicht, warum. Wahrscheinlich, weil ich schockiert war."

„Aber warum haben Sie das nicht erwähnt?"

„Weil ich es vergessen habe."

„Ich hoffe nur, Sie haben keine wesentlichen Spuren zerstört. Entschuldigen Sie mich, aber ich muss weiter. Besten Dank für Ihre Auskunft. Wenn Ihnen noch etwas einfällt …"

Mit Riesenschritten stürmt Beta durch den Gang des Kommissariats. Sie reißt die Tür auf und schmettert: „Ich glaube, jetzt geht's weiter."

„Das glaube ich auch", sagt Bertschi.

Beta stutzt. „Wie jetzt, nimmst du mich auf den Arm?"

„Dafür bin ich eine zu ernste Natur", weist Bertschi den Verdacht von sich, und denkt an sein Schienbein, das sicher schon in allen Regenbogenfarben schillert. „Also, leg los."

Entgegen ihrer sonstigen Gewohnheit umreißt Beta das Gespräch mit Matter in wenigen Zügen, denn sie platzt fast vor Neugier.

„Und du, was hast du auf Lager?"

„Ein Zeiter hat sich gemeldet. Er ist Fotograf, spezialisiert auf Fotoreportagen, und hat ein Atelier in der Unterstadt. Für morgen steht eine gemeinsame Arbeit mit der Journalistin Lela Petrovic auf seiner Agenda. Diese Petrovic will einen Bericht über die Wagenburg am Stadtrand von Bern schreiben. Die Fotos dazu liefert Zeiter. Er versucht seit drei Tagen, seine Kollegin zu erreichen, um mit ihr das Vorgehen zu besprechen. Obwohl er jedes Mal eine Nachricht hinterlässt, meldet sie sich nicht. Dieses Verhalten irritiert ihn, denn die Frau ist verlässlich und teamerprobt, sagt er. Er befürchtet, dass ihr etwas passiert ist."

„Stopp", unterbricht Beta die Schilderung. „Passt die Beschreibung der Toten auf die Petrovic?"

„Mit an Sicherheit grenzender Wahrscheinlichkeit." Beide Kommissare atmen wie auf Kommando tief ein, so, als könnten sie nicht genug Sauerstoff kriegen.

Bertschi fährt fort: „Diese Petrovic wohnt in Ittigen. Ich treffe Zeiter um drei vor dem Wohnblock. Er besitzt keinen Schlüssel zu ihrer Wohnung, aber ich hoffe, wir können den Hausmeister auftreiben."

Beta streckt und dehnt sich, dass die Knochen knacksen. „Endlich haben wir eine Spur", seufzt sie zufrieden.

„Schau mal auf deinen Schreibtisch", fordert Bertschi sie auf. Auf der Tastatur liegen zwei Seiten Infos über die Journalistin. Beta überfliegt den Text. „Da haben wir ihn, den Bezug zu Bethlehem", bemerkt sie. „Die Petrovic hat von sieben bis elf dort gelebt. Danach zog die Familie in den Breitenrain."

„Sie hat Germanistik und Philosophie studiert", sagt Bertschi.

„Sie hat quasi für jede renommierte Zeitung geschrieben, auch fürs Geo und für den Spiegel. Die Redaktionen scheinen sich um sie zu reißen."

„Beeindruckend", findet auch Bertschi. „Hast du etwas von ihr gelesen?"

Beta schüttelt den Kopf und fährt mit dem Zeigefinger die Liste entlang. „Bertschi, die Reportage über Bethlehem ist auch aufgeführt." Beta fertigt zwei Kopien an, und dann versenken sich beide ins Manuskript.

Nach der Lektüre schauen sie sich an.

„Die zieht aber heftig übers Viertel her. Wie kann man nur so hart urteilen. Ich hätte eine Stinkwut auf die Frau, wär ich aus Bethlehem."

„Du bist zu emotional. Ich gehe davon aus, dass die Petrovic sorgfältig recherchiert hat. Schließlich steht ihr Ruf als herausragende Journalistin auf dem Spiel. Natürlich beschönigt der Artikel nichts. Für mich als Leser stellt sich nur die Frage, ob es sich um Fakten oder um Behauptungen handelt. Stimmt es, dass Bethlehem das Mekka der Wirtschaftsflüchtlinge ist? Dass sich die Migranten vom Staat durchfüttern lassen und nebenbei illegalen Geschäften nachgehen? Dass sich politisch verfolgte Asylbewerber lieber in einer anderen Gegend niederlassen, um den Makel der Wohnadresse Bümpliz zu vermeiden? Ist es wahr, dass der Handel mit Sex und Drogen nirgendwo mehr blüht als zwischen den Hochhäusern? Wenn dem wirklich so ist, zieht die Petrovic den einzig richtigen Schluss: die Polizei ist korrupt. Sonst würde sie, wie in anderen Quartieren auch, regelmäßige Kontrollen durchführen."

„Ich glaube, die Frau übertreibt schamlos. Sogar an den Richtern lässt sie kein gutes Haar."

„Ich muss mich da erst schlau machen. Aber eigenartig ist schon, wie oft angeklagte Migranten aus Mangel an Beweisen freigesprochen werden."

Nachdenklich lehnt sich Beta im Stuhl zurück. Hat nicht Matter, der eifrige Pilzsammler, ähnliche Zustände erwähnt? Beta hält nichts vom Slogan 'Das Boot ist voll'. Aber genau so wenig akzeptiert sie falsch verstandene Toleranz, bloß um den Problemen auszuweichen. Irgendetwas ist da in den letzten 25 Jahren schiefgelaufen.

„Es sieht ganz so aus, als wären wir mit unsrer

Ausländerpolitik gescheitert", stellt sie kleinlaut fest.

Bertschi, der die Sache distanziert betrachtet, meint: „Unser Umgang mit Migranten hat sich vor allem wegen der Zuwanderungspolitik der EU verändert. Wir schaffen es nicht, Menschen aus anderen Ländern vernünftig zu integrieren. Man sagt doch immer, wir müssen fördern und fordern. Und was machen wir? Wir schauen weg und halten die Ohren zu. Und die Unangepassten schieben wir in Randbezirke, damit wir uns nicht ständig überlegen müssen, was wir verkehrt machen."

„Wir, du und ich und viele mehr, wir sind das Schweizer Volk. Manchmal denke ich, wir haben zu wenig Fantasie und sind mutlos."

Beta greift zu ihrer Tasche.

„Es dauert stets eine halbe Ewigkeit, bis wir Schweizer einen Entschluss fassen", murmelt Beta.

„Wir sind Schlafmützen. Penner sind wir!"

∞

In Ittigen an der Haustür der Mühlenstraße 16 wartet ein großer, schlanker Mann. „Das wird er sein", meint Bertschi und späht nach einem Parkplatz.

„Stell ihn da vorn unter der Linde ab! Mach doch!"

Warum ist Bertschi so lahmarschig, jetzt, wo sie gleich mehr über die Identität der Toten erfahren werden?

Nach der Begrüßung wiederholt Zeiter, er besitze keinen Schlüssel zur Wohnung seiner Kollegin. Während Bertschi versucht, den Hauswart aufzutreiben, befasst sich Beta mit dem Fotografen. Ob er oft mit der Petrovic zusammenarbeite.

„Ab und zu", antwortet Zeiter vage. Beta lächelt ihn an und wartet auf Einzelheiten.

„Das letzte Mal haben wir eine Reportage über

54

Bethlehem gemacht." Beta lächelt weiter, aber der junge Mann, Beta schätzt ihn auf Mitte Dreißig, scheint mundfaul zu sein. Warten muss man können. Sie reißt sich am Riemen und verharrt lächelnd.

„Wenn sie nur diplomatischer wäre! Andauernd legt sie sich mit jemandem an, und wundert sich dann, dass sie attackiert wird."

„Nimmt sie ihre Gesprächspartner in die Zange?"

Zeiter zögert. „Ja, das trifft die Sache", antwortet er. „Sie wird nie ausfällig. Sie sagt bloß die Wahrheit, und wer mag die schon hören?" Sein boshaftes Grinsen verleitet Beta zu einer indiskreten Frage: „Und Sie? Vertragen Sie die Wahrheit?"

Zeiter hebt die rechte Augenbraue und kontert: „Sie vielleicht?"

Nicht schlecht, speichert Beta, auf den Mund gefallen ist er nicht.

„Ich habe den Artikel über Bethlehem gelesen. Ist Frau Petrovic nach der Veröffentlichung beschimpft worden?"

„Ja, per Telefon und per Mail. Aber sie steckte die Angriffe und Beleidigungen gleichmütig weg."

„Klingt ganz so, als befinde sie sich auf einem beschwerlichen Weg. Den kann man nicht lange durchhalten, auch wenn man im Recht ist."

„Meine Rede. Aber sie lässt kein Argument gelten. Für sie ist Wahrheit ein absolutes Gut, eine nicht verhandelbare Größe, die man vor Manipulation schützen muss. "

Bertschi taucht zusammen mit dem Hausmeister auf. Herr Conti begrüßt Beta Bianca. Als er dem Fotograf die Hand drückt, sagt er: „Sie waren öfters hier, nicht wahr?"

Zeiter hat Conti noch nie gesehen. Auch einer von

denen, die am Fenster hinter der Gardine stehen und in die Welt linsen. Nachdem sich Conti überzeugt hat, dass zwei von der Kripo Bern vor ihm stehen, händigt er Beta den Schlüssel aus, und wendet sich an Zeiter. „Dritter Stock links, Sie wissen, wo."

„Moment bitte. Wann haben Sie Frau Petrovic zum letzten Mal gesehen?", erkundigt sich Beta.

„Ich habe Ihrem Kollegen alles gesagt, was ich weiß. Sie entschuldigen mich, ich habe einen dringenden Termin." Conti entfernt sich schnellen Schritts.

Bertschi wirft Beta einen Blick zu und verdreht die Augen. Nicht wegen des Hausmeisters, sondern wegen ihr. Ist doch klar, dass er Conti die einschlägigen Fragen gestellt hat. Vertrauen ist einfach nicht ihr Ding, sie muss alles überwachen.

Beta schließt die Tür auf, die nur zugezogen, aber nicht abgesperrt ist. Abgestandene Luft weht ihr entgegen. Sie geht zum Fenster und öffnet es.

„Der Fotograf geht zielstrebig durch die ganze Wohnung. „Sie ist nicht da", stellt er fest.

„Bitte fassen Sie nichts an. Gibt es irgendwo ein Foto von ihr", will Bertschi wissen.

„Wahrscheinlich in einem Album", brummt Zeiter und betritt wieder das Schlafzimmer. Bertschi folgt ihm. An der Wand entlang dem Kopfende des Bettes, verläuft drei Handbreit unter der Zimmerdecke ein Zierstreifen. Macht sich gut, der schwarzweißgraue Ton, konstatiert Bertschi, und nähert sich dem zehnfrankenbreiten Band, um es in Augenschein zu nehmen.

„Das sind Fotos", ruft er erstaunt aus und geht den Bildern entlang. „Sehen Sie eins von Frau Petrovic?"

Zeiter weist mit dem Finger auf das eine oder andere. Bertschi zieht einen Stuhl heran, und steigt hoch, um die Fotos von Nahem zu betrachten. „Das Format ist zu klein", stellt er fest.

„Herr Zeiter, kommen Sie mal", ruft Beta aus dem Wohnzimmer, und weist auf ein Foto in Normgröße. „Ist sie das?" Zeiter starrt das Foto an. Er nickt. Bertschi und Beta wechseln einen Blick. Das ist die Tote.

Bertschi wendet sich an den Fotograf. „Vor drei Tagen wurde im Wald oberhalb von Bethlehem eine weibliche Leiche aufgefunden. Anhand dieses Fotos gehen wir davon aus, dass es sich um Frau Petrovic handelt. Um ganz sicher zu sein, müssen wir Sie bitten, uns in die Pathologie zu begleiten, damit die Tote identifiziert werden kann."

„Ich habe keine Zeit, ich muss mich um einen Ersatz für Frau Petrovic kümmern, sonst geht mir der Auftrag flöten", protestiert Zeiter heftig.

Er erhält keine Antwort und ahnt, dass er unpassend reagiert hat. „Sorry, ich steh unter Schock. Was war Ihre Frage?" Beta wiederholt sie, und Zeiter nickt. Die Kommissarin und der Fotograf machen sich in Zeiters Auto auf den Weg, während Bertschi den Wohnungsschlüssel zurückgibt. Der unzufriedene Blick des Hausmeisters verfolgt ihn, als Bertschi in seinen Wagen steigt. Conti hat wissen wollen, ob die Petrovic etwas auf dem Kerbholz habe. Darauf meinte Bertschi bloß, dass er ihn beizeiten informieren werde.

„Die aus dem Osten sind allesamt in dreckige Geschäfte verwickelt", nuschelt Conti vor sich hin.

∞

Auf dem Weg ins Kommissariat begleitet Bertschi ein hartnäckiges Knurren seines Magens. Das Croissant, das Florian ihm ans Bett brachte, war nicht als Basis für einen ausufernden Arbeitstag geeignet. Wiederkäuer sollte man sein. Er betritt sein Büro, schlägt den kürzesten Weg zum Schreibtisch ein, schiebt alle Papiere zur

Seite, und studiert die mit Klebstreifen fixierte Speisekarte des Italieners. Er wählt Beta an. Die sieht seine Nummer und sagt bloß: „Volltreffer." Gut, antwortet er. Ob sie essen möchte? Nummer fünf, erwidert sie.

Beta trifft zur gleichen Zeit ein wie der Pizzaservice. Die beiden Kommissare lassen sich in der Sitzecke nieder und öffnen die Kartons.

„Ich komme aus dem Reich der Toten und falle übers Essen her", philosophiert sie, betrachtet lustvoll das Pizzastück in der Hand und beißt ab.

„In unserm Job würdest du verhungern, wenn du das nicht könntest", erwidert Bertschi mit vollem Mund. Danach kümmert er sich um den Kaffee. Während Bertschi Kontakt mit der Kaffeemaschine aufnimmt, beauftragt Beta den Spurendienst, die Wohnung in Ittigen zu durchforsten und sie anschließend zu versiegeln. Außerdem trommelt sie die Kollegen Hunziker, Emmer und Venetz zusammen.

Als die Runde komplett ist, umreißt Beta den Stand der Dinge. „Bei der am Baum aufgeknüpften Toten handelt es sich um die Journalistin Frau Petrovic. Ihr Arbeitskollege Zeiter hat sie zweifelsfrei identifiziert. Erstaunt hat mich seine Reaktion. Er zeigte beim Anblick der Toten keinerlei Gefühl, kein ehrfürchtiges Verstummen vor dem Tod, keine Betroffenheit, kein Mitleid. Nur die schwarzen Haare irritierten ihn, er kennt sie als Blondine. Er erklärte, dass sich sein Kontakt zur Petrovic auf die gemeinsame Arbeit beschränkte. Über ihr Privatleben weiß er wenig. Einmal hat sie von ihrem Vater erzählt, der im Breitenrain wohnt. Manchmal sprach sie auch von ihrem Freund, ein Finne, an dessen Namen er sich nicht erinnert. Zeiter ist weder dem Vater noch dem Freund je begegnet."

„Stimmt es, dass er den Freund nie angetroffen hat?

Laut Hausmeister befand sich Zeiter ein paarmal in der Wohnung der Petrovic", bemerkt Bertschi.

„Womöglich hatte er eine Affäre mit ihr. Vielleicht war Lela sogar schwanger von ihm", wirft Emmer ein.

„Zuerst befassen wir uns mit den naheliegenden Aspekten. Emmer, du übernimmst den Vater. Und du", Bertschi wendet sich an Hunziker …

„Moment, ich will die Aufträge präzisieren." Betas Stimme durchschneidet messerscharf die Luft. Hunziker fragt sich, warum sie dazwischenfunkt. Bertschi weiß schon, wie er mit Emmer umzugehen hat.

Die plötzliche Stille lässt Beta aufhorchen. „Hab ich etwas Falsches gesagt?", erkundigt sie sich. Niemand antwortet. Beta schielt zu Bertschi hinüber, der sich an Emmer wendet. „Mir ist klar, dass wir dir die heikelste Aufgabe zuschanzen. Du wirst Petrovic erklären müssen, dass sein einziges Kind, seine Tochter, tot ist. Und du wirst ihn in die Pathologie begleiten müssen."

„Das ist für mich immer der schlimmste Moment, wenn ich Angehörigen eine Todesnachricht überbringen muss", bekennt Emmer. „Dann hasse ich mein Amt als Bote."

In diesem Augenblick erfassen alle, welches Glück sie mit Emmer haben. Denn meistens erledigt er diesen Job, weil er instinktiv spürt, wie man in einer solchen Situation mit den Menschen redet. Abgesehen davon hat er sich nie beschwert, dass nur er und niemand sonst diese delikaten Aufträge erledigt. Keiner von ihnen hat sich je gefragt, ob Emmer die Trauer der Hinterbliebenen unter die Haut geht.

Die unangenehmsten Arbeiten bürdet man denen auf, die sich nicht wehren, denkt Hunziker. Laut sagt er: „Wollen wir in Zukunft abwechseln?"

„Eine bestechende Idee. Du bist der Nächste, der

drankommt", erwidert Beta boshaft und stellt damit wieder das Gleichgewicht in der Gruppe her. Ungerührt betrachtet Hunziker seine Chefin, doch sie fährt fort, als wäre nichts passiert. Er möge sich hinter die Biografie von Frau Petrovic klemmen.

„Und du, Venetz, hörst dich in Bethlehem um. Kennt man die Petrovic im Quartier? Erinnert man sich an die Familie, bevor sie wegzog? Versuch, serbische Kreise anzuzapfen. Den Streetworker Hänny nehm ich mir mit Bertschi vor."

Bertschi zieht am kleinen Finger, bis er knackst. Bei der Behandlung des Ringfingers fällt ihm etwas Wesentliches ein. „Emmer, frag Petrovic, wie der Freund seiner Tochter heißt."

„Und ob er gewusst hat, dass sie schwanger ist", ruft Beta hinterher.

൪

Bertschi peilt den kleinen Konferenzraum an, in dem Alex Hänny wartet. Unterwegs triff er Beta, die sich ihm sofort anschließt. Er wirft ihr einen scheelen Blick zu. Angewidert hält er sich die Nase zu. „Wie kann man nur."

„Du übertreibst. Bis vor kurzem hab ich im Büro geraucht, ohne dass du dich beklagt hast."

„Dein Rauchen hat mich immer gestört, ich habe bloß geschwiegen, weil ich nicht streiten wollte."

Bertschi bietet seiner Kollegin ein Fisherman's an. „Sind prima im Nahverkehr."

„Ich will den Streetworker nicht küssen", stellt Beta klar und greift zu.

Hänny erhebt sich beim Eintritt der Kommissare. Er nennt seinen Namen, begrüßt die Kommissare per Handschlag, und erklärt, man kenne ihn überall, auf der Straße, im Beth-Treff, in den Ämtern. Seinen festen

Händedruck spürt Beta noch Minuten später.

„Ich nehme an, Sie wissen, warum wir Sie hergebeten haben."

„Nein, aber es gibt ein Dutzend Gründe, warum sich die Kripo für mich interessiert. Schließlich arbeite ich seit drei Jahren in Bümpliz, und ich habe durch meinen Job viel mit den Menschen dort zu tun. Die Quartiere Bethlehem, Gäbelbach und Tscharnergut kenne ich wie meine Westentasche." Hänny macht eine Pause. „Warum haben Sie mich vorgeladen?"

Beta beginnt mit einer Feststellung. „Sie hatten mit Frau Petrovic zu tun."

„Die Journalistin. Ja." Mehr kommt nicht vom jungen Mann. Beta fragt spontan: „Haben Sie die Vermisstmeldung im Radio gehört?"

„Nein. Die Petrovic wird vermisst? Seit wann?" Alex reagiert sichtlich nervös. Um sich selbst zu beruhigen, sagt er: „Vielleicht ist sie bloß untergetaucht."

„Sie ist tot. Sie wurde ermordet", sagt Bertschi so nüchtern, dass Beta zusammenzuckt.

Hänny erstarrt. Es ist, als habe er beschlossen, aufs Atmen zu verzichten.

„Wann haben Sie Frau Petrovic das letzte Mal gesehen?", erkundigt sich Beta.

Die Frage tröpfelt langsam in Hännys Bewusstsein. „Am Montagabend. Sie war quirlig und aufgeregt. Wir haben uns viel erzählt, auch über die schwierige Situationen im Beruf. Sie eckt mit ihrem Wahrheitsfimmel überall an. Ich habe sie gewarnt. Ich habe ihr gesagt, das sei gefährlich." Hänny hält einen Moment inne. Dann, mit leerem Blick, stellt er die Frage, die die Menschheit seit Beginn ihrer Existenz quält: „Warum sterben die Besten so früh?"

Darauf hat auch Bertschi keine Antwort. „Frau

Petrovic starb in der Nacht von Montag auf Dienstag. Ich muss Sie fragen, wo Sie am Montagabend waren?"

„Die Petrovic hatte bei mir in der Gegend zu tun und schaute im Beth-Treff vorbei. Wir unterhielten uns bei einer Cola, und kurz nach elf verließ sie das Café. Ich räumte noch auf, schloss ab und war um Mitternacht zu Hause."

„Kann das jemand bezeugen?"

Hänny schüttelt den Kopf. „Um diese Zeit ist kein Mensch auf der Straße. Selbst für Hundebesitzer ist es zu spät. Nur die Teenies sind noch draußen, aber die halten sich anderswo auf."

„Welche Hose trug denn Frau Petrovic?" Beta mit ihren grandiosen Fragen, denkt Bertschi.

„Jeans, Röhrenjeans." Hänny zögert, bevor er sich korrigiert: „Sorry, das stimmt nicht. Einen orangefarbigen Rock trug sie und einen dunklen Kapuzenpulli. Sie sah toll aus. Obwohl, ich war schockiert, weil sie ihr wunderschönes blondes Haar schwarz gefärbt hatte. Ich wollte wissen, warum sie sich denn so verunstalte. Das sei eine Vorsichtsmaßnahme, erklärte sie mir, sie sei bedroht worden, und mit ihrer hellen Mähne falle sie sofort auf."

Hännys Miene verschattet sich, ihn beschäftigt etwas anderes. „Was machte sie bloß, nachdem sie sich verabschiedet hatte. Ich dachte, sie fährt heim."

„Seit wann kennen Sie Frau Petrovic", erkundigt sich Beta.

„Vor fünf Monaten interviewte sie ein paar Leute für ihre Reportage über Bethlehem, unter anderem auch mich. Sie stellte präzise Fragen, und ich staunte, wie gut sie Bescheid wusste. Außerdem konnte sie die Menschen zum Reden bringen. Sie erzählte Geschichten übers Quartier, die nur Eingeweihte kennen, und gewann damit die Leute für sich. Sie plauderten Geheimnisse aus und lieferten der Petrovic Infos, weil sie dachten, sie sei eine von ihnen, was ja irgendwie stimmt, denn sie hat ein paar Jahre in Bethlehem gewohnt, und zudem stammt sie aus einer Familie mit Migrationshintergrund. Man mochte sie aber auch, weil es mit ihr unterhaltsam war. Bei ihr gab es immer etwas zu lachen, und die Jungen freuten sich genauso wie die Alten, wenn sie auftauchte. Sie ist eine geniale Journalistin."

Hännys Augen werden feucht. „Sie war eine."

Krampfhaft fixiert Bertschi den grünen Linoleumboden. Tränen sind ansteckend, und er fürchtet sich vor ihnen. Um der heiklen Lage auszuweichen, hakt er nach: „Wer bedrohte Frau Petrovic und warum?"

„Haben Sie die Reportage über Bethlehem gelesen?"

Bertschi nickt.

„In dem Artikel kriegte jeder sein Fett weg: die Schulbehörde, das Sozialamt, die Polizei, die Justiz und die Migrationsbeauftragte. Damit nicht genug. Die Petrovic beschrieb auch noch detailliert, wie der Handel mit Drogen funktioniert, was am Schwarzmarkt angeboten wird und wie man vom Staat profitiert. Natürlich jaulten die offiziellen Stellen auf, und es hagelte Leserbriefe. Der springende Punkt aber war ein anderer, nämlich die Reaktion der Quartierbewohner. Als die schwarz auf weiß lesen konnten, was sie der Petrovic hinter vorgehaltener Hand verraten hatten, war der Teufel los. Die Leute schäumten vor Wut. Die Petrovic hatte ihr Vertrauen missbraucht, und sie befürchteten zu Recht Überprüfungen in großem Stil, und damit das Aus ihrer dubiosen Geschäfte. Die Stimmung in den Blocksiedlungen war denkbar schlecht. Außerdem verspottete man die blauäugigen Kerle, die der Petrovic gegenüber getratscht hatten wie die Weiber. Das war zu viel für diese Männer. Es verletzte ihr Ehrgefühl und sie mussten sich eingestehen, dass sie einer Frau auf den Leim gegangen waren. Die Petrovic hatte sie verarscht. Das wollten sie nicht auf sich sitzen lassen."

„So was verzeiht man nicht", stimmt Beta zu.

„Wer lässt sich schon gern für dumm verkaufen", bekräftigt Hänny. „Mit der Reportage verspielte die Petrovic von einem Tag auf den andern ihren Bonus. Sie wurde zum Hassobjekt Nummer eins. Niemand wollte mehr mit ihr zu tun haben, man nannte sie nur noch die Serbenhure. Sie wurde eine Persona non grata, oder grober formuliert, sie wurde zum Abschuss freigegeben. Ich habe in den Wochen danach die krassesten Dinge aufgeschnappt, und immer ging es darum, sie kaltzumachen."

„Ihre Eltern stammen aus Serbien", überlegt Beta. „Kann es sein, dass sich Kroaten oder Albaner an ihr rächen wollten?"

„Da blicke ich nicht durch. Die Themen rund um den Krieg in Jugoslawien werden in meinem Beisein nicht erörtert. Jetzt noch weniger, nach den Erfahrungen mit der Petrovic. Aber Sie können davon ausgehen, dass der Krieg von damals noch heute in den Köpfen der Jugos herumspukt. Es sind zu viele grausame Dinge passiert, und irgendein Kroate weiß immer von einer Untat irgendeines Serben und umgekehrt."

„Sie haben sich in die Frau verliebt." Betas aus dem Nichts kommende Bemerkung erwischt den Streetworker kalt. Er fühlt sich ertappt und schüttelt den Kopf, bevor er nickt. „Sie war eine faszinierende Frau, superclever, beinhart und zum Niederknien sexy. Sie lebte in einer Beziehung, und wollte diese Geschichte zuerst beenden. Sie erklärte mir, sie könne nicht auf zwei Hochzeiten tanzen."

„Wie heißt denn der Mann, mit dem sie zusammen war?", erkundigt sich Beta.

Hänny zuckt die Schultern. „Keine Ahnung." Nach einer Pause fügt er hinzu: „So harsch sie reagieren konnte, wenn ihr etwas nicht passte, so liebevoll sprach sie von ihrem Vater. Sie hat ihn abgöttisch geliebt."

Bertschi bemüht sich um einen höflichen Ton. „Was hatte Frau Petrovic am Montag in Bethlehem zu tun?"

„Sie kontrollierte wieder einmal den Einsatz der Bullen. Der Berner Polizeichef hatte ihr nämlich reißerische Berichterstattung vorgeworfen, und hatte betont, dass in Bethlehem zwischen 18 und 24 Uhr ständig ein Polizeiwagen unterwegs sei, um die Sicherheit der Anwohner zu gewährleisten. An diesem Montag sah sie das Polizeiauto von 18 bis 22 Uhr in der Einfahrt eines Feldwegs stehen, wo zwei Uniformierte aufpassten, dass sich die Grashalme nicht in die Wolle kriegen". Hänny lacht bitter auf. „Einen Dreck scheren sich die Bullen ums Quartier."

„Frau Petrovic hat also erwähnt, dass sie bedroht wird. Warum hat sie Bethlehem nicht gemieden? Hatte sie denn keine Angst?", will Beta wissen.

„Doch, aber sie wollte sich nicht einschüchtern lassen. Übrigens führte sie Buch über alles, was sie observierte."

„Hatte sie das Buch am Montagabend bei sich?"

„Ja klar, weil sie das Polizeiauto bis 22 Uhr beobachtete. Da im Beth-Treff nichts los war, schaute sie noch bei mir vorbei. Als sie sich abends um elf von mir verabschiedete, hatte sie noch ihre gelbe Eastpack mit den farbigen Blumen."

„Hat denn niemand versucht, ihr die Tasche zu entreißen, um ans Notizbuch zu kommen?"

„Nicht, dass ich wüsste. Allerdings war Lela klug

genug, um gefährliche Situationen zu vermeiden."

Bertschi spürt, wie sehr das Gespräch Hänny schlaucht. In seinen Augen spiegelt sich Verzweiflung. Genug für heute, denkt Bertschi, und verständigt sich nonverbal mit Beta. Man erhebt sich.

„Bitte sagen Sie mir, was man mit ihr gemacht hat."

„Darüber können wir Ihnen keine Auskunft geben", erklärt Bertschi.

Als Hänny aufschluchzt, erschrickt Bertschi über sich. Er hat wie ein solider Beamter reagiert, technisch korrekt, aber ohne Mitgefühl.

„Hat sie leiden müssen?", bohrt Hänny weiter.

Beta legt ihre Hand auf den Arm des Streetworkers. „Garantiert nicht."

Sie begleitet Hänny zum Lift.

Als sie zurückkommt, befindet sich Bertschi in einem Telefongespräch. Ob die Gegend, wo er Pilze gesucht hat, stark frequentiert sei, fragt er. Nach einem Moment lacht er und antwortet: „Ich verstehe nichts vom Suchen, nur vom Kochen und Essen."

Dann hört Bertschi aufmerksam zu.

Beta starrt aus dem Fenster, bis das Gespräch beendet ist.

„Was meint Matter?"

„Der Wald oberhalb von Bethlehem ist nur für Pilzjäger interessant. Spaziergänger bevorzugen den Gurten. Aber …", Bertschi lässt Beta drei Sekunden zappeln, „nachts ist die Forststraße ein beliebter Treffpunkt für dubiose Typen aus dem Einzugsgebiet Bern. Sie kurven dort oben umher und wickeln verquere Deals ab. Im einschlägigen Milieu heißt dieser Abschnitt KrimMall. Laut Matter kennen die Täter den Wald. Mit Sicherheit kennen sie auch die Forststraße, und haben gewusst, wie lange man die Leiche vom

Tatort bis zur Straße tragen muss."

Beta und Bertschi hängen ihren Gedanken nach. Bertschi kehrt als erster in die Gegenwart zurück. „Lass mich zusammenfassen", sagt er.

„Ich bitte darum." Betas Ironie ist nicht zu überhören, worauf Bertschi erwidert: „Toleranz ist nicht deine Stärke. Was unsern Fall betrifft, so haben wir es mit Tätern aus Bethlehem oder Bümpliz oder Gäbelbach …"

„Nur zu deiner Information: wir haben es mit dem Stadtteil VI, mit Bümpliz-Oberbottigen zu tun, und dort gibt es mehrere Hochhaussiedlungen. Die bekanntesten heißen Bethlehem, Gäbelbach, Tscharnergut."

„Oder Holenacker", fügt Bertschi, der gewiefte Googler, hinzu.

Beta grinst: „So lernst du als Zürcher Bern kennen."

Bertschis Gedanken wenden sich wieder den Tätern zu: „Vermutlich sind sie keine Zwanzig. Die Trage aus Bambus könnte in einem Jugendlager gebaut worden sein."

☘

Emmer erinnert sich noch an den Recyclinghof. Es ist eine Weile her, dass er das Bett entsorgt hat. Dieses elende Bett, dessen Rost aus Eisenfedern zwei Handbreit absackte, wenn er sich schlafen legte. Bis ins Erwachsenenalter meinte er, es sei normal, morgens mit Rückenschmerzen aufzuwachen. Nach der Hochzeit jedoch besserte sich die Lage schlagartig. Zuerst dachte er, das komme vom Sex, bis seine Frau ihm erklärte, noch wichtiger sei die Bettqualität. Emmer schmunzelt. Gestern Abend stellte er wieder einmal erleichtert fest, dass sein Bett nicht quietscht.

Er parkt den Wagen. Während er sich dem Recyclinghof nähert, konzentriert er sich auf die Begegnung, die ihm bevorsteht. Unwillkürlich bleibt er vor einer

Abfallmulde stehen. Er entdeckt ein CD-Regal in einwandfreiem Zustand. Und weiter hinten, halb unterm Schrott, sieht er einen dieser Eisenkessel, die früher im Kamin hingen. Genauso ein Stück wünscht sich seine Frau als Blumentopf für die Geranie.

Emmer ruft sich zur Ordnung und fragt nach dem Chef. Der sitzt hinter einem Schreibtisch, den man vor lauter Chaos nur erahnt. In einem kurzen Gespräch informiert Emmer ihn über den Grund seines Besuches, und bittet, Petrovic ohne ein Wort der Erklärung zu holen.

Als Petrovic vor ihm steht, sagt Emmer, er habe ihn in einer wichtigen Angelegenheit zu sprechen. Er solle sich umziehen und ihn begleiten. Der Chef nickt, und Petrovic verschwindet, ohne eine Frage zu stellen.

„Gehen wir an den Egelsee", regt Emmer an. Petrovic folgt ihm schweren Schritts, er verliert kein Wort. Dort, am Ufer, sind sie allein.

Emmer bleibt stehen, und wendet sich Petrovic zu: „Ich muss Ihnen leider mitteilen, dass Ihre Tochter tot ist. Sie ist ermordet worden."

Petrovic wird kreidebleich, fragt immer wieder, ob das wahr sei, und verfällt dann in Schweigen. Die beiden Männer nehmen ihre Wanderung entlang dem See wieder auf. Im Gleichschritt. Stumm.

Petrovic taucht in seinen eigenen Kosmos ab, in eine Welt, die Emmer verschlossen bleibt. Er kann Petrovic in seiner Stille nur still begleiten. Von Zeit zu Zeit wischt sich Petrovic die Tränen weg. Plötzlich stößt er einen Schrei aus, der Emmer das Blut in den Adern gefrieren lässt. Die fliegenden Enten wassern, ein Jogger hält abrupt inne und lauscht. Ein Kind hält sich weinend die Ohren zu.

Emmer stottert erschrocken: „Ja, es ist furchtbar."

Wortlos gehen sie zu Emmers Auto. Auf der Fahrt in die Pathologie will Petrovic wissen, wie seine Tochter umgekommen ist. Das dürfe er leider noch nicht sagen, antwortet Emmer, versichert jedoch, dass sie nicht gelitten habe. Dass sie schwanger war, erwähnt er nicht.

Als Petrovic seine tote Tochter sieht, erstarrt er. Schließlich ergreift er ihre Hand. „Wie leblos, wie kalt", flüstert er. Dann streicht er ihr über den Kopf. „Du bist mir fremd mit deinem schwarzen Haar."

Anschließend bringt Emmer Vater Petrovic heim. Der findet in seinen vier Wänden die Sprache wieder. Er mag den Breitenrain. „Die Menschen hier sind höflich", sagt er. „Man arbeitet, man kümmert sich um seine Familie, und wenn nötig, hilft man sich gegenseitig. Es ist ein anständiges Quartier. Es erinnert mich an meine Heimat, an die Stadt Jagodina, bevor der Krieg ausbrach, und alles den Bach runterging. Ich lebe hier seit 20 Jahren, und habe den Wohnungswechsel nie bereut. Auch meine Frau war zufrieden, doch die elenden Jahre in Bethlehem haben sie gezeichnet. Jeden Tag verlor sie etwas mehr von ihrer Energie und ihrer Lebensfreude, und irgendwann sehnte sie sich nur noch nach Jagodina. Sie ist mir in der Schweiz zerbrochen." Seine Augen sind tränenlos, und doch hat Emmer das Gefühl, dass Petrovic weint. „Nun hat man mir noch die Tochter geholt. Ich habe gedacht, wir könnten in diesem reichen Land Frieden finden. Wie sehr habe ich mich geirrt! Ich habe alles, was mir wichtig war, verloren. Meine Frau ist tot, mein Kind ist tot, und ich habe keine Heimat mehr. Die Schweiz hat mich zerstört."

Petrovic erhebt sich, reckt die Faust zum Himmel und sagt mit donnernder Stimme: „Verflucht sei das weiße Kreuz."

Zum ersten Mal an diesem Nachmittag schenkt sich

Petrovic ein Glas voll und kippt es hinunter.

„Lela, meine Lela." Er beginnt zu summen, und singt dann ein Lied in seiner Sprache. Er hat eine schöne Stimme.

„Das war das Gutenachtlied. Später, als sie groß war und mich besuchte, habe ich ihr dieses Lied immer zum Abschied gesungen." In Andacht versunken, beugt Petrovic den Kopf. Auf einmal richtet er sich auf und sagt: „Ich werde es ihr zu Ehren an der Begräbnisfeier singen."

Petrovic greift erneut zum Schnaps. Ihm ist, als züngelten Flammen in der Kehle. Es brennt, es tut weh, grad so wie in seinem Herz. Er schließt die Augen und gibt sich dem Schmerz hin. Er wehrt sich nicht.

Langsam weicht die Qual, die sich in jeder Faser seines Körpers eingenistet hat. Der hochprozentige Alkohol zerstückelt den Druck in der Brust, bis er dort fast nicht mehr zu spüren ist. Aber nun hängen ihm die Arme bleischwer herunter, und seine Beine wollen den Körper nicht mehr tragen.

„Wer hat meine Tochter umgebracht?" Die Frage deckt das ganze Spektrum zwischen Anklage und Rache ab.

Emmer antwortet: „Das wissen wir nicht. Aber wir werden den Täter finden. Hat Ihre Tochter je erwähnt, dass sie bedroht wird?"

„Nicht direkt. Aber wissen Sie, sie verfolgte alle, die irgendwie Dreck am Stecken hatten, und prangerte sie öffentlich an. Es ist leider so, dass man nicht mit Dankbarkeit überschüttet wird, wenn man anderen den Spiegel vorhält. Mein Mädchen war von klein auf eine Wahrheitsfanatikerin. Sie kämpfte gegen Ungerechtigkeit. Sie verabscheute billige Ausreden, und sie konnte Höflichkeitslügen nicht ausstehen. Ich bin auch ein paarmal in ihr Schussfeld geraten."

„Mit der Reportage über Bethlehem hat sich Ihre Tochter Feinde gemacht. Glauben Sie, der Mörder kommt aus Bethlehem?"

„Davon bin ich überzeugt. Es gibt dort Männer, die vor keinem Verbrechen zurückschrecken, die in ihrer Heimat gemordet, gefoltert und vergewaltigt haben, ohne dass sie zur Rechenschaft gezogen worden sind."

„Können Sie Namen nennen?"

Petrovic schüttelt den Kopf. „Als ich in den Breitenrain zog, brach ich alle Kontakte zu dem Viertel ab. Meine Frau wollte nichts mit den Leuten dort zu tun haben."

„Hat sich Ihre Tochter manchmal privat in Bethlehem aufgehalten? Hatte sie dort Freunde?"

„Nicht, dass ich wüsste. Sie war eine Einzelgängerin, sie war kein Partytyp. Rumhängen und trinken war nicht ihr Ding, und als engagierte Journalistin hatte sie ohnehin keine Zeit. Sie liebte Musik und Literatur, und die Natur bedeutete ihr viel. Der Wald sei ihre Tankstelle, sagte sie immer. Und dort begegne man nicht dem Bösen."

„Wer ist der Böse?", hakt Emmer nach, der hofft, dass Petrovic doch noch einen Hinweis auf eine Person liefert.

Verunsichert hält Petrovic inne. Ist ihm ein grammatikalischer Fehler unterlaufen?

„Ich meine ganz allgemein das Böse. Die Natur blendet die Schlechtigkeit der Menschen aus."

Petrovic seufzt abgrundtief. „Doch da hat sich mein Mädchen geirrt. Der Wald brachte ihr den Tod."

„Ja", sagt Emmer. Ihm fällt eine Dokumentation über den Mount Everest ein, wo zwei Japaner einem Bergsteigerteam in Not die erste Hilfe verweigerten. Ihr

Ziel sei der Gipfel, erklärten sie dem Verletzten, und dieses Projekt sei zu teuer, um die Zeit zu vergeuden.

Auf dem Buffet stehen Fotos von der Petrovic-Tochter. Sie war ein hübsches Mädchen und später eine attraktive Frau. Wie die Mutter. Petrovic kommt ins Erzählen, und Emmer ist berührt von den liebevollen Worten. Er muss ein nahes Verhältnis zu seiner Tochter gehabt haben.

Emmer zeigt auf ein Bild. „War das ihr Freund?"

Die Miene von Petrovic verdüstert sich. „Ja", sagt er grimmig und schimpft ausgiebig über den finnischen Hohlkopf.

☙

Pünktlich um 17 Uhr trifft Hunziker ein. Er ist der letzte. Venetz und Emmer haben sich in der Sitzecke niedergelassen und überfliegen Zeitungsartikel aus der Feder der Petrovic. Bertschi hält im Laptop Erkenntnisse, Gedanken und auftauchende Fragen fest, und Beta macht sich über den Krieg zwischen Serbien und Kroatien in den Neunzigern schlau.

„Fangen wir an?" Beta rollt mit ihrem Stuhl zur Sitzecke hinüber, Bertschi ihr hinterher.

Emmer erzählt von seiner Mission bei Petrovic. Von jedem Seufzer berichtet er, selbst übers Schweigen verliert er Worte, bis Beta ostentativ auf die Uhr blickt.

Emmer spürt ihre Ungeduld. Verunsichert unterbricht er sich, und beschließt, bei seiner Darlegung den zweiten Gang einzulegen. Doch er verhaspelt sich, und verliert den Faden. Das Foto rettet ihn. Er zieht es aus der Tasche und reicht es Venetz zum Weitergeben. „Das ist der Freund der Petrovic. Der Finne Hakala, sechsundzwanzig, von Beruf Musiker." Beta hebt den Daumen.

„Hakala hat mit der Petrovic zusammengelebt. Laut

72

Vater Petrovic steuerte er nichts zum Unterhalt bei. Die Petrovic hielt ihn sozusagen aus. Hakala schrieb Songs und komponierte. Das jedenfalls erklärte er jedem, der es wissen wollte. Einmal fragte ihn Petrovic, ob er schon einmal aufgetreten sei. Das bejahte Hakala und ratterte mehrere Veranstaltungsorte herunter. Petrovic blieb nur einer im Gedächtnis. Später erkundigte er sich bei seiner Tochter, ob Hakala einmal im Bierhübeli gespielt habe. Die Petrovic winkte bloß ab und bat ihren Vater, Hakala nicht mit der Lüge zu konfrontieren."

Beta schüttelt den Kopf. „Die gute Frau verwendet zweierlei Maß: von den andern verlangt sie Wahrheit, aber mit sich selbst ist sie nicht so streng."

„Petrovic mag Hakala nicht. Er sei ein Schmarotzer. Seine Tochter habe sich rührend um ihn gekümmert, und er sei auf dem Sofa gelegen und habe lethargisch die Welt betrachtet. Manchmal sei er grundlos ausgerastet. Dann habe er Geschirr zerdeppert und mit Gegenständen um sich geworfen. Nach drei Jahren habe es zwischen den beiden fast nur noch gekracht. Es sei zu wüsten Szenen gekommen. Einmal habe Hakala ihren Autoschlüssel versteckt, um sie am Wegfahren zu hindern. Aber sie war auch nicht zimperlich. Zum Beispiel ...", Emmer bricht in Lachen aus.

„Erzähl schon", fordert Bertschi.

„Einmal habe sie sich so über ihn geärgert, dass sie sein Lieblings-T-Shirt zerschnitt und ins Klo warf." Die Männer grölten. „Das ist noch nicht alles. Das WC war dann ..." Emmer hält sich den Bauch vor Lachen.

Beta reagiert unwirsch: „Dafür gibt's Chemie."

Emmer nimmt wieder den Faden auf. „Manchmal blieb sie über Nacht weg, ohne Hakala zu benachrichtigen.

„Bei einem so ungleichen Paar sind Spannungen

vorprogrammiert. Sie ist gebildet, hat Erfolg in ihrem Beruf und verdient Geld. Und er? Was hat er schon zu bieten."

„Konzerte, die nicht stattfinden", antwortet Venetz.

„Das kann nicht jeder", meint Hunziker.

„Petrovic ist der Meinung, dass nur unreife Menschen solche Auseinandersetzungen führen."

„Petrovic ist parteiisch. Deshalb rückt er Hakala in ein schlechtes Licht."

„Vor vier Wochen verschwand Hakala ohne Ankündigung. Er hinterließ keine Adresse. Die Petrovic unternahm alles, um ihn zu finden. Ohne Erfolg."

„Hegt Petrovic einen Verdacht, wer der Mörder seiner Tochter sein könnte?", erkundigt sich Hunziker.

„Er vermutet, dass der Mörder aus Bethlehem stammt. Allerdings konnte er keine Namen nennen."

„Glaubt ihr das? Er hat vier Jahre dort gelebt, da wird er doch ein paar serbische Kumpel haben."

„Petrovic will von Bethlehem nichts wissen", betont Emmer.

„Weil er etwas verheimlicht!" Beta klatscht sich mit der flachen Hand auf die Stirn. „Der Mann hat etwas auf dem Kerbholz."

„Nein." Venetz wehrt ihre Behauptung entschieden ab.

„Das Nein musst du erklären", sagt Beta im Tonfall einer verbissenen Oberlehrerin. Venetz wird rot, aber das ist ihm egal. Beinah egal. „Petrovic hat einen guten Ruf in Bethlehem. Die älteren Bewohner erinnern sich an ihn. Man mochte ihn. Er war ein angenehmer Nachbar und kümmerte sich um seine Familie. Er und seine Frau arbeiteten, so wie es sich für Erwachsene gehört. Petrovic betonte, dass er und seine Frau nie Arbeitslosengeld bezogen haben. Meine Recherchen ergaben, dass die Familie Petrovic unbescholtene Bürger sind. Weder er noch seine Frau oder seine Tochter haben sich etwas zu Schulden kommen lassen."

Beta bedauert ihren rüden Ton und lenkt ein: „Ist ja gut, Venetz, mein Verdacht ist vielleicht unbegründet. Trotzdem stimmt etwas nicht. Warum ist Petrovic nicht gut auf Bethlehem zu sprechen."

„Vielleicht wurde er Opfer eines Überfalls", sinniert Bertschi.

„Warum sollte er als Betroffener so etwas verschweigen?"

„Weil er Angst vorm Täter hat", antwortet Bertschi.

„Und was hat das mit der Ermordeten zu tun", mischt sich Emmer ein.

„Unter Umständen eine Menge. Angenommen, es geht um Rache oder um eine Familienfehde. Denkbar wäre auch eine offene Rechnung aus der Zeit des Krieges. Wir wissen nichts von Petrovic, als er noch in Serbien lebte", erläutert Bertschi.

„Du meinst, die Petrovic könnte für eine alte Geschichte gebüßt haben?"

„Dann hat sie sozusagen die Zeche ihres Vaters beglichen", sagt Emmer zu allem Überfluss.

„Das geht mir jetzt zu weit", protestiert Beta. „Wir müssen Petrovic unter die Lupe nehmen. Hat Petrovic ein Alibi für Montagabend?"

„Ja, nein, das fragte ich nicht, weil er wegen der traurigen Nachricht am Boden zerstört war", verteidigt sich Emmer.

„Das ist eine Routinefrage, die wir jedem stellen, der mit dem Opfer näher bekannt war. Klär die Frage bitte sofort nach der Sitzung."

„Ich möchte den Mann heute nicht mehr stören, schließlich hat er seine Tochter verloren", weist Emmer das Ansinnen von sich. „Ich werde Petrovic morgen früh kontaktieren. Er ist so wenig der Mörder wie ich", fügt er in einem Anflug von Trotz hinzu.

Eine eigenartige Stille breitet sich aus. Emmer ahnt, dass sie mit ihm zu tun hat. Aber was Beta da von ihm verlangt, dünkt ihn unmenschlich. Ob Beta das versteht? Hätte er klein beigeben sollen? Seine Angst vor Konsequenzen ist förmlich zu riechen.

Bertschi eilt Emmer nicht zur Hilfe. Er hofft bloß, dass Emmer nicht einknickt.

Beta fixiert Emmer. „Du bleibst an Petrovic dran. Hör dich bei seinen Arbeitskollegen um, und bei seinen Nachbarn auch. Wir brauchen jedes Detail seiner Biografie."

Der versteinerte Emmer beginnt sich zu bewegen. Beflissen nickt er.

„Weiß Petrovic, dass seine Tochter schwanger war", erkundigt sich Venetz.

„Auch dieses Thema habe ich nicht angeschnitten. Man darf einem Menschen nicht zu viel auf einmal zumuten. Ich kläre das morgen ab", antwortet Emmer.

Beta nickt und wendet sich an Venetz. „Du hast dich in Bethlehem mit Serben unterhalten. Was halten sie von Petrovic?"

„Der Barkeeper der Bar Marina erwähnte, dass Petrovic jeden Kontakt mit Kroaten vermieden hat. Den Grund dafür kennt er jedoch nicht. Ich habe mit einem kroatischen Schuhmacher gesprochen. Und mit einem Bauarbeiter. Sie blocken alle, niemand ist mir einen Schritt entgegengekommen. Das hat System."

„Was meinst du damit", fragt Bertschi.

„Irgendwann muss irgendetwas vorgefallen sein. Ein Serbe erwähnte den starken Zusammenhalt der Ex-Jugoslawen, den man …" Venetz zieht seine Notizen zurate, „… falls nötig, mit Geldscheinen zementiert."

Bertschi zieht ratlos die Stirn kraus. „Klingt so, als würde der Krieg zwischen Serben und Kroaten weitergehen. Wir werden das Leben von Petrovic minutiös durchleuchten. Sonst noch was?"

„Die Jungs in Bümpliz haben sich per Handy benachrichtigt, wann die Petrovic wo unterwegs war. Sie wollten sie wegen dem Artikel zur Rede stellen und ihr ein bisschen Angst einjagen. Das jedenfalls erklärte mir Ivo Moravac. Ich hatte den Jungen gefragt, was er vom Artikel halte. Nichts, hat er geantwortet. Dann fügte er rasch hinzu, ich solle um vier ins Einkaufszentrum kommen. Er warte vorm Regal mit den Waschmitteln auf mich. Der Junge befand sich wirklich dort, also stellte ich mich neben ihn, während er vorgab, sich für Persil zu interessieren. Er habe die Petrovic am Montagabend um 23 Uhr vorm Tscharnergut gesehen, sagte er schnell. Die Clique habe ihr einen Denkzettel verpassen wollen, aber das habe nicht geklappt, weil sie nicht allein war. Trotzdem sei sie jetzt tot, und das finde er nicht gut. In der Clique seien alle möglichen Nationalitäten vertreten. Er wisse nicht, wer die Petrovic ermordet hat, aber wahrscheinlich jemand aus der Clique."

„Mit wem hat sie sich getroffen?", unterbricht ihn Beta.

„Ivo schickte mir zwei Fotos." Venetz streichelt sein Handy und reicht es Beta. Die nickt erstaunt und reicht es Bertschi weiter.

„Die Petrovic hat also vorgestern, kurz vor ihrem Tod zuerst Hänny und dann Hakala getroffen."

„Gut, dann konzentrieren wir uns jetzt auf die Petrovic."

Beta nickt Hunziker zu. „Lela Petrovic ist in Serbien, in der Stadt Jagodina, geboren. Als sie sieben war, ließ sich die Familie in Bethlehem nieder. Die Mutter konnte ein wenig Deutsch und arbeitete als Putzfrau in der Schokoladenfabrik Toblerone. Petrovic kümmerte sich um seine Tochter und lernte mit ihr zusammen deutsch. Sie war hochbegabt und schaffte die Schule spielend. Petrovic fand schließlich einen Job bei der Müllabfuhr. Nach zwei Jahren war die ganze Familie bereits integriert. Als die Petrovic elf war, zog die Familie in den Breitenrain. Das Gymnasium bewältigte sie mühelos, und sie wusste bereits mit fünfzehn, was sie werden wollte. Ihre ersten Artikel schrieb sie noch vor dem Abitur. Mit vierundzwanzig hatte sie den Master für Germanistik und Philosophie in der Tasche. Sie begann als freie Journalistin zu arbeiten, und konnte von Anfang an davon leben."

Bertschi fasst ehrfürchtig zusammen: „Die Frau war intelligent, begabt, und ehrgeizig."

„Und hübsch war sie auch noch."

„Kein Bruch in der Laufbahn?" Bertschi kräuselt skeptisch die Stirn.

Hunziker grinst. Bertschi hat die richtige Frage gestellt. „Doch. Vor vier Jahren tauchte sie ab und hielt sich ein paar Monate in Indien auf. Man munkelte damals von einer Affäre zwischen ihr und einem Politiker. Die betrogene Ehefrau, eine Physiotherapeutin, rächte sich an ihrem Mann, indem sie ein Inserat in die Zeitung setzte."

Hunziker reicht Bertschi die Fotokopie, und der liest vor: „Hiermit teile ich meinen Kunden mit, dass mich mein Mann Claus Furrer nach 20 Jahren glücklicher Ehe wegen einer jüngeren Frau verlassen hat. Weitergehende Fragen beantwortet Herr Furrer selbst."

Beta beginnt zu lachen. „Ganz schön mutig und ziemlich fies."

„Warum hat sie das gemacht?" Das Vorgehen der Frau Furrer befremdet Venetz.

„Ich weiß warum", erklärt Emmer. „Die Frau war seit Monaten mit dieser Liaison konfrontiert, und hinter ihrem Rücken tuschelte man. Schlimmer noch, man lachte. Sie muss durch die Hölle gegangen sein. Irgendwann reichte es ihr, und sie beschloss, es dem Angetrauten heimzuzahlen. In der Folge musste Furrer als Gemeinderat zurücktreten, und danach hörte man nichts mehr von ihm."

„Wurde der Name Petrovic in der Öffentlichkeit nie erwähnt?", erkundigt sich Bertschi.

„Nein, sie war schlau genug, rechtzeitig abzutauchen."

„Das Piercing", ruft Emmer aufgeregt dazwischen. „Vielleicht war sie von Furrer schwanger."

„Wow, das speichern wir!" Bertschi nickt Emmer zu.

„Es kann ja sein, dass sie bis zu ihrem Tod mit Furrer liiert war", fügt Emmer hinzu.

Hunziker fährt fort: „Kurz nach der Rückkehr aus Indien begann ihre Beziehung mit Hakala. Beruflich fasste Lela sofort wieder Tritt. Zuerst beim Geo, wo man sich für ihre privaten Turbulenzen nicht interessierte. Bald aber meldeten sich auch die hiesigen Redaktionen wieder bei ihr. Ein Journalist vom Bund erklärte, man habe nicht auf sie verzichten wollen, sie sei zu gut gewesen. Im Team allerdings habe sie sich nicht bewährt. Entweder arbeiteten ihr die Kollegen zu langsam, oder es fehlte ihnen ihrer Meinung nach der Mumm, Missstände aufzudecken. Sie eckte mit ihren scharfzüngigen Analysen an und achtete nicht darauf, ob sie jemanden beleidigte. Empathie war für sie ein Fremdwort. Sie stapfte durch die Welt, ohne Rücksicht auf Verluste, immer der Wahrheit verpflichtet. Die

Zusammenarbeit zwischen ihr und dem Fotografen Philipp Zeiter dagegen lief gut."

Ein Knall von draußen lässt alle zusammenschrecken. Auf Betas Stirn entsteht das Sturmzeichen, drei senkrechte Falten. Sie geht zum Fenster. Erneut ein Knall. Sie reißt das Fenster auf. Keine sechs Meter entfernt steht ein Bauarbeiter auf dem Gerüst, eine Etage darüber ein zweiter. Er lässt ein Brett herunter, das der andere in Empfang nimmt und auf den Boden krachen lässt.

„So geht das nicht", brüllt Beta. „Legen Sie das Brett geräuschlos auf den Boden."

„Keine Zeit haben, in halbe Stunde fertig."

Das nächste Brett prallt auf. In Beta kocht die Wut hoch. Gleichzeitig ist ihr bewusst, dass sie gegen die da draußen keine Chance hat. Sie hasst das Gefühl der Machtlosigkeit. Hunziker solle weiterfahren.

„Wie gesagt, Zeiter und die Petrovic kamen einander nicht ins Gehege, jeder machte einfach nur seinen Job. Als die Reportage über Bethlehem erschien, war im Bund der Teufel los. Empörte Leser beschimpften die diensttuenden Journalisten, und die Petrovic lachte sich krumm."

Venetz schaltet sich ein. „Unter ihrem Artikel stand das Kürzel lap, im Impressum wurde es jedoch nicht aufgeführt. Der Leser wusste also nicht, wer dahintersteckt. Doch in Bethlehem sind die drei Buchstaben kein Geheimnis. Auf eine Mauer gesprayt steht da lap hau ab. Und im Tscharnergut habe ich folgende Kritzelei entdeckt. Venetz greift zu einem A4-Blatt und schreibt in großen Lettern: lap gleich Serbenhuhre. Hunziker und Bertschi scheppern los, nach einem Moment auch Emmer.

„Was ist denn daran lustig?", keift Beta. Venetz

findet den Rechtschreibfehler zwar nicht komisch, stimmt aber ins Gelächter ein, denn ihn nervt Betas pampige Art. Bertschi tippt mit dem Finger aufs überflüssige h, und endlich zündet es bei Beta, was sie zu einem Kommentar beflügelt: „Entweder ist der Sprayer ein Moslem oder ein streng gläubiger Protestant. Alle andern wissen nämlich, wie man solche Wörter schreibt."

„Abgesehen vom Trip nach Indien verlief das Leben der Petrovic geradlinig", fährt Hunziker fort. „Sie spezialisierte sich auf Themen abseits des Mainstreams. Ihre Artikel handeln von alternativen Wohnmodellen, von ausgegrenzten Menschen, vom Kampf gegen genmanipulierte Pflanzen, der natürlichen Haltung von Kühen und ..."

„Sie hat sich für ein verantwortungsbewusstes Leben eingesetzt. Wir müssen zum Ende kommen", schneidet Beta ihrem Kollegen das Wort ab.

„Die Petrovic hatte eine Freundin namens Rita Kuonen, aber die habe ich nicht erreicht", erklärt Hunziker.

„Uns fehlen noch eine Menge Infos, zum Beispiel über Claus Furrer", wirft Bertschi ein. „Außerdem beschäftigt mich die Frage, warum sich Vater Petrovic so rigoros von Bethlehem distanziert. Und woran ist seine Frau gestorben? So oder so dürfen wir bei keiner Person die Frage nach dem Alibi vergessen. Und wir erkundigen uns bei jeder zu fragenden Person nach Hakala. Welchen Ruf genießt er? Wie war die Beziehung zwischen ihm und der Petrovic? Und wir beide", Bertschi zwinkert Beta zu, „befassen uns nochmals mit dem Fotografen und dem Streetworker."

"Wie wär's mit einer Fahndung nach Hakala, um schneller an Informationen zu kommen?"

„In Ordnung. Wär ja gelacht, wenn wir den nicht bis

zum Abend kriegen."

„Die Handys bleiben eingeschaltet. Wichtige Hinweise werden sofort gesimst", ruft Beta dem Trio auf dem Weg zur Türe nach.

Plötzlich springt sie auf und rennt den Männern hinterher.

„Ich möchte mit dir reden", sagt Beta und bleibt vor Emmer stehen. Jetzt! Jetzt kriegt er die Quittung für sein renitentes Verhalten. Beta zieht die Tür zu und redet mit Emmer auf dem Gang.

Ein paar Minuten später kehrt Beta ins Büro zurück. „Und?", fragt Bertschi besorgt.

„Die Angelegenheit ist geklärt", antwortet sie.

„Hast du ihn fertig gemacht?"

„Ach wo. Wir sind im Frieden geschieden", erwidert Beta, und Bertschi atmet erleichtert auf.

In diesem Moment poltert es erneut draußen auf dem Gerüst. „Die Sandstrahler kehren zurück." Beta zittert vor Verzweiflung. „Ich kann und kann sie nicht mehr hören."

„Beta, diese Fassade ist fertig renoviert, die Sandstrahler sind abgezogen. Jetzt muss nur noch das Gerüst abgebaut werden. Ich sehe Licht ..."

„... ich nicht, ich sehe bloß einen finsteren Tunnel ohne Ende."

Draußen ist plötzlich die Hölle los. Es kracht und knallt, und das Getöse vermischt sich mit den bellenden Stimmen der Arbeiter. Dann wird es eigenartig still. Der Bauleiter biegt um die Ecke, und pfeift die Männer zu sich. Beta öffnet das Fenster einen Spalt breit und lauscht. Zuerst ist sie zufrieden, dass die beiden Krachbrüder zur Rede gestellt werden. Aber irgendwann merkt sie, dass nur einer seine Stimme erhebt. Der fettleibige Chef wirft den Arbeitern die primitivsten Worte an den Kopf, und Beta staunt über sein rassistisches Vokabular, das er sich nur leisten kann, weil die zwei Kumpel nichts verstehen.

„Wir als öffentliche Institution dürfen doch nicht Aufträge an Faschisten vergeben. Ich werde Kost meine Beobachtung schildern", sagt Beta so laut, dass der Dickwamst sein Gerede einstellt. Der rächt sich, indem er den Befehl zum Weiterarbeiten erteilt.

Der Krach draußen geht von vorne los. Beta grinst schief: „Ich habe Hunger. Mit leerem Magen kann ich nicht denken. Und rauchen darf ich hier auch nicht. Bei so vielen Hindernissen sinkt mein Energielevel auf null."

Beta wiegt den Oberkörper und lächelt Bertschi verführerisch an: „Wollen wir den Abend nicht gemeinsam verbringen? Ich lade dich zu mir nach Hause ein."

Bertschi rechnet den Zeitaufwand durch, denkt an Florian, der wieder vergebens auf ihn wartet, und schiebt die Ärmel seines Sweatshirts hoch. „Einverstanden. Du leitest die Suche nach Hakala ein, und ich rufe Florian an. Nur zu deiner Entspannung: heute koche ich."

Beta bleibt der Mund offen. „Von diesem Angebot träume ich seit immer. Mach bloß nichts Kompliziertes! Du weißt schon, so ein Schnellmenü."

☙

Auf der Autobahn Richtung Thun ruft Bertschi seinen Freund noch einmal an. Es läutet ewig lang, bis Florian abnimmt. „Was willst du?"

„Deine Stimme hören."

Dann ist es still. Alles, was die Leitung transportiert, ist der Atem. Geduldig harrt Bertschi aus, hoffend, dass Flo mit ihm redet. Der scheint sich zu verweigern, ohne jedoch die Verbindung zu unterbrechen. Nach einer

Weile beginnt Bertschi zu summen, und mit der Melodie fallen ihm die italienischen Worte der Arie zu. Er singt und plötzlich glaubt er, eine zarte Stimme zu hören. Zögernd gesellt sie sich zu der seinen, wird kräftiger, wird gefühlvoll, und schließlich zieht Flo mit.

Hingebungsvoll. Nach dem letzten Ton ist es so still wie am Anfang.

Bertschis Augen schimmern. So ist er, sein Geliebter. Mit einer Arie kann er ihn versöhnen. Seine Gedanken wandern zu einem ganz bestimmten Rastplatz an der Autobahn, dorthin, wo die Geschichte mit Florian begann. Er hatte in den falschen Wagen steigen wollen, hatte sein Sandwich auf dem fremden Autodach vergessen und war dann mit der Situation überfordert, weil ihm der Mann, der zum falschen Wagen gehörte, überaus gut gefiel. Wenn nicht die CD mit den Puccini-Arien gelaufen wäre, dann wäre zwischen ihm und Flo nichts entstanden.

Bertschi hört das Knistern in der Leitung. Flo hat noch nicht aufgelegt.

„Danke", unterbricht Bertschi das Knacksen aus dem Hörer. „Was wär ich ohne dich?"

„Hm", lässt sich Florian vernehmen und fügt hinzu: „Ein Mann ohne Tussi."

Bertschi hat einmal in seiner Wut Flo als Tussi bezeichnet. Das wird ihm nun bei Gelegenheit unter die Nase gerieben.

Kurz vor Ladenschluss schafft Bertschi noch den Einkauf. Dann fährt er zu Betas Haus. Sie ist noch nicht da. Er fischt den Schlüssel aus der Blechgießkanne, die einer Skulptur im Blumenbeet gleicht. Der Thunersee funkelt im Abendlicht, und Bertschi fühlt sich auf einmal leicht. Er würde gern schwimmen gehen und stellt sich an den Herd.

Wenig später taucht Beta auf. Von der Garderobe her schreit sie: „Hast du noch nicht angefangen? Ich habe tierisch Hunger."

Bertschi hört nichts, weil der Dampfkocher zischt und fährt zusammen, als Beta auf einmal hinter ihm steht.

„Was gibt's?", fragt sie neugierig.

„Geht dich nichts an. Leg Musik auf und kümmer dich um den Wein." Beta kichert vor sich hin. Bertschi hat ihr die gleichen Befehle erteilt, mit denen sie ihn sonst aus der Küche jagt. Gekonnt öffnet sie für sich den Gewürztraminer, gießt ein erstes Glas ein, prostet ihrem Koch zu und verschwindet im Wohnzimmer. Endlich wird sie einmal in ihren eigenen vier Wänden zum Essen eingeladen. Beta blättert ihre CD-Sammlung durch. Kurz darauf durchflutet Musik die Zimmer, und Beta singt mit, bis Christine Lauterbach zu jodeln beginnt. Da kann sie zu ihrem Leidwesen nicht mithalten.

„Was ist denn das", protestiert Bertschi aus der Küche.

„Die passende Musik zum Essen", schreit Beta zurück, die längst erfasst hat, was es gibt. Sie öffnet das Fenster und betrachtet den Steg, auf dem sie sich gern ausstreckt, wenn es die Zeit erlaubt. Sie mag das Geräusch der sanften Wellen, und manchmal schläft sie auf den Brettern ein. Einmal weckte sie ein feuchter Kuss, der sie erschrocken in die Höhe fahren ließ. Es war kein Prinz, sondern der Labrador der Nachbarn. Der Hund erschrak über ihr Erschrecken so sehr, dass er sich mit einem Satz ins Wasser rettete.

Das zweite Glas ist leer, als Beta an den Tisch gerufen wird. „Mensch, du hast geackert wie blöd",

ruft sie mit Blick aufs Essen aus. „Minimaler Einsatz, maximaler Erfolg", quittiert Bertschi das spottdurchtränkte Lob, und beide langen kräftig zu. Bei der Käseplatte hat Bertschi nicht gegeizt, und die Kartoffeln in Schale schmecken gut dazu. Als der erste Hunger gestillt ist, fragt Bertschi: „Darf ich andere Musik auflegen?" Beta nickt, verschwindet in der Küche und kehrt mit kleinen Essiggurken zurück. In Gedanken versunken essen sie. Bei besonders würzigem Käse nicken sie.

Schließlich lehnen sie sich satt zurück. Betas Wangen glühen, und Bertschi fühlt sich seltsam schwer.

„Ich mache uns einen Espresso", sagt Beta und räumt die Teller ab. Bertschi ist froh, dass Beta die A-lessi zur Unberührbaren erklärt hat. Niemand darf an ihr herumfummeln. Er hört die Maschine röcheln und zischen und gurgeln, und kurz darauf erscheint Beta mit zwei Espresso-Tassen.

Bertschi legt den Laptop auf die Knie und fragt: „Ist die Wohnung der Petrovic bereits versiegelt?"

„Ja, und um den Laptop kümmert sich ein Spezialist. Aber ihre Tasche ist unauffindbar. Das heißt, Notizbuch, Handy und Bankkarten fehlen. Ein Glück, dass wir ein Foto von Hakala haben."

„Ich habe mir den Finnen noch gar nicht angeschaut. Gib her." Bertschi betrachtet das Bild eine Weile. „Hübscher Kerl, schönes Haar, verträumter Blick, ziemlich mager, eventuell antriebsarm."

„Das Foto liegt sämtlichen Polizeistellen vor. Außerdem wird der junge Mann in ausgewählten Zeitungen namentlich gebeten, sich beim nächsten Polizeiposten zu melden." Beta seufzt. „Den Typ kriegen wir nicht zu Gesicht, das ist ein Grenzgänger. Einer, der die Polizei meidet."

„Kann sein." Bertschis Handy läutet. Hunziker ist am Apparat. „Die Petrovic besitzt ein Konto bei der UBS, und soeben erhielt ich die Kontoauszüge der letzten sechs Monate. Am Montag wurden an einem Bankomat in Wabern 4000 Franken mit ihrer ec-Karte abgehoben. Am nächsten Tag wurde die gleiche Summe in Kerzers gezogen.

„Beide Male das Tagesmaximum", kommentiert Bertschi.

„Am Dienstag hat die Petrovic gewiss kein Geld mehr abgehoben, da war sie schon ein bisschen tot", bemerkt Beta halblaut.

„Soll ich das Konto sperren lassen?"

„Nein. Wir müssen herausfinden, wer die Bankkarte hat. Setz dich mit dem Notdienst der UBS in Verbindung. Bei der nächsten Transaktion soll man dich sofort benachrichtigen, egal, zu welcher Zeit. Vielleicht erwischen wir den Dieb, der …"

„…unter Umständen der Mörder ist", beendet Hunziker den Satz.

Bertschi hört das Klopfzeichen in seinem Handy, ignoriert es jedoch. Er diskutiert mit Hunziker über Hakalas Rolle in diesem Mordfall, und bittet ihn, die Kollegen Venetz und Emmer zu informieren.

Inzwischen hat Beta einen Anruf entgegengenommen. Da sie schweigend den Hörer ans Ohr gepresst hält, errät Bertschi nicht, mit wem sie redet. Er sucht nach dem verpassten Telefonat, sieht die Nummer, und beginnt zu grinsen. Der Pathologe hat versucht, Bertschi zu erreichen. Beta wird für Dr. Fellner immer zweite Wahl bleiben. Manche Fehler lassen sich nicht wieder gut machen. Obwohl, sinniert er, manche Menschen können auch nicht verzeihen.

„Und?", fragt er, als Beta das Handy auf den Tisch legt. „Die DNA von Hakala ist mit der des Fötus nicht identisch."

„Das Kind ist also nicht von Hakala. Dann tippe ich auf den Streetworker. Oder hatte sie mit Zeiter etwas zu laufen?"

„Vielleicht hat sie sich wieder mit diesem Furrer zusammengetan."

„Oder es war der Vater", sagt Bertschi, ohne mit der Wimper zu zucken.

„Also das ist ein starkes Stück", braust Beta auf, korrigiert sich aber sofort. „Du hast ja recht, nichts ist unmöglich. Wir werden von allen Männern, die die Petrovic kannte, Speichelproben nehmen. Vom Vater als letzten, wenn's dir recht ist."

„Aber sicher. Ich frage mich, ob Hakala weiß, dass die Petrovic schwanger war? Ist er deswegen abgehauen? Oder hat er ihre Affäre mitgekriegt, und ist vor dem treulosen Weib geflohen?"

Sprachlos blicken sich die beiden Kommissare an. „Wir haben es mit einer Beziehungstat zu tun."

൪

Während Bertschi die Kollegen benachrichtigt, nimmt Beta Kontakt mit dem Streetworker auf. Ob er noch im Beth-Treff sei. Ja, bis 23 Uhr, sagt er.

In Windeseile räumt Beta den Tisch ab. Sie schenkt dem Gewürztraminer einen sehnsüchtigen Blick, bevor sie ihn in den Kühlschrank stellt. Später, flüstert sie ihm zu, heute Nacht darfst du zu mir ins Schlafzimmer.

Das B&B-Team parkt die Autos unweit vom Einkaufscenter. Die Jungen stehen in Gruppen beisammen. Man lacht, man diskutiert, man schubst sich.

„Alles friedlich hier. So waren wir auch einmal", charakterisiert Bertschi die Lage.

„Die haben uns kommen sehen. Das heißt, sie haben die Drogen versteckt und ihre Kämpfe eingestellt, weil sie wissen, wer wir sind. Die kennen jeden, der ihnen gefährlich werden könnte. Das ist für sie lebensnotwendig."

Die beiden Kommissare biegen in die Straße zum Beth-Treff ein. Kein Mensch flaniert durch die Gegend. Warum auch, wenn dem Auge nichts geboten wird. Selbst die Straßenlampen langweilen sich, matt und freudlos tun sie ihre Pflicht.

„Da vorn ist der Beth-Treff." Über dem Eingang biegen sich Metallrohre, ineinander verschlungen, mit rot leuchtenden Glühbirnen an ihren Enden.

„Schaut aus wie ein Puff", bemerkt Bertschi.

Die beiden Kommissare betreten das Lokal. Die Ecke mit Sofa, Holzkisten und Bodenkissen lädt zum Sitzen ein. Gegenüber an der Wand prangt ein großer Flachbildschirm. Bertschi vernimmt ein Hüsteln. „Hallo", ruft er. Hinter einem Bücherregal, das bis zur Decke reicht, ertönt das Hallo einer Frau. Danach ein Tuscheln. Auf dem Boden hocken zwei junge Frauen, eine im Schneidersitz, die andere mit gestreckten Beinen. Ganz schön herausgeputzt, die zwei, denkt Bertschi. Er schätzt sie auf zwölf bis achtzehn.

Wo Herr Hänny sei, fragt Beta.

„Im Büro. Da nach vorn, und dann links", sagt die eine.

„Nein rechts", verbessert die andere.

„Oder geradeaus" schlägt Beta vor.

„Rechts", antworten sie unisono.

„Die andern sind alle schon weg, wir hauen jetzt auch ab", erklärt die eine.

„Sie sind von der Polizei", stellt die andere fest und springt auf. Dann zieht sie ihre Freundin hoch, die wegen der engen Jeans die Beine nicht abbiegen kann.

Beta und Bertschi nähern sich der geschlossenen Bürotür. Sie hören Hänny reden. Bertschi klopft an und öffnet die Tür.

„Einen Moment bitte", sagt Hänny und gibt Bertschi ein Zeichen, die Tür zu schließen.

Die beiden Mädels sind noch da, zeigen sich ihre Selfies und schießen neue. Bertschi begutachtet inzwischen den Flipperkasten aus den siebziger Jahren, während Beta das magere Leseangebot inspiziert. Comics mit Figuren, aus deren Mund nicht mehr als fünf Worte quellen. Außerdem ein paar japanische Mangas und ein einsamer Asterix-Band.

Als Hänny aus dem Büro kommt, lassen die zwei jungen Frauen flugs ihre Handys verschwinden und verabschieden sich. „Zeig dein Handy her", fordert Hänny die mit der knallengen Hose auf.

Ein trotziges Nein ertönt. Er streckt die Hand aus. „Los", befiehlt er, „du kennst die Spielregeln. Und du auch", sagt er zur andern. Die beiden rücken die Handys heraus. Hänny checkt die Fotos. „Ihr habt euch nicht an die Abmachung gehalten. In drei Tagen, um 20 Uhr, könnt ihr eure Handys wieder abholen. Und jetzt geht ihr heim." Er schiebt die zwei Mädel zum Ausgang, während sie versuchen, ihn wegen der Handys umzustimmen. Es gäbe so viele Regeln, und sie hätten die eine einfach vergessen, aber jetzt würden sie sich für immer daran erinnern, und Hänny solle ihnen doch vertrauen.

Hänny geht auf ihre Argumente nicht ein. Ungerührt sperrt er die Tür hinter ihnen zu. Aus dem Augenwinkel sieht er, wie ihm die mit den Strumpfhosen-Jeans den Stinkefinger zeigt.

„Sie haben uns fotografiert", stellt Bertschi fest.

„Und die Fotos sind bereits im Netz. Es tut mir leid, dass das passiert ist", entschuldigt sich Hänny.

„Das heißt, nun kennt man uns." Beta verzieht das

Gesicht, doch dann überwiegt ihr Pragmatismus.

„Damit muss man heutzutage rechnen. Wahrscheinlich kennt uns schon die halbe Welt."

„Ich finde es klasse, dass Sie die Handys einkassiert haben. Um welche Regel handelt es sich denn, fragt Bertschi.

„Im Beth-Treff darf kein Foto von Anwesenden gemacht werden."

Auch Beta zollt dem Streetworker Respekt. „Ein heftiger Job, den Sie da haben. Wir brauchen noch ein paar Infos. Hat Frau Petrovic manchmal über ihren Freund gesprochen?"

„Sie erwähnte ihn manchmal. Aber sie gab auch offen zu, dass sie sich in einer schwierigen Lage befinde. Einmal drückte sie sich konkreter aus. Die Liebe sei ihr abhandengekommen."

„Sie waren doch verliebt in sie. Hat sie Ihnen Hoffnung gemacht?", erkundigt sich Bertschi.

Hännys Augen brennen, er schließt sie. Als er sie wieder öffnet, sieht Bertschi in ihnen eine Wehmut, die ihn berührt. „Für mich war es ein Gefühl, das sich langsam entwickelte, und irgendwann stellte ich fest, dass ich sie liebte. Ich wollte mit ihr zusammen sein, und sie auch mit mir. Ich irre mich nicht, wenn ich behaupte, dass sie meine Gefühle erwiderte. Aber sie wollte zuerst die Geschichte mit ihrem Freund beenden, um dann wirklich frei zu sein für mich."

„Wie hieß doch gleich ihr Freund?", fragt Beta, als hätte er ihr schon einmal den Namen genannt.

„Hakala, ein Finne. Er ist Musiker." Beta wirft Bertschi einen Blick zu. Beim letzten Gespräch hat Hänny geleugnet, den Namen zu kennen.

„Welche Art von Musik spielt er denn", bohrt Beta weiter.

„Ich glaube Songs oder so, jedenfalls etwas mit Gitarre."

„Man hat Sie hier in Bethlehem mit der Petrovic und mit Hakala gesehen", flunkert Beta drauf los. „Ist er sympathisch?"

„Nicht mein Fall", antwortet Hänny.

„Hat Hakala die Gefühle zwischen Ihnen und der Petrovic bemerkt? War er eifersüchtig?"

„Die Petrovic hat ihm nichts verraten, was uns betrifft. Und an dem Abend, an dem ich ihn kennenlernte, war er verladen."

„Zurück zum Montagabend. Die Petrovic hat nach Ihnen noch jemanden getroffen, und Sie wissen, wen. Sie sind ihr nämlich hinterher geschlichen und haben festgestellt, dass Hakala auf sie wartet."

Empört weist Hänny die Unterstellung zurück.

„Hat die Petrovic das Treffen mit Hakala Ihnen gegenüber erwähnt?"

„Nein, hat sie nicht."

„Natürlich haben Sie Bescheid gewusst. Sie bringen sich nur in Schwierigkeiten, wenn Sie nicht mit der Wahrheit herausrücken." Bertschis Wohlwollen für den Streetworker schmilzt dahin.

Das Gespräch versiegt. Nach einer Weile sagt Bertschi: „Sie sind ihr nach, Sie wollten wissen, was als Nächstes passiert, weil Sie ihr und ihren Gefühlen misstrauten."

Hänny fährt hoch. „So ein Blödsinn. Wie gesagt, ich habe hier aufgeräumt, und bin dann nach Hause, allerdings nicht auf dem üblichen Weg, sondern über den Platz vorm Einkaufszentrum."

„Und, haben Sie die Petrovic gesehen?"

Hänny schüttelt den Kopf.

„Geben Sie zu, Sie haben Hakala und die Petrovic

beobachtet. Die beiden saßen auf der Bank, und Sie mussten feststellen, dass sie sich wie zwei Verliebte küssten."

Hänny platzt beinahe vor Wut. „Was soll das! Ihre Behauptungen stimmen einfach nicht. Ich wiederhole, ich habe die Petrovic hier im Beth-Treff zum letzten Mal gesehen. Punkt."

„Die Petrovic hat ein Kind erwartet."

„Wie, sie war schwanger? Das hat sie mir nicht verraten." Nach einer Pause fügt Hänny hinzu: „Vielleicht wollte sie die Neuigkeit ihrem Freund mitteilen." Sein linkes Augenlid beginnt zu zucken. Er streicht mit der Hand darüber, immer wieder, um die außer Kontrolle geratenen Muskeln zu beruhigen. Und um sich selbst zu trösten.

„Vielleicht. Aber er ist nicht der Vater."

Hänny stutzt. Ratlos hebt er die Hände.

„Und Sie, kommen Sie in Frage?"

„Nein", antwortet er unwirsch.

„Wir werden die Männer aus dem Bekanntenkreis der Petrovic um Speichelproben bitten. Auch von Ihnen möchten wir eine Speichelprobe nehmen. Sind Sie einverstanden?"

„Nein. Wozu auch, ich kann nicht der Vater sein."

„Was hindert Sie an der Teilnahme, wenn die Lage so eindeutig ist?" Bertschi verlangt nichts anderes als eine logische Antwort. Aber Hänny reagiert emotional: „Ich weigere mich, diesen Test zu machen."

Schlagartig verändert sich das Verhältnis zwischen dem Streetworker und den Kommissaren. Die Sympathie, die man füreinander empfunden hat, verpufft. Schweigend streben Beta und Bertschi auf ihre Autos zu. Beta wünscht Bertschi gute Heimfahrt und folgt dem Schild Richtung Thun. Bertschi stellt den

Jazzsender im Radio ein, bevor auch er Gas gibt. Seine Strecke nach Zürich ist um vieles weiter.

☙

Hunziker geht zum Kühlschrank und holt sich ein Cardinal. Die Teller stehen noch auf dem Tisch, auf der Anrichte herrscht Chaos. Wenn seine Frau einen Film sehen will, lässt sie alles liegen und stehen. Vor einer Viertelstunde hat der Film 'Amour' begonnen, diesem liebevollen Sterbedrama von Michael Haneke.

Kaum hat sich Hunziker neben seine Frau gesetzt, taucht Max auf.

„Ab ins Bett", befiehlt Moni in harschem Ton, und Max ahnt, dass die Mama keine Widerrede duldet.

„Ich geh ja schon, aber vielleicht mache ich dann das Bett nass, weil ich das Pipi nicht bis morgen früh halten kann", erklärt Max.

Hunziker bewundert die raffinierte Argumentation seines Sohnes, um aufbleiben zu können. Er drückt Moni die Bierflasche in die Hand und begleitet Max aufs Klo.

„Da kommt gar nichts", tut Hunziker erstaunt.

„Ein paar Tropfen schon." Max steht auf und zieht die Pyjamahose hoch. Eine kleine Hand schiebt sich in die große. „Deckst du mich zu?" Hunziker nickt.

„Warum hat der Mann viermillionentausend Franken gestohlen", fragt Max.

„Von wem redest du? Welchen Mann meinst du denn?"

Max versteht nicht, dass sein Vater nicht weiß, worum es geht. „Der vom Telefon, den du suchen musst."

Verdammt! Max hat etwas vom Gespräch mit Bertschi aufgeschnappt. Dabei achtet Hunziker stets darauf, dass sein Sohn nichts von Dieben und Mördern mitkriegt.

„Stimmt, der Mann mit den viertausend Franken."
Bertschi versucht Zeit zu gewinnen, um Max eine moderate Geschichte aufzutischen.

„Viermillionentausend", korrigiert Max.

„Das gibt es nicht. Es gibt nur viertausend oder vier Millionen."

„Wollte der Mann ein Auto kaufen?"

„Das wissen wir noch nicht. Aber wenn wir den Mann gefunden haben, fragen wir ihn, okay? Und jetzt gute Nacht, träum was Schönes." Hunziker streicht Max zärtlich über den Kopf.

„Bitte den Schneider Böck, damit ich schnell einschlafen kann."

Max hat längst herausgefunden, dass sein Vater die Lausbubenstreiche von Max und Moritz mag. Hunziker kennt alle sieben auswendig und rezitiert sie stets mit einer gehörigen Portion Dramatik. Manchmal gaukelt er seinem Sohn vor, nicht mehr weiter zu wissen. Dann hilft Max ihm aus.

Damit sein Vater wirklich glaubt, dass er gleich einschlafen wird, kneift er die Augen zu. Also beginnt Hunziker: Jedermann im Dorfe kannte einen, der sich Böck benannte ... Mit jeder Zeile wird Hunziker schneller, er sehnt sich nach seiner Frau und dem Bier. Bei der Zeile 'He, heraus ...! reißt Max die Augen auf und schreit ... du Ziegenbock, Schneider, Schneider, meck, meck, meck.

Vater und Sohn schütteln sich vor Lachen. Dann sagt Hunziker: „Fertig, jetzt geh ich zu Mama." Max spürt, dass er alle Verlängerungsmaßnahmen ausgeschöpft hat. Er legt den Arm um seinen Teddy und taucht ins Land der Lausbuben ein, die als Körner enden.

Hunziker sackt aufs Sofa. Seine Frau scheint gar nicht zu bemerken, dass er sich neben sie gesetzt hat. Er nimmt ihr die Bierflasche aus der Hand, trinkt einen Schluck und beschwert sich: „Hast du sie in den Backofen gestellt?"

„Stell sie halt in den Tiefkühler, und jetzt sei still."

„Liebst du mich", flüstert Hunziker und knabbert an Monas Ohr, um sie zu ärgern.

„Und wie", kreischt sie genervt, und hält ihm den Mund zu.

„Frieden", schlägt Hunziker hastig vor, und dann benehmen sie sich so, als wären sie im Kino. Wortlos teilen sie sich vier kühle Bier, und schaffen damit eine Basis für die nötige Bettschwere. Trotzdem findet Hunziker keine Ruhe.

„Warst du nicht einmal bei einer Frau Furrer in der Physiotherapie?", ruft er aus dem Badezimmer.

„Du meinst die, die ihren Mann öffentlich der Untreue bezichtigt hat?" Moni fädelt sich ins enge bischofsrote Seidennachthemd ein, das um den Po zu spannen beginnt, und stellt sich ans zweite Waschbecken. „Die war gut in ihrem Job."

„Weißt du, wo sie lebt?"

„Auf jeden Fall nicht hier. Im Tessin oder in Italien. Sie ist buchstäblich geflohen, damit ihre Kinder nicht mehr gehänselt werden. Die waren damals um die dreizehn und müssen höllisch gelitten haben. Ganz Bern hat sich doch wegen der Geschichte das Maul zerrissen."

Als sie das Schlafzimmer betritt, liegt ihr Mann bereits im Bett. Er streckt die Hand nach ihr aus, seine Augen bleiben jedoch geschlossen. Sie kuschelt sich an ihn, murmelt etwas davon, dass sie eine Freundin wegen der Adresse anzapfen wird, und fällt gleich darauf in Tiefschlaf. Bewegungslos lauscht Hunziker ihren regelmäßigen Atemzügen und beneidet sie.

Als Bertschi aus der Dusche steigt, hört er Florian in der Küche hantieren. Er zieht sich an und begrüßt dann seinen Geliebten mit einem Nackenkuss. Florian dreht sich um, seine Hand streicht zärtlich über Bertschis Rücken. Mit kritischen Blick begutachtet er das T-Shirt und meint: „Das kannst du für die Arbeit nicht mehr anziehen, die Farbe ist ganz ausgewaschen."

„Ich muss nichts verkaufen, sondern nur nach Wahrheit suchen, und der ist es egal, was ich trage."

„Und was wird deine kritische Kollegin dazu sagen?"

„Dass ich mir ein neues Shirt kaufen soll." Bertschi setzt sich an den Tisch und greift zu zwei Scheiben Brot. Die eine bestreicht er mit Camembert, die andere mit Olivenpaste, bevor er, jeweils abwechselnd, ein Stück abbeißt.

Kopfschüttelnd beobachtet Florian seinen Freund. „Du hast keine Ticks, nicht wahr?"

„Du gewöhnst mir ja alle ab. Tunk ich etwa noch das Croissant in den Kaffee?"

„Das hat mich eine Menge Nerven gekostet. Sag mal, wollen wir das Wochenende planen?"

Bertschi runzelt die Stirn. „Nichts lieber als das", aber er wiegt skeptisch den Kopf.

„Drängt sich wieder einmal eine Leiche zwischen uns? Es ist doch immer das Gleiche."

Florian steht auf und räumt wortlos den Tisch ab. Die Linien zu beiden Seiten seiner Mundwinkel, sonst nur angedeutet, vertiefen sich zu scharfen Rillen. Bertschi hasst diese Situation, die ihn schuldig erscheinen lässt. Fassungslos starrt er auf die weiße Wand, wo ein Weberknecht gelassen zum Spaziergang aufbricht. Er hört sie wieder und wieder, diese Stimme, die ihm erbarmungslos zuflüstert, er sei unfähig, Prioritäten zu setzen. Doch langsam beginnt sich etwas in ihm zu wehren. Er ist Kommissar bei der Kripo, und Verbrecher halten sich nun mal nicht an geregelten Dienst.

Eine Welle der Wut steigt in ihm hoch. Immer dieses Theater. Warum kann Flo nicht die Umstände akzeptieren, so wie sie sind?

Florian lässt seinen Frust am Geschirr aus. Er kämpft gegen die Teller und Tassen, stapelt sie im Geschirrspüler und schiebt das Fach mit den Gläsern heftig zurück. Die Gläser klirren, als wollten sie zerspringen.

Aus dem Esszimmer ertönt die Ouvertüre von 'Tristan und Isolde'. Florian spitzt die Ohren. Was für eine Musik! Jeder einzelne Ton verspricht reiches Leben. Er geht zum Fenster und bestaunt die Trauerweide, deren Äste sachte im Wind schaukeln.

Bertschi stellt sich neben ihn. „Wenn wir in die gleiche Richtung blicken, dann verlieren wir uns nicht."

„Wir müssen los", murmelt Florian. In seinem teuren Anzug sieht er aus wie einer dieser Pariser Banker. Schön, jung, reich. Dabei arbeitet er bloß bei der Steuerbehörde. Einerseits. Andrerseits genießt er im Finanzamt einen guten Ruf, denn er kennt die Gesetze wie kein anderer. Er wird bei komplexen Fragen oft um Rat gebeten. Er gefällt sich in der Rolle des Allwissenden.

„Bleib noch eine halbe Stunde, du hast doch Gleitzeit", lockt Bertschi.

„Ja, von halb acht bis halb zehn. Leider ist es schon neun. Ich muss gehen."

„Nie hast du Zeit für mich", schmollt Bertschi, indem er das Thema von vorhin als Variation aufgreift.

„Vielleicht heute Abend", wiegelt Florian ab, schwingt die Hüften und verlässt die Wohnung.

„Mach die Kerle im Amt nicht verrückt", ruft

Bertschi ihm hinterher und meint das durchaus ernst. Im Moment geht es Florian gut. Aber bald wird ihn die manische Phase fest im Griff haben. Dann kann es passieren, dass er im Büro einen Kollegen anmacht. Die sonst so sachlichen Angestellten wuseln dann nervös durch die Gänge, und plötzlich geht es im Amt zu wie in einem Bienenstock.

Der Seelendoktor ärgert sich, wenn er ins Finanzamt gerufen wird. Er ärgert sich nicht über Florian. Den schickt er zum Arzt. Das Problem sind ein paar Beamte, die Florians Krankheit nicht begreifen und fordern, dass ihm gekündigt wird.

∞

Kurz nach zehn erscheint Bertschi im Büro. Missbilligend klopft Beta auf die Uhr.

„Be cool, Baby", sagt Bertschi.

Sie wedelt mit einem Blatt Papier. „Hunziker ist ein Genie. Dank ihm wissen wir nun, wer das Geld abgehoben hat. Es ist der Mann, den wir wie die Stecknadel im Heuhaufen suchen."

„Der Finne oder der Politiker?" Bertschi schnappt sich den A4-Bogen. Die schlechte Kopie einer miserablen Aufnahme lässt erahnen, dass es sich um Hakala handelt. Jedenfalls besteht eine gewisse Ähnlichkeit mit dem Mann, den er vom Foto her kennt. „Gegen Videokameras ist nichts einzuwenden. Hakala war also vorgestern in diesem Dorf namens Kerzers."

„Hunziker kennt Leute aus der Musikszene. Vielleicht kriegt er einen Tipp, wo sich Hakala befindet. Den Aufenthaltsort von Claus Furrer hat er noch nicht gefunden, doch die Adresse der Exfrau liegt ihm vor."

„Mit Hunziker haben wir das große Los gezogen." Bertschi atmet erleichtert auf.

„Irgendjemand muss doch wettmachen, was andere

nicht schaffen."

Bertschi mag den Seitenhieb auf Emmer nicht. „Wir sind eine starke Crew, und jeder von uns bringt etwas ein, was nur er kann und kein anderer."

„Wir zwei können alles. Wir sind unschlagbar."

„Die Technik hat sich mit der Handynummer der Petrovic befasst. Bis Montagabend um 23.40 Uhr wurden Anrufe registriert, danach ist die Leitung tot."

„Gibt es schon eine Liste der ein- und ausgehenden Anrufe?"

„Ja, an der arbeitet Emmer. Um elf trifft er sich mit Petrovic."

Betas Handy läutet, sie guckt auf die Nummer, erkennt sie jedoch nicht. Also meldet sie sich mit dem vollen Programm: Name, Dienstgrad, Dienststelle. Dann lauscht sie schweigend einer Stimme. Schließlich fragt sie: „Können Sie vorbeikommen? Gut. Bitte melden Sie sich im Sekretariat, ich hole Sie von dort ab."

Beta legt das Handy auf den Schreibtisch. „Du wirst es nicht glauben, aber unser Streetworker akzeptiert die Speichelprobe und kommt in einer halben Stunde vorbei. Für sein Verhalten von gestern hat er sich entschuldigt. Der Tod der Petrovic beschäftigt ihn und ihre Schwangerschaft auch. Er hat vor vier Monaten mit ihr geschlafen. Ein einziges Mal."

„Um zwölf treffen wir Zeiter in seinem Atelier, und um 17 Uhr empfängt uns der Chef. Die Medien haben vom Mord an der Petrovic Wind gekriegt und verlangen Informationen. Deshalb hat Kost für 18 Uhr eine Konferenz anberaumt. Er ist bereits nervös."

„Wenn sich Journalisten für den tragischen Tod einer prominenten Kollegin interessieren, wäre mir auch mulmig", brummt Bertschi.

„Man wird Kost Fragen stellen, bis er ganz konfus ist

und sich in eine Sackgasse manövriert."

„Du übertreibst! Unser Chef ist ein Profi, und gemeinsam mit Staatsanwalt …"

„Das ist es ja! Keller befindet sich in den USA und kann ihn nicht unterstützen."

Beta würde gern für Keller einspringen. Sie hat keine Angst vor öffentlichen Diskussionen, Angriffe pariert sie meist sachlich und souverän. Kost wird sie nicht bitten, ihn zu begleiten. Er erträgt sie nicht neben sich auf dem Podium. Schon beim letzten Mal hat er nicht sie, sondern Bertschi gewählt. Seither beschäftigt sie die Frage nach dem Warum. Hat er Angst, dass sie ihm die Show stiehlt? Dass sich die Journalisten an sie wenden, weil sie solider informiert? Kost ist ein karger Redner. Knapp an Worten, geradezu geizig. Neidet er ihr den leichten Umgang mit der Sprache? Oder schätzt er sie als unberechenbaren Faktor ein? Quält ihn die Vorstellung, dass sie sich mit einem Reporter anlegt und die Konferenz in einer wüsten Schlägerei endet?

Der Gedanke gefällt Beta. Der Druck auf ihrer Brust lässt nach. Sie muss sich damit abfinden, dass Kost sie nicht für öffentliche Diskussionen einsetzt. Er hält sich lieber an Bertschi. Es wurmt sie, dass Kost sie ohne ein Wort der Erklärung beiseitegeschoben hat. Nach einer Weile gibt sie sich einen Ruck und versichert Bertschi, dass der Chef ihn um Rückendeckung bitten wird.

Wenig später erscheint Hänny, und man lässt sich in der Sitzecke nieder. Ein verlegenes Schweigen entsteht. Hänny rutscht auf dem Sessel nach vorn, als wolle er etwas gestehen, doch es will ihm kein Wort über die Lippen kommen. Er verändert die Sitzstellung, öffnet und schließt den Mund wie ein Fisch, versucht die Sprechhemmung zu überwinden und scheitert.

Schließlich erlöst ihn Beta. „Wir von der Kripo sind

beauftragt, den Mörder von Frau Petrovic zu finden. Sie als Bürger unterliegen der Pflicht, uns korrekte Auskünfte zu erteilen. Diese Pflicht haben Sie sträflich vernachlässigt, und Sie müssen mit einer Anklage rechnen. Alles klar? Und nun erzählen Sie einfach, was Sie mit der Petrovic zu tun hatten."

„Das erste Mal, als ich sie sah, hockte sie auf der Mauer beim Einkaufszentrum. Ich hatte sie noch nie gesehen. Ein paar Jungs umringten sie, und man hörte immer wieder schallendes Gelächter. Es ging unbeschwert zu. Null Aggression. Ich hatte plötzlich das Gefühl von Ferien. Es war ein schöner Moment, aber halt nur ein Moment, denn ich bin Streetworker, und Misstrauen gehört zu meinem Beruf. Also fragte ich mich, was die Frau auf meinem Territorium zu suchen hat. Drogen, Prostitution? Als sie am nächsten Tag wieder auftauchte, ging ich auf sie zu und verwickelte sie in ein harmloses Gespräch. Sie war cool und witzig, und wusste erstaunlich viel über Bümpliz. Sie erklärte mir, dass sie eine Reportage über die Gegend schreiben wolle. Nachdem ich ein paar Eckdaten über sie erfahren hatte, ging ich ins Büro, um sie zu googeln. Und da", der Anflug eines Lächelns streift seine Miene, „verliebte ich mich in sie."

Hänny hält inne. Das hat er eigentlich gar nicht sagen wollen. Das war zu intim. Wenn er nur den Satz zurückholen könnte, damit er ihn mit niemandem teilen muss!

Er beeilt sich fortzufahren. „Ich verbrachte den Abend am Computer und las ihre Artikel. Am Ende des Abends wusste ich, dass sie eine engagierte, intelligente Frau war. Sie faszinierte mich. Von da an sahen wir uns jeden Tag, ohne uns zu verabreden. Am Tag, bevor der Artikel über Bethlehem erschien, brachte sie eine Flasche Wein mit. Wir feierten den Abschluss ihrer Arbeit und nahmen einen letzten Drink in meiner Wohnung. Sie war entspannt, wir hatten viel zu lachen, und irgendwie entstand eine ganz besondere Nähe zwischen uns."

Hänny senkt den Blick. Er drängt die Erinnerung weg, um mit der Geschichte weiterzufahren. „In dieser Nacht blieb sie bei mir. Danach war sie wie vom Erdboden verschluckt. Sie zeigte sich nirgends. Sie ging nicht ans Telefon. Der Kontakt zwischen ihr und mir existierte nicht mehr, so dass ich mich mehr als einmal fragte, ob er überhaupt je bestanden hatte. Trotzdem war sie wegen ihres Artikels präsent in Bethlehem. Alle redeten über sie, oder besser gesagt, fluchten über sie. Man fühlte sich verraten. Die Typen, die zuvor mit ihr geschäkert hatten, ließen nun kein gutes Haar an ihr. Sie rasten vor Zorn. In Gruppen standen sie zusammen, und übertrafen sich gegenseitig in Gewaltfantasien. Sie wollten ihr die Hände zerschmettern, damit sie nicht mehr schreiben kann. Andere wollten sie blöd kloppen, damit sie nur noch vor sich hindämmern würde. Man wollte sie zerstören. Sie wurde eine namenlose Frau. Im Volksmund hieß sie nur noch Serbenhure. Der Hass gegen sie erreichte eine Dimension, die mir Sorgen machte, vor allem deshalb, weil ich sie nicht warnen konnte. Nach neun Tagen rief sie mich an. Sie hatte sich in der Wohnung ihrer Freundin versteckt."

„Wie heißt die Freundin", fragt Bertschi.

„Rita Kuonen, eine Journalistin, die damals beruflich unterwegs war. Von da an sahen wir uns wieder täglich. Ich hatte noch nie einer Frau so uneingeschränkt Einblick in meine Gedanken und Gefühle gewährt. Der Petrovic ging es ähnlich. Sie fasste Vertrauen zu mir, erzählte mir von Hakala, und dass sie sich von ihm trennen wolle. Wir schlugen uns die Nächte um die Ohren, der Pizza-Service brachte uns das Essen, und manchmal sagte sie etwas auf Serbisch. Dann meinte ich jedes Mal, die Stimme meiner Mutter zu hören."

Beta stutzt. „Ihre Mutter stammt aus Serbien?"

„Ja. Sie kam als junge Frau her und heiratete einen Schweizer."

„Kennt Ihre Mutter den Vater der Petrovic?"

Die Frage kostet Hänny einen Lacher. „Glauben Sie, dass sich alle Serben untereinander kennen?"

„Bitte beantworten Sie meine Frage."

„Nein."

Stille. Den Flügelschlag der Fliege könnte man vernehmen, wäre sie nicht gerade auf Bertschis Schulter gelandet. Hänny bemerkt die Zweideutigkeit seines Nein, und korrigiert sich. „Ich kenne den Vater der Petrovic nicht, und meine Mutter hat den Namen nie erwähnt."

Beta nickt. Sie wird die Aussage überprüfen. „Wie ging es weiter mit der Petrovic?"

„Wir vereinbarten, uns zurückzuhalten, bis sie frei ist. Als sie ihrem Freund eröffnete, sie wolle sich von ihm trennen, flippte er aus. Die Petrovic kriegte es mit der Angst zu tun und floh zu ihrem Vater. Als sie am nächsten Vormittag in ihre Wohnung zurückkehrte, war Hakala weg und die Klamotten und die Gitarre auch. Den Wohnungsschlüssel fand sie auf dem Tisch. Hakala hatte sich ohne Angabe einer Adresse verkrümelt."

„Wann war das?"

Hänny durchforstet das Handy. „Vor vier Wochen und drei Tagen, am elften Juni."

„Ab da waren Sie und die Petrovic ein Paar?"

„Es mag komisch klingen, aber es wurde nichts mit uns. Sie war zwar frei, doch sie erklärte, sie brauche Zeit, um zu sich selbst zu finden. Sie wolle sich nicht sofort wieder binden."

„Die Frau hat Sie ins Leere laufen lassen", konstatiert Beta.

„Es gab Situationen, da habe ich sie verdächtigt, mit mir zu spielen. Dann war ich verzweifelt. Wenn da nicht immer wieder diese intensive Nähe zwischen uns entstanden wäre, hätte ich, hätte ich …"Alex zuckt die Achseln.

„Was?"

„Manchmal befahl mir eine innere Stimme, zur Kirchenfeldbrücke zu gehen. Einmal folgte ich dem Flüsterer und stellte mich mitten auf die Brücke. Ich starrte auf die Aare hinunter und beobachtete das Wasser, das unbeirrt seinem Weg folgte. Es floss und würde weiter fließen, egal, wofür ich mich entscheide. Dieser Gedanke rettete mich. Hatte nicht auch ich meinen Job, egal, wie sie sich verhielt? Damals kapierte ich, was mit mir los war. Ich war der Petrovic hörig geworden. Von da an passte ich auf mich auf. Ich wollte mich nicht noch einmal verlieren. Aber manchmal war das verdammt schwer, denn es gab unleugbar etwas zwischen uns, das uns zusammenschweißte. Ich habe mit dieser Frau Augenblicke erlebt, die ich nicht beschreiben kann. Vermutlich war ich im siebten Himmel. Damals erlebte ich Momente, in denen ich bereit war, vor Glück zu sterben. Es ist das Größte, diese Ahnung von Vollkommenheit."

Hänny erhebt sich und geht im Büro hin und her. Er ist aufgewühlt, und Bewegung beruhigt ihn.

Beta schielt zu Bertschi, und der sagt: „Ich fasse zusammen, was wir bis jetzt wissen. Sie hatten eine besondere Beziehung zur Petrovic, mit großer Nähe, aber ohne Sex, bis auf dieses eine Mal."

Hänny nickt und setzt sich wieder hin. „Sie liebten diese Frau, aber Ihre Gefühle wurden nicht erwidert.

Hat Sie das nicht frustriert?"

„Doch, natürlich. Aber ich tröstete mich damit, dass sich das Warten lohnt."

„Die Petrovic hat Ihnen nicht mitgeteilt, dass sie im vierten Monat schwanger war. Welchen Grund hatte sie, ihre Schwangerschaft wie ein Geheimnis zu hüten?"

Gequält zuckt Hänny die Schultern. „Keine Ahnung, ich verstehe das nicht."

„Wir wissen, dass das Kind nicht von Hakala ist. Kann es von Ihnen sein?"

„Vom Datum her ja. Außerdem hab ich kein Kondom verwendet, weil die Petrovic sagte, dass sie die Pille nimmt."

„Gut, dann wollen wir den Speicheltest machen. Darf ich?"

∽

Mit Blick auf die Uhr stellt Bertschi fest, dass er Emmer noch erreichen kann.

„Du willst wissen, mit wem die Petrovic telefonisch Kontakt hatte", sagt Emmer hellseherisch.

„Genau."

„Bis auf zwei Nummern kann ich alle einem Namen zuordnen. „Wenn du willst, schick ich dir die provisorische Liste."

Fünf Minuten später studieren Beta und Bertschi die Namen hinter den Telefonnummern.

„Sie hat Zeiter auffallend oft angerufen, er sie aber selten", bemerkt Bertschi.

„Das ist normal, wenn man im Team arbeitet."

„Was ist denn das für eine hanebüchene Erklärung", brummt Bertschi, und weist darauf hin, dass es bei Hänny umgekehrt sei.

„Du meinst, da ist er der Aktive?" Beta vergleicht die Zahl der Anrufe. „Stimmt. Aber weißt du, was mich erstaunt? Der intensive Kontakt zwischen der Petrovic und ihrem Exfreund. Schau mal, an einem Tag ging das siebenmal hin und her. Wenn da nicht Machtspiele dahinter stecken!"

„Ach wo! Wenn die Anrufe weniger als eine Minute dauern, hebt der andere nicht ab. Die beiden haben versucht, sich zu erreichen, und hatten kein Glück."

Plötzlich verliert Beta die Geduld. „Was für ein Pfusch, diese Liste! Die Nummern stehen nicht untereinander, die Namen sind nicht alphabetisch geordnet. Man wird ganz besoffen vom Lesen."

Bertschi blickt auf. „Du bist ja schon grün im Gesicht." Beta kramt ihren Spiegel hervor. Sie sieht nur dunkle Ringe unter den Augen, und einen Bertschi, der in sich hineinlacht. Er schicke jetzt Emmer eine SMS, damit er sich hinter die zwei unbekannten Nummern klemmt."

☙

Vom Münster her schlägt es zwölf, als das B&B-Team in die Brunngasse einbiegt. Die Tür zum Atelier steht offen, Zeiter liest einen Text im Computer. Die beiden Kommissare treten ein. Nach der Begrüßung schließt Zeiter die Tür und dreht das Schild auf 'closed'.

„Also, wie kann ich Ihnen helfen. Ich weiß viel, aber nicht alles", versucht Zeiter zu scherzen. Er

setzt sich nicht zu den Kripobeamten, sondern bleibt stehen und lehnt sich an den Schreibtisch.

„Frau Petrovic hat Sie in letzter Zeit auffällig oft angerufen. Warum? Was wollte sie?" In Bertschis Ton schwingt keine Sympathie.

„Es ist Ihnen sicher nicht entgangen, dass sie und ich zusammen gearbeitet haben."

„Haben Sie Frau Petrovic auch privat getroffen?"

„Nur beruflich."

„Warum hat Sie Herr Conti, der Hausmeister in Ittigen, erkannt?"

„Wir haben manchmal in der Wohnung von Frau Petrovic Reportagen vorbereitet."

Beta schaltet sich ein. „Conti hat beobachtet, wie Sie mit ihr Hand in Hand spazieren gingen. Und ein paarmal stand Ihr Auto noch morgens vor dem Wohnblock."

Zeiter grinst zynisch. „Das Ausspionieren gehört zum Job des Hausmeisters. Mich stört das nicht im Geringsten. Sollen die Leute doch tuscheln. Die, die über andere herziehen wollen, machen das sowieso, mit oder ohne Grund. Aber Ihr von der Kripo fragt und untersucht. Ihr übernehmt doch nicht die Meinung von Denunzianten. Oder irre ich mich?"

„Da haben Sie recht, bis auf die Tatsache, dass der Hausmeister Zeuge und nicht Denunziant ist. Uns liegen nämlich gleiche Beobachtungen von andrer Seite vor", erwidert Beta freundlich.

„Klären Sie uns doch einfach auf."

Besser, er ärgert die Kommissare nicht, beschließt Zeiter. „Frau Petrovic hatte einen guten Ruf bei den Printmedien. Alles war verlässlich recherchiert, und sie hatte eine lockere Schreibe. Aber es war ihr auch klar, dass man für investigativen Journalismus einen hohen Preis zahlt. Sie war von ein paar Menschen umgeben, die sie vernichten wollten. Man versuchte sie zu bestechen, doch das klappte nicht. Man lieferte ihr falsche Infos, um sie als unglaubwürdige Journalistin abzustempeln. Auch das haute nicht hin, weil sie die Angaben genau überprüfte. Also versuchte man auf andere Art, sie fertig zu machen. Man jagte ihr Angst ein. Nach der Reportage über Bethlehem wurde sie stundenlang in einer Tiefgarage von maskierten Männern festgehalten. Einmal hetzte man sie durch die Gassen, bis sie hinfiel und sich die Knie blutig schlug."

Zeiter hält inne, bevor er trocken hinzufügt: „Sie war manchmal ganz schön verzweifelt. Dann blieb mir nichts anderes übrig, als sie aufzuheitern. Wenn sie down war, fehlte ihr der nötige Biss für den Job. Außerdem litt sie unter Verfolgungswahn. Sie war genial als Journalistin, aber als Mensch – die Pause klingt einstudiert - „war sie schwierig. "

„Hatten Sie ein Verhältnis mit ihr?"

„Das wäre mir zu anstrengend gewesen."

„Sie gingen also Hand in Hand mit dieser Frau spazieren. Sie übernachteten manchmal bei ihr, aber Sie hatten keinen Sex. Und das sollen wir glauben?"

„Was bleibt Ihnen übrig?" Unerschütterlich begegnet Zeiter Bertschis Blick.

„Wir wissen inzwischen, dass Frau Petrovic schwanger war. Und wir können beweisen, dass ihr Freund als Vater nicht in Frage kommt."

„Ich komme auch nicht in Frage", antwortet Zeiter pampig und beginnt im Atelier auf und ab zu tigern.

Beta versucht, ihn in die Enge zu treiben: „Sie haben gewusst, dass sie ein Kind erwartete."

Zeiter fühlt sich ertappt und gibt zu, von der Schwangerschaft gewusst zu haben.

„Es ist Ihr Kind, Herr Zeiter. Sind Sie einverstanden, dass wir eine Speichelprobe nehmen?"

Die Stimmung im Raum kippt. Zeiter wird klein und unsicher. „Ja, wir waren eine Weile lang zusammen. Die Frau war toll. Ich hab ihr das oft gesagt, und nach dem Sex ging es ihr immer gut."

Vor Zeiters geistigem Auge entsteht ein barockes Gemälde. Hingegossen liegt die Petrovic auf der Chaise Longue, mit angewinkeltem Bein. Ihre Hand wühlt in der blonden Mähne, und sie blickt ihn mit halb geschlossenen Lidern an. Er hat mehr als einmal versucht, diesen lasziven Gesichtsausdruck fotografisch festzuhalten. Es ist ihm nie gelungen. Er war immer den Bruchteil einer Sekunde zu spät, und seine Lust auf sie gewann jedes Mal die Oberhand. Am meisten hat ihn ihr Bauchnabel erregt, der ihm wie die Pforte zu einer unerforschten Höhle erschien.

„Vor einem Monat machte ich Schluss mit ihr. Ich bin kein Typ für eine längerfristige Beziehung. Klärungsgespräche machen keinen Spaß, und Besitzansprüche lösen in mir einen Fluchtinstinkt aus. Ich bin der Typ 'lonely wolf', wenn Sie verstehen, was ich meine. Aber für eine Affäre bin ich immer zu haben. Ich erkläre das jeder Frau, bevor ich mit ihr ins Bett steige, doch das glaubt keine. Sie meinen alle, sie kriegen mich herum. Dass die Weiber auch immer stocksauer werden, wenn man das Interesse an ihnen verliert! Es ist jedes Mal das gleiche. Zuerst der Himmel auf Erden, und dann ein Affentheater. Egal ob sie fünfzehn oder fünfzig sind, am Schluss der Geschichte steht ein Drama. Schade."

Zeiter zuckt leidenschaftslos mit den Schultern. „Auch die Petrovic konnte nicht akzeptieren, dass mir die Sache zu eng wurde. Mit Zweierkisten hab ich nichts am Hut. Das habe ich ihr ausführlich erklärt. Ich hab ihr gesagt, für mich komme nur unverbindlicher Sex in Frage, aber das passte ihr nicht. In der Folge belästigte sie mich mit Anrufen." Zeiter lacht hämisch.

„Kann ich Ihr Handy sehen", fragt Bertschi.

„Natürlich." Zeiter holt es vom Schreibtisch und reicht es Bertschi. Der schlägt die eingegangenen Nachrichten auf. Keine von der Petrovic. Auch keine verpassten Anrufe.

„Sie haben den gesamten Thread mit Frau Petrovic gelöscht", stellt Bertschi fest.

„Besser so. Sie drückte sich nicht gerade schmeichelhaft aus."

„Seit wann wussten Sie, dass Frau Petrovic schwanger war", erkundigt sich Beta.

Zeiter überlegt. Schließlich antwortet er: „Zwei Tage nach Ende unsrer Affäre kreuzte sie auf, und erzählte mir, dass sie ein Kind erwarte. Gratuliere, sagte ich. Freut sich dein Freund? Da stürzte sie sich wie eine Furie auf mich. So einfach würde ich nicht davonkommen, schrie sie, und erst in dem Moment schnallte ich, um was es ging. Sie behauptete steif und fest, das Kind sei von mir. Das kostete mich einen Lacher. Doch als sie nicht aufhörte damit, wurde ich eiskalt, und ich sagte ihr: Meine Süße, kannst du dich nicht mehr an den Geschmack meiner Kondome erinnern? Merk dir eins, ich lasse mir kein fremdes Balg unterjubeln, also scher dich zum Teufel. Und dann schob ich sie zur Tür hinaus."

Beta schüttelt skeptisch den Kopf. „Das glaube ich nicht. So jemand wie die Petrovic überprüft vorher, ob ihre Anklage berechtigt ist."

„Ha! Die mit ihrem Wahrheitsfimmel! Der ging es nicht um Wahrheit, die wollte ganz bestimmte Personen in die Pfanne hauen. Das hat ihr Spaß gemacht. Sie selbst konnte ungeniert lügen, wenn es ihr einen Vorteil brachte."

„Frau Petrovic war also nicht schwanger von Ihnen", hakt Beta nach.

„Okay, einmal ist ein Kondom gerissen, aber das stempelt mich nicht automatisch zum Erzeuger, umso weniger, als sie damals noch mit dem Finnen zusammenlebte. Ich versteh ja, dass sie wegen des Unterhalts scharf auf mich war. Von ihrem Freund hätte sie keinen

Rappen gekriegt. Übrigens könnte es noch mehr potentielle Väter geben."

Beta und Bertschi tauschen einen Blick. Will Zeiter bloß dreckige Wäsche waschen?

Bertschi greift die Bemerkung auf: „Wer zum Beispiel?"

„Der Sozialarbeiter in Bethlehem. Dem ist schier der Geifer von den Lippen geronnen, wenn er ihr begegnete."

„Woher wissen Sie, dass die beiden Sex hatten?"

„Vielleicht hatten sie keinen, aber sie waren spitz aufeinander, und zwar hundert pro."

„Wer noch?" fragt Bertschi ungeduldig und merkt, dass Zeiter ihn nicht versteht.

„Hatte Frau Petrovic noch mit anderen Männern Kontakt?"

„Mit einem Typ vom IKRK, der sie manchmal besuchte. Aber wenn Sie wissen wollen, ob sie Sex hatten, muss ich erneut passen. Ich habe die beiden nicht in flagranti erwischt."

Beta erträgt das einfältige Grinsen ihres Gegenübers nicht länger. Sie steht auf und versenkt sich in die Betrachtung eines Fotos. Zeiter folgt ihr und tippt mit dem Finger auf den Sänger. „Kennen Sie den?"

„Muss man ihn kennen?"

„Ich würde sagen: ja. Die Petrovic schwärmte regelrecht von ihm. Das ist Lastcall, der Rapperkönig von Bethlehem."

Im Nu erwacht Betas Interesse: „Lebt er in Bethlehem? Hat er Frau Petrovic persönlich gekannt?"

„Zweimal ja", antwortet Zeiter. Er zeigt auf zwei hübsche junge Kerle. „Und für diese beiden Jungs interessierte sie sich auch. Die sind in dubiose Geschäfte verwickelt."

„Wie heißen sie?"

„Keine Ahnung. Fragen Sie den Streetworker."

„Kann ich das Foto mitnehmen?"

Zeiter stimmt gnädig zu.

„Wo waren Sie am Montagabend zwischen 23 Uhr und ein Uhr morgens", will Bertschi wissen.

Zeiter wischt übers Handy, bis der Montag erscheint. „Ich war bis gegen drei bei Uschi."

Beta notiert sich Name und Adresse der Frau, während Bertschi bei Zeiter eine Speichelprobe nimmt.

Kaum hat das B&B-Team das Atelier verlassen, sagt Beta:. „Unangenehme Menschen rauben mir die Energie. Du darfst mich zum Kaffee einladen."

„Gern, wir sind gleich im Büro."

„Nein, ich will auf den Rathausplatz. Ich will mit dir zusammen denken, und dazu brauche ich eine Zigarette. Im Büro wird mir die ja verwehrt."

„Ich soll teure Getränke zahlen, damit du draußen rauchen kannst? Vergiss es", protestiert Bertschi lautstark.

Eine Passantin dreht sich nach Bertschi um. Ekelhafter Geizhals, drückt ihre Miene aus. Sie wirft Beta einen mitfühlenden Blick zu. „Siehst du", kichert Beta. Bertschi gibt sich geschlagen.

☙

Mit quietschenden Bremsen hält Venetz an. Eigentlich wollte er die Tram noch schnell rechts überholen, aber die Türen haben sich bereits geöffnet, und die Fahrgäste quellen heraus. Macht sich nicht gut für einen Polizisten, mit dem Fahrrad durch die Menge zu rasen. Eine Mutter mit Kind an der Hand und Säugling im Kinderwagen strebt auf den Gehsteig zu. Hinter Venetz nähert sich ein BMW, der drängelt und versucht, sich vorbeizuschlängeln. Doch Venetz steht da wie ein Fels in der Brandung und versperrt die Durchfahrt, bis sich die Tram in Bewegung setzt.

An der Talstation der Gurtenbahn schwingt sich Venetz vom Rad. Er wischt sich über die schweißnasse Stirn, und sucht einen geeigneten Parkplatz für seinen Peugeot-Renner. Die Straßenlaterne erweckt einen stabilen Eindruck. Er legt dem Stahlrohr das Bügelschloss um, fädelt es zwischen den blank polierten Speichen durch und schließt ab. Den Sattel demontiert er mit einem Griff, und verstaut ihn im neongrünen Rucksack. Dann schweift sein Blick umher auf der Suche nach einer Frau. Kurze rote Haare, Jeans, grünblaues Jackett, so beschrieb sich Frau Kuonen am Telefon.

Eine Viertelstunde zu spät stapft sie die Straße hoch. Venetz erkennt sie von weitem. Er geht ihr nicht entgegen, sondern wartet und beobachtet. Die Haare sind extrem rot, noch dazu stehen sie in alle Richtungen ab. Als hätte sie seine Gedanken erraten, antwortet sie mit einer Geste. Sie fährt sich kreuz und quer durch den Schopf, um ihn zu verstrubbeln. Ab und zu beißt sie von einem Apfel ab. Ohne zu zögern, geht sie auf Venetz zu.

Sie machen sich auf den Weg. Die Naturstraße ist breit genug, um nebeneinander gehen und reden zu können. Venetz sitzt noch Betas Kritik an Emmer in den Knochen. Nie vergessen, nach dem Alibi zu fragen! Besser, er bringt es gleich hinter sich. Ihr Parfum irritiert ihn. Das kennt er doch. Nina Ricci. Der Geruch gefällt ihm. Schade, dass er mit einer schlechten Erinnerung gekoppelt ist. Mit welcher Frau? Er ruft sich zur Ordnung.

„Sie waren die beste Freundin von Frau Petrovic. Wann haben Sie sich das letzte Mal mit ihr getroffen?"

„Am Dienstag vor einer Woche um sechs zum Apero

im Aarberger."

„Wo waren Sie am Montagabend zwischen 23 Uhr und ein Uhr früh?"

Rita Kuonen bleibt stehen und versucht in der Miene von Venetz zu erkennen, was diese Frage zu bedeuten hat. Venetz wird rot.

„Sie sind verpflichtet, diese Frage zu stellen, nicht wahr? Ich war schon um zehn im Bett. Allein. Niemand kann dies bezeugen. Das heißt, ich habe kein Alibi. Trotzdem können Sie mich von der Liste der Verdächtigen streichen. Ich kann keiner Fliege was zuleide tun, noch viel weniger einem Menschen und schon gar nicht meiner Freundin. Ich habe Frau Petrovic sehr gemocht. Wir haben uns regelmäßig getroffen, manchmal zu einem schnellen Kaffee, manchmal zu ausgedehnten Nachtessen. Dann hab ich für uns beide gekocht. Wir haben uns vertraut, wir hatten einen guten Draht zueinander."

Eine Weile lang fällt kein Wort zwischen ihnen. Als Venetz einen Seitenblick riskiert, sieht er ihre Tränen. Er hat kein Taschentuch. Das einzige, was er bieten kann, ist Wasser. Er zieht die Flasche aus dem Rucksack und reicht sie Frau Kuonen, die dankend ablehnt.

„Es ist das erste Mal, dass ich mit dem Tod eines nahen Menschen konfrontiert werde. Sie fehlt mir, so wie sie mir gefehlt hat, wenn sie verreiste. Ich hab noch gar nicht begriffen, dass sie nie mehr zurückkommt. "

Frau Kuonen hängt ihren Gedanken nach, während Venetz die Geräusche rund um sich analysiert.

Der Wind zerzaust die Laubbäume, geradeso wie Frau Kuonen ihr Haar. Der Lärm der Autos dringt bis in den Wald, und über ihre Köpfe knattert ein Kleinflugzeug. Kein einziger Vogel zwitschert, und Venetz ist heilfroh, dass Wildschweine den Gurten meiden.

Neulich hat ihm ein Jäger erzählt, er sei in unwegsamer Gegend von einem Wildschwein in die Wade gebissen worden. Da habe er in seiner Wut das Vieh bei den Ohren gepackt und kräftig durchgeschüttelt, worauf es geflohen sei.

„Was immer Sie mich fragen wollen, Sie können auf meine Mitarbeit zählen. Ich bitte Sie jedoch, meine Angaben vertraulich zu behandeln, denn ich bin Journalistin, und auch ich habe Feinde."

„Okay", sagt Venetz. „Fangen wir an", und schaltet das Handy für die Aufnahme des Gesprächs ein.

„Hat Frau Petrovic Ihnen erzählt, dass sie schwanger ist?"

„Natürlich, und ich habe hautnah das Auf und Ab ihrer Gefühle miterlebt. Sie freute sich auf das Kind, aber sie machte auch einiges durch, weil sie nicht wusste, von wem es ist."

„Von wem hätte es sein können?"

„Von ihrem finnischen Freund oder vom Streetworker oder vom Fotograf."

„Das heißt, sie war innerhalb der fraglichen Zeit mit drei Männern intim?"

„Sie wollte sich von ihrem Freund trennen, hatte aber bereits etwas mit Zeiter zu laufen. Dummerweise hat sie sich nämlich in diesen Kerl verliebt. Dann lernte sie den Streetworker kennen, der sie anhimmelte. Doch der war für sie nur der Bruder, den sie nie gehabt hat. Die beiden waren ein Herz und eine Seele. Hänny umwarb sie und hoffte, sie für sich gewinnen zu können. Für sie war das jedoch keine Option. Trotzdem wurde sie einmal schwach und schlief mit ihm."

„Kennen Sie Zeiter persönlich?"

„Ja. In Journalistenkreisen kennt man ihn. Seine Fotos sind Klasse. Aber sonst? Frauen pflastern seinen

Weg, kann ich nur sagen. Laufend reißt er irgendwo eine auf. Die Frauen sind mit Blindheit geschlagen, sie bemerken nicht die Taktik, mit der er vorgeht. Er flirtet mit einer, und wenn sie anbeißt, wendet er sich ab. Das verunsichert die Frau, und sie freut sich, wenn er sie endlich wieder beachtet. Die meisten Frauen schreiben dieses Verhalten seiner Schüchternheit zu. Sie verlieben sich in ihn und er nutzt sie schamlos aus. Dann lässt er sie stehen, und manchmal verhöhnt er sie sogar. So ist er auch mit Frau Petrovic umgesprungen. Er behandelte sie wie den letzten Dreck. Darauf beschloss sie, es ihm heimzuzahlen, indem sie ihm erklärte, er sei der Vater. Die Nachricht traf Zeiter in seinem Innersten. Sofort rechnete er aus, wie viel Unterhalt er zu zahlen hätte, falls er wirklich der Erzeuger wäre. Als Frau Petrovic mir von ihrem Rachefeldzug erzählte, lachten wir uns halbtot."

Frau Kuonen bleibt stehen. „Doch das war ein Nebenschauplatz. In erster Linie beschäftigte sie die Schwangerschaft. Es war ihr klar, dass sie eine prinzipielle Entscheidung treffen musste. Sie war hin und her gerissen, weil sie nicht wusste, ob sie das Kind haben wollte oder nicht."

„Hatte Frau Petrovic noch Kontakt zu Herrn Furrer?"

„Sie meinen den Politiker, der über die Lovestory mit Frau Petrovic gestolpert ist?"

Völlig überraschend für Venetz kichert Frau Kuonen. „So einen Tumult um eine Affäre hab ich noch nie erlebt. Sie kennen die Geschichte ja offensichtlich. Frau Petrovic floh nach Indien in einen Ashram, und Furrer folgte ihr kurz darauf. Die beiden lebten in einem Ausnahmezustand, in dem nur ihre Liebe zählte. Dann wurde sie schwanger. Sie freute sich auf das Kind, und

Furrer unterstützte sie in jeder Hinsicht. Sie ließ sich entsprechend der indischen Tradition ein Nostril-Piercing machen, das die Geburt erleichtern soll. Eines Tages aber rief sie mich verzweifelt an. Sie hatte eine Fehlgeburt gehabt. Es ging ihr nicht gut, und ich dachte mir, ich sollte sie besuchen. Als ich in Kerala eintraf, hatte sie sich bereits erholt. Aber zwischen ihr und Furrer war etwas zerbrochen."

Frau Kuonen bleibt stehen, zieht das Jackett aus, faltet es zusammen und legt es über die rechte Schulter. „Sie waren ein schönes Paar, sowohl von ihrer Art her, als auch von ihrer Ausstrahlung. Sie hätten gut zusammengepasst."

Frau Kuonen und Venetz gehen weiter. „Die zwei sind hoch hinauf geflogen. Sie haben erfahren, was Glück heißt. Doch auf ihrem Höhenflug war kein Platz für die alltäglichen Dinge des Lebens. Und so kam es, wie es kommen musste. Frau Petrovic vermisste Bern und ihre Freunde und ihren Vater. Und sie sehnte sich nach ihrem Job.

Enttäuscht zog sich Furrer zurück und betäubte sich mit seinem Engagement beim IKRK in Genf.

Damals fragte ich mich, ob ein so hehres Gefühl wie Liebe am Alltag zerbrechen kann."

Frau Kuonen wirft Venetz einen intensiven Blick zu: „Ich weiß es bis heute nicht."

„Hatten die beiden nach ihrer Trennung noch Kontakt?"

„Ja. Kaum zu glauben, aber diese furiose Liebesgeschichte mündete in eine tiefe Freundschaft.

Furrer befand sich meistens in Nigeria. Wann immer er in die Schweiz reiste, traf er sich mit Frau Petrovic. Die beiden haben sich noch letzte Woche gesehen. Sie verbrachten zwei Tage in St. Moritz."

„Wie zwei Verliebte", entfährt es Venetz.

Frau Kuonen überlegt, bevor sie den Kopf schüttelt. „Wenn dem so gewesen wäre, hätte mich Frau Petrovic eingeweiht."

Venetz staunt. Wie kann sie als Journalistin, die gewohnt ist zu hinterfragen, so naiv sein?

„Hat nicht jeder ein Geheimnis, das er niemandem verrät, selbst seinem besten Freund nicht?"

„Ich bezweifle, dass das im Fall von Frau Petrovic zutrifft. Das hätte ihrem Drang widersprochen, die Wahrheit und nichts als die Wahrheit zu sagen!"

„Man kann der Wahrheit ausweichen, indem man schweigt", gibt Venetz zu bedenken. „Ich bohre deshalb so hartnäckig nach Geschichten mit Männern, weil wir bei dem Mord an Frau Petrovic von einer Beziehungstat ausgehen. Es gibt eine ganze Reihe von Motiven: verschmähte Liebe, Eifersucht, Rache, Verhöhnung, Gewalt, Drogen. Sogar die Verpflichtung auf Unterhaltszahlungen kann Grund für ein Tötungsdelikt sein. Jeder Mensch reagiert anders. Was den einen frustriert, steckt der andere locker weg. Jetzt zu meiner Frage: Welcher der Männer könnte Ihrer Meinung nach einen Grund gehabt haben, Frau Petrovic zu beseitigen?"

Frau Kuonen zeigt mit dem Finger auf einen sanften Hügel, ohne auf die von Venetz gestellte Frage einzugehen. „Da oben kann man sich ausruhen. Dort möchte ich mich hinsetzen."

Er warte dort oben auf sie, sagt Venetz, beschleunigt seinen Schritt und hängt die Frau im Nu ab.

Der Verschönerungsverein Wabern hat einen reizvollen Platz für die Bank gewählt. Unten im Tal glitzert ein Stück Aare. Ein paar Höhenkurven darüber, hinter Bäumen versteckt, liegt der Gurten, und bietet stadtnahe Natur. Es ist ein paradiesischer Ort, sobald die Dämmerung hereinbricht.

Dann verziehen sich die lauten Menschen, die das Gebiet tagsüber okkupieren und die Stille zertrampeln.

Hinter der Wegbiegung taucht Frau Kuonen auf. Ihre Wangen sind gerötet.

„Ich hab über mögliche Motive nachgedacht. Was kann einen Menschen so sehr verbittern, oder kränken, oder zur Weißglut bringen, dass er tötet? Bedauerte Herr Furrer seine Scheidung? Vermisste er sein politisches Amt? Das sind bloß Theorien! Ich kenne ihn nicht persönlich, sondern nur als Politiker aus der Zeitung. Und Zeiter? Frau Petrovic hatte ihn mit der Behauptung, der Kindsvater zu sein, bös in die Enge getrieben. Wie ich bereits sagte: Der Mann ist ein fieser Kerl, aber einen Mord würde er nicht begehen. Abgesehen davon fand er einen Ausweg, um sich den Forderungen von Frau Petrovic nicht beugen zu müssen. Er hatte plötzlich etwas gegen sie in der Hand, so dass ihr nichts übrig blieb, als mit ihm ein Abkommen zu schließen: Sein Schweigen gegen ihren Verzicht auf Unterhalt."

„Womit erpresste er sie?"

„Das hätte ich auch gern gewusst, aber Frau Petrovic weigerte sich, mich in ihr Geheimnis einzuweihen. Ich merkte nur, dass die beiden aufhörten, sich gegenseitig anzufeinden, und das erleichterte mich. Frau Petrovic fühlte sich frei, nichts mehr verband sie mit diesem Menschen, und die Liebe war ihr ohnedies längst abhandengekommen. Was die Zusammenarbeit der beiden betraf, so plante sie, für die nächste Reportage einen jungen Fotografen zu engagieren. Sie wollte nichts mehr mit Zeiter zu tun haben. Aber das verriet sie ihm wohlweislich nicht."

„Und Herr Hänny, kennen Sie den?"

„Er ist ein Gefühlsmensch. Wenn ihn etwas erschüttert, reagiert er nicht rational, sondern emotional. Vielleicht ist er ein Typ, der die Kontrolle über sich selbst verlieren könnte. Aber auch das sind bloße Gedankenspiele, verstehen Sie? Ich habe ihn zweimal getroffen, und nach so kurzer Zeit kennt man einen Menschen nicht. Den finnischen Freund von Frau Petrovic hab ich ein paarmal erlebt, aber mit ihm bin ich nie warm geworden. Er ist Alkoholiker, düster, depressiv, feinfühlig, schwach, romantisch, kann aber auch extrem ausrasten. Er steht mitten in der Nacht auf und zupft an seiner Gitarre, neben sich ein Blatt Papier und eine Flasche Wein. Obwohl er kein Geld verdient, rührt er keinen Finger im Haushalt. Ich habe nie verstanden, was Frau Petrovic an ihm fand. Ich hätte den Kerl zum Teufel gejagt, selbst wenn er der beste Liebhaber aller Zeiten gewesen wäre."

„Kennen Sie Herrn Petrovic?"

Die Miene von Frau Kuonen verändert sich schlagartig. Ihre Gesichtszüge werden weich, und ihre Augen leuchten. „Er ist ein wundervoller Mensch, verständnisvoll und nimmt Rücksicht auf andere. In seiner Nähe fühlt man sich wohl. Ich habe Frau Petrovic oft um ihren Vater beneidet. Vielleicht deshalb, weil ich selbst keinen hatte. Es ist ein Geschenk, diesem Mann zu begegnen."

Die Innigkeit, mit der sie über Vater Petrovic spricht, berührt Venetz. Sein Erinnerungsspeicher öffnet sich einen Spalt breit. Er sieht sich als Kind mit seinem Vater auf dem Schlitten. Sie rodelten den Hang hinunter, kugelten sich im Schnee und stapften den Hügel wieder hoch. Einen Monat später begrub eine Lawine seinen Vater.

Venetz wendet sich ab und wischt mit dem Handrücken über seine Augen.

„Ich glaube nicht, dass der Tod von Frau Petrovic mit ihrem Liebesleben zusammenhängt. Wenn jede Affäre mit Mord und Totschlag endete …" Frau Kuonen verzichtet auf weitere Ausführungen, sie lächelt maliziös. Dann fährt sie fort: „Der Artikel über Bethlehem hatte fatale Folgen, sowohl für einzelne Menschen als auch für Institutionen, für die Gemeinde, die Schule, und die Polizei. Man beschuldigte sich gegenseitig, für Misswirtschaft und Korruption verantwortlich zu sein. Jeder verdächtigte jeden, und es herrschte ein Klima des Misstrauens. Dieses Drama hat vor vier Monaten begonnen, und ich bin sicher, dass Frau Petrovic diesem Drama, das sie selbst ausgelöst hat, zum Opfer gefallen ist."

„Wer?", erkundigt sich Venetz, genervt von dieser allwissenden Frau. „Ein Sozialarbeiter? Ein Finanzbeamter? Einer aus dem Umfeld der Ausländerbeauftragten?"

„Das herauszufinden, gehört nicht zu meinem Job", antwortet Frau Kuonen patzig. Sie atmet tief durch und wird wieder sachlich. „Bei ihren Recherchen zum Artikel über Bethlehem lernte Frau Petrovic einen Kroaten namens Milenkovic kennen. Ihre Recherchen ergaben, dass er während des Krieges an der Hetzjagd gegen Serben teilgenommen hat. Er hat gemordet und vergewaltigt, und hat sich am Vermögen der Opfer bereichert. Als es für ihn in der Heimat zu brenzlig wurde, floh er mit seiner Familie und ließ sich in Bethlehem nieder. Frau Petrovic fand heraus, dass dieser Mann Arbeitslosengeld bezog und schwarz auf dem Bau arbeitete. Damals begann sie ein Notizbuch über illegale Geschäfte zu führen. Die Forststraße interessierte sie ganz besonders. Sie hatte sich an einem Fall festgebissen, bei dem es um zwei Brüder ging, die vor nichts zurückschrecken, die knöcheltief im Geschäft um Drogen und Prostitution stecken."

Frau Kuonen greift zum Handy, sieht, wie spät es ist, und steht auf. „Ich muss zurück, um zwei hab ich eine Konferenz. Treffen wir uns gleich da unten auf dem Weg?"

Venetz nickt, springt in riesigen Sätzen den Hügel hinunter und schaut dann dem bedächtigen Abstieg von Frau Kuonen zu.

„Mit den richtigen Schuhen wär es bequemer", meint sie. Ein großer Stein trennt sie noch von Venetz. Sie streckt ihm die Hand entgegen, er erfasst sie, und mit einem Sprung landet sie neben ihm.

Während sie die Talstation der Gurtenbahn anpeilen, wird Venetz über weitere Missstände aufgeklärt. „Auf der Forststraße oberhalb von Gäbelbach trifft sich am Wochenende die ganze Mischpoke aus Bern und Umgebung, und dann blüht dort der Handel. Es wird verkauft und gekauft, was das Zeug hält. Am frühen Abend wird nur Hehlerware angeboten. Später tauchen die Dealer auf. Man kriegt alle gängigen Drogen, am meisten verdienen die Händler an einer synthetischen Hammerpille, von der mir der Name nicht einfällt. Danach ändert sich die Szene, es wird Zeit fürs Geschäft mit dem Sex. Die Heteros, Schwulen und Pädophilen stehen in den Startlöchern. Sie suchen nach Mädchen und Jungs, die oft noch keine vierzehn sind."

Venetz wirft Frau Kuonen einen skeptischen Blick zu. Woher will sie das wissen? Sie wird die Zustände dort oben im Wald kaum selbst überprüft haben.

„Sie bezweifeln das alles, nicht wahr, aber meine Infos stammen von Frau Petrovic. Sie hielt sich dort zweimal auf, natürlich gut getarnt, um sich Notizen zu machen. Beide Male erlebte sie die beiden Brüder in voller Aktion. Dass sie die Söhne von diesem Milenkovic sind, erfuhr sie vor ein paar Wochen von Hänny."

„Wissen Sie, wie ich ans Notizbuch von Frau Petrovic komme?"

„Tja, da kann ich nicht weiterhelfen. Sie hatte kein Versteck, wenn Sie das meinen. Das Notizbuch trug sie immer bei sich, egal, wo sie war."

Frau Kuonen hält inne, bevor sie hinzufügt: „Offensichtlich ist ihre Tasche verschwunden."

„Immerhin haben wir ihren Laptop sichergestellt", sagt Venetz.

„Der nützt Ihnen nichts. Frau Petrovic hat zwar ihre Beobachtungen in den Laptop übertragen, aber nur, um sie auf den Stick zu ziehen. Danach löschte sie jede Spur."

„Meine nächste Frage …"

„Da muss ich Sie enttäuschen. Wo der Stick ist, verriet sie mir aus Sicherheitsgründen nicht. In Bethlehem weiß man, dass ich die Freundin von Frau Petrovic bin."

„Hat die Sippe Milenkovic entdeckt, dass ihre kriminellen Aktionen dokumentiert wurden?"

„Ja, deswegen wurde Frau Petrovic bedroht. Ich habe sie für ihren Mut bewundert, aber ich hatte auch unsägliche Angst um sie. Denn da oben auf der Forststraße ist schon mehr als einmal geschossen worden. In den letzten Wochen flehte ich Frau Petrovic an, Bethlehem zu verlassen. Doch davon wollte sie nichts wissen. Nun ist das Grauenvolle geschehen. Man hat sie zum Schweigen gebracht."

Venetz verabschiedet sich von Frau Kuonen und steuert auf die einzige Straßenlampe zu, die ihn interessiert, weil er sein Rad am Lampenfuß festgemacht hat. In seinem Rücken hört er Frau Kuonen „Moment" rufen. Sie eilt auf ihn zu und fragt hastig: „Hat das Schwein sie leiden lassen?"

Venetz berührt leicht ihren Arm. „Nein, da kann ich Sie beruhigen."

☙

Als Beta das Büro betritt, beendet Bertschi gerade ein Telefongespräch. „Das Ergebnis der Speichelproben liegt vor. Du wirst es nicht glauben, aber es ist nicht der eine, nicht der andere."

„Am Schluss war es noch der Heilige Geist."

Die beiden Kommissare starren sich an. Bertschi kann es nicht fassen. „Da hatte diese Frau mit drei Männern was zu laufen, und dann soll es keiner gewesen sein? Nicht Zeiter, nicht Hakala, nicht Hänny?" Beta schüttelt irritiert den Kopf.

„Sieht aus, als gäbe es eine Nummer vier. So was nennt man Männerverschleiß. Unter Umständen löst sich das Rätsel demnächst. Hunziker scheint Furrer auf der Spur zu sein."

Beta steht auf, und wandert wie ein Tiger im Käfig hin und her. Dann greift sie zum Telefon.

„Nein", ruft Bertschi dazwischen, „zuerst denken, dann handeln."

Beta starrt Bertschi an, aber der lässt sie nicht zu Wort kommen. „Wir konfrontieren jetzt Zeiter und Hänny mit dem Ergebnis. Wir wissen nicht, was diese Nachricht für sie bedeutet. Vielleicht öffnen sich neue Türen."

„Da hast du recht. Darf ich jetzt meine Gynäkologin anrufen?"

Bertschi wird ganz verlegen. „Entschuldige, ich dachte, du würdest …"

… irgendjemand belästigen?" hilft Beta aus. „Es geht doch nichts über ein gesundes Vorurteil."

Beta kümmert sich um ihren Termin, und Bertschi schämt sich einen Moment, bevor er sich mit Hänny beschäftigt. Seiner Meinung nach genügt ein kurzer Anruf, um ihn zu informieren. In gut zwei Stunden hat er einen Termin beim Chef.

„Und ich befasse mich mit Zeiter. Ich schau noch einmal bei ihm vorbei, das Atelier ist ja hier um die Ecke. Mich interessiert seine Miene." Beta schickt Bertschi eine Kusshand. Die Geste hat nichts mit ihm zu tun. Sie drückt ihre Freude aus, dem Büro den Rücken zu kehren.

Unter den Lauben riecht es nach Italien, und sofort wähnt sich Beta in Alba. Jetzt mit Fabrizio im Mamma Mia essen! Sie gäbe ein Vermögen dafür. Vielleicht nicht gerade ihr Erbe am Thunersee, korrigiert sie sich. Aber hundert Franken wären ihr nicht zu viel, um ins 'Mamma Mia' einzukehren. Das Restaurant mit seinen fünf Stammgerichten steht auf der Liste ihrer bevorzugten Lokale in Alba. Mutter Maria steht am Herd und kocht die immer gleichen Menüs. Die Tomatensauce brodelt stundenlang vor sich hin, das frische Basilikum verarbeitet sie zum besten Pesto der Stadt. Und am Montag, dem Ruhetag, steht sie stundenlang in der Küche und fabriziert Teigwaren. Die Gäste rühmen Marias Küche, und Valeria, die bedient, hat sich längst einen Spaß daraus gemacht, jedes Kompliment so laut zu wiederholen, dass es ihre Mutter in der Küche hört. Und die schreit dann aus ihrem Laboratorium heraus ein mille grazie.

Einmal verirrte sich ein Touristenpaar in die Kneipe, worauf es einen Moment lang still wurde. Die Einheimischen spitzten die Ohren, um das Land zu erraten, aus dem die Fremden kommen.

Fabrizio flüsterte etwas von waschechten Wienern, und Beta erwiderte auf Italienisch, da sei er der Fachmann. Bei der Bestellung wurde klar, dass die beiden kein italienisch konnten. Da ließen die Gäste die Vorsicht fahren. Man redete wieder unbeschwert, selbstsicher und laut.

Später fragte Valeria die Wiener, ob es geschmeckt habe. Der Mann antwortete mit einem höflichen Ja. Doch die Frau schüttelte den Kopf. Da sei viel zu viel Knoblauch verwendet worden. Valeria verstand nichts und rief Fabrizio zur Hilfe. Im Restaurant wurde es still. So still wie im Theater, wenn sich der Vorhang hebt. Fabrizio übersetzte die Knoblauchkritik, die Valeria freundlich entgegen nahm. Sie verschwand in der Küche, um ihre Mutter zu informieren. Die kam mit hochrotem Gesicht heraus, stellte sich an den Tisch der Wiener und überschüttete sie mit einer Litanei italienischer Wörter. Als sie ihre Predigt mit einem Amen beendete, applaudierten die Gäste. Dann befahl Maria, Fabrizio solle übersetzen, damit die Banausen lernen, was italienische Küche sei. Fabrizio fasste Marias Vortrag in einem Satz zusammen, und zwar in schönstem Wiener Slang. Das Wichtigste an einem guten Essen seien Zwiebel und Knoblauch, ohne sie schmecke alles fad. Das stimme nicht, es gäbe eine Unmenge von Gewürzen, insistierte die Touristin. Außerdem verstopfe Knoblauch die Kanäle im Hirn und erschwere das geistige Wachstum.

Fabrizio wiederholte die Meinung der Wienerin auf Italienisch. Die, die zugehört hatten, lachten schallend, und gaben die Worte an die weiter, die den Dialog nicht verfolgt hatten. Am Schluss hieß es, man werde von Knoblauch dumm. Da schlug die Stimmung um. Das spürten die Wiener und sie brachen schleunigst auf.

Ganz plötzlich überfällt Beta eine ungeheure Sehnsucht nach Fabrizio. Jetzt eng umschlungen mit ihm der Aare entlang schlendern! Und später mit ihm im Mamma Mia essen und mit den Italienern beisammen sein.

Von weitem sieht sie das Schild von Zeiters Atelier, und die Gegenwart holt sie ein. In welcher Situation befand sich die Petrovic vor vier Monaten? Was ging in ihr vor, als sie die Liebhaber wechselte wie andere das Hemd? Wollte sie etwas ausprobieren? Oder die Männer verhöhnen? Ob von diesem Furrer ein entscheidender Hinweis kommt?

⚃

Die Tür zum Atelier steht offen. Beta hört Stimmen, betritt den Raum und grüßt. Zeiter antwortet mit einem Hallo, als habe er Beta noch nie gesehen, und wendet sich wieder der eleganten Frau zu, mit der er sich gerade austauscht. Das Gespräch zwischen den beiden wird merklich leiser. Trotzdem versteht Beta alles. Sie staunt über die Menge an Floskeln, die aus dem Mund der Besucherin perlen: „Da kann ich nichts machen. Ich habe keinen Einfluss darauf. In einem Monat findet eine Konferenz in Zürich statt. Ich persönlich bin ein Fan Ihrer Fotos, das wissen Sie."

Zeiter versucht, seine Gesprächspartnerin mit Argumenten zu überzeugen, doch sie unterbricht ihn immer wieder, so als wolle sie nicht mit ihm diskutieren.

Es erschließt sich Beta nicht, um welches Problem es sich handelt. Sie greift zu einem Katalog, und blättert darin.

Kurz darauf verlässt die Frau die Werkstatt. Zeiter begibt sich zu seinem Schreibtisch. Mit dem Rücken zu Beta teilt er ihr mit, dass er sofort komme. Er rückt

Papiere von links nach rechts, lässt die Arme sinken und verharrt regungslos. Dann verschwindet er hinter einer Tür. Beta hört den Wasserstrahl ins Waschbecken fließen.

Nach einer Weile tritt Zeiter heraus, die Haare über der Stirn sind nass.

„Was verschafft mir so rasch ein Wiedersehen?", fragt er.

„Das Ergebnis des Speicheltests liegt vor."

„Ja und?"

„Das Kind, das Frau Petrovic erwartete, war nicht von Ihnen."

„Was", schreit Zeiter empört, „das darf doch nicht wahr sein. Da macht sie mir die Hölle heiß, beschimpft mich als verantwortungslosen Kerl, und dann stellt sich heraus, dass sie eine falsche Schlange ist. Hüpft von einem Bett ins andere! Die Frau kann man nicht ernst nehmen."

Beta fixiert Zeiter mit hochgezogener Braue. Wie ein kläffender Hund, denkt sie. Kusch, würde sie ihm am liebsten befehlen.

Beta erklärt ihm, dass sie Hakala suche. Wo er sich aufhalten könnte?"

„Was weiß ich, wo sich der untalentierte Musiker herumtreibt."

Zeiter versucht, seine überbordende Wut zu zügeln. „Sie ist ja so ein gemeines Stück! Ein Luder ist sie, der wein ich keine Träne nach. Kennen Sie die Frau, die eben hier war?"

Beta verneint.

„Das ist die Pressechefin vom Wirtschaftsgipfel in Davos. Wir kennen uns, und sie hat mir soeben mitgeteilt, dass der Auftrag an einen andern Fotografen geht, und nicht an mich. Soll ich Ihnen sagen, warum? Weil die Petrovic in der oberen Etage schlecht über mich geredet hat. Der Job in Davos hätte mich in die Klasse der Spitzenfotografen katapultiert, und obendrein wäre er lukrativ gewesen. Die Petrovic hat mich ausgebootet, weil ich nichts mehr von ihr wissen wollte. Sie hat mir alles vermasselt. Sie ist ein Aas."

„Hat Sie die Pressechefin nicht schon vorab darüber informiert, dass Sie aus dem Rennen sind?"

„Sie hat so etwas vor zwei Monaten angedeutet, worauf mir die Petrovic versprach, sich für mich einzusetzen. Ich habe bis vor einer halben Stunde geglaubt, ich bekomme den Zuschlag."

Beta nickt und überlegt, wie sie Zeiter den Namen der Journalistin entlocken kann. „Ich kenne diese Frau, mir fällt bloß der Name nicht ein."

„Lisa Moreno."

„Genau, sie stammt aus dem Tessin."

„Nein, aus Bergamo."

൭

Auf dem Weg zurück ins Büro telefoniert Beta mit Lisa Moreno. Sie wechseln ein paar Worte über den tragischen Tod der Petrovic. Dann erkundigt sich Beta, warum Zeiter nicht als Fotograf für den Wirtschaftsgipfel engagiert werde. Frau Moreno erwidert, dies sei ein heikles Problem. Es sei nämlich so, dass die Pressefotografen Zeiter nicht im Team wünschen. Er halte alle auf mit seinen Einwänden, auch wenn man für Diskussionen keine Zeit habe. Er dränge rücksichtslos andere zur Seite und verbreite eine aggressive Stimmung. Es fehle Zeiter schlichtweg an sozialer Kompetenz, und den Kollegen fehle der Nerv, sich mit ihm herumzuschlagen. An einer Konferenz dieser Kategorie sei Hektik vorprogrammiert, und Zeiter sei, das habe sie leider selbst feststellen müssen, ein zusätzlicher Stressfaktor.

Frau Moreno unterstreicht ausdrücklich, dass niemand sein fachliches Können in Zweifel ziehe. Zeiter sei ein Künstler, ein Individualist, der gewohnt sei, allein zu arbeiten, ohne auf andere Rücksicht nehmen zu müssen.

Beta fragt, ob die Entscheidung gegen Zeiter auf dem Einfluss eines einzelnen Medienschaffenden beruhe. Ob zum Beispiel die Petrovic dahinter stecke.

„Sie stellen eine interessante Frage. Frau Petrovic hat sich, so wie andere Pressevertreter, über die schwierige Zusammenarbeit mit Zeiter beklagt. Und sie hat angedeutet, sie mache gerade mit einem Nachwuchstalent gute Erfahrungen. Trotzdem meldete sie vor ein paar Wochen Herrn Zeiter als Fotograf an. Plötzlich, vor einer Woche, schwenkte sie um und warf Zeiter aus ihrer Mannschaft."

„Dann hat Zeiter also recht, dass die Petrovic ihm den Job am Wirtschaftsgipfel vermasselt hat."

„Das stimmt nur zum Teil. Wie gesagt, auch andere Journalisten sprachen sich gegen Zeiter aus."

„Laut Zeiter war sie die treibende Kraft", wendet Beta ein.

„Ach, wissen Sie, das ist wieder so eine Liebesgeschichte, die in Hass umschlägt." Frau Morenos Kommentar überrascht Beta. Ob sich Zeiter auch mit dieser Frau im Bett getummelt hat?

og

Beta reißt die Tür zum Büro auf. „Hunger", sagt sie unwirsch.

„Schlechte Organisation", bemerkt Bertschi ungerührt.

„Zeiter und die Moreno standen auf meiner To-do-Liste vor der Pizza."

Beta berichtet kurz über die Gespräche, bevor sie aufs ursprüngliche Thema umschwenkt. „Ich falle um vor Schwäche, du nicht?"

„Ich habe gegessen, ich bin satt", erwidert Bertschi.

„Und an mich hast du nicht gedacht?"

„Wirf einen Blick auf den Salontisch."

„Das ist der Rauchtisch", verbessert Beta und hebt den Deckel. „Danke, Bertschi." Sie löffelt das lauwarme Essen in sich hinein, hat nach der Hälfte genug und bietet an, Kaffee zu holen.

Diskret wühlt sie in ihrer Schublade, bevor sie der Tür zustrebt.

Bertschi braucht sich nicht umzudrehen, um zu wissen, was sie gesucht hat. „Wenigstens trinkst du nicht." Seine Worte treffen wie Pfeile ihren Rücken.

Nur zu gern würde Beta das Rauchen aufgeben. Sie hat es mit Hilfe von Allen Carr versucht. Der erklärt in seinem Buch 'Für immer Nichtraucher', wie man sich das Rauchen abgewöhnt. Seine Ratschläge sind gut. Trotzdem hat sie es nicht geschafft.

Hart knallen die Ledersohlen ihrer Schuhe auf den Steinfließen. Der aggressive Sound begleitet sie bis in den blauen Salon, wo sie einen Kollegen aus der Wirtschaftskriminalität antrifft. Man plaudert während einer Zigarettenlänge, und als Beta sich verabschiedet, will der Beamte wissen, ob Bertschi schwul sei.

„Warum fragen Sie? Sind Sie scharf auf ihn?" Auf den Wangen des Mannes bilden sich rote Flecken. Beta verlässt den blauen Salon grinsend. Höchste Zeit, mit dem Rauchen aufzuhören! Sie fasst zwei Becher Kaffee und kehrt ins Büro zurück.

Venetz hält ein Foto in der Hand und erklärt: „Das sind die zwei kroatischen Jungs, zusammen mit dem Rapper Lastcall.

„Weißt du, warum sich die Petrovic für die zwei Rabauken interessierte?"

„Ja. Bei ihren Recherchen zum Artikel über Bethlehem lernte sie einen Mann namens Milenkovic kennen. Der Mann war ihr nicht geheuer, und sie stellte Nachforschungen an. Milenkovic stammt aus Kroatien, und hat während des Krieges an der Hetzjagd gegen Serben teilgenommen. Er hat gemordet und vergewaltigt, und hat sich am Vermögen der Opfer bereichert. Als es für ihn in der Heimat brenzlig wurde, floh er mit seiner Familie. Seither lebt er in Bethlehem. Die Petrovic fand heraus, dass der Mann Arbeitslosengeld bezieht, und gleichzeitig schwarz arbeitet. Die zwei kroatischen Jungs, Josip und Dario, sind seine Söhne. Die Recherchen über diese Familie und über die KrimMall sind noch nicht veröffentlicht, aber der Skandal ist vorprogrammiert."

„Damit kann man eine Familie vernichten", sagt Bertschi.

„Man kann damit auch jemanden erpressen", überlegt Beta. „Ob Vater Petrovic den Kroaten kennt?" Beta macht sich eine Notiz.

„An erster Stelle steht jetzt die Frage, von wem die Petrovic schwanger war. Alles Übrige klären wir in einem zweiten Schritt", sagt Bertschi.

„Wo steckt eigentlich Emmer?" Missmutig wählt Beta seine Nummer. Emmer nimmt sofort ab und erscheint in der Tür. „Du bist ja schneller als dein Schatten", staunt Venetz.

Emmer beginnt mit dem Bericht. „Zuerst das Alibi von Petrovic. Er ist am Montag wie jeden Abend gegen 18 Uhr nach Hause gekommen, hat sich etwas gekocht, ist bis zu den Spätnachrichten vorm Fernseher gesessen, und war um halb elf im Bett. Niemand in der Nachbarschaft konnte das bezeugen, aber die Anwohner sind sicher, dass es genauso war. Petrovic führt ein regelmäßiges Leben, und er geht abends nie aus. Was die Schwangerschaft seiner Tochter angeht, so wusste Petrovic nichts davon. Die Nachricht hat ihn sehr getroffen. Er hat sich sehnsüchtig ein Enkelkind gewünscht, und seine Tochter wusste das. Trotzdem hat sie ihren Vater nicht ins Vertrauen gezogen …"

…."weil es kein freudiges Ereignis war."

„Für Petrovic ist das Liebesleben seiner Tochter ein Buch mit sieben Siegeln. Als Vater kommt für ihn nur der Finne in Frage."

„Und der ist es so wenig wie der Streetworker und der Fotograf", klärt Bertschi Emmer auf.

Überrascht hält Emmer inne. „Dann liegt Petrovic mit diesen beiden Herren richtig. Seiner Meinung nach waren sie Arbeitskollegen, mit denen seine Tochter nicht intim war. Dagegen hat ihm die Beziehung zwischen ihr und dem verheirateten Furrer schwer zu schaffen gemacht. Damals, als das mit Furrer passierte, überschüttete er seine Tochter mit Vorwürfen und forderte sie auf, den Mann zu verlassen. Für ihn ist sei ein Ehebruch verwerflich. Nach einem heftigen Streit zwischen Vater und Tochter verschwand die Petrovic. Ihr Vater war fassungslos, und stellte erschüttert fest, wie allein er war. Die Frau war ihm gestorben, die Tochter hatte ihn verlassen. Es ging ihm schlecht, und er fühlte sich schuldig. Er hatte seine Tochter nicht vertreiben wollen. Bald darauf erlöste sie ihn. Sie ließ ihn wissen, dass sie in Indien sei, und dass es ihr gut gehe. Sie habe eine Auszeit genommen, und werde irgendwann zurückkommen. Nach fünf Monaten tauchte sie wieder auf. Ohne Furrer. Der Vater schloss die verlorene Tochter in die Arme, und von da an brachte die beiden nichts mehr auseinander, nicht einmal der Finne, den Vater Petrovic nicht mochte."

Wahrscheinlich war sie noch einmal schwanger von Furrer, und wagte nicht, es ihrem Vater zu gestehen."

„Vielleicht war sie sich mit Furrer noch nicht einig über das Vorgehen. Oder sie wollte abtreiben, und hat ihrem Vater deshalb nichts verraten", überlegt Venetz.

„Nein, sie wollte das Kind austragen, sonst hätte sie Zeiter nicht die Vaterschaft angehängt."

„Sie hat von Furrer verlangt, sich nicht zur Vaterschaft zu bekennen, um ihren Vater zu schonen."

„Lauter Möglichkeiten", nickt Beta. „Mich verunsichert dieser Zeiter. Sein Bild von der Petrovic deckt sich nicht mit dem, das andere von ihr zeichnen. Ich weiß nicht einmal, ob Zeiter wirklich derjenige war, der sie verlassen hat. Es könnte ja auch umgekehrt gewesen sein, und er gibt dies aus Eitelkeit nicht zu. War sie ein berechnender kalter Mensch und spielte jeweils die passende Rolle, je nach dem, mit wem sie gerade zu tun hatte?"

„Können wir Frau Moreno glauben, die behauptet, die Petrovic habe Zeiter nicht abserviert? Ich bin mir da gar nicht mehr so sicher. Vielleicht hat die Petrovic alle an der Nase herumgeführt", sagt Beta.

„Sie ist doch nur ein Mensch wie wir alle. Wollte in Bethlehem den Sumpf trocken legen und ist dabei ein paarmal gestolpert."

„Da gibt es noch eine Sache. Zeiter hat etwas gegen die Petrovic in der Hand, behauptet Frau Kuonen. Aber sie weiß nicht, was."

„Sex oder Geld."

„Oder Betrug. Was, wenn die Frau ihre Artikel nicht recherchiert, sondern kopiert hat, und Zeiter dies belegen kann? Dann wäre sie als Journalistin weg vom Fenster. Komisch, wir stoßen immer wieder auf Zeiter."

„Er ist ein eigenartiger Kerl. Kalt und zynisch. Alles

eher als ein Sympathieträger. Aber ist er ein Mörder? Andrerseits können Menschen, die mitleidlos gekränkt wurden, bis zum letzten gehen, ohne mit der Wimper zu zucken."

„Unsere nächste Unterredung mit Zeiter findet bei uns im Kommissariat statt. Und wenn er nicht alles preisgibt, was er weiß, bleibt er über Nacht hier", sagt Bertschi.

Sein Telefon läutet. Er schaltet das Mikrofon ein. Gespannt lauschen alle. Es ist Hunziker. „Ich habe Furrer aufgetrieben. Er hält sich zurzeit im Tessin auf, um mit seiner Exfrau eine finanzielle Angelegenheit zu klären. Vor einer Viertelstunde habe ich ihn erreicht. Über den Tod der Petrovic hat ihn bereits ein Freund informiert. Furrer erzählte von seiner tiefen Freundschaft zu ihr, und ich hörte an seiner brüchigen Stimme, wie bewegt er war. Auf meine Frage, ob seine Beziehung zur Petrovic eine Liebesbeziehung gewesen sei, antwortete er mit einem brüsken Nein."

„Hat Furrer gewusst, dass Frau Petrovic schwanger war?"

„Ja, und sie hat behauptet, der Kindsvater sei Zeiter. Das sei ein Irrtum, korrigierte ich ihn, die DNA-Analyse schließe Zeiter aus. Furrer reagierte mit langem Schweigen, also baute ich ihm eine Brücke. Hakala und Hänny kämen als Väter auch nicht in Frage. Ob es noch einen anderen Mann im Leben der Petrovic gegeben habe. Zu dieser Frage fiel Furrer nichts ein."

„Seit wann befindet sich Furrer in der Schweiz", fragt Bertschi.

„Seit vergangenem Donnerstag. Am Montag besuchte er seine Mutter im Seniorenheim Burgdorf. Das muss ich noch checken. Abends kehrte er nach Bern zurück, aß eine Kleinigkeit im Kursaal, und sah sich den

Schweizer Film „Dawn" an. Anschließend begab er sich ins Hotel Zum Bären, bestellte ein Glas Rotwein und ging danach zu Bett. Diese Angaben müssen noch überprüft werden. Aber es ist jetzt schon klar, dass sein Alibi nur der Kellner in der Hotelbar bezeugen kann."

„Wie lange bleibt er in Locarno?"

„Bis übermorgen. Dann fährt er zu einer Konferenz nach Genf, und tags darauf fliegt er nach Nairobi zurück."

„Okay. Der Mann ist im Moment unser Hauptverdächtiger. Wir brauchen eine Speichelprobe von ihm."

„Etwas am Verhältnis zwischen Furrer und der Petrovic stimmt nicht. Die beiden waren doch damals total verliebt. Dann trennten sie sich, und behaupteten von da an, ihre Beziehung sei eine platonische. Trotzdem verhielten sie sich weiterhin wie ein Liebespaar. Ich werde nicht schlau aus der Geschichte."

Beta wendet sich an Bertschi: „Ich denke, wir müssen uns mit dem Mann näher befassen."

Bertschi nickt. „Ganz meine Meinung. Hunziker, du fährst nach Locarno und triffst dich mit Furrer. Außerdem suchst du seine Exfrau auf. Venetz kommt mit dir. Ihr bleibt über Nacht in Arona.

Für die Informationen an Beta oder mich bist du verantwortlich, Hunziker. Schließ dich jetzt kurz mit Venetz, und brecht so schnell wie möglich auf."

☙

Kost vergleicht die Zeit auf dem Bildschirm mit der seiner Armbanduhr. Vier Minuten vor Fünf. Er erhebt sich, und geht raschen Schritts auf die Tür zu. Als er die Türklinke ergreifen will, öffnet sich die Tür. Mit einem Satz weicht er zurück.

„Sie sind zu früh", bemerkt er unwirsch und will an Beta vorbei.

Verdattert schüttelt Beta den Kopf. „Wir kommen zur Besprechung", erläutert sie.

„Bitte nehmen Sie schon Platz, ich bin sofort zurück", sagt Kost höflich und verschwindet.

„Was hat denn der?"

„Dir fehlt das elementare Verständnis für Männer", erklärt Bertschi. „Unser Chef geht gerade auf die Toilette, und das hat er dir nicht erklären wollen. Wahrscheinlich ist er hochgradig nervös wegen der Pressekonferenz. In solchen Momenten muss man öfter."

„Angstpinkeln. Man meint jede Viertelstunde, man müsse aufs Klo."

Als Kost zurückkommt, setzt er sich zu den beiden Kommissaren an den Tisch. Die Unterlagen zum Fall Lela Petrovic liegen bereit. Bertschi hat die bisherigen Erkenntnisse auf einem einzigen A4-Blatt zusammengefasst. Eine Meisterleistung, hat Beta ihm versichert.

Die Kurzversion der Fakten erfreut Kost. Während er liest, sagt er: „Gut überschaubar." Die beiden Worte stolpern ihm so trocken über die Lippen, dass Bertschi das Kompliment fast überhört. Dann wird Punkt für Punkt alles besprochen, damit Kost umfassend über die Hintergründe des Falls Bescheid weiß.

„Herr Bertschi, ich möchte, dass Sie mich an der Pressekonferenz …" Bertschis rechtes Schienbein empfängt einen deftigen Tritt. …"wissen ja bereits, wie so etwas abläuft. Ich gebe die Erklärungen ab, und wenn Sie gefragt werden, wiederholen Sie meine Auskünfte in anderen Worten. Und vor allem, immer sachlich bleiben!"

Er wirft Beta einen vielsagenden Blick zu und erhebt sich. „Ich will Sie nicht weiter aufhalten. Über Furrer möchte ich laufend informiert werden." Hinterm Schreibtisch wird er wieder ganz zum Chef.

„Nur zu Ihrer Orientierung", wendet er sich an Beta, „Die Bauarbeiten an der Fassade des Gebäudes sind definitiv abgeschlossen. Mit sofortiger Wirkung ist Ihr Arbeitsplatz wieder hier im Büro des Kommissariats. Hier und nirgendwo sonst." Jetzt lächelt Kost sogar, warum auch immer. „Der von mir bewilligte Ausnahmezustand ist hiermit aufgehoben."

Auf dem Weg zurück ins Büro erkundigt sich Bertschi, ob Beta mit an die Konferenz kommt.

„Nein. Jemand muss ja die niederen Arbeiten erledigen."

Bertschi signalisiert Bedauern. Er weiß, dass Beta mit dem Schicksal hadert. Bertschi begibt sich auf das Podium im Konferenzraum. Beta setzt sich an den Schreibtisch, zernagt von Eifersucht und Neid.

☙

„Jaaa."

„Hi, meine Süße. Ich bin in zehn Minuten daheim. Mach mir bitte die schwarze Umhängetasche mit Zahnbürste und dem üblichen Kram bereit, ich muss ins Tessin."

„Such dir dein Zeug selber zusammen, wenn du fremdgehen willst", keift Moni und hängt auf.

Hunziker grinst über den Scherz seiner Frau und überholt einen BMW mit 140 km/h. Bei der Ausfahrt Thun quietschen seine Reifen. Die Wohnungstür ist offen. Im Gang steht die gewünschte Tasche bereit, und Moni ruft, er solle in die Küche kommen. Sie hat ihm zwei Omeletts mit Käse und Schinken zubereitet. Er setzt sich hin und isst, während Max seine Füße fesselt.

„Nun kannst du nicht mehr fliehen", sagt Max mit tiefer Stimme. „Du musst hierbleiben, bis Max und Moritz zwanzig sind. Jetzt sind sie zehn, also musst du zwanzig Jahre warten."

„Interessant, deine Rechnung. Wenn du mich früher freilässt, schenk ich dir ein Ragusa", versucht Hunziker die Bedingung herunterzuhandeln.

„Für jeden Fuß eins", fordert Max gewieft.

Hunziker wiegt den Kopf hin und her, und überlegt. Schließlich erklärt er sich einverstanden, und Max löst den Strick. Der Vater steht auf, schiebt den Laptop in die Schutzhülle, hängt sich die Tasche um und küsst seine Frau.

„Wo bleibt meine Schokolade", fragt Max empört.

„Ein gemeiner Kerl würde jetzt sagen, Pech gehabt, mein Junge, und würde abhauen. Was würdest du dann machen?"

Max bebt vor Zorn. „Ich würde ihn beißen, oder sein Velo lüften oder seinen Pulli zerschneiden."

Hunziker holt aus der Schoki-Schublade zwei Ragusa und reicht sie seinem Sohn. „Man kann nicht jedem Menschen vertrauen", mahnt er.

„Man kann auch nicht mit Weisheiten um sich werfen und dann ohne Erklärung abhauen." Moni wendet sich Max zu. „Ich erklär dir gleich, wie der Papa das mit dem Vertrauen meint. Gibst du mir ein Stück Schoki?" Im Nu versteckt Max seine Hände hinterm Rücken und schüttelt den Kopf. Moni kraust die Stirn. Hunziker umarmt sie. Sorry, flüstert er ihr ins Ohr.

„Ruf an, sobald du in Locarno bist."

Hunziker fährt Max durchs Haar, sagt Ciao und rennt die Treppe hinunter. Bevor er in den Wagen von Venetz steigt, schaut er zum Wohnzimmer hoch. Moni und Max stehen am Fenster und winken.

„Schalt das Blaulicht ein", sagt Hunziker und setzt sich neben Venetz. Der kapiert sofort, was Sache ist, knallt die Lampe aufs Dach und legt einen Blitzstart hin. Eine Welle von Glück erfasst Hunziker. Er weiß, der

Junge platzt vor Stolz, wenn der Vater mit Blaulicht davonbraust. Wie Weihnachten ist das für Max.

„Eine zünftige Strecke, die wir vor uns haben", bemerkt Venetz. „Wir fahren nach Brig, über den Simplonpass, ins italienische Domodossola und von da durchs Centovalli zurück in die Schweiz bis Locarno. Das sind 220 km Straße mit einer Menge Kurven. Auf der Autobahn würden wir die Strecke in zwei Stunden schaffen, aber bei der Route ... es sei denn ..." Venetz grinst wie ein Junge, der etwas im Schilde führt. Das blaue Licht auf dem Autodach blinkt, als wolle es den Chauffeur anfeuern.

„Okay, wir rasen, bis mir schlecht wird", stimmt Hunziker zu.

In Kandersteg lenkt Venetz den Wagen auf den Autozug. Direkt nach ihm fällt die Schranke, und zwei Minuten später setzt sich der Zug in Bewegung. Das Dunkel des Tunnels umfängt die beiden Männer. Sie haben keine Lust, das Licht einzuschalten. Entspannt dösen sie vor sich hin.

Hunziker denkt ans Gespräch mit Frau Furrer. In ihrer höflichen Art hat sie den Tod der Petrovic bedauert. Sie meinte, selbst dem größten Feind wünsche man nicht, dass er ermordet werde. Sie erklärte sich umstandslos zu Auskünften bereit. Bei ihr gäbe es nichts zu verheimlichen. Man vereinbarte, dass Hunziker sich eine halbe Stunde vor Ankunft telefonisch meldet.

Hunziker ist erleichtert, dass er mit der Frau vernünftig reden kann. „Sie ist gradlinig und ohne Mätzchen. Ich bin gespannt, wie sie über Furrer spricht."

„Schlecht", vermutet Venetz, der gerade als letzter den Autozug verlässt.

☙

Hunger.

„Den Stopp leisten wir uns. Allerdings musst du nachher schneller fahren", spottet Hunziker, dem auf der Reise ein paarmal vor Angst die Luft weggeblieben ist.

„Warst du schon einmal in Domodossola?", erkundigt er sich.

„Ja, mit meiner Freundin. Wir hielten uns einen Espresso lang in der Stadt auf und belauschten die Leute am Nachbartisch. Wir wollten testen, ob wir italienisch verstehen."

Hunziker blickt kariert aus der Wäsche. „Deswegen seid ihr nach Domodossola?" Auch er sehnt sich manchmal nach Italien und nach der Illusion von Freiheit. Wenn der Wunsch in ihm zu groß wird, geht er in den Boccia-Club, und mischt sich unter die Italiener. Moni behauptet, er bringe von dort immer den Duft der Ferien mit.

„Wir waren auf dem Weg zum Filmfestival in Locarno", erklärt Venetz.

Die Würste sind lecker, und die Cola putscht sie für die Weiterreise auf. Hunziker schiebt einen Zwanziger über die Theke.

„Hier Italien, hier Euro", sagt der Budenbesitzer.

Auch Venetz hat keine Euro eingesteckt. Er zückt die ec-Karte, was den Betreiber einen Lacher kostet. Bei ihm zahle man cash. Mit ein paar Gesten und einem Schwall italienischer Worte gibt er zu verstehen, dass er die 20 Franken nimmt. Aber Wechselgeld gebe es keins. Venetz rechnet ihm auf einem Zettel vor, dass 8 Euro ungefähr 10 Franken entsprächen. Er müsse also noch 8 Euro zurückgeben. Nach einer lauten Diskussion lenkt der Wirt ein und rückt ganze 2 Euro heraus. Damit ist für ihn die Sache erledigt.

„Verdammter Gauner", schimpft Venetz. „So

funktioniert das Geschäft nicht. Ich hole schnell Euro auf der Bank." Hunziker hält seinen Kollegen zurück. „Wir müssen weiter. Mach dir keinen Kopf, unsere Spesen werden vergütet."

„Es geht aber ums Prinzip", murrt Venetz widerwillig und eilt Hunziker hinterher.

Kurz vor Locarno wählt Hunziker die Nummer von Furrer. Niemand nimmt ab. „Wo steckt der Mann?", brummt er. Inspiriert vom Rotlicht der Ampel, vermutet Venetz ihn im Puff. Hunziker grinst: „Meinst du, er ist in 15 Minuten zu sprechen?"

„Kommt auf den Deal an."

Auch der zweite Anruf bringt nichts, so dass sich Hunziker zu einer SMS entschließt. Es bestehe dringender Gesprächsbedarf bezüglich dem Tod der Lela Petrovic, weshalb er und sein Kollege morgens zwischen acht und halb neun bei ihm klingeln würden. Er solle sich bitte bereithalten.

Vor einem renovierten dreistöckigen Haus aus der Gründerzeit bleibt Venetz stehen. Es ist spät, und die Autofahrt war anstrengend. „Jetzt ein Bier", seufzt er.

„Gleich nach dem Gespräch", vertröstet Hunziker ihn. „Unser Hotel hat eine Bar, Bertschi sei Dank."

Frau Furrer bittet die beiden Herren ins Wohnzimmer. „Wein? Bier? Wasser?"

Venetz und Hunziker denken Bier und sagen Wasser. Frau Furrer lacht. „Wirklich? Naja, Sie haben Ihre Regeln. Sie werden mir verzeihen, wenn ich mich dem nicht anschließe und mir ein Glas Wein gönne. Ich habe einen strengen Tag hinter mir."

Einen Moment lang hat Hunziker das Gefühl, bei einer Freundin zu Besuch zu sein. Sie ist der Typ Frau, mit der man Pferde stehlen kann. Hunziker mag solche Frauen. Sie sind herzlich und verbreiten

Unbeschwertheit. Ihre Schönheit sieht man manchmal erst auf den zweiten Blick. Auch Frau Furrer ist nicht so auffallend hübsch wie die Petrovic.

„Wir beginnen sofort mit der Arbeit, einverstanden?" Hunziker lächelt Frau Furrer zu.

„Nur zu", nickt sie.

„Haben Sie regelmäßig Kontakt zu Herrn Furrer?"

„Mehr oder weniger. Vor allem dann, wenn wegen der Kinder etwas ansteht oder wenn es um die Finanzen geht. Unsere Querelen haben wir begraben. Inzwischen kommen wir miteinander zurecht. Nach der Trennung waren wir ja richtig verfeindet."

„Haben Sie Frau Petrovic gekannt?"

„Nicht persönlich. Einmal habe ich sie mit meinem Mann gesehen. Da bummelten die beiden eng umschlungen durchs Lorraine-Quartier. Sie war eine auffallend schöne Frau. Ihre Reportagen waren mir manchmal zu scharfzüngig. Wenn sie eine Person aus dem öffentlichen Leben anprangerte, war sie unbarmherzig, auf eine unanständige Art provokant, auch wenn sie in der Sache recht hatte. Sie machte mit ihrer reißerischen Schreibe Furore. Die Mischung von Information und Emotion kam bei den Lesern gut an."

Um den Mund von Frau Furrer spielt ein kleines Lächeln. „Sie war der Typ Frau, bei der ein Mann den Verstand verliert. Und wenn bei einem Mann nicht mehr der Kopf", sie sieht zuerst Hunziker und dann Venetz an, „sondern …" Frau Furrer sucht nach dem geeigneten Ausdruck.

„… der Schwanz", ergänzt Venetz, und realisiert im gleichen Moment, was ihm da für ein Unwort über die Lippen gerutscht ist. Mit niedergeschlagenen Augen murmelt er eine Entschuldigung.

Frau Furrer wischt seinen Tritt ins Fettnäpfchen mit

einem unbekümmerten Lacher weg: „Das trifft die Sache. Oder anders formuliert, hormongesteuerte Männer sind einem vernünftigen Gespräch nicht zugänglich. Bei Teenies gehört das zur Entwicklung, aber bei gestandenen Männern? Sie sehen ja, wohin das führen kann."

„Hat sich die Beziehung zwischen Herrn Furrer und Frau Petrovic mit der Zeit verändert?"

„Als er aus Indien zurückkehrte, dachte ich, die Sache sei gegessen. War sie aber nicht. Er wollte mit ihr zusammen bleiben, und hätte sich überall auf der Welt mit ihr niedergelassen. Aber sie sehnte sich nach Bern. Doch diese Stadt war nach dem Skandal tabu für ihn. Es blieb ihm nichts anderes übrig, als Frau Petrovic nach den Monaten in Kerala ziehen zu lassen. Ihre Liebesbeziehung führten sie weiter, so gut es ging. Sie skypten, sie hatten Telefonsex, und wenn sie sich in einem Hotel trafen, verließen sie das Bett nicht. Sie schien mit dieser Fernbeziehung zufrieden zu sein. Er jedoch litt darunter und beklagte sich, dass sie ihn nicht so bedingungslos liebe wie er sie."

Frau Furrer zögert, bevor sie weiterspricht: „Ich glaubte, meinen Mann zu kennen. Doch er zeigte mir eine Seite von sich, die mir fremd war. Seinen Erzählungen zufolge hat er Frau Petrovic terrorisiert. Er hat sie mit Vorwürfen überschüttet, bis sie um Verzeihung bettelte. Er war zärtlich zu ihr, und versuchte, sie mit Geschenken an sich zu binden. Dann wieder strafte er sie, indem er den Kontakt verweigerte. Mit einem Wort, Zuckerbrot und Peitsche. Wann immer er konnte, traf er sich mit ihr, und verfolgte beharrlich sein Ziel. Sie sollte die gleichen Gefühle von Liebe und Sehnsucht empfinden wie er."

Draußen rast ein Motorrad vorbei, es röhrt verboten

laut. Abgesägter Auspuff, denkt Venetz mit Kennerohr, während Hunziker über menschliche Abgründe staunt und über das Glücksgefühl, das ihn mit seiner Frau verbindet.

„Wann hat Herr Furrer Frau Petrovic zum letzten Mal getroffen?", will Hunziker wissen.

„Ende letzter Woche. Sie verbrachten zwei Tage in St. Moritz."

„In welcher Verfassung befand er sich nach seiner Rückkehr?"

Frau Furrer überlegt, bevor sie gedankenversunken antwortet. „Verstört. Ja, er war verstört. Unstet war er. Ich spürte, dass er mit mir reden wollte, aber ich hatte keine Lust auf seine Geschichten und blockte ab. Was gehen mich seine Probleme an! Ich bin nicht sein Mullkübel. Soll er zu seiner Mutter oder zu seinem Therapeuten!"

Nach einem Schluck Rotwein, und noch einem Schluck, sagt Frau Furrer: „Mehr kann ich Ihnen nicht mitteilen."

„Haben Sie Herrn Furrer je handgreiflich erlebt?"

„Er konnte die Nerven verlieren. Wenn er außer sich war, schrie er herum und traktierte die Möbel. In solchen Momenten hatten die Kinder Angst vor ihm. Dann war er auch mir unheimlich, und ich bemühte mich, die Situation zu entschärfen. Aber er hat uns nie geschlagen. Nie."

„Als IKRK-Mitarbeiter in Nigeria wird Herr Furrer mit Gewalt konfrontiert. Hat er irgendwann erwähnt, dass ihn die Arbeit psychisch belastet?"

Frau Furrer hebt die Achseln: „Nein, so vertraut sind wir nicht mehr. Ich weiß nicht, wie es in ihm aussieht, aber erstaunen würde es mich nicht."

Hunziker schielt aufs Handy. Kurz nach halb elf, Zeit

fürs Bier. Der Abschied zwischen ihm und Frau Furrer gerät herzlich. Man versichert sich gegenseitig, das Gespräch vertraulich zu behandeln.

Hunziker sagt, er melde sich morgen Nachmittag noch einmal, falls nötig.

Im Treppenhaus bittet Hunziker seinen Kollegen, Bertschi kurz zu benachrichtigen. Venetz verdreht die Augen. Das wird nichts mehr mit dem Bier. Um 23 Uhr schließen die Kneipen, und die Hotelbar wird auch schon zu sein. Hunziker grinst, als er das lange Gesicht seines Kollegen sieht, und witzelt: „Du die Arbeit, ich das Bier."

Zehn Minuten später stehen die beiden Polizisten an der Theke der Hotelbar. Sie werden noch bedient. Hunziker bestellt ein Gezapftes, Venetz wählt ein Flaschenbier, ein Franziskaner. Sie prosten sich zu, und mit dem ersten, nicht endend wollenden Schluck fallen alle Spannungen ab. Ihre Worte versiegen. Die Müdigkeit überwältigt die Männer ganz plötzlich. Sie lassen die halbvollen Gläser stehen und ziehen sich in ihre Zimmer zurück.

03

Auf der Autofahrt von Bern nach Thun knabbert Beta an einer Bemerkung von Dr. Fellner. „Wissen allein genügt nicht, man muss es auch transportieren können", bemerkte ihr Lieblingsfeind am Ende der Pressekonferenz.

Beta hatte der Versuchung nicht widerstehen können, an der Veranstaltung teilzunehmen. Um 18 Uhr kämpfte sie ein paar Sekunden mit sich, doch dann hielt sie nichts mehr zurück. Sie musste mit dabei sein, auch wenn sie nicht auf dem Podium sitzen durfte. Das Meeting würde Thema im Haus sein, und sie wollte wenigstens im Nachhinein mitmischen können.

Kost erklärte den Stand der Dinge im Fall Lela Petrovic. Er sprach leise und ohne Intonation, bis ein ungeduldiger Reporter „Lauter" rief. Drei Sätze später fragte ein Journalist aus Deutschland, ob man in der Schweiz schon vom Mikrofon gehört habe. Kost wartete, bis Ruhe herrschte, und forderte die Pressevertreter zu weiteren Fragen auf, die nun Bertschi beantwortete. Von da an flutschte das Zusammenspiel zwischen Kripo und Presse. Hingerissen lauschte Beta den Wortgefechten. Bertschi ließ sich nicht irritieren, egal wie angriffig die Formulierungen der Schreiberlinge waren. Er stellte klar, er wiegelte ab, er korrigierte, er erklärte, bis Kost auf die Armbanduhr klopfte.

Als Bertschi aufstand, winkte ihm ein Journalist aus Deutschland zu und bedankte sich. Und Dr. Fellner ließ sich zu einem Kommentar über die Vermittlung von Wissen hinreißen.

Etwas an Fellners Feststellung lässt Beta nicht los. Mit einem Glas Gewürztraminer in der Hand starrt sie auf den Teppich. Die Stimme von Adele nimmt sie erst nach einer Weile war. Das zweite Glas ist bereits gefüllt, als das Telefon klingelt. Fabrizio. Sie reden, manchmal hintereinander, manchmal zur gleichen Zeit. Verstehen die Hälfte nicht, lachen dafür umso mehr. „Du tust mir gut", gesteht Beta.

„Klingt nach Turbulenzen", konstatiert Fabrizio. „Fellner, oder Emmer oder Kost?"

Sofort greift Beta das Stichwort auf. Sie erzählt, was sie bedrückt, und wie ungerecht sie sich behandelt fühlt. Schließlich fragt sie ihn, ob sie zu emotional sei.

In der Leitung ist es still, ohne dass es Beta stört. Der Wein hat ihre notorische Ungeduld ertränkt.

„Schwierig, schwierig", wiegelt Fabrizio ab. „Im Gespräch darf's weniger sein, im Bett mehr. Im

Durchschnitt jedoch genau richtig."

„Ich muss also nichts verbessern?" Beide kichern.

„Ich habe Lust auf dich. Warum streichelst du mich nicht?", murmelt Fabrizio. Auch Beta sehnt sich nach seinen Augen und Händen und der weichen Haut seiner Oberschenkel. Gleichzeitig verwandelt sich ihre Sehnsucht nach Fabrizio in einen ziehenden Schmerz. Die unbeschwerte Stimmung ist vorbei.

„Eines Tages werden wir uns entscheiden müssen, du zu mir, oder ich zu dir." Fabrizios nüchterne Bemerkung bringt Beta endgültig auf den Boden zurück.

„Wir wissen beide ganz genau, dass du nicht zu mir an den Thunersee kommst. Es geht darum, ob ich mein Leben hier aufgebe.

„Liebst du mich?" Fabrizios Stimme klingt rau.

„Mehr als mein Leben."

„Aber nicht mehr als deinen Beruf. So sind die Weiber heutzutage."

„Hör auf, ich habe dir oft genug erklärt, was mich an meinem Job fasziniert. Sag mal, aber jetzt im Ernst, kann ich gut erklären?"

Fabrizios Ja klingt nach zweifelsfreier Bestätigung.

Doch dann schickt Fabrizio ein paar Worte hinterher. „Das, was du wirklich weißt, erklärst du gut. Leider willst du auch dann mitreden, wenn du vom Thema keine Ahnung hast."

Seine Äußerung trifft Beta wie eine Faust in den Magen. „Ist das einer deiner blöden Sprüche?"

„Tut mir leid, aber das ist so."

Es wird unangenehm still.

„Meine Taube, stell keine Frage, wenn du die Antwort nicht verträgst." Dann beginnt er zu pfeifen. Beta erkennt den Song You are my thrill und lächelt versonnen. Ja, sie will Fabrizios Nervenkitzel sein, jedenfalls lieber als seine Taube. Trotzdem gurrt sie hochbegabt in den Hörer, bis Fabrizio seine musikalische Darbietung unterbricht. „Manchmal bist du eine Nervensäge", stöhnt er und fragt: „Erinnerst du dich an meine Kusine Angelina? Die mit den Flatterhosen und den weiten Shirts, die bei ihr aussahen, als hätte sie sich ein Leintuch übergeworfen?"

„Die kommt so komisch daher, weil sie ihren Körper ablehnt."

„Naja, wie Ornella Muti schaut sie nicht aus, sie ist halt eine Frau auf den zweiten Blick. Wer weiß, vielleicht wirkt die katholische Erziehung in ihr nach."

„Oder sie ist schüchtern bis zum Abwinken. Die hat nie in einer Beziehung gelebt."

„Wie auch immer, der anständigen Angelina legt das Leben nur Steine in den Weg. Kürzlich reiste sie nach Elba, um endlich das tun, was sie nie gewagt hatte. Sie setzte sich im Badeanzug an die Sonne, überprüfte ihre Umgebung nach Voyeuren und streifte dann in einem Anfall von Mut die Träger des Badeanzugs über die Schultern und rollte das Oberteil bis zum Nabel hinunter. Sie fühlte sich großartig. Zufrieden dämmerte sie vor sich hin, bis sie ein eindringliches 'Signora' vernahm. Alles in ihr war auf Abwehr eingestellt. Sie kniff die Augen zu, um sich unsichtbar zu machen. Erneut hörte sie dieses strenge 'Signora'. Also öffnete sie die Augen. Vor ihr stand der Bademeister, und glotzte ungeniert auf ihre Brüste. Hier sei oben ohne verboten, erklärte er laut, damit es auch alle in der Umgebung hörten. Sie möge sich bedecken, der Nacktstrand befände sich auf der andern Seite der Insel."

Fabrizio seufzt voll Mitgefühl. Beta grinst bloß maliziös: „Das Leben ist kein Honigschleck."

଼

Das Rumpeln der Straßenbahn erfüllt das stille Quartier. Der Lärm hat ihn früher nicht gestört, er belästigt ihn auch jetzt nicht, er nimmt ihn nur, im Gegensatz zu früher, bewusst war, weil er nicht schläft. Vor einer Woche noch hat er um halb zwölf tief geschlafen, doch nun ist alles anders. Das Bett ist ihm nicht mehr Entspannung, sondern nur noch Qual.

Petrovic erhebt sich. Der Gang misst acht Schritte hin und acht zurück, die Küche sechs, das Schlafzimmer auch. Im Wohnzimmer, wenn er den freistehenden Esstisch umrundet, kommen noch zwölf dazu. Unermüdlich geht Petrovic hin und her, es ist für ihn die einzige Möglichkeit, die Trauer auszuhalten. Er denkt an seine Frau Tanja. Das Gepolter der Straßenbahn erinnerte sie an Jagodina. Dann erschien in ihrem Gesicht ein sehnsüchtiges Lächeln, weil sie an ihre Heimat dachte, die sie vermisste. Tanja war eine großartige Frau. Eine, die die Ärmel aufkrempelte, und das machte, was anstand. Sie hatte ihn im ersten Jahr in Bethlehem angefeuert und ihm Mut gemacht. Von der Sprache hatte sie keinen Schimmer, aber das war ihr egal. Hauptsache, sie verdiente Geld für die Familie. Er und seine Tochter konzentrierten sich darauf, deutsch zu lernen. Es fiel ihm schwer, Fuß zu fassen. Er vermisste das traditionelle Leben, das er in Jagodina geführt hatte, vor allem die Männerzirkel. Im Gegensatz zu ihm beklagte sie sich nicht. Sie überzeugte ihn davon, dass sie es gemeinsam schaffen würden. Als er den Job im Recyclinghof ergatterte, fiel eine immense Last von ihm ab. Von da an glaubte auch er daran, dass es mit ihnen aufwärts gehe.

Petrovic bleibt vor dem Schreibtisch stehen. Er zieht eine Schublade auf und greift wahllos zu Fotos. Cervelats braten an der Aare. Seine Tochter, die sich empört, weil sie das Reh nicht mit heimnehmen kann. Zwiebelmarkt in Bern, Besuch bei den Bären, Schlitteln auf dem Gurten, Radtouren. Petrovic wühlt in der Fotoschublade, ohne wirklich etwas zu sehen. Die Erinnerungen gleiten ihm zwischen den Fingern durch. Bei einem Foto jedoch wird er hellwach. Wie schön sie ist. Wie glücklich. Wie voller Liebe, in den Augen das Versprechen von immer und ewig.

"Tanja, warum hast du aufgegeben? Ich hätte dich getragen bis ans Ende der Welt." Petrovic küsst das Foto und sagt: „Ich habe dich so sehr geliebt. Von allem Schmutz wollte ich dich befreien, und beinahe wär es mir gelungen. Weißt du noch, wie du aufgeblüht bist, nachdem wir Jagodina verlassen hatten? Fast hattest du vergessen, dass man dir als Mädchen Gewalt angetan hat." Petrovic wischt eine Träne weg, die aufs Foto gefallen ist. „Unsere glücklichste Zeit war die in Bethlehem. Ich war so stolz auf uns. Und dann, mit einem Schlag, war alles aus. Unbeschwert bist du am Morgen aus dem Haus. Am Abend bist du herein gewankt, wortlos und mit leerem Blick. Ich wollte dich auffangen, aber du hast mich wie eine lästige Fliege verscheucht. Später, mitten in der Nacht, hast du mir alles erzählt, und am andern Tag bist du zur Polizei. Danach hast du dich zwei Wochen lang ins Bett gelegt. Jeden Abend, wenn unser Mädchen schlief, haben wir zusammen geweint." Wehmütig lächelt Petrovic seine Frau an, die unbeschwert auf der Wiese liegt und ihn anstrahlt.

Zart fährt er mit dem Zeigefinger über ihr Gesicht. „Du hast dich geschämt, und die Schande hat deine Lebensenergie aufgesaugt. Du bist immer weniger geworden. Du hast dich von mir entfernt, und von unsrer Tochter auch. Du hast den Tod so lang gerufen, bis er kam. Warum hast du mich verlassen? Warum hat jetzt auch noch unsere Tochter sterben müssen? Was soll ich bloß tun? Es gibt für mich keinen Grund mehr, weiterzumachen. Erst jetzt fang ich an, dich zu verstehen. Wo bist du? Ist unser Mädchen bei dir? Wartet auf mich. Ich liebe euch."

Petrovic, mit dem Foto in der Hand, lehnt die Stirn ans kühle Fensterglas und blickt hinaus, dorthin, wo es nichts zu sehen gibt. Nur Dunkelheit, kein Schimmer von Licht. Er kehrt zum Schreibtisch zurück und schiebt das Foto zwischen die anderen, um es nicht mehr vor Augen zu haben, und macht die Schublade zu. Dann schlüpft er in Mantel und Schuhe.

Draußen atmet Petrovic tief durch und lenkt seine Schritte Richtung Lorraine-Quartier. Um diese Zeit hat er nicht nur den Gehsteig, sondern auch die Straße für sich. Das Schweizer Volk respektiert die Nacht, deren Sinn allein im Schlummer zu liegen scheint. In Jagodina nahm man es mit der Nachtruhe nicht ganz so streng. Petrovic denkt an seine Stammkneipe und meint plötzlich, sie zu riechen, diese betäubende Mischung aus Zwiebeln und Zigaretten, verbunden mit Gelächter und Stimmengewirr. Er sehnt sich nach der Stadt, in der er groß geworden ist, und die Erinnerung verursacht ihm ein schmerzhaftes Ziehen in der Brust.

Irgendwo wird ein Fenster geschlossen. In der nächsten Querstraße begegnet ihm, wie so oft, ein älterer Herr. Wie immer nickt man sich zu. „Die Schlaflosen irren umher", sagt der ältere Herr dann jedes Mal. Diesmal lächelt Petrovic nicht. Zwar sieht er ihn, doch er nimmt ihn nicht wahr. Das stört den älteren Herrn nicht, er lebt in seinem eigenen Kosmos.

Vor zwei Wochen bummelte er mit seiner Tochter durch diese Straße. Es war Sonntag. Er hatte für sie gekocht, und danach gönnten sie sich eine Prise frische Luft. Das war's. Das wird es nie mehr geben. Für immer aus. „Mein wunderbares Mädchen", murmelt er vor sich hin. Die Bewegung des Gehens löst seine innere Versteinerung, und die hinter seinen Augen gespeicherten Tränen drängen hervor. Er weint und schluchzt und seufzt und findet kein Taschentuch. Von Zeit zu Zeit wischt er sich mit dem Ärmel übers Gesicht.

Hätte er doch nichts gesagt. Sie würde noch leben, wenn er geschwiegen hätte. Aber als sie ihn fragte, ob er Milenkovic kenne, verlor er die Kontrolle über sich, und die Worte, lang gelagert und zurückgehalten, strömten hervor.

An diesem Tag wurde seine Tochter Zeuge seiner tiefen Verzweiflung. Milenkovic würde für ihn Unglück bedeuten, bis ans Ende seiner Tage. Und dann weihte Petrovic seine Tochter in die tragische Geschichte ihrer Mutter ein. Er sprach von der Vergewaltigung in Jagodina und von der Schande, die die Mutter empfunden habe. Doch das sei noch nicht alles. Sie sei auch in Bethlehem vergewaltigt worden, vom gleichen Mann wie in Jagodina. Da stieß sein Mädchen einen Schrei aus wie ein waidwundes Tier und floh in seine Arme.

Er möge weiterreden, bat sie ihn schließlich. Und Petrovic nahm den Faden wieder auf. Die Mutter habe den Mut aufgebracht, Milenkovic anzuzeigen. Der Fall habe das Gericht dreieinhalb Jahre lang beschäftigt, und am Schluss sei Milenkovic aus Mangel an Beweisen freigesprochen worden. Dieses Unrecht habe ihre Mutter nicht verkraftet. Es sei der Auftakt ihres langsamen Sterbens gewesen, und für ihn die bitterste Erfahrung seines Lebens.

Unbändiger Hass steigt in Petrovic hoch. Dieses Dreckschwein lebt unangefochten in der sauberen

Schweiz, vergewaltigt und stiehlt und betrügt und lacht sich den Buckel voll über die untätigen Behörden. Auch das hat er an jenem Tag seiner Tochter erklärt.

Von da an war alles anders. Zwar redeten sie nicht mehr über Milenkovic, aber Petrovic ahnte, dass sie diesen Unmensch zu Fall bringen wollte. Und er, statt sie aufzuhalten und sie vor diesem skrupellosen Mensch zu warnen, freute sich, dass es dem Übeltäter an den Kragen ging.

Ausgelaugt, mit hängenden Schultern, setzt Petrovic einen Schritt vor den andern. Die Straßenlampen spenden gedämpftes Licht. Links säumt eine fünfstöckige Häuserzeile die Straße, rechts versuchen ein paar aufrechte Birken, umgeben von einem Flecken Gras, Natur zu vermitteln. Hinter einem Baumstamm glaubt Petrovic etwas auszumachen, was sich bewegt. Er bleibt stehen. Ein Augenpaar, einen halben Meter überm Boden, funkelt ihn an. Petrovic, von seiner Trostlosigkeit abgelenkt, wartet gespannt. Vorsichtig, als wär er sich der Gefahren bewusst, überquert gemessenen Schritts ein Fuchs die Fahrbahn. Wieder denkt Petrovic an Jagodina. Im Winter trug seine Tante stets einen Fuchspelz, dessen Schnauze keck auf dem rechten Busen lag. Auf dem linken baumelten die Pfoten.

Das Gehen beruhigt Petrovic ein wenig. Die Einsamkeit der leeren Straßen spiegelt seine Gemütsverfassung. Auch in ihm ist alles leer. Hier ist nichts mehr, was ihn hält. Hier, in der Schweiz, will er nur noch eins, er will den Mörder seiner Tochter finden. Und dann wird er heimgehen, dorthin, wo er geboren ist.

Aus einem offenen Fenster schallen Stimmen. Man redet kroatisch. Petrovic hält sich die Ohren zu und beginnt zu laufen. Kurz darauf fehlt ihm der Atem. Auf Umwegen kehrt er in seine Wohnung zurück. Ohne sich auszuziehen, legt er sich aufs Bett. Er weiß, dass es für ihn keinen Schlaf gibt. Um acht Uhr früh ruft er Emmer an, und erklärt, er habe etwas zu sagen.

ℭ

Hunziker sitzt vor seinem Kaffee und überfliegt die Schlagzeilen des 'Bund', als Venetz den Frühstücksraum betritt. „Bertschi hat Kost gerettet", meint er und schiebt seinem Kollegen die Zeitung zu.

Mit einem Blick aufs Foto sagt er ungerührt: „Nicht gerade vorteilhaft, seine Visage", und Hunziker weiß, wen Venetz meint. Kost sieht aus wie ein unterbelichteter Hauswart. Der Reporter, der die Veröffentlichung dieses Fotos zu verantworten hat, scheint dem Kripochef nicht wohlgesonnen zu sein.

Hunziker ruft zuhause an, um Moni und Max mit einem „Guten Morgen" zu begrüßen. „Kriminalpolizei Bern, Urs Hunziker", meldet er sich automatisch, als abgehoben wird. „Ich kenne Sie nicht", antwortet Max, „und meine Mama hat gesagt, ich darf nicht mit fremden Leuten reden, und schon gar nicht, wenn sie mir Schokolade schenken, und Sie haben mir gestern Schokolade geschenkt."

„Frag die Mama, ob du eine Ausnahme machen darfst."

„Mama sagt ja. Papa, kommst du zu Mittag oder am Abend?"

„Ich hoffe, ich bin zu Mittag bei euch."

„Kannst du nicht am Abend kommen, weil sonst werde ich nicht fertig mit dem Bauernhof, und dann können wir nicht spielen."

„Mal sehen. Gib der Mama das Telefon."

Hunziker geht zum Fenster. „Gut geschlafen?" Dann hört er zu und langsam verändert sich seine Miene. Er lächelt hingebungsvoll, und einmal lacht er laut auf. Er beendet das Gespräch mit einem kryptischen 'K-Punkt'. Venetz kennt das Wort, er verwendet es manchmal beim Simsen. Das K steht für Kuss. Den Punkt findet Venetz unerotisch, der würgt den Kuss vorzeitig ab.

Auf dem Weg zu Furrer meldet sich Emmer. Er informiert Hunziker über das Gespräch mit Petrovic. Venetz kriegt das meiste mit, trotz des Straßenlärms.

Den beiden Polizisten verschlägt es die Sprache. „Kaum zu glauben", murmelt Venetz schließlich, und Hunziker hört nicht auf, den Kopf zu schütteln.

Herr Furrer erwartet die Kripobeamten in der Lounge des Hotels. Der Mann, der auf sie zusteuert, gleicht dem Schauspieler aus der Nespresso-Werbung. Kurzes weißes Haar, junges Gesicht, schlank. Sein Auftreten ist souverän. Er ist gewohnt, mit unterschiedlichsten Menschen zu kommunizieren. Der Händedruck irritiert Venetz. Er ist kraftlos.

„Sie haben den Mörder noch nicht?", eröffnet Furrer das Gespräch, als wolle er eine Sitzung eröffnen.

„Nein, und deswegen sind wir hier. Sie sind für Frau Petrovic eine wichtige Bezugsperson gewesen, und wir hoffen, im Gespräch mit Ihnen neue Erkenntnisse zu gewinnen. Sind Sie einverstanden, dass wir die Unterhaltung aufnehmen?"

„Kein Problem", sagt Furrer. Venetz zückt sein neues iPhone, das seit drei Wochen auf dem Markt ist, und aktiviert den Aufnahmemodus.

„Sie haben Frau Petrovic vor knapp zwei Wochen in St. Moritz getroffen. Welchen Eindruck machte sie auf Sie?"

„Sie war wie immer, lebendig, intensiv und mit einer unglaublichen Ausstrahlung. Es gelingt ihr im Handumdrehen, die Menschen für sich einzunehmen."

Furrer hält inne und bekennt schließlich: „Es will mir nicht über die Lippen, in der Vergangenheit von ihr zu reden. Ihr Tod betrifft mich sehr, und ich empfinde ihn als eine schreckliche Vergeudung jungen Lebens."

„Frau Petrovic machte in den letzten Monaten einen unruhigen Eindruck, so, als wäre sie von etwas besessen. Haben Sie das zu spüren bekommen?"

Auf Furrers Stirn entsteht eine Unmutsfalte. „Ja natürlich. Sie ist ein hektischer Mensch, genießerisches Nichtstun ist nicht ihr Ding. Bei ihr kann man sich nicht ausruhen, geschweige denn Kraft schöpfen. Das hab ich am eigenen Leib erfahren. Sie ist immer auf Trab. Das ist spannend, aber auch anstrengend."

„Wissen Sie, dass die Mutter von Frau Petrovic vergewaltigt wurde?"

„Wie auch nicht! Diese Geschichte war der Auslöser für die Veränderung von Frau Petrovic. Der Vater hatte ihr nie erzählt, was der Mutter zugestoßen war. Die Sache kam erst ins Rollen, als sie ihrem Vater von einem Interview mit einem unangenehmen Kroaten berichtete, und sie ihn fragte, ob er diesen Milenkovic kenne. Da seien ihm die Tränen über die Wangen geronnen. Im ersten Moment vermutete Frau Petrovic eine grausame Geschichte aus der Zeit des Krieges. Aber das, was sie dann zu hören bekam, hatte nichts mit dem Krieg zu tun. Im Gespräch mit ihrem Vater erfuhr sie, dass ihre Mutter von Milenkovic vergewaltigt worden war, dass sie diese Gewalttat nicht verkraftet hatte und daran zerbrochen war.

Von da an war sie auf Milenkovic fixiert. Sie nahm Einsicht in die Gerichtsakte ihrer Mutter, und konnte nicht nachvollziehen, dass Milenkovic straflos davongekommen war. Ich erinnere mich, dass sie mir einmal erklärte, die lasche Schweizer Rechtsprechung zwinge sie zur Selbstjustiz. Ich habe ihre Bemerkung damals nicht ernst genommen, vor allem, weil ich ihren Hang zu Übertreibungen kannte. Aber ich habe mich getäuscht. In ihr begann ein Plan zu reifen. Sie wollte Milenkovic zerstören, so wie er ihre Mutter zerstört hatte."

Furrer schließt einen Moment die Augen, und fährt dann fort: „Frau Petrovic war besessen vom Verlangen, sich an Milenkovic zu rächen. Andere Themen, für die sie sich stark gemacht hatte, interessierten sie nicht mehr. Sie verfolgte nur noch fanatisch ihr Ziel. Ich habe sie als unbeschwerte und heitere Frau kennengelernt. Sie war unverdorben und glaubte an das Gute im Menschen. Wenn ich sie sah, schien mir die Welt verzaubert."

Furrers Gesichtszüge werden weich. „Nicht umsonst hab ich mich in sie verliebt. Ich hab für sie meine Familie aufgegeben. Doch dann drängte sich langsam dieser Milenkovic zwischen uns. Sie wurde von einem Abrechnungswahn befallen, der sie Tag und Nacht beschäftigte. Rückblickend würde ich sagen, es gab für uns eine Zeit vor Milenkovic und eine danach.

Als ich sie kennenlernte, war sie eine ausgezeichnete Journalistin. Ihr schnoddriger Stil war berüchtigt und gefürchtet. Ihr Spott tat weh, und ihre offen zur Schau getragene Missachtung noch mehr. Nachdem sie Milenkovic kennengelernt hatte, entwickelte sie sich zu einer Zynikerin. Auch mich verschonte sie nicht. Ich hatte gemeint, der Liebe meines Lebens zu begegnen. Als sich Frau Petrovic von mir trennte, war ich am Boden zerstört. Ich grübelte, woran unsere Beziehung zerbrochen war, und eines Tages ging mir ein Licht auf. Frau Petrovic erweckte die tiefsten Gefühle in einem Mann, aber sie selbst war nicht wirklich beteiligt. Für sie war die Liebe ein Spiel. Sie schwirrte umher, und ließ sich auf niemanden ein. Sie machte ihr Ding, und hinterließ frustrierte Liebhaber."

„Waren Sie und Frau Petrovic trotz der Trennung ein Paar?"

Furrer zögert, ehe er antwortet: „Eine Zeit lang verkehrten wir freundschaftlich miteinander. Aber vor zwei Jahren nahmen wir unsere Beziehung wieder auf, wenn auch nicht mehr mit diesem grenzenlosen Vertrauen. Damals kamen wir überein, niemandem von unserer Beziehung zu erzählen. Unser letztes Treffen in St. Moritz war überschattet von ihrem Kampf gegen Milenkovic. Sie konnte von nichts anderem reden als von ihrem Notizbuch, in dem sie minutiös die illegalen Geschäfte der Familie Milenkovic festhielt. Natürlich hatte sie Angst, dass die Milenkovic-Söhne das belastende Material entwenden könnten. Deshalb hat sie Kopien gemacht. Sie übertrug die Notizen in den Laptop, und zog sie von dort auf einen Stick." Furrer öffnet seine schwarze Ledertasche und zieht aus dem Seitenfach einen Stick. „Den wollen Sie doch sicher haben. In der Wohnung von Frau Petrovic befindet sich ein Duplikat."

Hunziker wirft Venetz einen erstaunten Blick zu. Die Spurensicherung hat nichts dergleichen entdeckt. „Wissen Sie, wo?"

„Im Schrank mit den Lebensmitteln, im Polenta-Kilopaket."

„Die Information muss sofort weitergeleitet werden. Wir machen fünf Minuten Pause."

Furrer holt sich an der Bar ein Mineralwasser. Hunziker und Venetz treten vor das Hotel, um frische Luft zu tanken, und über die Polenta-Connection zu blödeln.

Als sich die drei Männer wieder in der Lounge

treffen, erkundigt sich Hunziker, ob Furrer über die Schwangerschaft von Frau Petrovic im Bilde war.

In Furrers Augen flackert Hass auf. „Ja. Allerdings erwähnte sie an unserm ersten gemeinsamen Tag nichts davon. Ich habe auch keinen Verdacht geschöpft. Kein morgendliches Erbrechen, kein runder Bauch. Erst am zweiten Tag eröffnete sie mir, sie sei schwanger, und zwar vom Fotograf, mit dem sie zusammenarbeitet."

Hunziker unterbricht Furrer: „Haben Sie gewusst, dass Frau Petrovic mit anderen Männern intim verkehrte?"

„Ich habe es immer vermutet. Wir haben uns deswegen oft gestritten, fanden aber keinen Konsens."

„Sind Sie ein eifersüchtiger Mensch?"

„Wie würden Sie reagieren, wenn Ihre Frau fremdgeht? Natürlich hat es mir jedes Mal einen Stich versetzt. Ich wollte sie für mich, und ich hätte sie auf Händen getragen, wenn sie mir das erlaubt hätte. Falls Ihre Frage darauf abzielt, ob ich sie geschlagen habe: nein, nie."

„Aber Sie haben sie bedroht", wirft Hunziker ein.

„Die Unterstellung weise ich zurück."

„Hat Frau Petrovic mit Ihnen über ihre Zukunft gesprochen?"

Furrer quittiert die Frage mit einem bitteren Lachen. „Sie wollte die Beziehung mit mir beenden. Es hat mich Zeit und Kraft gekostet, aber schließlich konnte ich sie umstimmen."

„Haben Sie ihr finanzielle Hilfe versprochen?"

„Ja, auch. Ich schlug ihr ein gemeinsames Leben in Genf vor."

„Und?"

„Sie hat kategorisch abgelehnt. Sie bleibe in Bern und werde beim Fotograf einziehen."

„Wie haben Sie ihre Entscheidung aufgenommen?"

„Ich habe sie rausgeworfen."

„Ohne sie zu bedrohen?" Furrer misst Hunziker mit kaltem Blick, doch der fährt unerschütterlich fort: „Konnten Sie sich mit Frau Petrovic noch versöhnen?"

Furrers Nein klingt messerscharf und endgültig.

Kein Happyend, stellt Hunziker nüchtern fest.

Nach einer Pause öffnet sich Furrer ein wenig. „Frau Petrovic war einmal von mir schwanger, vor vielen Jahren, aber sie hatte eine Fehlgeburt. Danach wussten wir beide, dass wir dieses Experiment nicht wiederholen würden."

Furrers rechter Fuß beginnt nervös zu zappeln. „Nun ist sie für mich definitiv unerreichbar. Was für ein grausamer Schlusspunkt für diese wunderbare Frau. Das hat sie nicht verdient. Etwas in mir kann noch nicht fassen, dass sie tot ist. Ich bin total durcheinander. Nirgendwo finde ich Halt, ich weiß nicht einmal mehr, wo ich zuhause bin. Ich weiß nur, dass ich allein bin, und dass mir weder eine Ehefrau noch eine Geliebte zur Seite steht."

Venetz schaut aus dem Fenster. Falls der Mann in den Knast kommt, wird er noch ärmer an Beziehungen sein, denkt Venetz, dessen Mitleid sich in Grenzen hält. Und sollte sich Furrers Unschuld erweisen, wird er nicht lange Trübsal blasen. Wer aussieht wie Mr. Clooney und übers nötige Kleingeld verfügt, leidet eine kurze Ewigkeit.

„Frau Petrovic wurde umgebracht, und wir suchen den Täter", betont Hunziker. „In den letzten Monaten hat sich Frau Petrovic halb Bern zum Feind gemacht. Nannte sie je einen Namen?"

Sie habe stets von Milenkovic und seinen Söhnen geredet. Manchmal sei sie auch über ihren finnischen Freund hergezogen. Über den Fotograf übrigens auch.

Aber persönlich kenne er niemanden aus ihrem Umfeld.

Hunziker misst Herrn Furrer mit einem langen Blick. „Nun zu Ihnen. Sind Sie sich im Klaren, dass Ihre Angaben über die Mordnacht von niemandem bestätigt werden können? Und dass enttäuschte Liebe ein Tatmotiv ist?"

Furrers weiche Gesichtszüge verändern sich. Zu beiden Seiten der Mundwinkel erscheinen tiefe Linien, und in den Augen blitzt Zorn auf. Hunziker erinnert sich an das Gespräch mit Frau Furrer. Ihr Ex verliere schnell die Nerven. Manchmal sei er ihr unheimlich. In diesem Augenblick versteht Hunziker, was sie meint.

Furrer erhebt sich, seine Hände sind zu Fäusten geballt, die Knöchel treten kreideweiß hervor. Mit eisiger Stimme kanzelt er Hunziker ab. „Ihr Verhalten grenzt an Unverschämtheit. Sie haben kein Recht, mich mit aus der Luft gegriffenen Behauptungen zu beleidigen."

„Herr Furrer, ich wiederhole, Sie haben keinen Zeugen für Ihr Alibi, und Sie haben ein Motiv. Das ist so. Ich habe Sie nicht des Mordes bezichtigt."

„Nicht ausdrücklich, aber unterschwellig, und dagegen erhebe ich Einspruch."

Furrer grinst zynisch. „Im Allgemeinen regle ich meine Konflikte nicht per Mord. Ich habe die Beziehung zu Frau Petrovic ein für allemal beendet, und zwar vor ihrem Tod, letzte Woche in St. Moritz. Ich musste sie nicht umbringen, um mich von ihr zu befreien. Es reichte, den Kontakt zu ihr definitiv zu kappen. Diese Frau hat mir nur Unglück gebracht. Wegen ihr habe ich meine Familie verloren, ohne etwas zu gewinnen. Wegen ihr werde ich nun des Mordes beschuldigt. Dies grenzt an Lächerlichkeit."

„Sie weinen ihr keine Träne nach", stellt Hunziker

fest und erhebt sich.

Furrer entspannt sich und macht eine bedauernde Geste. „Bis vor ein paar Monaten war mit Frau Petrovic eine inspirierende Gefährtin. Doch dann veränderte sie sich, unmerklich zuerst, und dann immer deutlicher. Ich weiß bis heute nicht, ob das nur mit Milenkovic zu tun hat, oder ob es noch einen anderen Grund gibt."

Hunziker beendet das Gespräch mit einer Aufforderung. „Bitte begleiten Sie uns ins Kommissariat. Wir brauchen zum Abgleich Ihren Fingerabdruck und möchten einen Speicheltest durchführen."

„Wenn das Ihrer Arbeit dienlich ist, bitte. Obwohl ich garantiert nicht der Vater bin."

Ratlos hebt Furrer die Schultern und sagt mehr zu sich selbst: „Ich verliebte mich in eine Aphrodite und trennte mich von einer Medea."

☙

Beta öffnet die Tür zu ihrem Büro und hält überrascht inne. Bertschi und Emmer haben es sich in der Sitzecke gemütlich gemacht und plaudern miteinander wie dicke Freunde.

„Habt ihr nichts zu tun?" Der Tonfall gerät ihr schärfer als gewollt.

„Und du? Warum kommst du so spät?", wirft ihr Bertschi den Ball zurück.

„Weil mich die Alessi im Stich ..." Der Rest des Satzes wird von einer Polizeisirene übertönt. Beta schließt das Fenster.

„Du hast also noch keinen Kaffee gehabt", stellt Bertschi mit einem Hauch von Mitgefühl fest.

„Doch, vom Kiosk bei mir um die Ecke. Eine Plörre, die ich selbst dem ärgsten Feind nicht gönne."

Bertschi bedenkt seine Kollegin mit einem langen Blick. „Wenn dein Coffeinspiegel im Keller ist, leiden wir alle. Ich zapfe jetzt den Automaten an, und du, Kaspar, unterhältst Beta."

Bertschi glaubt, bei Beta ein diskretes Naserümpfen festzustellen.

Obwohl Emmer flüssig berichtet, schafft es Beta nicht, ihm zuzuhören. Ihre Gedanken schweifen ab. Was, wenn sie am Fall Petrovic scheitert? Im Moment scheint sich alles von ihr weg zu bewegen. Sie hat das Gefühl, nicht mehr zu genügen.

Bertschi dagegen genießt hohes Ansehen bei Kost und Fellner, und glänzt als Sprecher der Kripo. Mit einem Wort, er überflügelt sie auf der ganzen Linie. Sie, die Psychologin, die immer weiß, was andere quält, ist im Begriff, an sich selbst zu scheitern.

Der Kaffee verdrängt ihre düsteren Gedanken.

„Wir müssen herausfinden, ob Zeiter als Täter in Frage kommt. Er hat kein Alibi", sagt Bertschi.

Eine heftige Diskussion entbrennt.

Venetz meint, Zeiter scheide als Verdächtiger aus, weil er nicht der Kindsvater sei.

Emmer vertritt die Ansicht, Zeiter sei ein Charakterlump, aber kein Mörder. Ein so hervorragender Fotograf zerstöre doch nicht seine eigene Karriere.

Wenn die Petrovic dafür gesorgt hat, dass Zeiters Aufträge als Fotograf stagnieren, wäre das ein Motiv für einen Mord, wirft Hunziker ein.

Mich interessiert der Hinweis, Zeiter habe etwas gegen die Petrovic in der Hand", sagt Beta.

Bertschi winkt ab. Eine Frau wie die Petrovic habe sich nichts gefallen lassen. Eher hätte sie Zeiter ermordet, als er sie.

Pünktlich um zehn meldet das Sekretariat, dass Zeiter in Vernehmungsraum eins sitze.

Die Begrüßung fällt kühl aus.

„Haben Sie sich nochmals mit Frau Moreno unterhalten?", leitet Beta das Gespräch ein.

„Warum sollte ich? Die Sache ist gelaufen."

„Können Sie nicht Ihre Kontakte anzapfen? Es wird doch jemanden geben, der sich für Sie stark macht", regt Bertschi an.

„Das habe ich auch gemeint. Man reißt sich in den Redaktionen um meine Bilder. Aber wenn sich zwei Frauen zusammentun, um einen Mann auszubooten, hat er verdammt schlechte Karten."

„Im Prinzip ja. Aber Ihr Fall ist ein besonderer. Ich schätze, Sie sind beliebt bei Ihren weiblichen Kollegen. Da lässt sich doch der Hebel ansetzen."

Prompt reagiert Zeiter auf Bertschis Schmeichelei.

„Damit hab ich eigentlich gerechnet", feixt Zeiter. „Aber die Petrovic ist nicht eingeknickt. Sie zog ihr Programm knallhart durch und hetzte die andern gegen mich auf, bis die Moreno mich fallen ließ. Frau Petrovic war schon immer ein harter Brocken. Wenn die jemanden aufs Korn nahm, ließ sie nicht locker, bis das Opfer zur Strecke gebracht war. So war ihr journalistischer Stil, und so funktionierte sie auch privat. Die Frau hat keine Gnade gekannt."

„Warum wollte Frau Petrovic Ihnen schaden?", erkundigt sich Beta.

„Weil sie bei mir auf der ganzen Linie keine Chance hatte. Zuerst sang sie die Oper von der Schwangerschaft. Damals wusste ich noch nicht, dass sie mich als potentiellen Vater missbrauchte. Okay, ich war bereit für Unterhaltszahlungen. Dann aber wollte sie noch mehr. Sie wollte mit mir zusammenwohnen. Da rastete ich aus. Ich hatte keine Lust auf Kleinfamilie, und ich wollte nicht als Babysitter verwendet werden. Abgesehen davon hab ich das Interesse an ihr verloren, und so etwas verzeiht keine Frau. Sie hat sich revanchiert, indem sie mich beruflich ins Aus manövrierte."

Bertschi schüttelt zweifelnd den Kopf. „Das glaub ich nicht. Wenn eine Frau Unterhalt für ihr Kind fordert, dreht sie dem Mann nicht den Geldhahn zu."

„Sie haben keinen blassen Dunst, wie die Petrovic gestrickt war. In ihrem Hass mähte sie erbarmungslos alles nieder, und es war ihr egal, ob sie sich damit selbst schadete."

„Frau Petrovic hat es Ihnen also heimgezahlt, dass Sie sie stehengelassen haben. Ziemlich heftig, was sie da ausgeheckt hat. Und Sie? Wie haben Sie sich gerächt?" Beta fixiert Zeiter. „Sie hatten doch sicher auch eine schlaue Idee. An Fantasie mangelt es Ihnen nicht. An Bosheit auch nicht."

Zeiter reagiert nicht, seine Gedanken kreisen um die berufliche Niederlage. Mürrisch entgegnet er: „Ich habe sie ins Leere laufen lassen."

„Der Auftrag am Wirtschaftsgipfel hätte Sie in die erste Liga der Fotografen katapultiert. Nun haben Sie weniger als nichts in der Hand. Die Chance ist vertan. Frau Petrovic hat Sie brutal zur Seite gedrängt. Sie hat es geschafft, die Kollegen gegen Sie aufzuhetzen. Warum hat sich niemand für Sie eingesetzt? Warum hat niemand auf Ihre großartigen Fotos verwiesen? Ehrlich gestanden, bin ich erstaunt. Ich frage mich, ob die Qualität Ihrer Fotos vielleicht doch zu wünschen übriglässt. Glauben vielleicht nur Sie, dass Sie ein As sind in Ihrem Beruf?"

Aus Zeiters Gesicht weicht alle Farbe. Er springt auf und drischt mit der Faust auf die Tischplatte. Das Aufnahmegerät weicht ein Stück zurück. Filzstifte hüpfen hoch, einer rollt bis zum Tischrand und stürzt ab. Beta ist erleichtert, dass kein Glas zu Bruch gegangen ist.

Zeiter wirft Bertschi einen drohenden Blick zu. „Wagen Sie nie mehr, mich zu beleidigen."

„Ich habe bloß gefragt, denn ich will herausfinden, was sich wirklich zugetragen hat. Sie hatten eine unbändige Wut auf Frau Petrovic, und deshalb musste sie sterben."

„Mir können Sie keinen Mord in die Schuhe schieben, ich war in der Mordnacht bei Uschi."

„Ja, aber Uschi hat gestanden, dass sie in dieser Nacht verladen war. Sie erinnert sich an nichts ab zehn Uhr abends. Frau Petrovic ist zwischen zwei und drei Uhr morgens getötet worden, da nützt Ihnen diese Uschi nichts."

„Mich kriegen Sie nicht klein."

„Es handelt sich hier um die Aufklärung eines Mordfalls, und Sie sind zu konstruktiver Mitarbeit verpflichtet", meint Bertschi gleichmütig. „Es gibt da noch etwas, worin Sie verwickelt sind. Uns liegt der Tatbestand einer Erpressung vor, und dafür haben wir Zeugen."

Zeiter verlegt sich aufs Schweigen. Das einzige Geräusch kommt vom alten Aufnahmegerät, dessen Band beim Spulen röchelt.

„Sie haben Frau Petrovic bedroht."

Zeiters Augen blitzen auf. „Meinen Sie den Deal? Ich hab ihr vorgeschlagen, sie solle auf den Unterhalt fürs Kind verzichten. Im Gegenzug würde ich ihre weiße Wäsche nicht beschmutzen.

Sie hat Steuern hinterzogen."

„Woher haben Sie die Information?"

„Von einem Journalisten. Die Petrovic hat ihm erklärt, wie man die Steuerbehörde austrickst. Daraufhin hat der Mann einen Blick auf ihre Steuererklärungen geworfen."

Zeiter kramt in einer Kiste, und fördert einen Packen

Blätter zutage. „Da sind die Unterlagen, die können Sie gern mitnehmen."

Beta gibt Bertschi ein Zeichen. „Wir machen eine kurze Pause, bitte bleiben Sie im Raum."

Draußen im Flur, vor einem Fenster, steht ein kleiner Tisch mit Stühlen. Gemeinsam beugen sie sich über die Fotokopien der letzten drei Steuererklärungen. Die zu bezahlenden Steuern betragen knapp 2000 Franken im Jahr. Bei einem Einkommen von 80 000 Franken zahlt man wesentlich mehr, auch wenn man noch so viel Abzüge in Rechnung stellt.

„Alles getürkt", stellt Beta fest. „Die Frau wäre früher oder später aufgeflogen. Sie wusste, dass ihr guter Ruf auf dem Spiel steht, und machte es trotzdem. Wollte sie testen, wie weit sie gehen kann? Liebte sie das Risiko?

„Kinder machen das auch", wirft Bertschi ein.

„Hat sie das nicht schon mit Furrer in Bern praktiziert, und musste schließlich nach Indien fliehen? Und hat sie nicht auch ausgelotet, wie viel Zeiter verträgt? Oder Hakala?"

„Ich verstehe nicht, wie diese Frau tickt. Die Menschen rund um sie behaupten, dass sie sich der Wahrheit, der Ehrlichkeit und Gerechtigkeit verpflichtet fühlt, und dann stoßen wir auf diesen ganz gewöhnlichen Betrug. Die Petrovic hat bei der Wahrheit zweierlei Maß angewendet, eines für sich, und eines für die andern. Welche Erklärung hält denn die Psychologie dafür bereit?"

„Es gibt nur eine Deutung: das war ihr nicht bewusst."

„Wie bitte? Das musst du mir aber ausführlich erklären."

Beta beginnt zu lachen. „Mach keinen Aufstand! Alles deutet darauf hin, dass die Petrovic eine unfreie

Kindheit erlebt hat. Der liebevolle Vater dirigierte sie in die Richtung, die er für sie vorsah. Und die Mutter erwähnte mit keinem Wort, warum sie immer schwächer wurde. Das Kind sollte die Welt so erfahren, wie sie sich die Eltern erträumt hatten. Das, was sich bei der Petrovic manifestiert, ist das Resultat von Beeinflussung. Wenn Eltern oder Lehrer ein Kind manipulieren, wird ihm langsam, aber sicher das eigene Denken und Fühlen ausgetrieben. Stell dir vor, ein Kind klagt über Ohrenschmerzen, und die Mutter sagt, es solle aufhören zu jammern, mit den Ohren sei alles in Ordnung. Notgedrungen orientiert sich das Kind an dem, was man ihm sagt, und gerät dann in ein Dilemma. Die Mutter hat recht und es selbst liegt falsch, obwohl es noch immer Schmerzen hat. Die Folge davon ist, dass das Kind seinen Gefühlen und Überlegungen nicht mehr traut. Es verliert den Kontakt zu seinem Innern und driftet ab in Verunsicherung. Es ist durchaus denkbar, dass sich die Petrovic, völlig irrational, am Tod ihrer Mutter schuldig fühlte, weil sie das Zimmer nicht …"

Ein leises Schniefen lässt Bertschi hochblicken. „Was hast du?", fragt er.

Beta schüttelt den Kopf, und fingert ein Taschentuch aus den Jeans. Im Nu hat sie sich wieder im Griff. „Sorry, weiter geht's. Was machen wir mit Zeiter?"

„Was schon! Er ist nicht der Vater, und vermutlich nicht der Mörder. Wir lassen ihn gehen. Ich erledige das. Gönn du dir zehn Minuten im blauen Salon, und vergiss die Mutter."

☙

Als Beta im Büro auftaucht, sitzen Bertschi und Emmer wieder in der Sitzecke, in der gleichen Anordnung wie vor einer Stunde. Sie schüttelt den Kopf und zwinkert mit den Augen.

„Stimmt etwas nicht?"

„Es kommt mir vor, als habe die Zeit einen Salto rückwärts gemacht."

Beta gesellt sich zu den Kollegen und lauscht Emmer, der Zeiters Alibi überprüft hat. Es gibt ab Mitternacht keinen Zeugen, der Zeiter gesehen hat. Und was Petrovic betrifft, so hat er sich nicht an seiner Tochter vergangen."

„Wie hat er ihre Schwangerschaft aufgenommen?"

„Er war wie vom Donner gerührt. Natürlich wollte er wissen, wer der Vater ist. Das Rätsel sei noch nicht gelöst, hab ich geantwortet. Danach sprach er kein Wort mehr. Er zog sich in sich selbst zurück und schloss die Augen. Unter seinen Lidern sammelten sich Tränen und rannen ihm über die Wangen. Er wischte sie nicht weg, sie tropften zu Boden. Ich spürte, dass er allein sein wollte, und verließ die Wohnung."

„Die Küche der Petrovic", murmelt Beta, und wirft einen Blick auf die Uhr. Bevor die weißen Männer ins Wochenende abschwirren, sollen sie noch die Lebensmittel der Petrovic überprüfen." Sie drückt die Taste für den Spurendienst und erteilt den Auftrag.

„Ich habe Hunger. Wie wär's mit Pizza?", erkundigt sich Bertschi. Beta antwortet, indem sie drei Finger hochhebt, und Emmer macht es ihr nach.

Als Hunziker das Büro betritt, telefonieren beide Kommissare. Bertschi diskutiert über die Pressekonferenz am Vortag. Er siezt den Gesprächspartner, und seine Worte beschreiben sachlich das Treffen mit den Reportern. Hunziker rätselt, ob er sich mit einem Journalisten unterhält.

„Das Echo der Medienvertreter war positiv. Wir haben konkrete Informationen geliefert, soweit das überhaupt möglich war." Dann hört Bertschi eine Weile schweigend zu, um schließlich zu bestätigen: „Ja, die Sache ging problemlos über die Bühne. Wir haben uns gut ergänzt." Während er wieder lauscht, lächelt er Hunziker zu. Seine Lippen formen lautlos 'Kost'. Nach ein paar Minuten beendet der Chef endlich das Gespräch.

„Bon giorno, come va", begrüßt Bertschi seinen Kollegen.

„Ich würde ja gern in der gleichen Sprache antworten, aber ich kann nur gerade so viel wie mein Schwager. Wenn man ihn fragt, ob er italienisch kann, antwortet er 'si claro saprista maledetti mamma mia lamborghini spaghetti porca miseria stuzzicadenti madonna'.

Bertschi staunt nicht schlecht. „Wow, in welchem Tempo und wie leichtfüßig kommt das daher! Du klingst wie ein Italiener, der von seinem Auto schwärmt. Die Melodie stimmt und die Dramatik auch."

Beta, die ihre Plauderei mit Burger vom Spurendienst beendet hat, fordert Hunziker auf, den Satz zu wiederholen. Hunziker rattert ihn ohne zu stocken nochmals herunter.

„Hat er wirklich kein Wort ausgelassen?" Skeptisch wendet sich Beta an Bertschi. Der zuckt mit den Achseln, während Hunziker den gleichen Spruch nochmals vom Stapel lässt und stolz hinzufügt: „Mein Sohn kann genauso gut italienisch wie ich." Nach einer Sekunde brechen alle in Lachen aus.

In diesem Moment klopft es. Der Pizzalieferant betritt den Raum mit einem gut gelaunten 'bon giorno'. Das ist zu viel für die drei Kriminalbeamten. Sie wiehern und grölen, und zwischendrin versucht Beta, dem Italiener zu erklären, er möge ihr Benehmen entschuldigen. Man lache nicht über ihn. Den Pizza-Lieferanten stört das Gelächter nicht. Ihm gefallen die komischen

Polizisten. Bertschi lässt sich nicht lumpen und spendiert dem Mann ein großzügiges Trinkgeld.

Während die andern essen, berichtet Hunziker über das Treffen mit Furrer und übergibt den Stick, der noch mit dem in der Wohnung der Petrovic abgeglichen werden muss.

Wo denn Venetz sei, erkundigt sich Beta. Der befinde sich bereits mit der Speichelprobe im Labor, erklärt Hunziker, und wenn nichts dagegen spreche, würde er jetzt beim Vietnamesen um die Ecke einkehren.

„Um 14 Uhr hier im Büro?" Bertschis Vorschlag wird akzeptiert.

Er zieht seine Pizza aus der Schachtel und schneidet ein Stück ab, als er Beta mit vollem Mund schimpfen hört. Das sei die vier!

„Du hast die mit den Sardellen bestellt."

„Ja, und was hab ich gekriegt? Eine trockene Pizza mit rot gefärbter Salami."

„Saprista maledetti", stöhnt Bertschi, und stellt selbstkritisch fest, Wortschatz und Akzent seien noch verbesserungswürdig.

∞

Kurz nach zwei verlässt Bertschi den Polizeiabschnitt Bümpliz und geht raschen Schritts zu seinem Auto. Er sei in 15 Minuten im Büro, meldet er Beta. Die antwortet, er müsse sich nicht abhetzen, sie alle hätten genug zu tun. Der dichte Verkehr erfordert alle Geduld von ihm. Bertschi reiht sich in die Kolonne ein, die sich nur zögerlich vorwärts bewegt.

Er beginnt zu summen. Auf einmal fallen ihm Worte zu. 'Je t'aime depuis toujours, et je viens seulement te dire, je t'aime pour longtemps encore …' Wenn Florian ihn jetzt hören könnte, würde er nie mehr an seiner

Liebe zweifeln. In seinem Gefühlsrausch streift Bertschi auf dem Weg zur Tiefgarage beinahe die Wand.

Als er das Büro betritt, unterbrechen drei Männer und eine Frau ihre Lektüre.

„Du wirst es nicht glauben", beginnt sie und nickt Venetz lehrerhaft zu. Großes Schweigen. Venetz kratzt sich verlegen am Hals, und Bertschi erlöst ihn, indem er sagt: „Das war doch zu erwarten."

Im gleichen Moment beginnen alle zu reden, bis Beta sich Gehör verschafft. „Wir haben eine neue Ausgangslage."

„Nicht im Geringsten" widerspricht Bertschi. „Der Test sagt uns bloß, dass Furrer nicht der Kindsvater ist, genau so wenig wie Hakala, Hänny und Zeiter. Trotzdem gehe ich nach wie vor von einer Beziehungstat aus. Die Petrovic hat mit den Gefühlen dieser Männer gespielt und hat sie mehr oder weniger frustriert zurückgelassen. Wenn das nicht eine explosive Mischung ist!"

„Du hast den Vater vergessen", mahnt Emmer. „Allerdings hat der eine andere Position als die anderen vier Männer. Die Beziehung zwischen ihm und seiner Tochter war innig. Fast möchte ich sagen, sie war heilig. Die Querelen bezüglich Hakala und Furrer tangierten ihre Liebe zueinander nicht."

„Willst du damit andeuten, dass wir diese absolute Liebe unter die Lupe nehmen sollten?"

„Die Speichelprobe war doch negativ."

„Das schließt eine inzestuöse Beziehung nicht aus."

„Aber nein, da befinden wir uns auf dem falschen Dampfer." Emmer sucht fieberhaft nach einem Argument. „Petrovic ist ein moralischer Mensch, an den das Leben große Herausforderungen gestellt hat. Er war mit den Vergewaltigungen seiner Frau konfrontiert, mit diesem Nichtsnutz von Hakala und mit der Tatsache, dass seine Tochter Furrers Ehe zerstört hat."

„Du hast mit ihm am meisten zu tun gehabt. Ist er tatsächlich der edle Charakter? Keine Bedenken? Kein Argwohn?"

Niemand stört die eintretende Stille. Schließlich schüttelt Emmer den Kopf. „Weder auf der Arbeit noch in seinem Wohnquartier redet man schlecht über ihn. Man schätzt ihn als Streitschlichter. Er ist ein Menschenfreund."

„Um sicher zu gehen, werden wir seine Vergangenheit in Jagodina checken", beschließt Beta. „Emmer, du kümmerst dich darum. Und jetzt zurück zur Petrovic. Wir wissen noch immer nicht, von wem sie schwanger war. Mit welchem Mann könnte sich diese Frau noch eingelassen haben? Fallt euch jemand ein?"

„Vielleicht war sie Kundin bei der Samenbank." Betas Unmutsfalten bringen Venetz sofort zum Schweigen.

„Irgendjemand muss doch ihre Geschichte kennen. Garantiert hat sie einer Person ihres Vertrauens gestanden, wer der Kindsvater ist. Ihre Freundin Rita Kuonen müsste es wissen, oder Hänni oder Furrer. Oder ihr Vater, auch wenn er behauptet, er habe von der Schwangerschaft nichts gewusst."

Beta steht auf. „Gut. Dann befragen wir jetzt sofort diese Personen. Du Hunziker …"

„Einen Moment", bremst Bertschi den Aktionismus seiner Kollegin. „Wenn wir ein Resultat erzielen wollen, brauchen wir eine Strategie. Angenommen, die Petrovic hat sich etwas zu Schulden kommen lassen, und vertraute sich einer Person an, unter der Bedingung, nichts zu verraten. Dann stellt sich mir jetzt die Frage, warum dieses Versprechen über den Tod der Petrovic hinaus gilt."

„Man schweigt, um eine Person zu schützen. Oder um Schaden abzuwenden. Stellt euch vor, der Kindsvater wäre Pfarrer."

„Oder ein Jugendlicher aus Bethlehem. Die Petrovic kannte doch den Rapper Lastcall, und um den scharen sich Jungs, die keine Sechzehn sind."

„Du meinst, sie hatte eine Affäre mit einem Minderjährigen?"

„Und was, wenn der Mord an der Petrovic mit der Vergangenheit ihrer Eltern zu tun hat? Mich irritiert die Tatsache, dass die Mutter zweimal vom gleichen Mann vergewaltigt wurde. Ist es bloß ein absurder Zufall, oder hat es damit zu tun, dass er Kroate ist und sie Serbin?"

„Vergewaltigung als Machtinstrument, das war im Krieg ein gängiges Muster."

„Das war kein normaler Mord, wie die Petrovic umgebracht wurde. Da wurde Lynchjustiz verübt."

„So wie neulich am arabischen Busfahrer in Jerusalem", platzt Emmer dazwischen.

Betas Wutpegel schnellt in die Höhe. Warum kann der vermaledeite Kerl nicht einfach schweigen?

Der Gedankenfluss stockt. Schließlich fügt Bertschi hinzu: „Mir will der Kroate nicht aus dem Kopf. Gibt es nach der ersten Vergewaltigung der Mutter etwas, was zur zweiten Vergewaltigung geführt hat? Warum wollte die Petrovic diesen Kerl mit seinen illegalen Machenschaften ans Messer liefern? Um ihre Mutter zu rächen? Ich will diesen Milenkovic kennenlernen."

Beta zögert einen Moment, bevor sie abwinkt. Das sei verfrüht.

„Okay. Aber ich werde mich mit dem Polizeiposten Bümpliz kurzschließen. Vielleicht erfahre ich dort etwas, was uns weiterhilft."

Und dann wird plötzlich alles konkret. Beta zeigt auf

Hunziker: „Ich möchte, dass du dich mit Petrovic befasst. Vielleicht bringst du in ihm eine andere Seite zum Klingen." Dann wendet sie sich an Emmer: „Diese Entscheidung ist eine Frage der Taktik. Sie hat nichts mit dir zu tun. Dich brauche ich für Informationen aus Ex-Jugoslawien. Du sprichst doch serbisch und kroatisch, oder?"

Emmer reißt die Augen auf und antwortet beflissen: „Leider nur albanisch." Alle staunen über die unerwartete Schlagfertigkeit des Kollegen. Der Mann ist gar nicht so ohne.

„Nun zu Rita Kuonen. Vielleicht löst sie unser Rätsel. Hast du Zugang zu ihr?", fragt sie Venetz.

Das bejaht Venetz. Die Kuonen sei eine geradlinige Person, die wisse, wann man die Karten auf den Tisch legen müsse. Sie sei eine Frau, die keine Spielchen mache.

„Stimmt, aber sie ist auch eine Journalistin, die weiß, wann man schweigt. Am besten knackt man sie mit guten Argumenten."

„Die werde ich haben", erwidert Venetz selbstbewusst, und Beta hofft, dass er sich nicht überhebt.

„Bleibt noch Hänny. Den übernehme ich. Und du", Beta zeigt auf Bertschi. „Auf dich wartet der Polizeiposten Bümpliz." „Moment", sagt Hunziker. „Mir fällt ein Nachtrag zu Furrer ein. Er genießt einen guten Ruf in seinem Job. Er sei besonnen und klug, behauptet man. Aber privat steckt er in einem heftigen Gefühlschaos. Der ist wie ein Schilfrohr im Wind." Hunziker schaukelt mit dem Oberkörper hin und her.

☙

Bertschi und Dienststellenleiter Schorner beugen sich über die Landkarte der Gemeinde Bümpliz. Mit einem Kugelschreiber fährt Schorner einer dünnen roten

Linie nach. „Das ist die Forststraße oberhalb vom Tscharnergut. Sie schlängelt sich durch einen prächtigen Wald. Der Wanderer sieht nicht hinunter auf die Stadt, auch nicht auf die Hochhäuser. Die Bäume bieten Blickschutz und fressen obendrein den Straßenlärm. Es ist, als wolle sich die Zivilisation verstecken. Vielleicht aber trifft es eher zu, dass die Menschen unten im Quartier nicht wissen wollen, was sich dort oben abspielt. Die Forststraße ist ein idyllischer Ort, um Energie zu tanken. Trotzdem wird diese Straße gemieden, denn dort befindet sich der Umschlagplatz für Drogen und Sex. Das Business liegt fest in der Hand von Ex-Jugoslawen. In Polizeikreisen spricht man von einer Clique namens Büma.“

„Noch nie gehört, und warum Büma?“

„Jede kriminelle Gruppierung erhält von uns als Kennzeichen einen Namen. Die erste Silbe weist auf den Ort, in diesem Fall Bümpliz, die zweite auf die mafiöse Struktur.“

„Haben Sie einmal an einer Kontrolle auf der Forststraße teilgenommen?“

„Ja. Leider befindet sich die Straße in schlechtem Zustand. Schlaglöcher und Wasserrinnen erschweren die Fahrt, und selbst mit Vierradantrieb kommt man nur langsam vorwärts. Außerdem muss man Steine und Äste aus dem Weg räumen, die extra für uns hingelegt werden. Diese Arbeit erledigen ein paar Jungs, denen dieser Job Spaß macht, und die sich nebenbei ihr Taschengeld verdienen. Biegt eine Streife auf die Forststraße ab, werden die Bosse und die Jungs per Handy informiert. Wenn wir dann endlich am Umschlagplatz eintreffen, ist niemand da.“

„Und wenn Ihr aus beiden Richtungen anrückt und sie einkesselt?“

Schorner zieht die rechte Augenbraue hoch: „So eine Idee hatten sogar wir. Alles war minutiös geplant. Zwei Einsatzwagen, acht Polizisten, die grüne Minna startbereit. Wir waren von unserer Mission überzeugt und sahen uns schon als Helden von Bethlehem. Wir würden ein paar dicke Fische an Land ziehen. Als wir endlich den Tatort erreichten, stießen wir auf zwei Geländewagen mit offenen Türen und fünf Typen, die lässig miteinander plauderten. Wir Bullen in unseren Uniformen kamen uns vor, als störten wir einen Familienausflug. Die Männer blieben auch dann noch freundlich, als wir sie durchsuchten. Wir zerlegten ihre Autos und fanden nicht mehr als ein paar Zigaretten. Keine Drogen, keine dicken Brieftaschen. Allerdings viele Spaziergänger. Da tummelten sich Pärchen und Männer jeden Alters, Kindfrauen kicherten, und junge Jungs machten auf cool und ihre Mienen zeugten von einschlägigen Erfahrungen. Wir filzten viele, aber wir fanden weniger als nichts. Die, die das Sagen haben, sind gut organisiert. Sie verfügen über ein ausgeklügeltes System, um heiße Ware verschwinden zu lassen. Über Polizeikontrollen lachen sie, die verursachen ihnen kein Bauchweh. Selbst Spürhunde richten nichts aus. Es ist, als gäbe es keine Drogen. Alle von uns in Bümpliz hassen die Überprüfung der Forststraße, weil wir kein Werkzeug besitzen, das Erfolg im Kampf gegen die Büma verspricht. Und wer will schon der Halbschuh der Nation sein und sich verspotten lassen!"

„Mit einer groß angelegten Razzia könnte man die Büma garantiert zerschlagen."

„Der Meinung sind wir in Bümpliz auch. Aber sie wird und wird nicht durchgeführt."

„Frau Petrovic hat in ihrem Artikel der Polizei vorgeworfen, dass abends keine Streife durch Bümpliz fahre. Hat sie recht damit?"

„Ach wissen Sie, Frau Petrovic war, verzeihen Sie den Ausdruck, ein scharfer Hund. Aber in der Sache hatte sie, das muss ich zugeben, in vielem recht. Wenn es um Ausländer geht, will sich unser Chef die Hände nicht verbrennen. Es ist doch politisch gewollt, dass man wartet, bis es zu einer Tragödie kommt, nur um wieder ein paar Einwanderer abschieben zu können. Wahrscheinlich hat jemand aus dem Umfeld der Büma die Journalistin gehenkt, weil sie das Business gefährdete. „Oder" - der Polizist lacht auf, aber es ist kein unbeschwertes Lachen, sondern ein bitteres - „ein währschafter Berner hat den Mord in Auftrag gegeben, weil er sich vor der Petrovic fürchtete."

Schorner blättert die Observationen der Petrovic im PC durch. „Hier, sehen Sie." Er markiert zwei Namen.

„Diese Herren verkehren auf der Forststraße, das ist auch uns aufgefallen. Aber richtigen Nutzen ziehen wir erst aus den Notizen von Frau Petrovic. Denn sie hält Datum und Zeit fest und sieht, was sich abspielt. Es handelt sich um Kinderprostitution."

„Ort der Begegnung ist der Geländewagen", liest Bertschi halblaut. Er richtet sich auf. „Ehrenwerte Bürger und Väter mit eigenen Kindern! Für die ist das Leben ein Maskenlauf."

„Nicht ewig. Irgendwann kommen solche Geschichten an den Tag", ist Schorner überzeugt.

„Kennen Sie einen Mann namens Milenkovic? Der Kroate lebt mit seiner Familie in Bethlehem."

Schorner verdreht die Augen. „Klar. Der Mann ist zwar ein unguter Kerl, aber er bereitet uns keine Probleme. Mit seinen Söhnen dagegen haben wir ständig zu tun. Der ältere ist 17, der jüngere 14, ihr Spielplatz ist die KrimMall. Drogen. Daneben organisieren sie den

Nachschub Minderjähriger für pädophile Kunden."

„Sie jobben als Zuhälter", stellt Bertschi fest.

„Die Jungs räumen ab, wo sie können."

„Ist der Rapper Lastcall auch dort oben unterwegs?"

„Nein, der treibt sich in dieser Gegend nicht herum."

Die beiden Polizisten schweigen. Schließlich sagt Bertschi: „Frau Petrovic kannte Lastcall, und sie wusste Bescheid über die Milenkovic-Söhne. Mit welchen Jugendlichen hatte sie noch zu tun?"

„Vor dem Artikel war sie die bewunderte Frau, mit der halb Bethlehem im Kontakt stand. Nach Erscheinen der Reportage wollte niemand mehr etwas mit ihr zu tun haben."

„Frau Petrovic wurde am Montagabend kurz vor ihrem Tod in Bethlehem gesehen. Können Sie die Aussage bestätigen?"

„Nein, im Bericht der Streife findet sich kein Hinweis."

„Sind Ihre Beamten darüber informiert, dass wir nach Temuu Hakala fahnden?"

„Selbstverständlich. Zudem wurde jeder Polizist mit einem Foto von Hakala ausgerüstet."

Bertschi nickt und erhebt sich. „Wir werden ihn kriegen."

Schorner zieht den Stick aus dem PC und wiegt ihn in der Hand. „Wir verfügen plötzlich über einen Bericht mit präzisen Angaben. Der Stick ist Gold wert für uns. Ich denke, nun kommt ein Stein ins Rollen. Was heißt ein Stein", verbessert er, „eine Steinlawine wird dieses Dokument auslösen."

„Nur zu Ihrer Information", unterbricht Bertschi die Euphorie seinen Gegenübers, „eine Kopie davon liegt bei uns. Sobald der Fall geklärt ist, werden wir einem Reporter Einblick ins Manuskript gewähren."

Schorner stutzt. „Das wird ein paar hohen Tieren nicht gefallen." Ein maliziöses Lächeln begleitet seine Worte.

„Meinen Sie? Ich bitte Sie, die Notizen als geheim zu betrachten, bis der Mörder gefasst ist."

☙

Das Smartphone spielt die ersten Takte des Songs 'Griechischer Wein'. Frau Hänny wirft einen Blick auf das Display. Die Nummer kennt sie nicht. Sie stellt sich darauf ein, den Anrufer abzuwimmeln. Umfragen zur Ergänzungsernährung nerven sie genauso wie günstige Angebote für Weine aus Serbien. Und überhaupt, woher beziehen die Firmen ihren Namen? Warum wissen sie, dass sie L-Lycin nimmt? Oder dass sie vor kurzem sechs Flaschen serbischen Riesling gekauft hat, und zwar aus dem Weinanbaugebiet Zupa, wo während der Erntezeit aus einem Brunnen drei Tage lang kostenloser Wein fließt? Ihr Sohn behauptet, das habe mit der Vernetzung zu tun. Der gläserne Mensch sei halt das Kind der Digitalisierung. Sie selbst ist überzeugt, es handle sich gezielt um Überwachung. Die vom Geheimdienst im damaligen Jugoslawien haben auch alles gewusst.

„Ja", meldet sich Frau Hänny harsch.

Emmer erschrickt. Hat er sie gestört? Er entschuldigt sich blumig, bis das Besetztzeichen ertönt. Verunsichert starrt er den Hörer an. Soll er auf Wahlwiederholung drücken? Das macht keinen Sinn, entscheidet er. Die Frau wird das Klingeln des Telefons ignorieren. Nach einer Weile kommt ihm eine zündende Idee. Wozu gibt es eine Sekretärin im Kommissariat? Und wirklich, keine drei Minuten später meldet sie ihm, Frau Hänny sei am Apparat.

Freundlich stellt Emmer sich vor und erklärt sein Anliegen. Er sammle im Mordfall Petrovic

182

Hintergrundinformationen und habe dazu ein paar Fragen. Ob er rasch vorbeikommen könne.

Als es läutet, zupft Frau Hänny an ihren Dauerwellen, bevor sie die Tür öffnet. Sie lächelt Emmer zu und macht dann über seinen Kopf hinweg Faxen. Im gleichen Moment realisiert sie, dass Emmer sie beobachtet. Sie tritt zur Seite und bittet ihn in die Wohnung. Auf dem Weg ins Wohnzimmer erzählt sie von der Nachbarin, die durch den Spion linst, wenn es bei ihr läutet. Aus einem Reflex heraus antworte sie stets mit Grimassen. Emmer lacht: „Das nennt man nonverbale Kommunikation von Frau zu Frau."

Frau Hänny erwidert: „Das ist ihre einzige Möglichkeit, sie kann nämlich nicht Deutsch. Darum verzeihe ich ihr auch. Zuerst dachte ich, sie sei eine fremdenfeindliche Schweizerin."

„Tja, solche Modelle gibt es leider auch", sagt Emmer. „Leben Sie schon lange hier?"

„Seit 23 Jahren und es geht mir hier sehr gut. Um nichts auf der Welt zieht es mich nach Serbien zurück. Denk ich an das Land, in dem ich geboren bin, so denk ich an Krieg." Frau Hännys Worte klingen endgültig. „Traumatische Erlebnisse muss man verdrängen, wenn man nicht untergehen will", fügt sie hinzu. Emmer hütet sich, das Thema zu vertiefen, und begibt sich in seichtes Gewässer. „Schön, dass Sie berndeutsch können, dann muss ich mich nicht mit dem schriftdeutsch abquälen." Emmer besinnt sich auf den Grund seines Kommens: „Haben Sie Kontakt mit Ihren Landsleuten aus Serbien?"

„Mit einigen schon. Doch meistens bin ich mit Schweizern zusammen. Hierzulande genießen die Serben keinen guten Ruf. Dabei waren sie in den 60er Jahren gesuchte Arbeitskräfte, und ihre Integration verlief problemlos. Aber mit dem Krieg veränderte sich alles. Damals flohen viele Serben in die Schweiz, und neben den Asylsuchenden kamen auch eine Menge Arbeitslose und Straftäter ins Land."

Emmer nickt. „In der Folge entstanden Ghettos mit Sozialhilfebezügern und Schulabbrechern." „Genau. Und ich habe hautnah erfahren, was das Leben im Ghetto bedeutet. Diese Menschen bleiben unter sich. Ihr Alltag wird von Gewalt beherrscht, und an einer geregelten Arbeit haben sie kein Interesse. Sie wollen schnelles Geld, und deshalb blühen hier die illegalen Geschäfte.

Bethlehem ist ein klassisches Beispiel. Neulich hab ich gelesen, dass 41% der Einwohner in Bümpliz-Oberbottigen Migranten sind, sie stammen vor allem aus Südost- und Osteuropa."

„Kennen Sie Herrn Petrovic?"

„Nein, aber er ist mir nicht fremd, weil ich mich manchmal mit Frau Petrovic traf, und sie mir von ihm erzählte. Aber das ist Jahre her."

„Wie hat sie von ihm geredet?"

„Sie bewunderte sein Verständnis und seine unendliche Geduld. Selbst in der schwierigsten Etappe ihres Lebens stand er ihr treu zur Seite. Ich schätze, er ist ein gütiger Mensch."

„Aber er ist auch Serbe, und die Serben haben im Krieg eine Spur des Schreckens in Kroatien hinterlassen. Sie mordeten, vergewaltigten, entführten und misshandelten Tausende von Kroaten. Andrerseits wurde Kroatien wegen des Todes und der Vertreibung Tausender von Serben verklagt.

Kann es sein, dass Petrovic als Serbe in Vukovar Schuld auf sich geladen hat?"

„Mir ist nie etwas in der Art zu Ohren gekommen."

Die Erinnerung an vergangene Gräueltaten scheint Frau Hänny nicht zu behagen. Emmer will sie nicht unnötig belasten, und schneidet ein anderes Problem an.

„Hat Frau Petrovic Sie bezüglich der Vergewaltigung ins Vertrauen gezogen?"

„In den ersten Wochen danach nicht. Sie verkroch sich buchstäblich, und ließ niemanden an sich heran. Als ich sie endlich besuchen durfte, fielen wir uns in die Arme. Wir wehklagten und wiegten uns, wir wischten uns gegenseitig die Tränen weg, und wir wussten im Innern, dass Gewalt gegen Frauen nie ein Ende haben wird."

Frau Hänny stellt sich ans Fenster und schaut blicklos in die Ferne. „Damals glaubte Jana Petrovic noch, dass ihre Anklage den Täter zu Fall bringen würde. Doch je länger sich das Verfahren hinzog, desto mehr verlor sie den Mut, und am Ende verlor sie den Prozess."

Langsam dreht sich Frau Hänny um, und fixiert Emmer. In ihren Augen liest er eine Skala von Gefühlen, in erster Linie aber jenes der Machtlosigkeit. „Das Gericht sprach Milenkovic frei, und verurteilte damit Jana Petrovic zum Tod. Von da an vertrat sie nämlich die Meinung, es lohne sich nicht, zu kämpfen. Sie gab auf, und starb daran."

Eine Weile lang stockt das Gespräch. Schließlich nimmt Emmer das Gespräch wieder auf. „Milenkovic kommt aus Vukovar, und das liegt unweit von Osijek, der Heimatstadt von Jana Petrovic. Haben sich die beiden aus Jugoslawien gekannt?"

„Nein, jedenfalls nicht bewusst. Allerdings hielt sich Milenkovic eine Weile in Osijek auf, und vergewaltigte dort reihenweise serbische Frauen, angeblich, um die Gewaltverbrechen der Serben an den Kroaten zu rächen. In Wirklichkeit aber ging es ihm darum, den gesetzlosen Raum ungestraft zu nutzen. Dieser brutale Mensch profitierte schlicht vom Chaos der Nachkriegszeit. Eines seiner Opfer war die Schülerin Jana. Die beiden hatten sich nie zuvor gesehen, und trafen auch danach nicht mehr aufeinander. Dann heiratete diese Jana einen Mann namens Petrovic und bekam ein Kind. Später wanderte die Familie Petrovic aus, und ließ sich hier in Bethlehem nieder. Eines Abends kehrte Frau Petrovic nach der Arbeit heim. Es war dunkel, die Straße menschenleer. Ein breitschultriger Kerl sprang aus der Toreinfahrt und drückte sie gegen die Wand. Frau Petrovic erkannte den Mann sofort wieder, es war Milenkovic, der Peiniger aus Osijek. Er bedrohte sie mit einem Messer, vergewaltigte sie, und versicherte ihr, dass es nicht das letzte Mal gewesen sei."

„Moment", schaltet sich Emmer ein, „Frau Petrovic soll zweimal vom gleichen Mann vergewaltigt worden sein? Wenn dem so ist, warum hat sie das nicht erwähnt, als sie Milenkovic anzeigte? Ich bin in der Gerichtsakte auf keinen dementsprechenden Hinweis gestoßen."

„Frau Petrovic schwieg aus taktischen Gründen, weil sie die erste Vergewaltigung nicht beweisen konnte. Sie befürchtete, bei Gericht als hysterische Frau abgestempelt zu werden."

Fassungslos sitzt Emmer da. Manche Geschichten klingen wie schlechte Lügen. Man weigert sich, sie zu glauben. Auf einmal jedoch drängt sich Emmer die Frage auf, warum Petrovic diese grausame Geschichte verheimlicht hat. Emmer versteht die Welt nicht mehr.

„Hier im Quartier", fährt Frau Hänny fort, „zweifelt keiner daran, dass sich Milenkovic an Frau Petrovic vergangen hat. Aber über solche Sachen redet man nur hinter vorgehaltener Hand, und nie, wenn ein

Schweizer dabei ist. Milenkovic ist ein mächtiger Mann. Er hat Geld und eine Menge Fürsprecher. Besser, man macht sich diesen Mann nicht zum Feind."

Emmer fasst das kühle Lächeln der Frau Hänny als dezente Warnung auf. Sie weiß bestimmt nicht, dass die Ermordete sich mit den Machenschaften der Familie Milenkovic befasste, um sie zu Fall zu bringen.

„Kannten Sie die junge Frau Petrovic?"

Frau Hänny schüttelt den Kopf. „Sie war eine Frau aus der Generation meines Sohnes. Wir grüßten uns, aber für ein Gespräch fehlte der gemeinsame Nenner. Mein Sohn hat mir manchmal von ihr erzählt. Er war verliebt in sie." Frau Hänny holt tief Atem, und fährt mit einer Geste des Bedauerns fort: „Er kann bis heute nicht akzeptieren, dass sie seine Gefühle nicht erwiderte. Seit dem Mord an ihr ist er richtig durcheinander. Der Junge macht mir Sorgen."

Emmer spürt Frau Hännys Bedrückung. „Für Sie als Mutter ist es schwer, den eigenen Sohn leiden zu sehen, vor allem dann, wenn es keine Medizin für das Leiden gibt. Ich kenne das: man lässt sich fallen, und verliert die Lebensfreude. Doch irgendwann taucht man wieder auf."

Mit großen Augen lauscht Frau Hänny. Sie, die das Weinen längst eingestellt hat, begegnet plötzlich einem fremden Menschen, der die richtigen Worte wählt, um die Schwere des Lebens zu ertragen.

Nachdem sich Emmer verabschiedet hat, sprintet er die Treppen hinunter, um sich ein wenig Bewegung zu verschaffen. Es gefällt ihm, atemlos zu sein. Kaum auf der Straße, ruft er Hunziker an, der auf dem Weg zu Petrovic ist, und informiert ihn über das Gespräch mit Frau Hänny.

Ein neuer Auftrag von Bertschi erlaubt ihm, durch

die Straßen von Bethlehem zu schlendern. Ein Pärchen spaziert schweigend Hand in Hand. Mann und Frau tragen den gleichen Haarschnitt in Grau. Auf der anderen Straßenseite besetzen vier Musliminnen mit drei Kinderwägen den Gehsteig. Sie reden in einer Lautstärke, die Emmer vermuten lässt, dass sie wegen des Kopftuchs nicht gut hören. Beim Einkaufszentrum tummeln sich kreischende Teenies. Eine Mauer dient ihnen als imaginärer Laufsteg. Hüfteschwenkend schreiten sie hin und her, alle herausgeputzt, als stünde die Wahl der Miss Bethlehem bevor. Zwei Jungs kommentieren Aussehen und Bewegung der Models.

Emmer spürt eine Person hinter sich und wendet den Kopf. Sein Blick kreuzt den eines jungen Mannes. Eine Sekunde lang überlegt Emmer, wer das ist. Der junge Mann macht auf dem Absatz kehrt, sprintet um die Ecke und ist verschwunden. Emmer entscheidet, dass es keinen Sinn hat, ihn zu verfolgen. Gegen einen Sechsundzwanzigjährigen hat er keine Chance, jedenfalls nicht beim Rennen. Er erreicht Bertschi auf Anhieb, und teilt ihm mit, wo er Hakala gesehen hat.

Als Emmer die Bar Marina betritt, wähnt er sich in Italien. Eine Wand voll Ferien, denkt er. Über den Felsen brechen die Meereswellen, und hinterlassen Schaum. Ein Fischerdorf kuschelt sich in die Bucht, und ein paar Liegestühle am Strand deuten süßes Nichtstun an. Ob das Cinque Terre sei, erkundigt er sich begeistert. Der Barkeeper, ein Mann mit dunkel gekraustem Haar, verzieht die Lippen, schüttelt den Kopf, und wartet auf die Bestellung. Doch Emmer beschäftigt noch das Mosaik an der Wand. Plötzlich grinst er. „Das ist nicht Italien, das ist Kroatien." Er bestellt Pfefferminztee und fragt den Barkeeper, ob er Lela Petrovic kenne.

„Warum soll ich sie kennen?"

Emmer zeigt seinen Dienstausweis.

„Also", fordert er den Stummen hinter der Theke auf.

„Jeder hier kannte sie. Gut, dass sie tot ist."

„Warum?"

„Falsche Schlange. Machte auf gut Freund, und hat alle verraten." Der Barkeeper zuckt verächtlich mit den Schultern. „Eine Serbin halt."

„Worüber haben Sie mit ihr am Telefon gesprochen?"

„Mit der hab ich nie telefoniert, aber schon gar nie."

„Herr …" Emmer sucht im Notizblock nach dem Namen, „… Herr Belo … Herr Bjelanovic, entweder bemühen sich jetzt um korrekte Antworten, oder ich verliere die Geduld. Und dann, das verspreche ich Ihnen, lass ich die Streife kommen. Die schließt hier die Bar, und wir beide führen unsere Unterhaltung im Kommissariat weiter. Alles klar?"

Der Barkeeper hat während Emmers Rede die Theke mit einem feuchten Tuch abgewischt. „Bitte, was wünschen Sie", sagt er ausgesucht höflich.

„Sie haben am Dienstag vor einer Woche Frau Petrovic angerufen. Warum?"

Ohne zu zögern, antwortet der Barkeeper, er habe wirklich nicht angerufen, aber vielleicht Milenkovic. Der habe sich sein Handy ausgeliehen, weil er ein Problem mit dem Job lösen musste. Danach habe er das Handy sofort zurückgegeben. Er, der Barkeeper, habe nicht überprüft, mit wem Milenkovic telefoniert hatte.

„Wie viel hat Milenkovic für die Überlassung vom Handy gezahlt?", fragt Emmer so beiläufig, dass dem Barkeeper die Antwort problemlos über die Lippen perlt. „Einen Zwanziger."

Hänny sitzt auf dem Sofa, als Beta den Jugendtreff betritt. Er begrüßt sie, und schließt hinter ihr die Tür ab.

„Der Treff öffnet erst um fünf. Der Abend wird noch streng genug", seufzt er. Müde sieht er aus, die dunklen Ringe unter seinen Augen machen ihn um Jahre älter.

„Schwere Zeiten für Sie", stellt Beta fest.

Hänny geht darauf nicht ein. „Was wollen Sie von mir", fragt er unwirsch.

„Wir haben soeben erfahren, dass die Mutter von Frau Petrovic zweimal vom gleichen Mann vergewaltigt wurde, zuerst in Osijek und später in Bethlehem. Warum haben Sie uns das verschwiegen?"

„Wer behauptet das?"

„Offensichtlich ist Ihnen die Tatsache bekannt. Nochmals, warum haben Sie diese wichtige Mitteilung zurückgehalten?"

„Weil mein Beruf Diskretion verlangt, und oft genug auch Diplomatie. Manchmal muss ich den richtigen Zeitpunkt abwarten, bevor ich Nachrichten streue."

„Sie haben meine Frage nicht beantwortet."

„Das hat seinen Grund. Sie zwingen mich zu einer Entscheidung, in der es nicht um Ja oder Nein geht, sondern ums Prinzip."

„Welches Prinzip denn? Das müssen Sie schon erläutern."

„Es geht um ein Ehrenwort, das ich gegeben habe. Und weil für mich ein Versprechen bindend ist, kann ich über manche Dinge nicht reden. Vielleicht klingt das in Ihren Ohren altmodisch, aber ich wurde so erzogen. In Serbien ist jemand, der einen Schwur bricht, ein Charakterlump."

„Da stimme ich mit Ihnen überein, für mich gilt der gleiche Grundsatz. Ich habe Psychologie studiert, und wir diskutierten lange darüber, wann es moralisch vertretbar oder sogar Pflicht sei, einen Schwur aufzuheben."

Das Interesse des Streetworkers erwacht. Ob Beta ein Beispiel bringen könne.

„Wir verständigten uns auf die Ausnahmeformel, wenn Gefahr droht für Leib und Leben."

Hänny nickt eifrig. Diesen Fall könne auch er gelten lassen, schließlich wolle er nicht für den Tod eines Menschen verantwortlich sein. Aber auch wenn er diesem Leitsatz gemäß handle, plage ihn das schlechte Gewissen, weil er sein Versprechen nicht gehalten habe.

„Sie beschreiben das Dilemma treffend. Auch ich stecke gerade in der Zwickmühle. Als Freund würde ich Ihr Schweigen akzeptieren, und nicht weiter in Sie dringen, aber als Kommissarin bin ich dafür verantwortlich, den Mord an der Petrovic aufzuklären. Deshalb wiederhole ich meine Frage: Warum haben Sie uns nicht alles erzählt, was Sie über Milenkovic wissen? Haben Sie ihm versprochen, nichts zu verraten?"

„Er wäre der letzte, bei dem ich Skrupel hätte. Der Allerletzte."

„Herr Hänny, wir brauchen Ihre Mithilfe. Ich versichere Ihnen, Ihre Informationen vertraulich zu behandeln. Womit hat Milenkovic Sie in der Hand?"

„Der hat nicht mich in der Hand, sondern ich ihn. Ja, ich habe gewusst, was er der Mutter von Frau Petrovic angetan hat. Aber das ist nur die eine Hälfte der Geschichte. Frau Petrovic hat mir auch die andere Hälfte anvertraut, und verlangte von mir, über alles zu schweigen, was Milenkovic betrifft. Ich hab es ihr geschworen.

Doch jetzt, im Nachhinein, denke ich, das war ein Fehler."

Hänny geht zum Getränkeautomat und wirft Münzen ein. Die Maschine beginnt zu arbeiten. Ein Greifarm nähert sich dem Regal für Mineralwasser, seine Klauen umfassen die Flasche, und legen sie in ein Fach, worauf die Maschine erleichtert zu blinken beginnt. Auftrag erfüllt. Hänny stellt das Wasser und zwei Becher auf den Tisch.

„Ich hatte seit Monaten Angst, dass etwas passiert. Genau genommen seit dem Tag, an dem Frau Petrovic diesen Milenkovic kennenlernte. Ich wollte sie beschützen, aber es ist mir nicht gelungen."

Hännys Augen füllen sich mit Tränen. Trotzdem gelingt ihm ein Lächeln, wenn auch ein wehmütiges, als fortfährt: „Vielleicht deswegen, weil Frau Petrovic so unbeschwert daherkam. Vielleicht auch, weil sie mich wegen meiner Sorge um sie verspottete. Anfangs hatte sie allen Grund, mich auszulachen. Als sie hier auftauchte, veränderte sich die Welt, so als wäre jeden Tag Sonntag. Plötzlich redeten die Leute miteinander, egal, ob alt oder jung, und sie war immer mittendrin. Es fiel ihr leicht, Kontakte zu knüpfen. Man mochte sie, in ihrer Nähe fühlte sich jeder akzeptiert. Die Frau besaß eine Gabe, die sich schwer beschreiben lässt."

„Sie haben Frau Petrovic bewundert."

„Ich habe sie geliebt, diese wunderbare Frau mit ihrer blonden Mähne. Selbstbewusst war sie und unbeschwert. Sie brachte Glanz in den Alltag der Menschen. Bei ihren Recherchen lernte sie halb Bümpliz kennen. Die Gespräche verliefen nicht immer unproblematisch, aber ein wenig Zoff hier oder dort gab ihr den nötigen Kick für die Arbeit. Das Unglück begann erst mit Milenkovic. Der Mann war ihr von der ersten Minute an unsympathisch, doch da wusste sie noch nicht, dass er ihre Mutter vergewaltigt hatte. Milenkovic dagegen zog sofort den richtigen Schluss, als sie sich vorstellte. Vor ihm stand die Tochter der Frau, die er zweimal vergewaltigt hatte. Wer weiß, was dem elenden Kerl bereits in jenem Moment durch den Kopf ging. Am gleichen Tag weihte die Petrovic den Vater in ihre Arbeit ein und erwähnte auch die Begegnung mit Milenkovic. Als der Vater den Namen hörte, rastete er aus. Er fluchte und grollte und wünschte dem dreckigen Kroaten die Pest an den Hals. Die Petrovic hatte ihren Vater noch nie so wütend erlebt und fragte ihn immer wieder, was denn los sei, bis er nicht mehr an sich halten konnte. So erfuhr sie von der Tragödie ihrer Mutter.

Ein paar Tage später meldete sich Milenkovic bei Frau Petrovic. Er habe für sie als Journalistin einen Stoff, es drehe sich um ein Geschäft mit Babys. Sie ließ sich nicht darauf ein, und unterbrach die Verbindung. Mit diesem Mann wollte sie nichts zu tun haben.

Aber die Sache mit den Babys ging ihr nicht aus dem Kopf. Sie hatte einen Bericht gelesen, in dem sich Frauen aus Osteuropa als Leihmütter verdingen, angeblich, um kinderlose Eltern mit Nachwuchs zu versorgen. In Wirklichkeit wurden die Babys verschachert, an Pharmakonzerne, an die Pornoindustrie, an Organhändler.

Ihre Neugier war geweckt. Vielleicht würde sie Informationen erhalten, die bisher noch keinem zur Verfügung gestanden hatten. Vielleicht würde sie gutes Material ergattern und könnte einen Artikel schreiben, der Furore machte. Keine Stunde später rief sie Milenkovic zurück und abends um 20 Uhr stieg sie in sein Auto. Milenkovic kam sofort auf das Thema zu sprechen, unterbrach sich dann aber. Er wolle nicht, dass man ihn mit ihr sehe. Er würde noch ein paar Meter in den Wald fahren. Sie sträubte sich nicht dagegen. Sie, die seine Biografie kannte, hatte ihr Warnsystem ausgeschaltet. Und dort … dort … "

Beta hält die Luft an. Wie versteinert sitzt sie da, unfähig, einen Gedanken zu fassen. Sie vermeint, die Petrovic einsam im Finstern zu sehen. Sie spürt das Ausgeliefertsein und fragt Hänny, warum sie nicht geflohen sei.

„Die Zentralverriegelung hielt sie gefangen."

Nicht zu glauben, aber die Rechnung von Milenkovic war aufgegangen.

„Es tut mir unendlich leid." Auf Betas Zunge breitet sich der Geschmack von Hölle aus. Plötzlich hasst sie ihren Beruf. Um sich zu beruhigen, konzentriert sie sich auf ihren Atem.

„Wie konnte das bloß geschehen?"

„Mir scheint, als habe die Petrovic die Tragödie ihrer Mutter geerbt."

Nach einer Weile besinnt sich Beta auf ihre Arbeit. „Wann wurde Frau Petrovic vergewaltigt?"

„Das genaue Datum kenne ich nicht, aber es passierte vor der Veröffentlichung ihrer Reportage."

„Also vor etwas mehr als vier Monaten", sagt Beta nachdenklich. Die Petrovic war, als sie ermordet wurde, im vierten Monat schwanger. Demnach könnte Milenkovic der Kindsvater sein. Beta richtet sich auf. Endlich eine Spur, die man verfolgen kann. In ihre Hoffnung mischt sich jedoch auch eine Menge Ärger über Hänny.

„Herr Hänny, Sie haben unsere Ermittlungen wesentlich behindert, indem Sie über diesen Vorfall geschwiegen haben. Was haben Sie sich dabei gedacht?"

Hänny reagiert aggressiv: „Ganz viel. Meinen Sie

etwa, das sei mir leicht gefallen? Ich habe den Mund gehalten, um Mord und Totschlag zu verhindern." Hänny überlegt kurz, und korrigiert sich dann: „Ein toter Milenkovic hätte mich nicht gestört. Aber ich wollte nicht, dass Vater Petrovic als Mörder ins Gefängnis kommt. Wenn er von der Vergewaltigung seiner Tochter erfahren hätte, wäre er mit der Axt auf den Kerl los. Deshalb musste ich der Petrovic schwören, niemals darüber zu reden."

„Es ist Ihnen doch klar, dass die Polizei Informationen vertraulich behandelt. Wer weiß noch, dass Frau Petrovic vergewaltigt wurde?"

„Niemand."

„Hat sie Hakala nicht eingeweiht?"

Hänny schüttelt den Kopf.

„Auch nicht ihre Freundin Frau Kuonen? Oder Herrn Furrer?"

Hänny verneint. „Nein. Wir beide hielten absolut dicht. Nach der Vergewaltigung begann für die Petrovic eine neue Zeitrechnung. Sie interessierte sich für alles und jedes, was mit Milenkovic zusammenhing. Zum Beispiel fand sie heraus, dass er seit Jahren Sozialhilfe bezog und gleichzeitig schwarz auf dem Bau arbeitete. Dann entdeckte sie die illegalen Geschäfte auf der Forststraße. Sie begann, ein Notizbuch über das Business zwischen den Bäumen zu führen, und bemerkte, dass zwei Brüder im Geschäft um Drogen und Prostitution eifrig mitmischten. Die beiden waren die Söhne von Milenkovic. Damals reifte in der Petrovic ein Plan. Sie würde nicht ruhen, bis Vater Milenkovic in Handschellen abgeführt wird. Er solle den Himmel nur noch durchs vergitterte Fenster sehen. Und für die Söhne werde sich ein Platz im Heim finden. Sie war zerfressen von Hass auf diesen Mann, und wollte nur eines, ihre

Mutter rächen."

„Hat sie Milenkovic verraten, dass sie Buch führt über das, was sich auf der KrimMall tut?", erkundigt sich Beta.

„Natürlich nicht, aber die Milenkovic-Jungs ahnten, dass sich etwas zusammenbraute. Josip, der ältere, beobachtete die Petrovic einmal beim Protokollieren. Sie saß oberhalb der Forststraße, verdeckt vom Gebüsch, und schrieb und schrieb. Daraufhin hat er vermutlich Szenarien entworfen, wie man ihr das Strafregister entreißen könne."

„Haben Sie die Aufzeichnungen gelesen?"

„Ja. Sie lesen sich wie der Bericht über ein schmuddeliges Elendsquartier. Es sei höchste Zeit für eine Razzia dort oben, hat Frau Petrovic einmal gesagt. Übrigens hat die Forststraße wegen ihrer Geschäfte längst einen Übernamen, man nennt sie KrimMall."

„Haben Sie etwas von Hakala gehört? Oder haben Sie ihn gesehen?"

Hänny hört zwar die Frage und schüttelt den Kopf, aber mit den Gedanken scheint er anderswo zu sein. Beta nimmt die Tasche an sich und streckt Hänny die Hand hin. Der ergreift sie automatisch und redet dabei wie zu sich selbst. „Das Schlimmste war das, was er sagte. Nachdem er sie vergewaltigt hatte, provozierte er sie mit widerlichen Bemerkungen über ihre Mutter. Er erzählte im Plauderton, was er mit ihr getrieben hatte, berauschte sich an obszönen Details, und grinste dreckig dazu. Da spukte ihm Lela ins Gesicht."

Hänny hält inne, schnappt nach Luft, und verstummt. Die Worte verweigern sich ihm.

☙

Während des Gesprächs mit Hänny hat Betas Tasche vibriert. Draußen, vor dem Beth-Café, wirft sie einen

Blick aufs Handy. Ein privater Anruf. Sie atmet ein paarmal tief durch, bevor sie zurückruft. Ihre Freundin nimmt sofort ab und fragt: „Wie geht's?"

Beta regt sich über diese Ex-Jugoslawen auf, und ist froh, dass außer Fabienne niemand ihre politisch unkorrekte Schimpftirade hört. Bei Fabienne kann sie sich das leisten. Die versteht, dass sie Dampf ablassen muss. Jeder kriegt bei Beta sein Fett weg, bei den Kollegen vor allem Emmer, aus aktuellem Anlass aber auch der Chef, der sie bei der Pressekonferenz ausgebootet hat. Einen Moment später flucht Beta über die Vielmännerei der Toten.

„Du bist doch bloß eifersüchtig", neckt Fabienne sie.

„Auf die Männer oder auf den Tod?"

„Übrigens, ich bin verliebt."

„Was ist denn das für ein Geständnis?" Erstaunt lauscht Beta dem Klang nach und versucht Zeit zu gewinnen. „In wen oder was?"

Beide Frauen, längst aus dem Alter heraus, kichern wie Gören.

„In Emil."

„Ogottogott, der mit den Eseln. Also erstens hat er einen bescheuerten Namen, und zweitens ist er ein bisschen verheiratet."

„Du sagst mir nichts Neues. Erstens nenne ich ihn Milo, und zweitens weiß seine Frau nichts von mir."

Beta verschluckt sich beinahe vor Lachen. „Du bist unmöglich. Seit wann schnaggelt ihr denn?"

„Woher hast du den blöden Begriff?"

„YouTube. Also, seit wann?"

„Ich habe dir doch vom Diemtigtal erzählt, und von zwei Eseln und einem Mann. Und weil mir der Emil, sprich Milo, nicht aus dem Kopf ging, bin ich vor drei Wochen wieder ins Diemtigtal. Milo zeigte mir seine

Holzhütte, und stellte mich den Eseln vor."

„Ich bin auch schon Eseln vorgestellt worden."

„Na ja, jedenfalls hat er mich zum Essen eingeladen, und nachher zum Schlafen. Und weil Samstag war, hab ich zugesagt."

„Wo lebt denn seine Frau?"

„In Diemtigen. Die beiden besitzen ein Haus mit zwei Wohnungen. Eine davon vermietet die Frau an Touristen. Deshalb kommt sie nie auf die Grimmialp, und wenn, ruft sie vorher an."

„Sag einmal, stresst dich die Situation nicht? Ich glaube, das wäre nichts für mich. Wahrscheinlich hätte ich vor lauter schlechtem Gewissen keinen Orgasmus."

„Aber Beta", lacht Fabienne ihre Freundin aus, „seit wann bist du so sittenstreng? Ja, ich habe eine Affäre mit einem verheirateten Mann, aber das stört mich nicht, und ich sage dir auch, warum. Weil Milo seine Frau achtet. Er liebt sie und hält in unverbrüchlicher Treue zu ihr."

„Du hast ein interessantes Verständnis von Treue."

„So warte doch! Es geht um die Frage, ob man moralisch verwerflich handelt oder nicht. Was mich betrifft, so empfinde ich keine Schuld, schließlich bin ich niemandem Rechenschaft schuldig."

„Was sagt der Herrgott dazu?"

„Mit dem hab ich das Problem noch nicht besprochen. Aber mit Milo. Und für ihn bedeutet Treue nicht zwangsläufig Monogamie. Er lehnt es ab, sich in ein Korsett zwängen zu lassen. Weder die Gesellschaft noch die Kirche haben das Recht, ihn zu knebeln, sagt er. Für ihn bedeutet Familie nicht, auf eigene Interessen zu verzichten, sei es Bergsteigen oder Segeln …"

„….oder Vögeln."

„Genau. Wichtig ist bloß, dass man in einer

Paarbeziehung solche Fragen klärt, und dass man sich an Abmachungen hält, auf die man sich beziehen kann."

„Weiß Milos Frau von seiner Geschichte mit dir?"

„Nein, und er agiert so, dass es seine Frau nie erfahren wird." Fabienne zögert einen Moment. „Du denkst an Betrug, nicht wahr? Milo hat einen Deal mit seiner Frau. Wer fragt, verdient eine ehrliche Antwort, weil er etwas wissen will. Aber der Fragende muss sich überlegen, ob er die Antwort auch verkraften kann. So wie ich die Lage derzeit einschätze, entsteht für Milos Frau kein Nachteil. Wenn Milo daheim in Diemtigen ist, habe ich nichts zu melden. Wenn er sich in der Hütte aufhält, ruft er mich an, und ich fahre los."

„Klassischer Fall von verheiratetem Mann mit einer Geliebten. Frustriert dich das nicht?"

„Bis jetzt nicht. Wir leben unsere Liebe innerhalb von klar formulierten Grenzen. Seine Familie wird für ihn immer an erster Stelle stehen, und er wird sich nie scheiden lassen. Das passt mir gut, ich brauche keinen Mann, der mich 24 Stunden pro Tag belagert."

„Aber ..." Beta zieht das A in die Länge, und Fabienne hakt sofort ein: „Was für ein Elend. Nie werd ich mit Milo ins Kino können, nie in ein Konzert. Für uns gibt es keinen Platz in der Gesellschaft. Wenn ich traurig bin, kann ich bei ihm daheim nicht anrufen. Zu Weihnachten werd ich immer allein sein."

„Der Preis ist ganz schön hoch für einen Emil mit zwei Eseln", fasst Beta zusammen.

„Ach, du mit deinen Unkenrufen", wehrt sich Fabienne. „Ich bin jetzt in ihn verliebt. Weiß ich, was morgen ist?"

„Ist ja gut. Am Anfang hängen die Geigen voller Himmel." Beta denkt an Fabrizio. Sie hat ihn schon ewig lang nicht mehr gefragt, wie er es mit der Treue hält.

„Wow, bist du kreativ", hört sie ihre Freundin sagen. Und weil Beta nicht versteht, worauf sich das Kompliment bezieht, lässt sie es sich erklären.

„Himmel oder Geigen, das alles ist Hinz wie Kunz, entgegnet sie. „Ich muss aufhören, du weißt schon, Mörder jagen. Genieß deine Lovestory mit dem Ureinwohner vom Berner Oberland, und im Übrigen will ich ihn kennenlernen. Wann nimmst du mich mit auf die Grimmialp?"

„Sobald du mir keine Schuldgefühle mehr einredest", antwortet Fabienne.

☙

Als Emmer um die Ecke biegt, fällt ihm das Herz in die Hose. Keine Chance, sich wegzuducken. Beta hat ihn bereits erspäht. Gleich wird sie ihn für irgendetwas zusammenstauchen.

„Du bist spät dran, Frau Hänny wohnt zwei Parallelstraßen weiter am Knospenweg."

„Ich komme gerade von ihr", sagt Emmer trocken. „Und den Sohn? Hast du ihn angetroffen?", fragt er zurück.

In vier Sätzen berichtet Beta ihm, was Hänny ihr eine halbe Stunde lang erklärt hat. Emmer steht steif wie ein Holzklotz da, und murmelt immer wieder, du meine Güte.

Plötzlich fällt Emmer etwas ein. „Ich habe Hakala gesehen."

Beta packt Emmer beim Arm. „Wo? Wann? Mensch Kaspar, warum sagst du das nicht gleich!"

Hektisch wühlt sie in der Tasche nach dem Handy. „Ist erledigt, ich habe Bertschi benachrichtigt", stoppt Emmer sie, und Beta stellt fest, dass sie Emmer wieder einmal unterschätzt hat.

Als Emmer die Bürotür öffnet, drehen sich vier Köpfe um.

„Gut", nickt Bertschi zufrieden, „wir sind vollzählig." Er richtet sich an Emmer. „Von Hakala fehlt leider jede Spur."

„Wahrscheinlich hat er sich geirrt", meint Beta über Emmers Kopf hinweg.

„Es war garantiert der Finne. Er ist weggerannt, weil er mich erkannt hat", beharrt Emmer.

Beta verdreht die Augen. „Woher sollte er dich kennen?"

Emmer stresst die Stichelei so sehr, dass ihm die Antwort nicht einfällt.

„Vielleicht hat er so ein modernes Gerät, mit dem man fotografieren kann", wirft Venetz ein. „Übrigens hab ich nochmals den serbischen Jungen getroffen, der am Mordabend ein Foto von Hänny und der Petrovic gemacht hat. Ivo Moravac, so heißt der Junge, hat die Petrovic angerufen, um sie zu warnen. Wenn sie nicht sofort ihre Beobachtungen auf der KrimMall einstelle, würden die Milenkovic-Jungs und ihre Clique sie zertreten wie eine Spinne. Ivo bat sie, vorsichtig zu sein. Man sei spitz auf ihr Notizbuch. Lela habe nur gelacht. Sie passe schon auf sich auf."

„Irgendjemand hat das vermaledeite Notizbuch entwendet, aber wer?" Beta blickt in die Runde.

„Immerhin haben wir die Sticks."

„Laut Hänny wurde die Petrovic von Milenkovic vergewaltigt. Das heißt, wir vergleichen die DNA von Milenkovic mit der des Fötus", sagt Bertschi. „Dann wissen wir mehr."

☙

„Bitte nehmen Sie Platz, ich komme sofort", sagt

Kost, sichert ein Dokument auf seinem PC, und steht mit einem Ruck auf, so dass sich der Stuhl wie ein ferngesteuertes Vehikel vom Schreibtisch wegbewegt.

„Freitag, kurz nach fünf", sagt Kost zur Begrüßung.

Beta schiebt ihrem Chef ein zweiseitiges Dokument hinüber. „Damit Sie über unser Vorgehen im Bilde sind." Kost, Meister der Diagonal-Lektüre, stellt sofort die wesentlichen Fragen, und bittet am Ende Beta, die nächsten Schritte zu erläutern.

„Wir werden die DNA von Milenkovic bestimmen. Wir müssen Hakala finden. Und wir wollen uns nochmals mit der Freundin von Frau Petrovic unterhalten."

„Und sonst? Stagnieren Ihre Nachforschungen, oder meine ich das nur?"

Beta dreht den Spieß um. „Wer kommt Ihrer Meinung nach als Verdächtiger in Frage?"

Kost zweifelt nicht einen Moment. „Milenkovic oder Hakala. Der eine ist ein abgebrühter Verbrecher, der andere ein Drogensüchtiger auf der Flucht."

„Für mich gehört auch Furrer dazu", sagt Bertschi. „Ich hatte ihn heute 30 Minuten am Apparat, und in dieser Zeit hat er sich der ganzen Gefühlsskala bedient. Der Mann ist instabil, er pendelt zwischen Aggression und Depression hin und her. Er wehrt jede Frage zuerst ab, bevor er sich darauf einlässt und sie beantwortet. Er hat Frau Petrovic geliebt. Für sie dauerte die Liebe nur bis zu Fehlgeburt des gemeinsamen Kindes. Danach hielt sie Furrer auf Distanz. Sie vergnügte sich mit ihm, er dagegen verzehrte sich in Sehnsucht nach ihr. Dieses Ungleichgewicht muss doch frustrieren."

„Er hätte ihr bloß den Rücken kehren müssen."

Beta wirft ihrem Chef einen erstaunten Blick zu. So ein Stuss! Erinnert er sich nicht mehr an früher? Damals, als er noch ihr Kollege und nicht ihr Chef war?

Da hat er Abend für Abend gebechert. Hat in seinem Rausch die Brille verloren, und sich von Beta sternhagelvoll ins Taxi verfrachten lassen. Als Ex-Trinker weiß er doch, was Sucht heißt. Man verfällt ihr immer wieder.

„Furrer war süchtig nach dieser Frau", erklärt Bertschi, als hätte er Betas Gedanken gelesen. „Diese Abhängigkeit weckte in ihm ein Gefühl von Ohnmacht. Hinzu kommt seine Lebenssituation in Nigeria, in einem krisengeschüttelten Land, wo man Tag für Tag der Grausamkeit begegnet.

Wenn der nicht traumatisiert ist!"

„Nach meinem Dafürhalten scheidet Furrer aus", sagt Kost in bestimmtem Ton.

Es entsteht eine unangenehme Pause. Schließlich fährt Kost fort: „Ich habe mit einem ehemaligen Parteikollegen Furrers gesprochen. Er beschreibt ihn als verlässlich und umgänglich, manchmal allerdings zu weich. Doch wenn ihn jemand ärgert, reagiert er manchmal unpassend."

„Was heißt das genau?"

„Er kann ausflippen. Dann schreit er, dass die Wände zittern."

„Die Aussage deckt sich mit der von Frau Furrer.", sagt Bertschi. „Furrer ist ein labiler Mensch. Er ist verzweifelt, er findet nirgends mehr Halt. Sein Leben ist durcheinander geraten."

„In dieser Verfassung scheint er schon länger zu stecken."

„Sie meinen, nicht erst seit einer Woche?"

Beta schüttelt den Kopf. Ihr Chef erwartet, dass sie Furrer als psychisch krank einstuft. Den Gefallen tut sie ihm nicht. Sie schweigt.

Kost bleibt nichts anderes übrig, als das Problem selbst zu benennen. „Wenn eine Depression vorliegt, verändern sich die Menschen. So oder so haben wir nichts gegen ihn in der Hand."

„Eben da liegt der Hund begraben", wirft Beta ein. Sie erntet einen kritischen Blick vom Chef, was sie jedoch nicht hindert, weiterzureden. „Wir müssen ihn ziehen lassen. Sollte sich aber im Lauf unsrer Ermittlungen der Verdacht gegen ihn erhärten, werden wir ihn nicht zu fassen kriegen. Nigeria ist weiter weg als das Ende der Welt. Wenn nötig, wird er dafür sorgen, dass man ihn nicht ausliefert."

„Das ist mir zu weit gedacht", sagt Kost, schaut auf die Uhr, und erhebt sich. „Sobald die DNA von Milenkovic vorliegt, benachrichtigen Sie mich. Ich bin zuhause erreichbar." Abrupt bleibt er stehen und fixiert Beta. „Überschreiten Sie nicht Ihre Kompetenzen", warnt er.

Im Gleichschritt legen Beta und Bertschi die lange Strecke durch den Flur zurück. „Ich habe bei Kost keinen Stein mehr im Brett", stellt Beta fest. „Egal, was ich sage, er fegt meine Worte vom Tisch, als seien sie nichts wert."

„Du übertreibst. Eure Art der Kommunikation hat sich nicht verändert, ihr geht beide nicht gerade zartfühlend miteinander um. Du signalisierst ihm, dass er Blödsinn verzapft, und er verträgt deine ausschweifenden Kommentare nicht."

„Das stimmt nicht. Früher hat er zu allen möglichen Themen meine Meinung eingeholt, aber die interessiert ihn nicht mehr. Und im Bereich der Öffentlichkeitsarbeit hat er mich ausgebootet."

Bertschi bleibt stehen und schenkt Beta einen aufmerksamen Blick. „Was ist bloß los mit dir? So kenn ich dich gar nicht. Du kannst es nicht verwinden, dass die Pressekonferenz ohne dich stattfand. Stimmt's?"

„Bist du eifersüchtig auf mich?" Beta schweigt hartnäckig.

„Ich habe mich nicht vorgedrängt, das weißt du. Ich bin auch nicht erpicht auf den Job, weil man sich nur in die Nesseln setzt. Entweder verärgert man den Chef oder die Journalisten."

„Kost ist ein fieser Charakter. Dass er mich zur Seite schiebt, mag ja noch angehen. dass er dann aber jemanden aus meiner Crew zum Nachfolger kürt, grenzt an Dummheit. Diese Rochade führt in unserem Team zwangsläufig zu Spannungen, und die kann ein Chef in seinem Betrieb doch nicht wollen. Dem Mann fehlt es an Professionalität."

„Lass uns den Weg zurückgehen. Ein bisschen Bewegung schadet nicht", schlagt Bertschi vor.

Sie und Bertschi legen eine militärisch anmutende Halbdrehung hin. „Mir ist unser gutes Einvernehmen wichtiger als alles andere. Wie wollen wir diese psychisch belastende Arbeit bewältigen, wenn wir beide nicht mehr zusammenhalten. Wir mögen uns, und wir stehen uns bei, und so soll es weiterhin bleiben. Querelen haben keinen Platz in unserm Beruf. Ich werde Kost mitteilen, dass ich für eine nächste Pressekonferenz nicht zur Verfügung stehe."

Wie angewurzelt bleibt Beta stehen. „Das würdest du machen?" Bertschi ahnt das Ausmaß ihres inneren Konflikts. Er umarmt sie und wiegt sie sanft.

„Und wenn sich Kost wieder an dich wendet, nimm die Chance wahr", ermuntert er sie.

„Aber damit verbaust du dir die Karriere."

„Ich werde unserm Chef erklären, dass die Öffentlichkeitsarbeit mein Zeitbudget zu sehr belaste." „Bertschi, du bist eine Seele von Mann."

Die beiden schreiten voran, biegen um eine Ecke, wo

sich ein weiterer endloser Flur präsentiert.

Als sie sich wieder auf heimatlichem Boden befinden, kurz vor ihrem Büro, lenkt Beta ein. Die Sache sei für sie geklärt, und Bertschi könne sich neben Kost aufs Podium setzen, so oft er wolle.

⁂

Venetz tippt die Nummer ein und drückt die grüne Taste. Nach dem achten Läuten schaltet sich der Anrufbeantworter ein. „Hallo Frau Kuonen, hier Venetz, Kripo Bern. Ich muss Sie dringend sprechen. Bitte rufen Sie zurück." Venetz starrt sein Handy an und schüttelt es unwirsch. Es will keine Verbindung zustande kommen. Plötzlich beginnt sein Handy zu läuten. „Ah, Frau Kuonen." Seine Stimme klingt, als habe die Frau ihn aus einem schlimmen Albtraum erlöst. Venetz kommt sofort auf sein Anliegen zu sprechen. „Wir rätseln seit Tagen, von wem Frau Petrovic schwanger war. Die Herren Hakala, Hänny, Zeiter und Furrer scheiden aus. Demnach hat es im Leben der Frau Petrovic noch einen weiteren Mann gegeben. Wer könnte der Unbekannte sein, von dem Frau Petrovic schwanger war?"

„Ich bin überfordert. Meines Wissens nach gab es keinen weiteren Mann im Leben meiner Freundin. Wenn das stimmt, was Sie sagen, hat sie mir nicht alles anvertraut. Das erschüttert mich zutiefst. Ich verstehe nichts mehr. Mein Bild von ihr gerät ins Wanken. Es tut mir leid, aber ich kann Ihnen nicht weiterhelfen."

„Hat Frau Petrovic Ihnen etwas unter dem Siegel der Verschwiegenheit verraten? Denken Sie ruhig nach. Alles, was Sie sagen, wird vertraulich behandelt."

„Ich habe alles gesagt, was ich weiß."

„Bitte melden Sie sich, falls Ihnen etwas einfällt, egal, wie banal es Ihnen scheinen mag."

Venetz legt den Hörer auf die Gabel und fixiert den

Apparat unzufrieden. „Tut so, als könnte sie selbst jeden Seufzer der Freundin interpretieren, und scheitert dann bei der Frage, mit wem die Petrovic intim war."

Hunziker, mit dem Laptop auf den Knien, beruhigt seinen Kollegen: „Von Furrer war auch nichts zu erfahren, und Zeiter war ebenso unergiebig. Was soll's, wir arbeiten nach dem Prinzip des Ausscheidens, und da lässt der Treffer manchmal auf sich warten. Wenn es auf eine Frage zwanzig mögliche Antworten gibt, prüfen und vergleichen wir, und nähern uns dem Ziel, indem wir das Unpassende aussortieren. In unserm Fall muss es sich um eine Ungeheuerlichkeit handeln, denn sonst hätte sich die Petrovic ihrer Freundin anvertraut."

Wenig später meldet sich Frau Kuonen telefonisch. Venetz schaltet das Mikrofon ein.

„Frau Petrovic hat mich vor zwei Monaten darum gebeten, einen Brief zu verstecken, und zwar so, dass ihn eine unerwünschte Person nicht findet. Ich habe ihre Bitte erfüllt, ohne zu fragen, worum es sich bei dem Schriftstück handelt. Umgekehrt wollte auch sie nicht wissen, welchen Ort ich für das Kuvert wählen würde." Frau Kuonen seufzt, und fährt schließlich fort: „Manchmal ist es besser, man weiß nichts. Frau Petrovic erwähnte bloß, sie würde den Brief abholen, sobald sie ihn brauche. Sie ist … sie ist nicht mehr dazugekommen. Das verschlossene Kuvert befindet sich noch immer bei mir, und wenn Sie es wollen …"

„Ich bin in 15 Minuten bei Ihnen", antwortet Venetz.

„Schraub deine Erwartungen herunter, das wird ein Flop!"

„Vielleicht finden wir Fotos von der KrimMall, die sie im richtigen Moment verwenden wollte."

„Nein, alles falsch." Emmer fuchtelt mit der Hand herum: „Das Geheimnis!" Das Interesse der Kollegen hält sich in Grenzen.

Keine halbe Stunde später ist Venetz zurück. Gebieterisch streckt Beta die Hand aus, und Venetz überreicht ihr das Kuvert in durchsichtiger Schutzhülle. Sofort wird der Schreibtisch umringt.

„Ein Schlüssel", vermutet Bertschi, als er das ausgebeulte Kuvert sieht.

„Eigentlich müssten wir jetzt den Spurendienst einschalten."

„Vergiss es! Am Freitagabend pfeifen wir niemand wegen eines Kuverts aus dem Wochenende zurück. Lass es mich öffnen, ich übernehme die Verantwortung."

„Moment." Beta breitet ein Küchentuch aus, zieht Handschuhe aus der Schublade und legt eine kleine scharfe Schere bereit.

Vorsichtig schneidet Bertschi die obere Kante des Umschlags auf. Dann legt er die Schere zur Seite, zieht ein Glasröhrchen heraus und legt es aufs weiße Küchentuch. Es herrscht absolute Stille. Das Herausziehen des Briefbogens bereitet Bertschi etwelche Mühe, das Papier scheint festzukleben.

„Ich schneide das Kuvert so auf, dass man es aufklappen kann." Beta nickt. Das A4-Blatt kommt unbeschadet zum Vorschein. Es ist ein Computerausdruck, ein kurzer Text, ohne Anrede, aber mit der Unterschrift der Petrovic.

Bertschi, der Antichrist, unterstreicht den sakralen Augenblick mit einem „Lass uns hören."

„Am 8. Mai 2013 wurde ich, Lela Petrovic, von Stanislav Milenkovic vergewaltigt. Ich zeigte die Tat nicht an, denn ich war sicher, das Gericht würde das gleiche Urteil fällen wie bei meiner Mutter. Stattdessen suchte ich meine Gynäkologin auf, die zwei Abstriche machte, einen für sich und einen für mich. Sie bestimmte die DNA des Täters und hielt sie auf meinem Patientenblatt fest. Dass ich vergewaltigt wurde, habe ich für mich behalten. Nicht einmal meine Freundin Rita weihte ich ein. Und das ist besser so, weil es mich von jeglicher Rücksichtnahme befreit. Seit der Vergewaltigung observiere ich Milenkovic, und die Liste seiner Verbrechen wird von Tag zu Tag länger. Meine Beobachtungen sind mit Datum und Zeit versehen. Meine Detailtreue wird Milenkovic das Genick brechen. Aber nicht nur ihm, sondern auch ein paar Honoratioren unserer Stadt."

Beta schielt zum Glasröhrchen. „Genau das, was wir brauchen, die DNA von Milenkovic."

„Das ist nicht die DNA, sondern das Material für die Bestimmung der DNA", korrigiert Bertschi, und heimst von seiner Kollegin einen genervten Blick ein.

„Weiß jemand, wie die Frauenärztin heißt?", fragt Beta.

„Ich kann Frau Kuonen anrufen", bietet Venetz an. Das macht er auch, allerdings schaltet sich nach sechs Klingelzeichen bloß der Anrufbeantworter ein. Venetz bittet um sofortigen Rückruf. Emmer versucht sein Glück bei Petrovic. Der nimmt ab, weiß aber nicht, wie die Frauenärztin seiner Tochter heißt.

Resolut greift Beta zum Hörer, legt ihn jedoch so geschwind wieder auf, als habe sie sich daran verbrannt. „Wir schicken Fellner das Röhrchen. Kannst du ihn anrufen? Ich habe keine Lust, mich mit ihm zu streiten."

Bertschi wählt die Nummer des Pathologen. „Entschuldigen Sie die Störung, aber wir brauchen im Fall Petrovic dringend eine DNA-Analyse. Kann ich jemanden mit dem Material vorbeischicken?"

Fellner lässt ein paar Worte vom Stapel, die Bertschi

erheitern. Gleich darauf ist das Gespräch beendet.

Beta funkelt Bertschi an. „Welchen blöden Witz hat er gerissen?"

„Dass im Reitstall der Petrovic eine Menge Pferde standen."

„Mäßig lustig. Emmer, bring Fellner das Röhrchen mit der Bitte …"

„.. mit ohne Bitte", fährt Bertschi dazwischen. „Fellner hasst es, gedrängt zu werden."

„Gegen Milenkovic haben wir nichts in der Hand, und von einem dringenden Tatverdacht sind wir meilenweit entfernt."

Bertschi steht auf und streckt sich. „Im Moment beschränkt sich unser Job aufs Warten, und das ist auch zu Hause möglich."

„Stimmt. Die Handys bleiben eingeschaltet, ich verlasse mich auf euch. Hunziker, du informierst Emmer, dass er heimfahren kann."

Die Dämmerung senkt sich über die Stadt. Wenig Menschen sind unterwegs. Für die Kinos ist es zu früh, und für die Kneipen auch.

Bertschi lehnt am Fenster und sagt: „Flo ist daheim, aber er hat keine Lust zu kochen."

„Geht es ihm nicht gut?"

„Das neue Medikament greift noch nicht. Er steht an einem schwarzen Loch und fürchtet sich davor, hineinzufallen." Bekümmert massiert sich Bertschi den Hals. Beta geht auf ihn zu und umarmt ihn wortlos. Sie halten sich, und Beta streicht ihm sanft über den Rücken. Nach einer Weile löst sie sich und sagt: „Du rufst jetzt deine Freundin Graciella an, und bittest sie um eine leckere Mahlzeit."

„Dinner for two", murmelt Bertschi. „Ich kann doch nicht von ihr verlangen, dass sie sich für mich in die

Küche stellt."

„Erinnerst du dich nicht, wie oft du ihr Kind in den Schlaf gesungen hast? Sie ist eine Seele von Mensch! Frag sie einfach! Wenn du magst, hol ich dir inzwischen einen Kaffee."

☙

Bertschi blickt zu seiner Wohnung hoch. Die drei Zimmer liegen im Dunkeln. Was macht Florian? Hat er eine Tablette genommen, um sich zu betäuben? Mit jedem Schritt wird es Bertschi schwerer ums Herz. Es ist wieder einmal so weit. Auch er ist niedergeschlagen. Am liebsten würde er sich verkriechen. Aber das kann er sich nicht leisten. Er muss der Starke sein und seinen Freund in der schwierigen Phase begleiten, so gut er kann. Das hat er Flo versprochen, als der die Beziehung aufgeben wollte, weil er fand, die bipolare Störung belaste Bertschi zu sehr.

Einen Stock tiefer sind zwei der drei Zimmer erleuchtet. Graciella hat Bertschi darum gebeten, nicht zu läuten, sondern anzurufen, damit der Junge nicht aufwache.

Die Wohnungstür ist angelehnt. Bertschi klopft leise an, tritt ein, und schlüpft aus den Schuhen.

Graciella schwebt mit einem Schwall Knoblauch aus der Küche, nimmt Bertschi bei der Hand und macht hinter ihm die Tür zu. „Er schläft erst seit einer halben Stunde. Es geht ihm nicht gut, er hat den ganzen Tag gequengelt. Ich glaube, er kriegt oben einen Zahn."

„Armes Kerlchen", sagt Bertschi. „Nicht einmal ein Knirps kann schmerzfrei leben."

Graciella lockt Bertschi an den Herd und hebt den Deckel von einem Topf. „Wasser für die Gnocchi. Und hier", sie zeigt auf die Pfanne, in der die Tomatensauce köchelt. „Hast du Parmesan?" Bertschi nickt.

211

Graciella erzählt, wie sie als Kind Parmesan reiben musste, und wie ihr der Arm dann immer weh tat. „Einmal hab ich auch die Haut vom Daumen mit gerieben. Da ist das Blut herausgeschossen und hat den geriebenen Käse rot gefärbt. Das hat so komisch ausgeschaut, dass ich lachen musste, obwohl der Daumen ziemlich weh tat. Die Mama war total verärgert und hat mir eine gescheuert,

aber das war mir egal, weil ich nachher nie mehr die blöde Raffel in die Hand nehmen musste.

Meine Mama hat die Geduld immer schnell verloren und dann hagelte es Ohrfeigen. Aber sie war auch zärtlich und hat mich oft liebkost, und hat mir jeden Abend ins Ohr geflüstert, ich sei ihr Täubchen. Meine Mama hat mir viele Geschichten erzählt. Auch von der Nonna."

Graciella beginnt zu kichern. „Eine muss ich dir unbedingt erzählen. Die Nonna hatte in den zwanziger Jahren einen Verlobten. Auch ihre drei Freundinnen waren bereits versprochen. Ein halbes Jahr vor dem Hochzeitstermin beschlossen die vier Männer, in Amerika ihr Glück zu versuchen. Sie träumten davon, viel Geld zu verdienen, um ihren Frauen ein gutes Leben bieten

zu können. Aber wahrscheinlich wollten sie Abenteuer erleben, fern von ihren Familien. Saufen und huren, sagte meine Mutter immer grimmig. Na ja, jedenfalls versuchten die Mädchen, die Männer umzustimmen. Aber alles Betteln half nicht, die Männer hatten sich entschieden, und der Abreisetermin stand fest. Da griffen die vier Frauen zu einem drastischen Mittel. Sie verführten ihre Verlobten so raffiniert, dass die drei Freundinnen der Nonna kurz vor der Trennung schwanger wurden. Als sie ihre Männer damit konfrontierten, wollten die nichts davon wissen. Eine üble Verschwörung sei das. Der Gynäkologe bestätigte jedoch die Tatsache. Da wurde den Männern mulmig zumute, vor allem, weil damals ein uneheliches Kind für Frauen eine Schande war. Die Familien drängten die Männer, ihre Verantwortung wahrzunehmen. Den drei Kerlen blieb am Schluss nichts anderes übrig, als in Italien zu bleiben und zu heiraten."

„Und was war mit deiner Nonna?"

„Bei der hat es mit der Empfängnis nicht geklappt. Ihr Freund hätte auswandern können, aber allein wollte er nicht nach Amerika. Also heiratete auch er, und drei Jahre später wurde meine Nonna schwanger."

Graciella probiert ein Gnocchi. „Fast fertig", stellt sie zufrieden fest. „Hast du Hunger?"

„Klar", sagt Bertschi, „und mir geht's auch schon gut. Bei dir kann man im Nu Kraft tanken. Wie machst du das bloß. Hast du irgendwo einen Energiespeicher, aus dem du schöpfen kannst?"

„Sonne im Herzen", kichert Graciella. „Hab ich über die Schweizer Grenze geschmuggelt."

Bertschi sperrt die Tür auf. Seine Wohnung liegt im Dunkeln. Er tragt die Töpfe in die Küche, und deckt rasch den Tisch. Dann sucht er im Handy nach den Arien der Lucia und ihrem Geliebten Edgardo in 'Lucia di Lammermoor".

Leise betritt er das Schlafzimmer. Flo liegt auf der Seite, die Arme vor der Brust gekreuzt, die Knie angezogen. Bertschi geht in die Hocke und streicht ihm zart über die Haare. Flos Augendeckel zucken zwar, bleiben aber geschlossen.

„Du bist da", sagt er.

Bertschi streift mit seinen Lippen über Flos Wange und spürt die Barthaare, die seit dem Morgen

213

gewachsen sind.

„Ich mag deine Stimme", sagt Flo und öffnet die Augen.

„Magst du auch Gnocchi?" Flo schüttelt den Kopf, er will nicht aufstehen.

„Und wenn wir beide im Bett essen?" Flo verweigert die Antwort. Bertschi erhebt sich und kehrt in die Küche zurück. Er hat Riesenhunger, und das Essen ist noch warm. Kurz entschlossen richtet er zwei Teller an. Er verteilt die eingedickte Tomatensauce über die Gnocchi und streut Käse darüber.

Das Gericht wird mit kräftig grünem Basilikum dekoriert. Zufrieden betrachtet Bertschi sein Werk. Die Farben rot-weiß-grün geben dem Menü einen patriotischen Touch, den er sich als Nichtitaliener leisten kann.

Bertschi balanciert die vollen Teller ins Schlafzimmer.

Kurz darauf sitzen Flo und Bertschi einträchtig im Bett, angelehnt an die gepolsterte Rückenlehne, vor sich die Betttische mit dem italienischen Menü einer Italienerin.

☙

Der Wecker reißt Beta aus dem Schlaf. Verwirrt blickt sie um sich, um zu orten, wo sie sich befindet. Sie hat etwas Schönes geträumt. Was war es bloß? Der Traum will ihr nicht einfallen. Sie erinnert sich nur an das Glücksgefühl, das ihr der Traum beschert hat. Ziellos lächelt sie vor sich hin, angelt mit den Füßen nach ihren Filzpantoffeln und steht auf.

Auf dem Weg zur Küche stellt sie sich auf den Geschmack von Kaffee ein. Mit der Tasse in der Hand betrachtet Beta die Natur, die sich ihr vom Fenster aus bietet. Der Wind zerrt die Blätter von den Bäumen. Das Wasser des Sees kräuselt sich. Eine achtköpfige Regatta zieht pfeilschnell vorbei. Mit absoluter Präzision tauchen die Sportler ihre Ruder ins Wasser. Sie starten jeden Samstag um neun zum Training.

Das Handy läutet. Der diensttuende Wachtmeister meldet sich.

„Eben hat ein Herr Matter angerufen. Er habe im Wald, unweit des Tatorts, den Objektivdeckel eines Fotoapparats vom Typ Sony Alpha 99 gefunden. Wollen Sie Nummer und Adresse des Anrufers?"

„Nur die Nummer bitte." Nachdem sie die Zahlen gespeichert hat, erkundigt sich Beta: „Eine Spur von Hakala?"

Das Nein nimmt Beta gleichmütig auf.

Der Objektivdeckel beschäftigt sie. Beim Sony Alpha 99 handelt es sich um einen Fotoapparat für Profis. Kostenpunkt 1800 Euro. Wenn sie zweifelsfrei beweisen kann, dass der Deckel von Zeiter stammt, wird es eng für den Mann. Dann könnte er als Täter in Frage kommen.

Beta bespricht die Lage mit Bertschi. Sie beschließen, Zeiters Atelier unter die Lupe zu nehmen. Wider Erwarten kümmert sich Kost sofort um den Durchsuchungsbeschluss.

Beta atmet tief durch. Nun hat sie Zeit, mit Matter zu reden. Wo genau er diesen Objektivdeckel gefunden habe.

„Sie kennen doch die Forststraße und den Abschnitt, den man KrimMall nennt. Es ist das Stück Straße zwischen einer Links- und einer Rechtskurve. Auf dem Hang oberhalb der KrimMall wachsen Sträucher. Diese Gegend meidet man besser, weil es dort aussieht wie auf einer Müllhalde. Kondome und Tampons, Taschentücher, der eine oder andere Slip. Ich hab auch schon einmal ein Handy entdeckt. Unberührte Natur findet man ein Stück weiter oben. Pilze auch. Heute früh allerdings war ich erfolglos. Nicht ein einziger Pilz, dafür aber der Objektivdeckel. Beim Abstieg zur Forststraße durchquerte ich das Gebüsch und sah ihn auf dem Boden liegen."

„Weit entfernt vom Fundort der Leiche?"

„Zirka 80 Meter, vielleicht auch 100."

„Welches Motiv bietet sich einem Fotograf von dort oben?"

Ohne zu zögern, antwortet Matter: "Es ist ein idealer Standort, um unerlaubte Handlungen zu dokumentieren."

"Oder jemanden zu erpressen."

"Genau", bestätigt Matter. "Es ist ein offenes Geheimnis, dass die KrimMall nicht nur Treffpunkt der Dealer und Gauner ist. Dort verkehren auch Menschen, die man kennt, und die man nicht mit unsauberen Geschäften in Verbindung bringt."

„Sie haben den Deckel doch hoffentlich nicht gereinigt", sagt sie, und schämt sich im gleichen Moment für die Unterstellung. Sie hört Matter lächeln.

Als Beta im Büro erscheint, liegt der Objektivdeckel bereits auf ihrem Schreibtisch. Sie versucht, jemanden vom Spurendienst aufzutreiben, wählt verschiedene Nummern, aber niemand nimmt ab.

Empört ruft sie die Sekretärin an. Die erklärt, es sei Samstag, und da sei nur einer im Dienst, und der befinde sich gerade in der Pathologie.

Beta, ganz fixiert auf die Abteilung Spurendienst, drückt auf Fellners Nummer. Der erklärt mit harscher Stimme, er sei mit seiner Arbeit noch nicht fertig, und kappt die Verbindung.

Rasend vor Zorn drischt Beta auf die Tischplatte ein. Ein Bleistift hüpft im Rhythmus der Schläge bis an den

Rand und stürzt ab. Dieser Armleuchter! Dem fehlt alles, was das Leben ausmacht. Ist ja auch logisch. Dort unten in der Gruselkammer ist er und nur er Herr der Dinge.

Resolut steuert sie Bertschis Schreibtisch an. Einen Moment lang fixiert sie den Apparat, bevor sie Fellners Taste drückt. Fellner, der Bertschis Nummer erkennt, meldet sich, und Beta sagt:

„Wenn Sie jetzt auflegen, schreibe ich einen Bericht über Sie und Ihr Verhalten und bringe ihn persönlich dem Chef."

Fellner lässt sich zu keinem Kommentar herab. „Wagen Sie nie mehr, mich so unverschämt zu behandeln." Betas Stimme schwankt einen Moment, dann fährt fort: „Ich suche Schwaiger vom Spurendienst. Er soll sich bei Ihnen aufhalten. Bitte rufen Sie ihn ans Telefon."

Nach einem Moment meldet sich Schwaiger, und Beta beauftragt ihn, den Objektivdeckel abzuholen und auf Fingerabdrücke zu untersuchen.

Danach sackt Beta im Stuhl zusammen. Nach einem zweiten Kaffee beschließt sie, den Fotografen anzurufen.

Eine müde Stimme meldet sich. „Schön, Sie anzutreffen", flötet Beta. Unwirsch antwortet Zeiter: „Es ist Samstagmorgen um neun! Sie kennen wohl gar nichts!"

„Nicht, solange der Mörder frei herumläuft. Ich möchte mit Ihnen etwas klären. Um zehn bei Ihnen im Atelier?" Zeiter wagt nicht, zu protestieren.

Ein Kilometer Fußweg bis in die Brunngasse reicht aus, um Beta innerlich zu stabilisieren.

Als sie die Tür zum Atelier öffnet, sitzt Zeiter am Schreibtisch, vor sich eine Kaffeetasse mit abgebrochenem Henkel. Auf einer Papiertüte liegt das halb gegessene Croissant.

Zeiter hievt sich aus dem Stuhl. Seine lahmen Bewegungen deuten auf eine kurze Nacht. Die Augenringe auch.

„Mit welchen Fotoapparaten arbeiten Sie?" Bereitwillig zeigt Zeiter auf einen geöffneten Schrank. Beta lässt ihren Blick über die technische Ausrüstung schweifen. Sie hat nicht die geringste Ahnung davon, aber kaschiert dieses Manko geschickt: „Das letzte Mal war eine Sony dabei. Haben Sie die Kamera nicht mehr?"

„Von der würde ich mich nie trennen!" Er holt eine Fototasche und öffnet sie.

„Darf ich die Kamera herausnehmen?" Beta betrachtet den Apparat von allen Seiten. Natürlich ist das Objektiv mit einem Deckel geschützt. Aber es ist, im Gegensatz zum Fundstück, ein Deckel ohne Namen.

Beta gibt sich überrascht und sagt: „Das ist nicht der Originaldeckel."

Zeiter schenkt der Kommissarin ein anerkennendes Lächeln. „Stimmt. Der ist mir vor ein paar Tagen bei einem Fotoshooting abhandengekommen."

Jetzt hab ich ihn, denkt Beta, und geht aufs Ganze. „Herr Zeiter, ich muss Sie bitten, mich aufs Kommissariat zu begleiten. Wir brauchen Ihre Fingerabdrücke, um sie mit denen auf dem Pullover der Toten zu vergleichen."

„Aha, daher weht der Wind. Sie wollen mir wieder einmal den Mord andichten. Wie oft soll ich Ihnen noch erklären, dass ich unschuldig bin. Ich serviere Frauen ab, aber ich ermorde sie nicht. Das sind sie mir nicht wert."

„Ich mache bloß meine Arbeit. Ich kontrolliere und vergleiche, und irgendwann geht mir der Mörder ins Netz."

„Schau ich aus wie ein Mörder?"

Ernst, ohne mit der Wimper zu zucken, nagelt ihn Beta mit ihrem Blick fest. Seine Lider flattern, seine Augen weichen den ihren aus.

"Wir haben den Deckel Ihres Fotoapparats gefunden. Er befand sich 80 Meter vom Fundort der Leiche entfernt. Wie erklären Sie sich das?"

„Die KrimMall interessiert mich aus beruflichen Gründen. Da oben im Wald ist was los." Zeiter setzt sein schmieriges Grinsen auf. Es passt zum dreckigen Geschäft.

Im Kommissariat kümmert sich Schwaiger vom Spurendienst um die Finger seines Klienten, während Beta sich im blauen Salon bei einer Parisienne erholt.

Für sie hat der blaue Salon eine besondere Bedeutung, denn an der einen Wand hängt ein Foto der Jean-Tinguely-Skulptur, die sie zusammen mit ihrer geliebten Tante Elsa besichtigt hat. Sie beide saßen vor der tanzenden Eisenplastik und staunten über die fließenden Bewegungen. Da griffen Räder ineinander, schoben Kolben an, die wiederum neue Räder in Schwung brachten. Gestänge hob und senkte sich, jedes Teil gab seine Energie an ein nächstes weiter. Alles lief wie geölt.

Sie waren beide verzaubert, und rundum standen Menschen, denen es ähnlich ging. Man konnte nicht aufhören, zu staunen und zu lächeln. Unter anderem erzählte Tante Elsa ihr von einem Skandal, den Tinguely in den 60er Jahren ausgelöst hatte. Er war beauftragt worden, das Schaufenster eines Pelzgeschäfts zu dekorieren. Kurzerhand klaute er auf dem Bau eine Schubkarre, füllte sie mit Bauschutt, kippte den in die Auslage, ließ den Schubkarren im Geschäftsraum stehen und warf ein paar Pelzmäntel darüber. Es gab einen riesigen Auflauf vor dem Geschäft, so dass die Polizei Tinguely befahl, das Schaufenster zu räumen und zu säubern.

ൖ

Alle haben sich im Büro eingefunden. Bis auf Venetz. Hunziker stellt die Unterlagen über Zeiter am PC zusammen. Eigentlich wäre das der Job von Venetz, aber der Mann ist nicht da und auch nicht erreichbar. Beta hat bereits lautstark mit Konsequenzen gedroht. Auch Hunziker ärgert sich. Im Team muss man sich aufeinander verlassen können. In einer Beziehung läuft das nicht anders. Plötzlich errötet Hunziker vor Scham. Was hat er seinem Sohn zugemutet, als er ihm erklärte, der Ausflug in den Vergnügungspark finde nicht statt, weil er arbeiten müsse. Hat er wirklich gemeint, Max würde verständnisvoll nicken? Max war total wütend. Er hatte zum ersten Mal erfahren, dass sein Vater nicht Wort hielt.

„Du hast versprochen, dass wir zusammen Karussell fahren. Was man verspricht, das muss man halten. Du hast mich angelogen. Ich spiele nie mehr mit dir. Und den Bauernhof mag ich auch nicht mehr." Max warf die Schweine und Kühe in die Schublade und die Zäune und Ställe auch. Nichts ließ er stehen, und am Schluss sah das Zimmer trostlos aus. Leergefegt.

Die Buchstaben am Bildschirm verschwimmen Hunziker.

Die Bürotür fliegt auf, Venetz hetzt herein, mit hochrotem Kopf, in edlem Sportdress. „Ich ziehe mich schnell um. Bin sofort wieder da."

„Halt", herrscht Beta ihn an, „warum hast du das Handy abgestellt?"

„Es war immer an, und ich habe ständig kontrolliert, ob ein Anruf eingegangen ist. Aber es gab keinen, weil …" Venetz geniert sich.

„Funkloch", hilft Bertschi aus. Venetz deutet ein

Nicken an, und als Bertschis Telefon klingelt, nutzt er die Gelegenheit, und eilt in die Garderobe.

Bertschi schweigt und lauscht, und Beta hat plötzlich das Gefühl, dass sich etwas zusammenbraut. Das Gespräch dauert keine 30 Sekunden.

„Wir haben den Vater", sagt Bertschi, und die Kollegen antworten unisono: „Milenkovic".

Venetz, in tadellosen Jeans und einem dünnen Pullover aus Merinowolle, gesellt sich zur Crew, und hört Emmer brummen: „Es war ja auch die letzte Möglichkeit. Wenn nicht der, dann wer."

„Wir haben den Kindsvater, aber er ist nicht zwangsläufig der Mörder."

"Er ist auch nicht über jeden Verdacht erhaben. Deshalb werden wir uns ab sofort mit ihm befassen. Du, Venetz, stellst zusammen, was wir bis jetzt über Milenkovic wissen. Wir müssen seinen Alltag kennen, wo er arbeitet, wo er sich in der Freizeit aufhält. Die Notizen auf dem Stick der Petrovic werden hilfreich sein."

"Und was machen wir mit Hakala? Der darf uns nicht entwischen. Warum kriegen wir ihn nicht zu fassen? Ist uns ein Denkfehler unterlaufen?"

„Zum Bankomat geht der Finne jedenfalls nicht mehr, Geld hat er schon genug. Aber der Mensch lebt nicht vom Geld allein, er muss auch essen. Vielleicht steht der Mann mittags und abends an irgendeiner Bude, die Döner oder Bratwurst oder Pizza verkauft."

Emmer merkt, dass ihm alle gebannt lauschen. Er wird verlegen und verliert den Faden. Egal, denkt er, das Wichtigste ist gesagt. Auf einmal reden alle durcheinander. Man überlegt, wo sich Hakala aufhalten könnte. Bertschi breitet eine Karte der Region Bern aus und kreuzt die Ortschaften an, in deren Nähe sich

Hakala aufhalten könnte.

Emmer hat sich wieder gefangen. „Unser Vorteil besteht darin, dass Hakala kein Auto hat. Zwei Polizisten in Privatautos, gut instruiert, müssten den Mann noch heute finden."

Bertschi lächelt zufrieden. So stellt er sich Zusammenarbeit vor. Auch Beta staunt über Emmers Beitrag. Sie sagt: „Wenn uns der Finne bis morgen um Mitternacht ins Netz geht, wird das in deiner Akte vermerkt."

Einen Augenblick lang herrscht Stille.

„Heute ist Samstag, da ist doch was los in Bethlehem. Jemand von uns sollte sich unters Volk mischen." Bertschi lächelt Beta charmant an: „Wie wär's, du bist jung und schön."

Beta zeigt ihm den Vogel.

„Du hast recht. Der Job ist zu gefährlich für eine Frau. Venetz, du hast doch einen guten Draht zu Rappern …"

„Ja. Hatte ich vor zwölf Jahren."

„Du wirst dort auf Leute stoßen, die uns interessieren. Lastcall, der Rapper mit der lila Mütze, tritt heute Abend auf. Die Söhne von Milenkovic werden bestimmt aufkreuzen. Vielleicht auch der Junge, der das Foto gemacht hat."

„Einfach durch die Gegend strolchen und schauen, was passiert. Okay, mach dich fit für die Rapper, Venetz. Du hast frei bis um fünf."

„Und die Biografie von Milenkovic?"

Einen Moment lang zögert Beta. Stimmt, den Auftrag hat sie ganz vergessen. Das kann in der Hektik passieren. Sie schiebt ihn Emmer zu.

Vom nahen Münster schlägt es zwölf. Wie auf Kommando knurrt Hunzikers Magen.

Beta schaut auf die Uhr. „Wir andern treffen uns um

drei Uhr hier. Wer aus irgendeinem Grund verhindert ist, meldet sich telefonisch. So oder so, die Handys bleiben an. Funklöcher werden vermieden." Die letzten drei Worte betont Beta. Verlegen blickt Venetz zur Seite.

Die drei Mitarbeiter verlassen den Raum. Sie nehmen die Unruhe und die Hektik mit.

„Wie wird Petrovic reagieren, wenn er von der Vergewaltigung seiner Tochter erfährt, und davon, dass Milenkovic der Kindsvater ist? Wir werden Vorsichtsmaßnahmen treffen müssen, damit Petrovic diesen Lump nicht lyncht." Bertschi fährt sich mit der Hand übers Gesicht. Müde sieht er aus, denkt Beta. Hat er wegen Florian nicht gut geschlafen?

„Wollen wir etwas zum Essen bestellen", wechselt sie das Thema. Bertschi überlegt und lehnt ab. Er müsse an die frische Luft, sonst platze ihm der Schädel. In einer Stunde sei er zurück. Sie würde ihm einen Gefallen tun, wenn sie sich mit den Polizeistreifen kurzschließe, und ihnen Emmers Konzept vermittle, wie Hakala aufzufinden sei.

☙

„Hallo Moni, wie geht's Max?"

„Dreimal darfst du raten."

„Das war höhere Gewalt", verteidigt sich Hunziker.

„Ja, bloß wie erklärt man das einem sechsjährigen Jungen, der andere Prioritäten setzt?"

„Hat er sein Spielzeug wieder hervorgekramt?"

„Nein, er liegt auf dem Bett und hört zum dritten Mal den Räuber Hotzenplotz."

„Ich kann mir eine Stunde freinehmen. Bringst du ihn zum Karussell?

„Klingt positiv", kommentiert Moni und sagt dann: „Du, da steht jemand neben mir." Hunziker hört, wie

Moni fragt, ob Max seinem Papa Hallo sagen möchte. Offenbar nicht. Es herrscht eiserne Stille. Hunziker vermutet, dass Max den Hörer ans Ohr presst, und redet drauf los: „Schade, dass Max nicht mit mir reden will, ich wollte ihm nämlich sagen, dass ich Zeit habe und beim Karussell auf ihn warte."

„Ich bin gleich da", schreit Max aufgeregt. "Ich muss nur die Schuhe anziehen."

Moni übernimmt wieder den Hörer. „Gut gemacht, Herr Hunziker. Die Aktion buchen wir unter Achterbahn der Gefühle ab."

„Bringst du mir ein Sandwich mit", bittet Hunziker. „Ich habe das Essen ersatzlos gestrichen."

„Das darfst du öfters machen", spottet Moni erbarmungslos. Hunziker ahnt, dass er demnächst mit einer Diät konfrontiert wird. Er ist damit einverstanden. Aber er braucht die innere Bereitschaft dazu, und die muss wachsen, und in einen Vorsatz münden, und den fasst man am besten im neuen Jahr. Genau, im Januar wird er seine Essgewohnheiten verändern. Noch drei Monate Galgenfrist, tröstet er sich, und freut sich auf das Sandwich von Moni.

Kurz darauf steht er mit Max in der Schlange an der Kasse, und beobachtet die Höhenflüge eines Paars. Der Mann hält sich am Sessel seiner Freundin fest und schlingert mit ihr durch die Luft. Beide kreischen. Die auf festem Grund stehenden Menschen heben ihre Blicke, in manchem Gesicht spiegelt sich bares Entsetzen. Hunzikers Augen dagegen leuchten. Das Kettenkarussell erinnert ihn an seine Jugend. Einmal pro Jahr, im Juni, hielten riesige Laster im Dorf. Dann, nach ein paar Tagen, war der Maschinenpark aufgebaut, und es konnte mit dem Spaß losgehen. Der Besuch der Kirmes gehörte in der Familie Hunziker zur Tradition. Wenn das Kassehäuschen endlich das Fenster öffnete, zog es seinen Vater zum Kettenkarussell hin. Dort geschah mit ihm jedes Mal etwas Besonderes. Er verwandelte sich. Er wurde ein unbeschwerter Junge und stellte zusammen mit seinem Sohn Benno einen Nachmittag lang das Leben auf den Kopf. Kein Höhenflug ohne Grundvertrauen, dozierte der Vater stets, bevor sich das Karussell zu drehen begann. Mit diesem Spruch auf den Lippen werde ich sterben, hat Hunziker seiner Frau kürzlich gestanden. Worauf seine Frau meinte, er solle sich diesen Spruch sparen, weil sie sonst in Panik gerate. Was, wenn er abstürzen würde? Das wäre das Ende. Sie kenne nur einen, der nach dem Tod wieder auferstanden sei.

Moni verlässt ihre beiden Männer. Das Kettenmonster will sie nicht sehen. Sie setzt sich ins nahe Café und schlägt das Buch 'Kapital' auf. Nicht das von Marx, sondern den Roman von Lanchester, wo die Eigenheimbesitzer einer fiktiven Straße in London dem Glück hinterherjagen.

Nach einem letzten Blick auf Mann und Sohn reist Moni im Kopf nach London und lässt sich in eine andere Welt entführen. Manchmal lacht sie während des Lesens laut auf.

Hunziker drückt Max die Hand. „Aufgeregt?"

„Nein", lügt Max, und klammert sich an seinen Vater. Mit kritischem Blick beobachtet er die Rundreise der Sessel.

„Mich kitzelt die Angst im Bauch", gesteht Bertschi, um seinem Sohn zu zeigen, dass man ein solches Gefühl haben darf. Max räumt ein, ihn kitzle die Angst in der Brust, aber das sei nicht wie an den Füßen, wo er lachen müsse.

„Wie oft fahren wir?", will er wissen.

„Magst du dreimal?" Max nickt. Er jubelt nicht mehr, seine Vorfreude hat sich auf leisen Sohlen davongemacht. Nun wird es ernst mit dem Kettenkarussell.

„Nachher gehen wir noch zu den Putschautos", stellt Hunziker seinem Sohn in Aussicht, worauf der augenblicklich seine Flugangst vergisst. Putschautos sind lustig und sie fahren auf dem Boden.

Hunziker entfernt das Papier vom Sandwich, und beißt hungrig ab. Moni vergisst nie, beide Brotseiten mit Senf zu bestreichen. Er beeilt sich mit dem Essen. Dann geht's los. Langsam zuerst, so dass Max ungeduldig wird.

„Wart du nur", schreit Hunziker übermütig und schubst Max, so dass der Sessel hin und her torkelt. Das gefällt Max ausnehmend gut. Je schneller sich aber das Karussell dreht, umso stiller wird der Junge. Er krallt sich an den Ketten fest und bereitet sich darauf vor, höher und höher zu steigen, bis er nur noch ein Punkt am Himmel ist. Hinter sich hört er den Indianerruf seines Vaters. Er dreht sich um und sieht seinen Vater winken. Da löst sich seine Beklemmung auf. Er spürt das Schweben in der Luft und den Fahrtwind und lacht, weil er die Menschen von oben sieht. Wie die Vögel, denkt er glücklich.

Die zweite Karussellrunde genießt er von Anfang an.

Am Ausgang des Rummels wartet bereits Moni, um Max in Empfang zu nehmen. Der plappert begeistert vom Putschauto und vom Kettenkarussell, für das man viel Mut brauche.

„Kein Höhengrund ohne Flugvertrauen", wiederholt er die Worte seines Vaters. Moni versteht nicht, was ihr Sohn meint, und wirft ihrem Mann einen fragenden Blick zu. Auch Hunziker erschließt sich das Zitat nicht sofort. Dann kapiert er. „Kein Höhenflug ohne

Grundvertrauen", nickt er.

„Du bist ja käseweiß, was …" sagt Moni, aber Hunziker rennt schon zum Rinnstein und erbricht sich. Moni wühlt in der Tasche nach dem Tempopäckchen und reicht es ihrem Mann.

„Ich hole Wasser", sagt sie und läuft mit Max zum nächsten Stand. „Mama, nicht Wasser, sondern Cola, sagst du immer, wenn mir schlecht ist."

Inzwischen hat sich Hunziker erholt. Er spült den Mund mit Wasser aus und nimmt wie ein braver Junge einen Schluck Cola. Max ist mit seinem Vater zufrieden.

„Dein Sandwich wollte nicht Karussell fahren", erklärt Hunziker seiner Frau, bevor sich ihre Wege trennen.

☙

Als Beta im Büro auftaucht, verkündet Bertschi: „Stell dir vor, Hakala wurde gesehen."

Wie elektrisiert bleibt Beta stehen.

„Wo?"

„In Ittigen, im nahen Schärmenwald. Ich habe bereits die Polizeistreifen umgeleitet."

„Von wem kommt die Info?"

„Von einem Mann aus Ittigen, seine Personalien sind überprüft. Der Mann kennt Hakala von der 'Chrottegruppe'."

„Ist das eine von diesen Selbsthilfegruppen?"

„Mensch Beta, das ist eine Krötengruppe."

„Wie bitte? Dieser selbstbezogene Künstler kümmert sich um den Fortbestand von Kröten?"

„Er nicht, aber die Petrovic, als sie noch lebte. Die hat ihn manchmal in den Schärmenwald mitgenommen. Zur Laichzeit muss man die Tiere entlang der Schutzzäune einsammeln und sie zu ihren Laichgewässern bringen."

„Was du alles weißt!"

„Der von der 'Chrottegruppe' hat mir noch viel mehr erklärt."

Beta winkt ab. „Im Moment bin ich eher an Hakala interessiert. Erzähl weiter."

„Der Krötenretter von Ittigen verfolgte Hakala, bis der in einem Schuppen verschwand, worauf der Mann uns benachrichtigte. Dank seiner präzisen Ortskenntnis ging dann alles ganz schnell. Inzwischen nähern sich vier Polizisten von verschiedenen Seiten der Scheune, und ich hoffe, dass sie Hakala aufgreifen."

Bertschis Telefon klingelt. „Ja?"

Emmer meldet, er habe die Baustelle gefunden, auf der Milenkovic laut einem Nachbar bis 16 Uhr arbeite. Jedenfalls gehe das seit Wochen so. Man höre jeden Samstag den Betonmischer ab 7 Uhr früh. Es handle sich um ein Einfamilienhaus in Münsingen, wo ein Swimmingpool angelegt wird.

„Ein Häuslebauer und ein Maurer bescheißen zusammen den Staat. Den Missstand werden wir im geeigneten Moment ans Steueramt weiterleiten", sagt Bertschi. „Gut, Emmer. Komm so rasch wie möglich zurück, wir brauchen jeden von der Crew."

Beta tänzelt vor Bertschi herum. „Es bewegt sich was!"

„Wo denn? Wir stehen doch nur herum. Warten ist ein grausamer Sport", brummt Bertschi.

Beta pflanzt sich vor ihrem Kollegen auf und sagt: „Los, Bertschi, wir krempeln die Ärmel auf. Milenkovic soll das Kommissariat von innen kennenlernen. Wollen wir ihn anliefern lassen?"

Bertschi überlegt einen Moment, bevor er zustimmt.

„Okay", strahlt Beta voller Elan. „Übernimmst du Emmer?" Bertschi verzieht sein Gesicht zu einem breiten Grinsen. Klar, Beta will im Moment jeden Krach mit Emmer vermeiden, traut sich selbst jedoch nicht über den Weg. Wenn sie unter Stress steht, wird sie manchmal ausfällig.

Bertschi erklärt Emmer telefonisch, dass Milenkovic ins Kommissariat gebracht werden soll. Als Grund solle er erkennungsdienstliche Maßnahmen angeben. Eine der beiden Streifen sei für die Überführung von Milenkovic frei verfügbar. Wie er die Sache organisiere, könne er selbst entscheiden.

Auch Beta hängt am Telefon. Die Polizeistreife meldet, dass der Schuppen oberhalb von Ittigen leer sei. Kein Hakala. Alles deute jedoch daraufhin, dass Hakala letzte Nacht dort geschlafen habe: die Kuhle im Heu, ein Stück Brot und ein Fahrschein Bern-Ittigen mit dem Datum des Vortags.

„Und jetzt?"

Beta zuckt die Schulter. „Ich habe zwei Mann von unserm Vierertrupp zum Observieren des Schuppens abgezogen. Vielleicht kehrt der Finne zurück."

In diesem Moment meldet sich Venetz bei Bertschi. „Frau Kuonen hat Hakala soeben im Bahnhof Bern gesehen." Der trockene Lacher, mit dem Bertschi die Neuigkeit quittiert, klingt verdrossen. Zuerst tut sich weniger als nichts, und plötzlich geht es Schlag auf Schlag.

Venetz lässt sich nicht aus der Ruhe bringen. „Er steht am Bahnsteig 3 und wartet offensichtlich auf den InterRegio Richtung Genf, der fahrplanmäßig in zehn Minuten eintreffen müsste. Aber soeben wurde eine Verspätung von 15 Minuten gemeldet."

Nun ist Bertschi voll bei der Sache. „Er peilt den Flughafen an", sagt er. "Jetzt muss alles schneller als schnell gehen. Erkundige dich bei Frau Kuonen nach der Beschreibung von Hakala. Frag nach Klamotten, Frisur, Gepäck, und ruf mich sofort zurück."

Mit einem Satz ist Beta an ihrem Schreibtisch. „Ich benachrichtige die Polizei am Flughafen Cointrin. Hakala darf die Schweiz nicht verlassen."

⚛

Der Bahnsteig füllt sich. Eine dichte Menschenmenge strömt von der Unterführung über die Treppe nach oben, wo sich die Reisenden auf die Gleisabschnitte A bis D verteilen. Männer im grauen Zweiteiler, mit smarten Laptoptaschen in der Hand, schlängeln sich in den Erste-Klasse-Bereich, und zücken das Handy. Andere halten Ausschau nach einer Lücke, in der es sich warten lässt. Die meisten Fahrgäste sind Pendler. Dazwischen drängen sich Urlauber, die mit ihren Rollkoffern fremde Schienbeine attackieren.

Der Lautsprecher kündigt erneut die Verspätung des InterRegio von St. Gallen über Zürich und Bern nach Genf an.

Hakala verzieht das Gesicht. Wenn er nur schon in den Zug einsteigen könnte. Er will endlich losfahren, Bern für immer den Rücken kehren. Er zupft die dünne Wollmütze zurecht. Kein Haar wagt sich hervor. Verzweifelt hält er Ausschau nach dem Zug, der nicht kommt. Ob das Leben in Spanien komplizierter ist als in der Schweiz? Er kann bei Luca untertauchen, der in einem verlotterten Bauernhaus unweit von Girona wohnt. Mit Luca hat er in der Reithalle Bern ein Konzert gegeben. Genauer gesagt, war es ein informeller Auftritt. Er hat die Saiten seiner Gitarre gezupft, und Luca hat auf die Bongos eingedroschen. Lang wird er bei seinem Freund nicht bleiben können. Ende Monat muss Luca ausziehen, weil er die letzten drei Mieten nicht gezahlt hat. Luca hat sich nicht nach Lela erkundigt. Und er hat nicht erzählt, dass Lela tot ist.

„Temuu", ruft jemand laut, und wiederholt ein zweites Mal: „Temuu." Hakala reckt den Kopf und blickt in die Richtung, aus der die Stimme kommt. Plötzlich wird er von zwei Polizisten eingekeilt. „Temuu Hakala, wir verhaften Sie wegen des Verdachts auf Mord an Frau Petrovic." Die Handschellen klicken. „Bitte folgen Sie uns." Das Trio setzt sich in Bewegung.

Hakala verliert kein Wort. Auch die Uniformierten schweigen. Es ist ihnen unangenehm, bei ihrer Arbeit beobachtet zu werden. Die Menschen treten einen Schritt zurück. Sie unterbrechen ihre Gespräche. Neugierige Blicke verfolgen die Szene. Es bildet sich eine Gasse, durch die sie unbehelligt abziehen. Hinter den dreien, in ihrem Rücken, schwillt die Debatte jedoch an. Was hat der Kerl verbrochen? Ein Dieb oder ein Dealer oder beides? Man zerbricht sich den Kopf über den Abgeführten. Am Fuß der Treppe biegen die drei Männer um die Ecke.

Der Lautsprecher kündigt einmal mehr die fünfzehnminütige Verspätung des Zuges an. Der Ansage folgt die übliche Entschuldigung mit der Bitte um Verständnis. Die Anzeige auf der elektronischen Tafel ist anderer Meinung als der Lautsprecher. Sie weist darauf hin, dass der Zug in drei Minuten einfährt.

ⳇ

Unruhig geht Beta im Büro auf und ab. Ihr Blick streift Bertschi, der an einer Kurzfassung der Tagesgeschehnisse arbeitet. Sie ist nicht sicher, ob sie für den Fall Petrovic die richtigen Maßnahmen getroffen hat. Was, wenn sie zu voreilig gewesen ist? Aber war es im Zweifelsfall nicht besser, mehr zu unternehmen als zu wenig?

"So oder so, den Mörder haben wir."

231

"Haben wir nicht. Oder liegt dir ein Geständnis vor?"

Bertschi dreht sich zu ihr hin. „Wir haben zwei Verdächtige in U-Haft. Und bei einer weiteren

Person werden gerade Fingerabdrücke und DNA bestimmt. Der Chef wird uns wilden Aktionismus vorwerfen. Und Inkompetenz."

"Du fällst mir doch nicht in den Rücken?"

"Seh ich so aus? Ich wappne mich bloß für das Gespräch. Ich garantiere dir, das wird hart."

"Mehr als ausflippen kann er nicht. Wir werden ihn mit unseren Argumenten überzeugen. Ich eröffne das Gespräch. Wenn mein Ton zu wünschen übrig lässt, greifst du ein, und glättest die Wogen. Zu zweit sind wir unschlagbar."

Zwanzig Minuten später bittet Kost das B&B-Team zu sich. „Was ist denn hier los?", blafft er. „Sie belegen die Zellen mit Verdächtigen, als wäre die U-Haft ein Hotel. Sie verfügen über den Einsatz von Polizeistreifen und schicken sie unkoordiniert von A nach B. Sie agieren, als hätten wir es mit einem Großeinsatz zu tun. Ich habe den Eindruck, der Fall Petrovic wächst Ihnen über den Kopf."

„Nicht, dass ich wüsste. Wenn Sie mir fünf Minuten Zeit einräumen, ohne mich zu unterbrechen, kann ich die Zusammenhänge erläutern."

„Gibt es eine schriftliche Kurzfassung?"

„Natürlich. Aber ich möchte Sie zuerst persönlich informieren."

Zu Bertschis Verblüffung nickt Kost. Er legt die Brille auf den Tisch und rollt mit dem Stuhl ein Stück zurück.

Erstaunlich ruhig beginnt Beta, die Eckpfeiler des Mordfalls aufzubauen und mit den wichtigsten Details zu verbinden. Dann, mit Blick auf die Uhr, kommt sie zum Ende. „Ich habe weniger als fünf Minuten Ihrer Zeit in Anspruch genommen."

„Wann gedenken Sie, Herrn Zeiter freizulassen?"

Beta wirft Bertschi einen Blick zu, worauf der sich ins Gespräch einklinkt. „Im Lauf der nächsten Stunde. Bis dahin wird der Spurendienst die Arbeit in Zeiters Atelier abgeschlossen haben. Im Übrigen haben wir den Einsatz so koordiniert, dass niemand unsere Arbeit behindern kann."

„Was ist mit Herrn Milenkovic?"

„Den wird Hunziker einvernehmen, während Beta und ich seine Wohnung durchsuchen."

„Es ist Ihnen bewusst, dass kein ausreichender Mordverdacht vorliegt, um eine solche Maßnahme zu rechtfertigen." Kosts Antwort lässt an Klarheit nichts zu wünschen übrig.

„Eben", antwortet Beta, und fügt in Gedanken hinzu, dass sie das Problem auf ihre Art lösen werde.

Im Raum knistert es vor Aggression, und Bertschi greift ein. „So wie sich die Situation im Moment präsentiert, wollen wir Milenkovic nur verhören. Danach ist er ein freier Mann."

„Und Hakala?"

„Mit dem beschäftigen wir uns länger. In ein bis zwei Tagen werden uns die nötigen Erkenntnisse vorliegen."

Kost wendet sich an Beta und streckt die Hand aus. „Wo ist das von Ihnen erstellte Dokument?" Beta zeigt mit dem Finger auf Bertschi, der dem Chef das Schriftstück reicht.

Kost setzt die Brille auf, überfliegt den Text und schiebt ihn dann von sich. Er starrt in die Ferne. Das B&B-Team kennt das Signal. Wenn jetzt jemand reden darf, dann Kost. Sonst niemand.

Nach einer Weile fixiert er Beta. „Die Durchsuchung

von Zeiters Atelier war nicht rechtens, da haben Sie Ihre Kompetenzen überschritten. Ist Ihnen klar, dass Zeiter Sie verklagen kann?"

„Der wird sich mit uns nicht anlegen, weil sonst etwas ans Licht kommt, was ihn beruflich ins Aus manövriert."

Abrupt erhebt sich der Chef. „Halten Sie mich am Laufenden, ich bin bis 22 Uhr erreichbar."

Die Kommissare machen sich auf den Weg. Schweigend durchqueren sie den Flur. Beta beschleicht ein mulmiges Gefühl. „Ein menschenleerer langer Gang kann ganz schön unheimlich sein", stellt sie fest.

„Man fühlt sich ausgeliefert, weil man kein Ende sieht", stimmt Bertschi zu.

Er schaut Beta prüfend an. „Alles okay?"

Dankbar drückt Beta seinen Arm. Was für ein sensibler Mensch! Er spürt die leisesten Zeichen ihrer Panik. Sie muss jetzt bloß das Thema wechseln, um die Attacke nicht herbeizureden.

„Sag mir, Bertschi, warum hat Kost sich beim Durchsuchungsbeschluss so vage ausgedrückt? Normalerweise gibt es ein striktes Ja oder Nein."

„Das habe ich mich auch schon gefragt. Warum wohl?"

„Meinst du …?" Bertschi nickt. „Wenn wir die Wohnung von Milenkovic auf den Kopf stellen, kommen wir vorwärts, und das passt Kost in den Kram. Sollte aber etwas daneben gehen, dann sind wir schuld, weil wir eigenmächtig gehandelt haben."

„Es könnte noch einen anderen Grund geben. Was, wenn Kost von oben einen Wink bekommen hat, sich nicht mit Milenkovic anzulegen. Der hat auf der Krim-Mall das Sagen, und dort oben treiben sich doch allerhand Honoratioren herum. Ich verschwinde kurz im blauen Salon. Bis gleich."

Als Beta kurz darauf das Büro betritt, begegnet sie drei gut gelaunten Männern. Verlegen reißt sich Emmer den Efeu vom Kopf.

„Wir haben ihn mit einem Ölzweig geehrt. Dank ihm sitzt Hakala in U-Haft", erklärt Bertschi.

„Wo ist Venetz?"

„Schon in Bethlehem", sagt Hunziker und fährt fort: „Die Durchsuchung von Zeiters Atelier ist beendet. Laut Spurendienst gibt es weder Fotos noch Gegenstände, die einen Rückschluss auf den Mord an der Petrovic zulassen. Auch sein Fingerabdruck ist nicht identisch mit den Fragmenten, die sich auf der Leiche befinden."

„Gut, dann soll der Fotograf sein Hotelzimmer räumen. Immerhin schon einer weniger. Wir müssen umdisponieren", bemerkt Bertschi. „Wer befasst sich mit Hakala?"

Beta tut sich schwer mit der Entscheidung. Kann man Emmer damit beauftragen, ohne dass er etwas vermasselt? Oder soll sie sich den Finnen vornehmen, und Emmer begleitet Bertschi in die Wohnung von Milenkovic? Beta wühlt in ihrem Haar, das sich widerspenstig ringelt.

„Wir haben vier Optionen", überlegt Beta. „Du oder ich oder Emmer oder Hunziker."

Bertschi stutzt. Beta, die sich an Emmer nur erinnert, wenn kein anderer Kollege zur Verfügung steht, bezieht ihn auf einmal bei der Arbeitsverteilung gleichberechtigt mit ein.

Bertschi wägt die Möglichkeiten ab und richtet sich an Emmer: „Übernimm du ihn."

Unbewegt nimmt Emmer den Auftrag entgegen, aber innerlich zerreißt es ihn fast vor Aufregung.

CR

Das Tscharnergut hat Feierabend. Vor dem menschenleeren Supermarkt funkeln die angeketteten Einkaufswagen. Da ist niemand, der sie mit zwei Franken füttert und sie zwischen Regalen spazieren führt.

„Und da soll die Post abgehen?" Zweifelnd stiert Beta durch die Frontscheibe auf das asphaltierte Viereck, groß wie ein Fußballfeld. Sie zieht die Handbremse an.

„Rapper sind nachtaktiv. Sie wollen unter sich bleiben und haben diesen Ort bewusst gewählt. Oder siehst du irgendwo in der Nähe Quartierbewohner?"

„Niemand kann die Welt so schön erklären wie du." Beta kramt nach dem Handy in der Tasche. „Ich rufe Hänny an."

Ob er etwas von Hakala gehört habe, fragt sie. Das verneint Hänny. Aber Zeiter sei tags zuvor vorbeigekommen und habe ihm ein Foto von Lela geschenkt. „Ich habe mich echt gefreut. Er war cool. Keine blöde Anmache." Nach einem Moment fügt er hinzu: „Nicht, dass Sie jetzt meinen, wir seien Freunde."

„Wissen Sie, wo die Milenkovic-Jungs stecken?"

„Um diese Zeit sind sie zuhause. In der Familie legt man Wert auf pünktliches Essen."

Es entsteht eine Pause. „Ist er der Vater?", erkundigt sich Hänny.

„Bitte verstehen Sie, dass ich keine Auskunft geben kann, um die Ermittlungen nicht zu gefährden. Wir arbeiten mit Hochdruck und kommen vorwärts. Allerdings benötigen wir Ihre Unterstützung."

„Worum geht es?"

„Milenkovic befindet sich in Polizeigewahrsam. Wir möchten die Wohnung durchsuchen, ohne dass die Jungs dazwischenfunken. Können Sie die beiden eine

Stunde lang übernehmen?"

Es ist still. Das Knistern der Leitung tönt wie das Rattern eines Maschinengewehrs in der Ferne. Beta wartet.

„Ich verstehe", kommt es nach einer Weile. „Jetzt sofort?"

„In fünfzehn Minuten."

„Was geschieht mit Frau Milenkovic?"

„Eine Polizistin wird sie während der Aktion betreuen."

„Okay, ich bin bereit."

Das B&B-Team steigt aus dem Wagen, biegt in den Kornweg ein und geht, umzingelt von Hochhäusern, bis zur Nummer 37. Beta braucht eine Weile, bis sie auf einem der vielen Schilder den gesuchten Namen entdeckt. Sie meldet der Zentrale, alles laufe wie besprochen. Die Streife solle starten.

Während Bertschi die Klingel drückt, tastet Beta nach dem Pfefferspray in der Manteltasche.

„Ja", ertönt eine Männerstimme aus der Lautsprechanlage.

„Kriminalpolizei Bern, bitte öffnen Sie." Ohne zu zögern wird der Summer betätigt. Die Kommissare fahren mit dem Lift in den fünften Stock. An den Türrahmen gelehnt, erwartet sie ein junger Mann. Beta und Bertschi stellen sich vor und wünschen Frau Milenkovic zu sprechen.

„Selbstverständlich", grinst der junge Mann. „Können Sie kroatisch?"

„Nein", antwortet Bertschi, „Aber vermutlich Sie. Wer sind Sie denn?"

„Ich lebe hier. Mein Vater ist nicht da."

Die Kommissare zeigen ihre Ausweise und erkundigen sich nochmals nach dem Namen des jungen Mannes. Er sei Josip, antwortet er.

Als Bertschi um Einlass bittet, dreht sich Josip um und redet halblaut auf seine Mutter ein, die hinter der Tür steht. Der Wohnungsnachbar zur linken Seite dreht zweimal den Schlüssel um. Ein Stockwerk höher beugt sich eine Frau übers Geländer. Beta schaut hoch, worauf das Gesicht mit den verquollenen Augen zurückweicht.

Von einem Moment zum nächsten verliert Beta die Geduld. Sie signalisiert Bertschi, dass Josip sie verschaukle. Mit freundlichem Lächeln betritt sie die Wohnung, geht auf Frau Milenkovic zu und begrüßt sie. Vor ihr steht eine Muslima mit Hijab und gesenktem Blick. Ob sie deutsch verstehe, schweizerdeutsch oder schriftdeutsch? Die Frau schüttelt den Kopf.

Josip wendet sich an Bertschi. „Sie können mit mir reden, ich kann beides."

„Gut. Ihr Vater befindet sich in U-Haft. Er wird des Mordes an einer jungen Frau verdächtigt. Bitte erklären Sie den Tatbestand Ihrer Mutter."

Josip hat noch keine zehn Worte gedolmetscht, da beginnt die Frau zu kreischen. Sie schimpft und stampft auf den Boden, hebt abwehrend die Hände, schlagt sie über dem Kopf zusammen, und zieht alle Register, um ein normales Gespräch zu verunmöglichen. Das Theater scheint selbst ihrem Sohn übertrieben. In harschem Ton weist er seine Mutter zurecht. Frau Milenkovic gehorcht sofort.

„Wo ist Ihr Bruder?", erkundigt sich Bertschi, der instinktiv erfasst, dass in dieser Runde ein Männerwort mehr wiegt als das einer Frau.

Josip ruft, und Dario erscheint.

„Wir sind hier, um die Wohnung zu durchsuchen. Zwei Polizisten bringen euch in den Beth-Treff. Sobald wir mit der Arbeit fertig sind, holen sie euch ab und bringen euch wieder hierher."

„Das geht nicht, ich darf meine Mutter nicht allein lassen."

„Ihre Mutter bleibt hier in der Wohnung und wird von einer Polizistin betreut."

„Sie verstehen unsere Gesetze nicht. Bei uns darf eine Frau niemals ohne männlichen Schutz zurückgelassen werden. Ein Mann, der seine Aufgabe nicht wahrnimmt, verliert seine Ehre. Wenn mein Vater nicht da ist, bin ich für die Frauen unserer Familie verantwortlich, und wenn ich nicht da bin, übernimmt Dario die Aufgabe."

„Das mag sein, aber vergessen Sie nicht, dass Sie in der Schweiz leben, und hier …"

Es läutet. Sofort stellt sich Bertschi in den Türrahmen, damit keiner der Jungs auf die Idee kommt, zu türmen. Er vergewissert sich, dass es sich um die Streife handelt und bittet die drei Polizisten, hochzukommen.

Josip pflanzt sich vor Bertschi auf. „Ich möchte die Erlaubnis für die Durchsuchung sehen."

„Die wird nachgereicht und liegt Ihnen am Montag vor."

„Ohne das Papier dürfen Sie hier nicht herumwühlen", empört sich Josip. „Sie glauben, Sie können sich alles erlauben, weil wir Ausländer sind. Aber ich kenne meine Rechte."

Die Polizisten betreten die Wohnung.

Bertschi befiehlt Josip, seine Mutter darüber zu informieren, wohin er und sein Bruder gebracht würden. Josip verweigert die Kooperation. Beta bemüht sich, die Geduld nicht zu verlieren. Der Vater ihrer Freundin Fabienne würde jetzt sagen, dem Rotzlöffel wollen wir doch zeigen, wo Gott hockt.

Josip werden Handschellen angelegt, und einer der

Polizisten begleitet ihn vor die Tür. Prompt schlüpft Dario in die Rolle des Beschützers, indem er seiner Mutter erklärt, dass er und Josip in einer Stunde zurückkämen. Dann nimmt ihn der andere Polizist unter die Fittiche und gemeinsam betreten sie den Lift.

Zurück bleibt die Polizistin, die sich um Frau Milenkovic kümmert. Die beiden Frauen ziehen sich in die Küche zurück.

Für das B&B-Team verbessern sich die Arbeitsbedingungen augenblicklich. Bertschi begibt sich ins Badezimmer und sucht nach den K.o.-Tropfen. Er öffnet einen kleinen Schrank, der mit Medikamenten vollgestopft ist. Verschreibungspflichtige Schmerzmittel, Angsthemmer, rezeptfreie Schlaftabletten, Antidepressiva. Im untersten Regal entdeckt er drei Fläschchen. Er hält die Luft an, greift sich eines und studiert die Beschreibung. Es sind Codein-Tropfen.

„Codein macht abhängig. Pack ein Fläschchen für Fellner ein", sagt Beta, die den Wäscheschrank im Gang durchwühlt.

Im Schreibtisch, der im elterlichen Schlafzimmer steht, findet Bertschi Bankauszüge der UBS. Auf dieses Konto fließen Sozialhilfe und Kindergeld. Bertschi rechnet die Beträge zusammen, die der Staat jeden Monat überweist.

„Milenkovic bezieht als Arbeitsloser für sich und seine Familie vom Sozialamt jeden Monat rund 5000 Franken", empört er sich.

„Klingt nach viel, aber große Sprünge kann man damit nicht machen", wehrt Beta ab.

„Das stimmt, aber weißt du, wie viele Menschen in der Schweiz mit ihrer Arbeit nicht mehr verdienen als Milenkovic, der keinen Finger rührt. Noch dazu bessert er sein Arbeitslosengeld mit Schwarzarbeit auf."

„Bertschi, komm her", ruft Beta leise. Sie steht vor dem schmalen Abteil des fünftürigen Schranks, in dem einige Sakkos und vier Anzüge in schwarzen Schutzhüllen hängen.

Beta reicht ihm eine Mentos-Packung. Bertschi nimmt sie und betrachtet sie von beiden Seiten. „Mach auf", fordert Beta. Bertschi öffnet sie und klappt sie auseinander. Gewöhnlich beinhaltet die Packung auf jeder Seite sieben Kaugummis. In der von Milenkovic befinden sich kleine Gefäße aus Plastik. Sie sind durchsichtig und mit weißem Pulver gefüllt. Bertschi öffnet ein Plastikfläschchen und streut sich ein wenig auf die Handfläche.

„Was meinst du?", fragt er Beta. Die zerreibt etwas zwischen den Fingern und sagt: „Heute Abend schmeißen wir eine Party."

„Das fehlt mir noch", brummt Bertschi. „Hast du das Zeug schon einmal probiert", quetscht er seine Kollegin aus. Sie schüttelt den Kopf. „Und du?"

Er nickt. „Wenn ich pensioniert bin, erzähl ich dir die Story."

„In dieser Mentos-Packung stecken 14 Gefäße mit je einem Gramm Koks, schätze ich. Für ein Gramm zahlt man 50 Franken. Das heißt …" während Beta fieberhaft zu rechnen beginnt, antwortet Bertschi gelassen. „Diese Mentos kosten 700 Franken."

Mit dem Fuß schiebt er Beta einen in der Nähe stehenden leeren Wäschekorb zu. Voller Elan widmet sie sich den Hosen- und Jackentaschen, fischt eine Packung Mentos nach der andern heraus und wirft sie in den Korb.

„Das ist alles", sagt sie schließlich. „Wie viel sind es?"

„29 Packungen, alle voll. 14 Gramm mal 29 macht 406 Gramm, sagen wir 400. Die 400 mit 50 multipliziert ergeben 20.000 Franken brutto. Der Gewinn, den Milenkovic einstreicht, beläuft sich vielleicht auf ein Drittel, also 7-8000 Franken. Steuerfrei."

„Ob er die Söhne einspannt, um das Koks zu verticken?"

„Keine Ahnung, aber irgendwann werden wir es wissen. Die Mentos reichen für eine solide Anklage. Außerdem können wir beweisen, dass er einer Schwarzarbeit nachgeht. Damit betrügt er den Staat, von dem er als Arbeitsloser Sozialhilfe bezieht.

„Bloß für den Mord haben wir kein Indiz", seufzt Beta.

Bertschi schaut auf die Uhr. „In einer halben Stunde müssen wir fertig sein."

„Gut, ab ins Kinderzimmer."

Der Teddybär mit weißem Kreuz auf rotem Pulli, aber ohne Hose, sticht Beta als erstes ins Auge. Sie tastet ihn ab, und knetet ihn genauso wie den Plüschhund mit dem traurigen Blick. Nichts. Nur Restbestände einer Kindheit. Auch die Betten der beiden Jungs fördern nichts Unerlaubtes zutage.

Betas Blick schweift durch den Raum. „Hier gibt es kein einziges Buch."

„Dafür eine Unmenge CDs", konstatiert Bertschi, ergreift mit beiden Händen einen Stapel, und türmt ihn vor sich auf.

„Nicht, dass du jetzt jede öffnen willst!" Beta schiebt die Tür des Kleiderschranks auf.

"Vergiss den Schrank, da stöbert die Mutter genug herum. Die CD-Sammlung dagegen interessiert sie nicht im Geringsten." Bertschi klappt eine CD-Hülle nach der andern auf. Plötzlich beginnt er zu lachen. „Schau her." Er schwenkt ein Kondom. „Bei Bushido ist das Thema Verhütung gut aufgehoben." Es werden keine weiteren Kondome gefunden, dafür aber zwölf Minipäckchen Marihuana zu je zehn Gramm.

„Sieht so aus, als würden die Jungs unabhängig von ihrem Vater dealen", brummt Bertschi und wirft die Ausbeute zum Koks im Wäschekorb.

Auf die Kommissare wartet ein letztes unkontrolliertes Zimmer.

☙

Auf dem Weg zum Verhörraum wird Hunziker erneut schlecht. Sein Mund füllt sich mit Speichel, fieberhaft schluckt er. Was, wenn er sich erneut übergeben muss, wie nach der Karussellfahrt? Er konzentriert sich auf den Atem und überlegt, wo sich die nächste Toilette befindet. Gleichzeitig stellt er fest, dass die von Max empfohlene Cola-Medizin nichts nützt. Die letzten Meter bis zum WC sprintet er. Er reißt die Tür auf, hält die Hand vor den Mund und schafft es bis zur Kloschüssel. Das Herz hämmert ihm wie beim Joggen. Matt lehnt er sich an die weißen Kacheln. Sein Energielevel rutscht in den Keller. Schließlich spült er Gesicht und Mund mit kaltem Wasser, ein ums andere Mal. Mit dem Papierhandtuch rubbelt er über die Wangen, bis sie sich rötlich färben. Bloß die dunklen Ringe unter den Augen wollen nicht verblassen. Er schwört seinem Doppelgänger im Spiegel, für alle Zukunft aufs Karussell zu verzichten. Bloß, wie soll er das Max erklären? Hunziker erinnert sich an die ängstliche Miene seines Sohnes. Das war kein Vergnügen für ihn. Vielleicht ist er sogar froh, wenn sie beide das Karussell links liegenlassen. Mit dem Gewehr auf hüpfende Bälle zu schießen, hat Max nämlich viel besser gefallen. Und ihm selbst auch.

Hunziker richtet sich auf. Er steckt ein paar Papierhandtücher ein, falls ihm wieder schlecht wird. Im Verhörraum wartet Milenkovic.

Als Hunziker den Raum betritt, überfällt ihn sofort ein Gefühl der Enge. Milenkovic nimmt mit seiner Körperfülle das halbe Zimmer ein, so jedenfalls erscheint es ihm. Der massive Schädel, die Bärenbrust, die zwei Prügel von Armen – da bleibt wenig Platz für ihn. Von den Beinen bekommt er nichts zu sehen, die hat Milenkovic unterm Tisch geparkt. Gewiss entsprechen sie nicht denen einer Giacometti-Figur.

Hunziker legt seine Unterlagen auf den Tisch, schaltet das Handy für die Aufzeichnung des Gesprächs ein und liest dann in seinen Notizen.

Milenkovic lümmelt im Sessel und wartet.

„Sie haben Frau Petrovic vergewaltigt."

Milenkovics Miene bleibt unverändert gleichgültig, doch der erste Satz des Kommissars hat ihn unmerklich zusammenzucken lassen. Hunziker spürt die Wachsamkeit, auf die der Mann umgeschaltet hat.

„Nein. Gucken Sie in den Akten nach", wehrt sich Milenkovic in einwandfreiem Deutsch.

„Sie wurden wegen Mangel an Beweisen freigesprochen. Das heißt bloß, dass man Ihnen die Schuld nicht nachweisen konnte. Unschuldig sein oder die Schuld nicht beweisen zu können, sind zwei verschiedene Paar Stiefel. Im Übrigen rede ich nicht von der Mutter, sondern von der Tochter. Von Lela Petrovic."

Milenkovic zuckt die Schulter. „Die spinnen beide, die Alte und die Junge."

Hunziker richtet sich auf. „Sparen Sie sich die rüden Bemerkungen, beide Frauen sind tot. Sie haben Lela Petrovic am 20. Mai vergewaltigt. Der dementsprechende Beweis liegt uns vor."

„Auch wenn es Ihnen nicht passt, das zu hören, die Frauen wollten sich nur wichtigmachen. Die sind krank", sagt Milenkovic verächtlich.

„Frau Petrovic wurde vor fünf Tagen ermordet."

„Das kommt davon, wenn man sich überall einmischt."

„Wo waren Sie am Montagabend?"

Milenkovic knallt seine Pranke auf den Tisch: „Jetzt reicht's. Ich habe die Nutte nicht umgebracht. Ich will einen Anwalt."

Hunziker lehnt sich zurück und verschränkt die Arme. Die beiden Männer messen sich mit Blicken. Sie loten ihre Kräfte aus. Der Kroate spielt mit den Muskeln, der Polizist mit der Macht.

Nach einer Weile steht Hunziker auf. „Ich habe Zeit. Überlegen Sie inzwischen, wo Sie am Montagabend waren." Er schaltet das Handy aus und steckt es in die Tasche.

Draußen massiert er seinen Bauch, in dem es noch immer grummelt. Sein Onkel, der mit der roten Knollennase, würde sich jetzt einen Kirsch einschenken. Hunziker wünscht sich etwas, woran er bis jetzt noch nie einen Gedanken verschwendet hat. Er hätte gern einen Flachmann bei sich. Ihm ist speiübel. Drei Atemzüge später ruft er Burger vom Spurendienst an. Der habe schon Feierabend, sagt ein Kollege. Worum es sich handle. Verlegen hüstelt Hunziker. Er habe ein Magenproblem, er sei mit seinem Sohn Karussell gefahren.

Der Spurendienst bricht in Lachen aus, entschuldigt sich aber sofort für seine Reaktion.

„Würde Ihnen ein Grappa helfen?"

„Ich glaube schon. Ich komme schnell vorbei."

Die Medizin wirkt prompt. Der Magen stellt die Geräusche ein, und Hunziker fühlt sich mit jedem Schritt besser. Er kehrt in den Verhörraum zurück.

Milenkovic sitzt mit verschränkten Armen da, die Augen geschlossen und gibt vor zu schlafen. Soll er nur, denkt Hunziker, irgendwann wird der Kerl das Spiel schon aufgeben.

Nach einer Weile ruckelt Milenkovic auf dem Stuhl hin und her, und wischt mit seiner Pranke über den Stiernacken. Dazu schnaubt er wie ein Pferd, und zieht den Rotz hoch, dass es Hunziker graust.

„Ich war im Jardin“, sagt er plötzlich.

„Wie bitte?“ Hunziker beugt sich vor und schaltet das Handy ein.

„Ich war im Restaurant Jardin mit ein paar Kumpeln kegeln.“

„Weiter. Von wann bis wann? Wie heißen die Kumpel?“ Hunziker muss sich nach jedem Detail gesondert erkundigen, das ist die Rache des Kroaten. Irgendwann weiß Hunziker, wo sich das Lokal befindet. Zudem kennt er die Vor- und Nachnamen der Clique, mit der sich Milenkovic zum Kegeln getroffen hat.

Er werde nun die Angaben überprüfen, sagt Hunziker. Draußen vor der Tür atmet er befreit durch. Er zweifelt nicht einen Moment am Gewaltpotenzial des Kroaten.

☙

An der Wohnungstür von Milenkovic klingelt es. Bertschi drückt den Türöffner. Die Polizistin streckt den Kopf aus der Küche und erkundigt sich, ob die Aktion zu Ende sei.

„Die Jungs fahren gerade mit dem Lift hoch“, erklärt Bertschi, worauf die Polizistin die Information an Frau Milenkovic weitergibt. Es berührt Bertschi zu sehen, wie die Frau der Polizistin die Hand drückt und sich überschwänglich bedankt. Sie hat sich Sorgen gemacht, ohne sie in Worte fassen zu können. Warum hat sie die hiesige Sprache nicht gelernt? Hat Milenkovic es ihr verboten, und sie hat gehorcht? Ist es für sie normal, dass er sie wie eine Gefangene hält? Wie kommt sie mit ihrer Einsamkeit zurecht?

Wie kann man nur ein so fremdbestimmtes Leben ertragen? Bertschi denkt an die Medikamente im Apothekerschrank. Sie sagen alles. Sie erzählen von Verzweiflung und Tränen. Sie versprechen Entspannung, doch eine Lösung der Probleme können sie nicht bieten. Nur ein Vertuschen. Die Frau ist entwurzelt und sehnt sich nach der Heimat. Die Option einer Anpassung an die neue Umgebung hat es für sie nie gegeben. Bertschis Nachbarin Graciella betreut seit Jahren Migrantinnen aus Osteuropa, und sie kann ein Lied singen über die Einsamkeit dieser Frauen, die man sich selbst überlassen hat.

Die Polizisten begleiten die beiden Jungs in die Wohnung. Josip verschwindet sofort in seinem Zimmer und knallt die Tür zu, während Dario neben seiner Mutter stehen bleibt. Bertschi bittet um eine Einkaufstüte. „Lidl", sagt Dario und zieht einen sauber gefalteten Plastiksack aus der Schublade. Bertschi kehrt ins Schlafzimmer zurück, und leert den Inhalt des Wäschekorbs in die Tüte um.

„Was nehmen Sie mit?", erkundigt sich Dario, der die Kommissare belauert.

„Drogen und Geld", erwidert Bertschi.

Josip, der offenbar gelauscht hat, reißt die Tür auf und verlangt eine Liste der beschlagnahmten Sachen.

„Natürlich. Kontrollieren Sie die Aufstellung und unterschreiben Sie", sagt Bertschi gelassen. Schweigend beobachten die Polizisten die Szene, bereit einzugreifen, falls die Situation eskaliert. Es kommt zu keinem Zwischenfall.

☙

Das B&B-Team steuert auf das Auto zu. Vorm

sternenklaren Himmel reihen sich diese hohen Blöcke aneinander, die an den Wolken kratzen. Die Silhouette von Bethlehem lässt Beta an Manhattan denken.

Plötzlich wird sie sich der auffallenden Stille bewusst. „Kein Mensch, kein Rapper, kein Venetz."

"Falscher Zeitpunkt", konstatiert Bertschi. "Wir sind zu früh dran. Ich rufe jetzt Hunziker an. Mal hören, was er über Milenkovic in Erfahrung gebracht hat."

Hunziker nimmt sofort ab. "Was sein Alibi betrifft, so hat er sich bis Mitternacht in Bern im Restaurant Jardin aufgehalten. Das bestätigt sowohl die Kellnerin im Restaurant als auch der Barkeeper im Kegelraum. Beide Angestellten erinnern sich an die Gruppe, weil man schließen wollte, und die Gäste fast nicht los wurde. Auf dem Rückweg nach Betlehem kehrte Milenkovic in die Bar Marina ein. Frau Milenkovic kann keine Angaben machen, wann ihr Mann heimkam. Sie leide unter Schlafstörungen und habe eine Tablette genommen. Deshalb habe sie nichts gehört."

„Wer hat denn mit der Frau geredet? Die versteht doch kein Deutsch."

„Eine Bekannte von mir hat ausgeholfen."

Bertschi pfeift anerkennend. „Wie hat Milenkovic auf den Vorwurf der Vergewaltigung reagiert?"

„Er habe die Petrovic nie angerührt. Ich habe ihm nicht gesagt, dass wir seine Vergewaltigung zweifelsfrei beweisen können. Als Mörder scheidet er aus, denn die K.o.-Tropfen sind der Petrovic vor Mitternacht verabreicht worden, und da war Milenkovic noch am Kegeln."

„Wann genau die Petrovic das Zeug geschluckt hat, wissen wir nicht", korrigiert Bertschi. Er wendet sich an Beta, um sich mit ihr abzustimmen.

Beta überlegt nicht lange: „Milenkovic steht nach wie

vor unter Mordverdacht und bleibt in U-Haft. Stell dir vor, wir lassen ihn jetzt gehen, und morgen früh stellt sich heraus, dass er noch einmal zugeschlagen hat. Dann würde ich nicht in meiner Haut stecken wollen."

Bertschi fährt sich mit der Rechten über den fünfmillimeter-Schnitt seiner Haare: „Der dürre Finne belegt auch eine Zelle. Das bedeutet, wir haben zwei Mordverdächtige. In den meisten Fällen haben wir nicht einmal einen. Unsere Argumente werden den Chef nicht zufriedenzustellen."

„Das ist ja auch nicht unsere Aufgabe."

"Das stimmt. Dann konfrontieren wir Milenkovic jetzt mit der prallen Tüte aus seiner Wohnung."

Bertschi lässt Hunziker wissen, dass er und Beta in einer Viertelstunde im Kommissariat seien.

Im Büro öffnet Bertschi die Einkaufstüte und winkt Hunziker zu sich. Der schaut die längste Zeit hinein, ohne etwas anzufassen, und staunt über das, was er sieht. Beta erzählt von den Drogen in Anzügen und CD-Hüllen.

„Und wo war das Geld?"

Bertschi feixt. „Wir hatten das Wohnzimmer praktisch durchkämmt, als ich mit dem Ärmel an der Lehne eines Sessels hängen blieb. Erst da bemerkte ich, dass der Holzpfosten der Lehne mit Geldscheinen vollgestopft war."

„38.000 Franken. Da fällt für jeden von uns ein hübscher Batzen ab", freut sich Hunziker.

"Das gibt vor allem ein Problem", warnt Bertschi mit ernster Miene. "Die Summe lässt sich nicht durch drei teilen."

Hunziker weiß auf Anhieb, was er kaufen wird. Ein Kettenkarussell, eines mit schwachem Motor.

Auf einmal sackt die ausgelassene Stimmung

zusammen. Es ist spät. Die drei von der Kripo sind erschöpft.

"Ab zu Milenkovic", befiehlt Bertschi. Das B&B-Team begibt sich zum Verhörraum, während Hunziker hinterm Spiegelglas sitzt, um das Gespräch mitzuverfolgen.

Beta und Bertschi setzen sich gegenüber von Milenkovic.

„Sie haben am 20. Mai die Journalistin Lela Petrovic vergewaltigt. Ihre DNA ist identisch mit der auf dem Abstrich, den Frau Petrovic unmittelbar nach der Vergewaltigung von ihrer Frauenärztin vornehmen ließ. Sie können sich diesbezüglich also jedes Leugnen sparen."

Beta fährt fort: „Sie haben kein Geheimnis daraus gemacht, dass Sie sich bereits an der Mutter von Frau Petrovic vergangen hatten. Da schwor sich Frau Petrovic, Sie vor Gericht zu bringen. Mit der beweisbaren Vergewaltigung und der umfassenden Dokumentation über Ihre illegalen Geschäfte wäre ihr das gelungen. Die Petrovic musste also daran gehindert werden, ihre Aufzeichnungen zu veröffentlichen.“

Milenkovic zuckt mit den Schultern und wartet ungerührt.

Beta zeigt mit dem Finger auf ihn: „Sie haben Frau Petrovic Montagnacht ermordet.“

„Immer dieselbe Leier“, herrscht Milenkovic die Kommissarin an. „Wie oft soll ich noch erklären, dass ich kein Mörder bin. Eine Wahrheit bleibt eine Wahrheit.“

„Und eine Lüge verwandelt sich nicht in Wahrheit. Sie haben ab halb zwei Uhr nachts kein Alibi.“

„Doch, meine Frau ist aufgewacht und hat geschimpft, weil ich sie gestört habe.“

„Stimmt nicht. Eine Lüge wird nicht wahrer, nur weil

man sie wiederholt. Ich bin es leid, mir Ihre Geschichten anzuhören."

"Ohne Anwalt sag ich kein Wort mehr."

"Das steht Ihnen rechtlich zu. Allerdings treiben wir am Samstagabend keinen Anwalt auf", gibt Bertschi gleichmütig zur Antwort. "Sie müssen sich ein wenig gedulden. Am Montag wird Ihnen die Anwaltskammer einen Rechtsbeistand schicken. Sie bleiben so lange in U-Haft."

Milenkovic springt auf. „Sie setzen sich sofort hin", befiehlt Bertschi barsch. „Andernfalls legen wir Ihnen Handschellen an."

„Ich will einen Anwalt", fordert Milenkovic.

Bertschi bittet den an der Tür stehenden Polizist, sich hinter Milenkovic zu stellen und bei Bedarf einzuschreiten.

"Ich habe da etwas, was Sie vielleicht interessiert." Beta leert den Inhalt der Lidl-Tüte auf den Tisch. Bündel von Geldscheinen vermischen sich mit Mentos-Packungen, und darüber regnet es kleine Plastikgefäße, gefüllt mit Kokain.

Versteinert beobachtet Milenkovic die Szene. Auf seiner Stirn bilden sich Schweißtropfen, und Beta stellt verdutzt fest, wie sehr sie den schillernden Tautropfen auf Grashalmen gleichen. Sie blickt den Kroaten an, und er erkennt instinktiv, dass ihm diese Frau gefährlich werden könnte.

Mit einem Zeichen fordert Beta den Polizisten auf, Milenkovic abzuführen.

ନ୍ଦ

Über Hakala liegen mehrere Berichte vor. Emmer fertigt Kopien an und markiert mit einem gelben Leuchtstift die wesentlichen Angaben. Tatsache ist, dass der Fingerabdruck auf dem Seil, mit dem die

Petrovic erhängt wurde, nicht dem von Hakala entspricht. Trotzdem steht er schlecht da, weil er für die Tatzeit kein Alibi hat.

Emmer notiert sich Fragen, die er Hakala stellen wird. Er ist sich bewusst, dass sein Verhör mit dem Finnen aufgenommen wird. Unter Umständen wird Beta das Band abspielen, und dann wird sie ihn kritisieren. Wenn er an sie denkt, wird er nervös. Trotzdem lässt er in seiner Planung nicht nach, und irgendwann weiß er, wie er mit Hakala umgehen wird. Er wird versuchen, dessen Vertrauen zu gewinnen.

„Wo haben Sie die Gitarre?", wird seine erste Frage lauten.

Emmer schiebt die Unterlagen in eine Plastikmappe und begibt sich in den Verhörraum.

Hakala scheint erleichtert zu sein, dass sich jemand um ihn kümmert. Wie geplant, fragt Emmer nach der Gitarre.

„Ich habe sie bei einem Freund zurückgelassen."

„Bei dem, mit dem Sie in der Reitschule aufgetreten sind?"

„Genau, bei einem von denen, bei Manu. Das Konzert mit ihm war super. Es war eine abgefahrene Stimmung. Die Leute sind ausgeflippt. Wir hatten riesig Erfolg."

Emmer lauscht den Worten, und versucht, sie einer Sprache zuzuordnen. Hakala spricht einen Mix aus berndeutsch und englisch, mit einer ihm fremden Satzmelodie.

„War Frau Petrovic bei Ihren Auftritten dabei?"

„Nein. Für sie hab ich nicht gut genug gespielt. Überhaupt war ich eine Enttäuschung für sie. Ich bin nicht so ehrgeizig wie sie, und nicht so begabt, und berühmt bin ich auch nicht. Trotzdem liebte sie mich eine ganze

Weile. Sie verteidigte mich sogar gegen ihren Vater, der mich nicht mochte. Wir hatten eine gute Zeit zusammen, aber irgendwann hat sie zugemacht, und ich bin nicht mehr an sie rangekommen. Das konnte ich nicht ertragen, und wir haben viel gestritten. Als ich mitkriegte, dass sie eine Affäre hat, bin ich abgehauen."

Von einem Moment zum andern zieht sich Hakala in sich selbst zurück. Der magere junge Mann, der da im Stuhl kauert, gleicht einem Teenager, der klagt, dass niemand ihn versteht.

„Was hat Sie denn in die Schweiz verschlagen?"

Hakalas Augen beginnen zu leuchten. „Die Sonnenaufgänge im Winter." Er erzählt etwas vom heiligen Himmelskörper, der mit seinem Licht das Dunkel der Nacht vertreibt. Emmer hat nicht alles verstanden.

„Ich bin im Norden von Finnland aufgewachsen, da, wo man im Winter sieben Wochen lang keine Sonne sieht. Die Tage in Finsternis sind lange Tage. Es ist kalt und dunkel, und dunkel und kalt, und die Lampen geben nicht warm. Man wird wortkarg und sehnt sich nach der Sonne. Langsam aber begräbt man die Sehnsucht. Mit jedem schwarzen Tag wird man hoffnungsloser, und schließlich reduziert sich das Leben auf den Alkohol. Wer es trotzdem nicht aushält, erschießt sich."

Emmer nickt. „Die Winterdepression. Ich kenne ein Dorf im Wallis, wo im Winter vier Monate lang keine Sonne scheint. Die Landschaft ist grau, und alles starr vor Frost. Wie zum Hohn lacht die Sonne auf der andern Seite des Tals, und das Schattendorf fühlt sich verspottet. Kennen Sie den Schweizer Schriftsteller Ramuz? Der hat einen Roman verfasst. Das Buch 'Wenn die Sonne nicht mehr wiederkäme' würde Ihnen sicher gefallen."

Nach einer Pause fährt Emmer fort: „Eigentlich

müssten Sie Ramuz kennen, schließlich ist er auf der 200-Franken-Note abgebildet."

Hakala schüttelt den Kopf. Die Porträts auf den Geldscheinen interessieren ihn nicht, er achtet bloß auf die Farbe der Scheine. Daran erkennt er ihren Wert, selbst wenn sie klein gefaltet sind.

„In Ihrem Rucksack befindet sich ein 200-Franken-Schein", sagt Emmer. „Wir haben insgesamt etwas über 800 Franken sichergestellt. Wohin wollten Sie denn fahren?"

„Nach Spanien."

„Gute Idee. Weniger gut ist, dass Sie das Geld gestohlen haben, um Ihre Reise zu finanzieren."

„Das ist nicht wahr, die 800 Franken hab ich selbst verdient", schreit Hakala wütend. Verdattert betrachtet Emmer den zarten Mann. Eine innere Stimme warnt ihn, Hakala nicht zu unterschätzen.

„Die Videokameras belegen zweifelsfrei, dass Sie mit der ec-Karte von Frau Petrovic zweimal 4000 Franken abgehoben haben. Wo ist das Geld?"

„Alles, was ich hab, ist im Rucksack."

„Frau Petrovic wurde vor fünf Tagen ermordet. Wo waren Sie Montagnacht?"

Er habe bei einem Kumpel in Kerzers übernachtet, erklärt Hakala. Auf Nachfrage nennt er auch den Namen.

„Richtig, das haben wir überprüft. Leider konnte Ihr Kollege nicht angeben, wann Sie bei ihm aufgekreuzt sind. Eigenen Angaben gemäß war er sternhagelvoll. Das heißt, niemand kann bezeugen, wo Sie waren. Sie haben kein Alibi für die Mordnacht."

Entrüstet springt Hakala auf, und Emmer befiehlt ihm mit einem Handzeichen, sich zu setzen. Hakala gehorcht. „Ich habe sie nicht umgebracht", sagt er eindringlich. „Ich habe sie wirklich nicht umgebracht. Ich habe nichts mit ihrem Tod zu tun."

„Alles, aber auch wirklich alles spricht gegen Ihre Behauptungen." Emmer hält entsetzt inne, nun redet er schon wie Hakala. Verunsichert starrt er in die Ferne. Bis jetzt hat er noch nichts aus ihm herausgeholt. Bei der Frage nach dem Geld ist er viel zu schnell eingeknickt. Er muss nachbohren, den Mann mit den ewig gleichen Fragen bombardieren. Auf Emmers Händen sammelt sich Schweiß. Was, wenn er versagt? Wenn er sich zum Gespött der Abteilung macht? Er erhebt sich, geht auf und ab, ohne seinen Blick von Hakala zu lösen. Die gleichförmige Bewegung von Armen und Beinen bremst seine Versagensangst. Sein Kopf ist wieder frei.

In ruhigem Ton wendet er sich an Hakala. „Sie haben Frau Petrovic geliebt. Doch dann ist die Beziehung in Brüche gegangen, und Sie haben sich getrennt. Warum haben Sie sich am Montagabend wieder mit ihr getroffen?"

„Ich habe sie angerufen, weil ich mit ihr reden wollte. Aber sie wollte nicht. Sie sagte, es sei aus zwischen uns. Das konnte ich nicht glauben. Ich flehte sie an, mir eine Chance zu geben. Vielleicht würden wir wieder zueinander finden. Wir könnten uns doch treffen, sagte ich, auch wenn es ein letztes Mal sei. Es sei für mich wichtig, sie zu sehen. Schließlich ließ sie sich umstimmen, und wir machten aus, dass ich vorm Tscharnergut auf sie warte. So gegen elf standen ein paar Teenies herum. Mir fiel eine Frau auf, die den Platz überquerte. Sie hatte den schnellen Schritt der Petrovic, aber nicht diese blonde Mähne, mit der sie jeden Mann elektrisiert. Diese Frau hatte schwarzes Haar und trug einen blauen Kapuzenpulli. Es war eindeutig nicht die Petrovic. Als mir jemand von hinten auf die Schulter tippte, drehte ich mich um. Da stand sie vor mir, die Frau mit dem schwarzen Haar und dem Kapuzenpulli. Ich hatte sie nicht erkannt. Die Perovic war enttäuscht, und warf mir vor, dass ich sie nicht wahrnehme. Wir brauchten keine drei Minuten, um wie üblich zu streiten. Sie sagte mir, ich würde sie nicht lieben. Ich würde nur ihr Geld wollen."

Hakala presst die Lippen aufeinander, sein ganzer Körper zieht sich zusammen, und zum zweiten Mal stellt Emmer fest, dass er es mit einem halben Kind zu tun hat, obwohl das halbe Kind ganze fünfundzwanzig ist.

„Dass ich nur ihr Geld wolle, hat sie mir oft unter die Nase gerieben. Ich sei faul, sagte sie, ich würde mich zudröhnen, und ich sei zu nichts zu gebrauchen. Das mit dem Kiffen stimmt ja, ich mach es mehr als früher. Aber das hat seinen Grund. Lela konnte endlos meckern, und um ihre Gemeinheiten zu ertragen, brauchte ich einen Joint. Ich wäre sonst ausgeflippt. Ich kenne mich, wenn es mir reicht, werd ich grob."

Ein gehässiges Grinsen huscht über Hakalas Gesicht.

„Gab es am Montag eine Situation, wo alles aus dem Ruder lief?"

„Das war Blumenkrieg."

Emmer braucht einen Moment, bis er kapiert. „Rosenkrieg", verbessert er den Finnen. Dessen Augen blitzen zornig auf, und es entsteht eine unangenehme Stille. Der junge Mann verträgt nicht die leiseste Kritik, stellt Emmer fest.

Geduldig wartet er, bis Hakala weiterspricht. „Sie wärmte alte Geschichten von früher auf. Schimpfte über meine herumliegenden Socken, über den Schmutzrand in der Badewanne, über das ungelüftete Zimmer, und immer fiel ihr noch etwas ein. Die Litanei war ich gewohnt. Wir saßen auf einer Bank hinterm Tscharnergut, mit einem Sixpack zwischen uns. Wir tranken Bier und waren fies, wobei sie begabter ist als ich. Sie ist mir sprachlich überlegen, und sie sprudelt vor Bosheit. Aber dann sagte sie etwas, was sie nie zuvor gesagt hatte, auch nicht im heftigsten Streit."

Hakalas Wangen färben sich rot, ein trockener Schluchzer entfährt seiner Brust.

"Sie sagte, ich sei ein Versager, und meine Musik sei einfach nur peinlich. Meine Finger begannen zu zittern. Man muss ihr den Mund zu halten, dachte ich. Es hat eine Zeit gegeben, da hatte ich sie geliebt, aber in diesem Moment starben meine Gefühle für sie. Mein Herz wurde gletscherkalt. Sie wusste genau, wie sehr sie mich verletzt hatte, aber es war ihr egal. Sie drehte sich zu ein paar Jugendlichen um, die auf Zoff aus waren, während in mir alles nach Rache schrie. Die Gelegenheit war günstig, ich klaute ihre ec-Karte."

„Und? Hat sie nichts gemerkt?"

Das verneint der Finne. „Ich sagte ihr bloß, ich wolle nichts mehr mit ihr zu tun haben. Dann bin ich nach Kerzers, und habe bei meinem Kumpel gepennt."

Immerhin gesteht er den Diebstahl der Bankkarte, stellt Emmer erleichtert fest. Vielleicht kann er den Burschen festnageln. „Am andern Tag haben Sie in Kerzers mit der ec-Karte 4000 Franken abgehoben. Woher wussten Sie die Pin?"

"Ich war manchmal mit Lela einkaufen, und habe gesehen, welche Zahlen sie eintippt."

„Sie haben weitere 4000 Franken in Ittigen gezogen", erinnert Emmer sein Gegenüber. „Und jetzt verraten Sie mir, wo das ganze Geld gebunkert ist."

Nervös rutscht Hakala auf dem Stuhl hin und her. „Ich habe das Geld nicht", jammert er.

Emmer verschränkt die Arme. Der Mann nervt. Was heißt hier Mann! Ein unreifer Kerl ohne Verantwortungsgefühl. Wenn Emmer dürfte, würde er ihn schütteln, bis die Wahrheit herauspurzelt. Er erschrickt über sich selbst. Er, der sich nicht so leicht aus der Ruhe bringen lässt, verliert auf einmal die Selbstkontrolle. So geht das nicht, ermahnt er sich. Geduld ist angesagt. Um die Wartezeit zu verkürzen, beamt er sich nach Finnland. Er gäbe viel darum, die Seenlandschaft zu erkunden, zusammen mit seiner Frau. In Helsinki könnten sie Räder mieten, vielleicht Elektrovelos, und manchmal würde er fischen gehen, seine Frau würde die Fische grillieren, und sie würden die Nachbarn zum Essen einladen. Emmer würde vom Leben in der Schweiz erzählen, von den Eringer Kühen im Emmental, und er würde fragen, ob die Finnen auch Raclette essen.

„Es ist mir gestohlen worden", unterbricht Hakala Emmers virtuelle Reise.

Emmer antwortet mit einem schallenden Lacher. „Na, dann erzählen Sie mal."

„Scheißkaff, das Ittigen. Ich saß beim Dorfbrunnen und suchte mein Taschenmesser. Weil ich es nicht fand, leerte ich den Rucksack aus. In dem Moment kam eine ältere Frau vorbei und fragte nach der Apotheke, und weil ich wusste, wo sie war, erklärte ich es ihr. Die Frau war schwer von Begriff, und ich musste alles zweimal sagen. Danach suchte ich weiter nach dem Messer, bis ich es fand, und packte wieder alles ein. In dem Moment bemerkte ich, dass das Geld fehlte."

„Auf seine Sachen muss man schon aufpassen", rutscht es dem väterlichen Emmer heraus. „Haben sich andere Personen in Ihrer Nähe aufgehalten?"

„Ein älterer Herr mit Hund. Den hab ich gefragt, aber der hat niemanden bei meinem Rucksack gesehen."

„Wo ist denn die ec-Karte von Frau Petrovic?"

„Die hab ich mit dem Messer halbiert und in den nächsten Abfallkorb geworfen."

Der Mann taktiert geschickt, muss Emmer zugeben. Er bemüht sich um Zusammenarbeit, und lässt keine Frage unbeantwortet.

„Sie haben behauptet, dass Sie selbst Geld besitzen. Wenn dem so ist, warum haben Sie dann das Konto von Frau Petrovic geplündert?"

„Hab ich schon gesagt. Aus Rache. Sie hat mir an dem Abend wieder vorgeworfen, dass ich nur ihr Geld will. Ich konnte sie von ihrer Meinung nicht abbringen. Irgendwann hatte ich die Schnauze voll. Wenn sie so schlecht von mir denkt, dann soll sie auch recht bekommen. In ihren Augen bin ich eh nur Dreck. Deshalb hab ich die ec-Karte geklaut."

„Wo ist das Notizbuch von Frau Petrovic?"

Überrascht hebt Hakala den Kopf, und blickt dann gleichgültig die leere Wand an. „Weiß nicht."

„War es in der Tasche von Frau Petrovic?"

„Ich weiß nicht."

„Um wie viel Uhr haben Sie Frau Petrovic am Montagabend verlassen?"

„Weiß nicht, so um Mitternacht."

Emmer vertieft sich in die Unterlagen. Ein Zeuge sagt aus, er habe Frau Petrovic gegen halb ein Uhr nachts im Tscharnergut gesehen. Sie habe auf einer Bank geschlafen, neben ihr stand ein Sixpack mit leeren Bierflaschen.

In Emmer grummelt es. Hakala droht ihm mit seinen billigen Antworten zu entgleiten. Wenn er nicht gegensteuert, gewinnt Hakala die Oberhand.

Resolut erhebt er sich, geht um den Tisch herum und

pflanzt sich vor Hakala auf. „Sie haben ihr eine Über-dosis K.o.-Tropfen ins Bier gegeben, und daran ist sie gestorben."

Hakala schüttelt heftig den Kopf. Es wollen ihm keine Worte einfallen.

Auf Emmers Stirn bilden sich Unmutsfalten. Meint der Kerl, die Welt sei eine Spielwiese?

„Uns liegt eine Aussage vor, dass Sie stets K.o.-Trop-fen mit sich führen, so wie andere Menschen Kau-gummi oder Zigaretten. Wozu?"

"Die Tropfen hab ich bei mir, damit ich mich wehren kann, wenn mich jemand fertig machen will, oder so."

"Wie Frau Petrovic am Montagabend?"

"Sie war fies, das können Sie sich nicht vorstellen. Ihre Worte waren so bös, es hat nur noch weh getan. Da hab ich ihr heimlich ein paar Tropfen ins Bier getan, weil ich wollte, dass sie endlich die Klappe hält."

„Wer diese Tropfen einer Person ohne ihr Wissen verabreicht, erfüllt den Tatbestand der gefährlichen Körperverletzung."

Abwehrend hebt Hakala die Hände: "Ich schwöre, ich hab sie nicht umgebracht."

„Sie war nicht sofort tot, aber Sie haben sie betäubt und wie Müll liegengelassen."

Hakala schlägt die Augen nieder, und murmelt: „Sie verstehen das nicht, ich hab sie geliebt."

Emmer verlässt den Raum und bespricht sich mit Bertschi per Handy. Gemeinsam stellen sie Vermutun-gen an, wer die Bewusstlose in den Wald transportiert und aufgehängt haben könnte. Hakala besitzt einen Führerschein, aber kein Auto. Abgesehen davon muss Hakala den Wald oberhalb von Bethlehem kennen, um als Täter in Frage zu kommen. Vielleicht ist ihm die KrimMall vertraut, weil er sich dort Stoff besorgt.

Als Emmer zurückkehrt, sitzt der dünne Finne am äußersten Rand des Sessels. Seine Arme liegen verschränkt auf dem Tisch und bilden einen halbkreisförmigen Schutzwall rund um seinen Kopf. Er gibt keinen Ton von sich, aber sein Rücken zuckt. Emmers Mitgefühl hält sich in Grenzen. Er will nur wissen, ob Hakala die KrimMall kennt.

„Sie haben Koks auf der KrimMall erstanden", unterstellt er dem Finnen.

Der hebt den Kopf, wischt sich über die nassen Wangen und sagt: „Niemals."

„Was dann?"

„Marihuana."

Die Antwort gefällt Emmer. Alles, was Hakala zugibt, kann später gegen ihn verwendet werden. Er schaltet den Aufnahmemodus am Handy aus.

Ein uniformierter Beamter begleitet Hakala zu seiner Zelle.

∝

Das Handy auf dem Rauchtisch bewegt sich vibrierend auf den Abgrund zu. Beta blickt auf das Display. "Amore", sagt sie, und Tränen stürzen ihr aus den Augen.

Fabrizio ahnt, wie es um Beta bestellt ist.

"Du bist noch im Büro. Bist du allein?" Sie nickt, und ihr Ja erreicht ihn, ohne dass er es hört.

"Mit Mördern ist man in schlechter Gesellschaft. Aber es gibt ein Heilmittel", sagt Fabrizio, und nach einer wirkungsvollen Pause: „Heirate mich." Beta beginnt zu lachen und Fabrizio stimmt mit ein. Dann reden sie beide zugleich, und schließlich Beta allein. Sie erzählt von den Höhen und Tiefen der Arbeit.

Venetz betritt das Büro.

"Ich muss Schluss machen", erklärt Beta. Fabrizio

lässt sich nicht abwimmeln. Beta lauscht eine Weile, und ihre Gesichtszüge entspannen sich. Lächelnd legt sie den Kopf zur Seite, und sagt: "Bald."

Venetz sitzt auf der Kante von Bertschis Schreibtisch und wartet.

"Komm zu mir in die Sitzecke", lädt Beta ihn ein. "Ist Lastcall aufgetreten?"

"Ja. Der Mann ist nicht übel. Nur schon wie er seine Ankunft zelebriert! Die Teenies stehen in Gruppen herum, puffen sich, lachen und streiten lauthals. Dann, von einer Sekunde auf die andere, wird es still. Alle starren gebannt in eine Richtung. Und wirklich, da biegt der Kerl mit der violetten Mütze um die Ecke. Die Fans johlen und pfeifen, und ihre Begeisterung kennt keine Grenzen. Lastcall nimmt den Jubel mit steinerner Miene entgegen, und als es ihm reicht, hebt er die Hand zum Victory-Zeichen. Du wirst es nicht glauben, aber es wird sofort still. In dieser absoluten Ruhe liegt eine unglaubliche Intensität, noch dazu kann er sie durchgehend halten. Nur schon diese androgyne Stimme! Die kommt so innig daher, dass es einen schaudert. Auch seine Texte sind spannend. Er erzählt von Außenseitern, von vergessenen Migranten, von dicken Schweizern, und jeder versteht, was er meint."

„Hat dich niemand angemacht, so unterm Motto, was will denn der hier?"

Venetz denkt an die Seitenblicke, mit denen ihn die Teenies taxierten. "Nicht direkt, aber man rückte deutlich ab von mir. In der Menge reichte man Handys mit meinem Foto herum. Im Nu wussten alle, dass ich von der Kripo bin."

"Schlechte Ausgangslage für deinen Job." Betas Kommentar klingt wie eine Schuldzuweisung.

"Wie man's nimmt. Ganz vorne, in der ersten Reihe,

hatte Josip, der ältere Milenkovic-Junge, eine Menge zu tun. Er hielt die Fangemeinde in Schach, damit Lastcall ungehindert rappen konnte. Sein jüngerer Bruder und die aus der Clique halfen ihm dabei. Josip hat eine Führungsposition. Man gehorcht ihm aufs Wort. Ich hab auch den serbischen Jungen gesehen, der am Mordabend Hakala und die Petrovic fotografiert hat."

„Der, mit dem du dich im Supermarkt getroffen hast?"

„Genau. Ich versuchte mich ihm zu nähern, doch plötzlich verlor ich ihn aus den Augen. Nach dem letzten Song von Lastcall tauchte er neben mir auf, drückte mir einen Zettel in die Hand, und verschwand."

Beta streckt die Hand aus, und Venetz reicht ihr die Hälfte eines Flyers, auf dessen leerer Rückseite eine Nachricht gekritzelt ist: „Ha hat Notitzb dem J verk"

Beta, die eine Schwäche für Kreuzworträtsel hegt, braucht nicht lange, um den Satz zu entziffern. „Ziemlich klar, die Botschaft, nicht wahr? Hakala hat Notizbuch dem Josip verkauft."

Venetz hebt den Daumen. "Ich hab das Problem nicht so schnell gelöst. Glaubst du, Hakala hat das Notizbuch erst am Montagabend geklaut?"

„Ja. Bei Hänny im Beth-Treff hatte es die Petrovic noch."

Venetz schüttelt heftig den Kopf. "Du meinst also, die Petrovic trifft Hakala, der zieht ihr das Notizbuch aus der Tasche, und verkauft es Josip, der zufällig auftaucht? Irgendwie überzeugt mich die Geschichte nicht."

„So wie du sie zusammenfasst, ergibt sie keinen Sinn. Der Deal wurde natürlich vorher angebahnt. Am Montagabend genügte ein Anruf von Hakala, und Josip kam."

„Aber es war doch schon Mitternacht", wandte Venetz ein.

„Einer wie Josip hält sich nicht an die üblichen Arbeitszeiten." Beta und Venetz blitzen sich an. Beide sind überzeugt, dass sie recht haben.

"Josip war scharf aufs Notizbuch. Er hat es ergattert und vernichtet. Sein Fehler bestand darin, dass er nicht an die Kopien gedacht hat", erklärt Beta, hievt sich aus dem Stuhl und streckt sich. „Auf uns wartet noch Arbeit. Heute lass ich die Disco sausen. Nichts da von 'Saturday Night Fever'. Und du?"

Venetz wirft Beta einen prüfenden Blick zu. Er stellt sich vor, wie sich ihr Körper dem Rhythmus hingibt. Der Gedanke erregt ihn. Zugleich erschrickt er über sich selbst.

„Und ich?" greift er Betas Frage auf. "Keine Ahnung", murmelt er, ganz damit beschäftigt, sich von unpassenden Bildern zu lösen.

❧

Die absolute Ruhe irritiert Hakala. Kein Straßenlärm. Keine Tram, die quietschend um die Kurve rattert. Weder Schritte noch Stimmen. Bloß das Tropfen des Wasserhahns im Sekundentakt. Die fallenden Tropfen werden immer aufdringlicher, sie dröhnen in seinen Ohren. Das Notlicht verdient seinen Namen nicht, es leuchtet schwächer als eine Friedhofskerze, und deutet die Silhouette des Tisches nur an. Dem Auge wird nichts als Leere geboten. Von kahlen Wänden umzingelt, begreift Hakala, dass er in U-Haft ist. Er fühlt sich verlassen, ganz und gar allein. Sein Herz beginnt zu rasen. Kalter Schweiß bildet sich auf der Stirn. Er muss fort von hier. Er springt auf und schreit: „Ich will raus. Sperren Sie auf. Bitte, machen Sie auf." Er hämmert an die Tür, traktiert sie mit Fußtritten, und ruft um Hilfe.

Vollkommen panisch brüllt er: „Ich krieg keine Luft. Ich sterbe."

Hakala hält inne, er schlottert und winselt: „Sie müssen mir helfen. Ich werde ohnmächtig. Mein Herz schlägt langsam. Lassen Sie mich nicht verrecken. Verdammt, ich krepiere. "

Hakala sinkt aufs Bett. Es hat keinen Sinn, sich länger zu wehren. In diesem Moment wird die Gefängniszelle geöffnet. Zwei Beamte stehen in der Tür. „Was soll der Krach?"

"Mein Herz hat ausgesetzt", murmelt Hakala erschöpft. "Vielleicht war es ein Infarkt. Ich will in die Krankenabteilung."

„Sie sind hier nicht im Luxushotel."

„Ich habe Angst", wimmert Hakala.

Die Blicke der Polizisten kreuzen sich. Solche Helden kennen sie. Draußen spielen sie den großen Zampano, sobald sie aber allein in einer Zelle sind, machen sie sich in die Hosen.

„Sie brauchen keine Angst zu haben. Hier sind Sie sicher."

"Ganz sicher", echot der andere Aufseher, bevor er die Tür abschließt.

Hakala zieht sich die Decke über den Kopf und schläft augenblicklich ein.

Später wacht er auf. Er lauscht. Der Wasserhahn. Das beharrliche Tropfen hat ihn geweckt. Unwirsch erhebt er sich, um den Wasserhahn so fest wie möglich zuzudrehen, doch der lässt sich nicht bewegen. Also schiebt Hakala den Hahn zur Seite, in der Hoffnung, die Tropfen würden entlang der Beckenwand hinunter rinnen. Er findet die Idee grandios, bis er feststellt, dass der Hahn nicht bis zum Rand geschoben werden kann. Und wenn er einen Lappen ins Becken legt? Der würde den

Lärm schlucken. Hakala sucht mit den Augen die Zelle ab. Man hat ihm bis auf Hemd und Hose alles abgenommen. Woher jetzt ein Stück Stoff nehmen? Hakala starrt auf seine verwaschenen Jeans, lässt die Hose herunter, und reißt seine Gesäßtasche ab. Er legt sie ins Waschbecken, und die Tropfen landen lautlos darauf.

Zufrieden über die gelungene Aktion, wirft er sich aufs Bett, faltet die Hände unterm Kopf, und starrt auf das winzige Fenster mit seinem Vorhang aus Eisengitter. So also ist es in der U-Haft. Es gibt nichts zu tun. Keine Ablenkung. Keine Unterhaltung. Bloß Kopfkino.

Jetzt einen Joint rauchen und spüren, wie sich der Stress verflüchtigt.

Kann man hier nicht klingeln? Er will, dass man ihm den Stoff bringt, den man ihm abgenommen hat.

Scheißzelle, schimpft er vor sich hin.

Vor zwei Wochen hat er auf der KrimMall Gras gekauft, wie immer bei Josip. Bei dem ist Hakala sicher, dass die Ware nicht mit zweifelhaftem Zeug gestreckt ist. Und dass das Gras trocken ist.

Abgesehen vom Stoff verbindet ihn nichts mit Josip. Einmal fragte er ihn, welche Musik er mag. Da antwortete Josip, keine. Dafür habe er keine Zeit. Komischer Kerl. Der Typ ist ihm zu Jugo. Aalglatt. Die Haare gegelt. Der will nur eins, die Taschen voll Geld. Doch beim letzten Mal, als Hakala sich mit Gras eindeckte, entstand ein Gespräch zwischen ihnen. Josip interessierte sich fürs Notizbuch der Petrovic. Was sie denn da hineinschreibe. Hakala gab eine vage Antwort. Na ja, das sei Weiberkram, Gefühle und so. Die Frau sei halt eine Sensible. Die Auskunft gefiel dem Jugo nicht. Er lasse sich nicht verschaukeln. Die Frage sei ernst gemeint.

Hakala wusste nicht, wie reagieren. Sollte er ausplaudern, was seine Freundin im Notizbuch festhielt? Oder sollte er sie schützen? Aber warum? Er und sie waren getrennt. Er fühlte sich ihr gegenüber zu nichts mehr verpflichtet. Außerdem hatte er noch immer eine Mordswut auf sie. Trotzdem hielt ihn etwas zurück, und er beschloss, nichts zu verraten.

Er habe das Notizbuch nie in die Hand gekriegt.

Daraufhin klopfte ihm Josip auf die Schulter. „Das glauben wir doch beide nicht", sagte er ruhig.

„Wir wissen, dass sich die Petrovic Notizen über die Geschäfte auf der KrimMall gemacht hat. Wenn man diese Notizen dann in der Zeitung liest, so wie damals den Bericht über Bethlehem, ist es vorbei mit dem Handel auf der KrimMall, und ich komme in die Jugendstrafanstalt. Darauf habe ich keinen Bock. Verstehst du, niemand darf mir mein Business versauen."

Hakala spürte, dass die Worte alles eher als nett gemeint waren, und bekam weiche Knie.

Josip war aber noch nicht fertig: „Die Petrovic steht auf der Abschussliste, aber wenn du willst, kannst du sie retten."

Hakala hätte gern gefragt, was mit der Abschussliste gemeint sei, aber er wagte es nicht. Er hatte auch nicht den Mut, zu fragen, wie sie zu retten sei.

Josip erklärte es ihm. Ihr Notizbuch gegen 2000 Franken, und man lasse sie in Ruhe, das sei sein Vorschlag. Hakala riss den Mund auf. Den Betrag konnte er als Startkapital in Spanien brauchen. 2000 Franken, was für ein Sound, wenn man sich vorstellt, wie ein Spielautomat Zweitausend in Münzen ausspuckt. Hakala war berauscht vom Angebot, gleichzeitig jedoch nagte so etwas wie schlechtes Gewissen an ihm. Er war doch kein Judas. Er dachte an seine Freundin, und an ihre Affäre mit Zeiter. In seinen Ohren klangen die unbarmherzigen Worte nach, mit denen sie ihn bedacht hatte. Der gleiche Schmerz wie damals erfasste ihn. Ja, sie sollte büßen für das, was sie ihm angetan hatte.

Hakala ließ sich auf den Handel mit Josip ein.

Die Petrovic hütete ihr Notizbuch sorgsam. Es würde schwierig sein, es ihr zu entwenden. Also heckte er mit Josip einen Plan aus. Hakala würde ihr erklären, dass er sich mit ihr aussprechen wolle, und deshalb schlage er ein Treffen im Tscharnergut vor. In einem günstigen Moment würde er ihr K.o.-Tropfen ins Bier geben, und sobald ihr die Augen zufielen, könnte er ihr das Notizbuch entwenden. Josip würde mit dem Geld in der Nähe bereitstehen.

❧

Viertel nach elf, bald Mitternacht. Venetz sitzt im Auto auf dem Weg nach Hause und hört Radio.

Plötzlich wird die Musik leiser und der Moderator meldet sich zu Wort. Die Rocklegende Joe Cocker ist tot, sagt er. Seine Betroffenheit ist zu spüren. Er beginnt von einem Konzert zu erzählen: „Ich stand ein paar Meter von der Bühne entfernt und habe Cocker hautnah erlebt. Er zog das Mikrofon zu sich her, als wär es seine Liebste, und fing an zu singen. Mit seiner rauchigen Stimme zelebrierte er so etwas wie einen Gottesdienst. Er war der Magier, der Sehnsucht verkaufte, und instinktiv zum Witz griff, sobald es schnulzig wurde. Seine Fans kannten die Texte. Niemand sang mit, aber viele Zuhörer sah man lautlos die Lippen bewegen. Erst als Cocker den Song „You are so beautiful" anstimmte, begann man leise mitzusingen. Die Taschenlampen der Handys leuchteten auf und wurden hin und her geschwenkt. Nicht nur den Frauen standen Tränen in den Augen. Es war zum Niederknien schön", sagt der Moderator, und seine Stimme schwankt.

Die Ergriffenheit des Moderators berührt Venetz, sie steckt ihn an. Ihm ist, als sei ein lieber Freund gestorben. Joe Cocker war sein Idol. Er war sein Übervater, den er mit fünfzehn entdeckte. Cockers Texte drückten das aus, was Venetz fühlte, wozu ihm jedoch die Worte fehlten. Und die Musik des Rockers öffnete ihm das Reich der Sinne.

Auf einmal fällt Venetz ein Geplänkel mit seiner Freundin ein. Sie verlangte von ihm, in der Wohnung die Schuhe auszuziehen. Zuhause wolle sie keinen Straßendreck. Die Forderung dünkte ihn kleinkariert, und er verweigerte sich. Er habe keine Lust auf Opa-Puschen. Noch am gleichen Tag kaufte seine Freundin elegante schwarze Leder-Slipper für ihn. Und auf den Garderobe-Spiegel neben der Wohnungstür schrieb sie mit Lippenstift: You can leave your hat on – but take off your shoes.

Wie hätte Beta das Problem mit den Schuhen gelöst? Mit einem Wutanfall? Mit harscher Kritik? Oder hätte sie Fabrizios Schuhe aus dem Fenster geworfen? Venetz zuckt mit der Schulter. Ihr Freund wird ähnlich gestrickt sein wie Bertschi. Der hat Beta auch im Griff. Lässt sich nichts gefallen, rastet aber auch nicht aus.

Egal, wie schwierig sie manchmal ist, beruflich kommt er mit ihr zurecht. Mit Emmer geht es ihm ähnlich. Der kann zwar nerven, aber er ist kein schlechter Kumpel. Venetz ist zufrieden. Sein Beruf gefällt ihm. Er hat mit Menschen zu tun, und mit Technik. Nur über den unregelmäßigen Dienst flucht er manchmal.

☙

Die ungewöhnliche Stille raubt Bertschi die Energie. Ein plötzliches Bedürfnis nach Schlaf überfällt ihn. Er hinterlässt Beta eine Notiz, wo er sich aufhalte, und peilt den kleinen Konferenzraum an. In der Ecke steht ein Sessel, dessen Rückenlehne verstellbar ist. Bertschi wählt die Ruheposition, lässt sich nieder, und schließt die Augen. Doch diesmal findet er, ein Meister des Fünfminutenschlafs, keine Entspannung. Die Gedanken rasen unkoordiniert hin und her, und er muss sich zwingen, sitzen zu bleiben.

Er denkt an den Chor, der ihm so viel bedeutet, und verwünscht seinen Beruf, der ihm die Zeit zu singen stiehlt. Die letzte Chorprobe am Mittwoch hat er verpasst, weil ein Gespräch mit Hänny im Beth-Treff anberaumt war. Daraufhin hatte ihn der Chorleiter wissen lassen, dass er bis zum öffentlichen Auftritt in vier Wochen nicht mehr fehlen dürfe. Die Mahnung fuhr Bertschi in die Glieder, und er erklärte Beta, dass er am Tag der Darbietung sein Handy abschalte.

Ob Florian zur Aufführung kommen wird? Er hat ihn noch nie im A-Capella-Chor singen gehört. Beim ersten Mal war Florian krank. Beim zweiten Mal fehlte jede Spur von ihm. Da war er wochenlang untergetaucht.

Bertschi hat längst begriffen, dass Florian dem Chorgesang nichts abgewinnen kann. Trotzdem verletzt ihn das offensichtliche Desinteresse. Er wird das Gefühl nicht los, dass Flo sich schämt, mit einem Chorknaben liiert zu sein. Oper ja, Chor nein, lautet sein Credo.

Bertschi seufzt. Das Leben treibt ihn vor sich her, wie der Wind ein loses Blatt. Vor einem Jahr war er noch bereit, bei Bedarf auf seine Freizeit zu verzichten. Da bedrängte ihn dieses Gefühl noch nicht, etwas zu vermissen. Inzwischen kann er benennen, was ihn unzufrieden macht. Ihm fehlt das Joggen an der Aare. Er will sich beim Rennen verausgaben. Danach fliegen ihm stets die besten Ideen zu. Außerdem ist er dann stressresistent. Bertschi streicht sich über den Kopf, als wolle er sich trösten. Er nimmt sich zu wenig Zeit für das, was er braucht. Und das, was ihn erfreut. Er muss diesem Trott entfliehen. Unbedingt!

Bertschi steht auf. So kann es nicht weitergehen, sagt er laut, und erschrickt über seine eigene Stimme. Es geht um Lebensqualität. Lebensqualität, wiederholt er, und nimmt sich vor, dieses Thema in der Gruppe anzuschneiden.

Seine Gedanken driften weg. Er sieht sich mit Florian in der 'Silser Klause', wo ein achtgängiges Menu serviert wird. Nach jedem Gang tritt ein hochkarätiger Opernsänger auf.

Entspannt nickt Bertschi ein.

Das Handy auf dem Tisch reißt ihn aus dem Schlaf. Es läutet penetrant.

Wo er denn stecke, erkundigt sich Beta ungnädig.

Er sei in drei Minuten bei ihr, versichert er, steht auf und streckt sich. Unmut steigt in ihm hoch. Genau solche Situationen wie diese verleiden ihm den Job. Er weiß, dass Beta auch übermüdet ist, aber das berechtigt sie nicht, ihn grob anzufahren. Schließlich ist er um nichts weniger müde als sie. Als er Beta sieht, erschrickt er. Ihre blauschwarzen Augenringe sprechen Bände.

„Wir wollen pfleglich miteinander umgehen, okay?"

Beta wirft Bertschi einen Blick zu. Was immer ihr auf der Zunge liegt, sie schluckt es hinunter, und antwortet mit einem klaren Ja – so, als gebe sie auf dem Standesamt ihre Einwilligung zur Heirat.

Draußen ist es dunkel. Die Beiden machen sich auf die Suche nach den Milenkovic-Jungs.

„Zuerst kontrollieren wir den Beth-Treff. Der ist samstags bis gegen eins geöffnet."

Bertschi nickt und lenkt den Wagen nach Bethlehem.

Die Wohnstraßen sind zugeparkt. Er stellt sein Auto in einem gelb markierten Feld ab. Ohne Worte, raschen Schritts, eilen sie den Gehsteig entlang. Das Lokal befindet sich in der Parallelstraße.

Wie aus dem Nichts springen zwei Männer hinter einem Kleinbus hervor. Der eine schmettert Beta mit einem Karategriff zu Boden. Bertschi vermeint, ihre Knochen brechen zu hören. Beta heult auf. Dann erwischt es ihn selbst. Eine Ladung Pfefferspray setzt ihn außer Gefecht. Bertschi, dem die Augen wie Feuer brennen, sieht nichts durch den Tränenschleier. Er hört die Angreifer wegrennen. Und er hört Beta wimmern.

„Wo bist du? Bist du verletzt?"

„Ich hab höllische Schmerzen am Rücken. Ich kann nicht aufstehen. Ich kann wegen dem Tränengas nichts sehen. Aber sonst geht's mir gut."

Bertschi tastet sich bis zu Beta vor, und setzt sich neben sie. Dann fingert er das Handy aus der Hosentasche, und tippt blind die Notrufnummer. Aus den Augen tropfen ihm die Tränen.

Die Polizei trifft vor dem Rettungswagen ein, und Bertschi, der seine Umwelt verschwommen und ohne Konturen wahrnimmt, erteilt den Beamten die nötigen Anweisungen.

Er ist erleichtert, als die Ambulanz um die Ecke biegt. Beta wird vorsichtig auf die Liege gehoben.

Nachdem der Arzt sie untersucht hat, winkt er Bertschi zur Seite. Bei Frau Bianca liege eine Beckenfraktur vor, und das sei eine ernste Sache. Es werde jetzt sofort eine Schockbekämpfung eingeleitet. Ob er dann seine Kollegin ins Inselspital begleiten wolle.

„Selbstverständlich", antwortet Bertschi. In seinem Zustand partieller Blindheit könne er sowieso nicht Auto fahren. Er setzt sich neben Beta. Sie hält die

Augen geschlossen, damit sie weniger brennen. Die Spritze, die man ihr verabreicht hat, wirkt bereits. Die Schmerzen im Rücken spürt sie nicht mehr, aber eine ungeheure Müdigkeit befällt sie. Trotzdem versucht sie, als Kommissarin die weiteren Schritte zu planen.

„Trommle die Crew zusammen. Kontrollier unbedingt …" Ihre Lippen bewegen sich in letzter Auflehnung: „Sag dem Chef …".

Voller Mitgefühl hält Bertschi die Hand seiner Kollegin. Manchmal öffnet er die schmerzenden Augen einen Spalt, um zu checken, wie es Beta geht. In dieser hilflosen Position, ausgestreckt und ruhig gestellt, hat er sie in ihren gemeinsamen Jahren noch nie erlebt.

Die Ambulanz fährt mit Blaulicht. Auf den Signalton verzichtet man. Es herrscht wenig Verkehr. An einem Kreisel legt der Fahrer eine Totalbremsung hin, weil ein Porsche angerast kommt.

„Einer von denen, die das Blaulicht als eigenen Geistesblitz interpretieren", knurrt der Arzt.

Bertschi erkundigt sich per SMS bei seinem Berner Freund, ob für ihn Platz in seiner Wohnung sei. Er erhält das Okay, worauf er den Fahrer bittet, ihn beim Bahnhof aussteigen zu lassen.

Die Wohnung ist leer, wie immer am Wochenende. Sein Freund verbringt die Tage, die mit 'S' beginnen, bei seiner langjährigen Geliebten. Bertschi schaltet die Lichter ein, und steuert auf den Kühlschrank zu. Wie immer findet er Orangensaft vor. Es geht nichts über feste Gewohnheiten, grinst er. Mit einem Glas voller Vitamine fläzt er sich in den Ohrensessel und schickt seinem Liebsten eine Nachricht. „Wish you were here."

Um sich auf seinen Job zu konzentrieren, steht er wieder auf, und wandert im Gang auf und ab. Schließlich ruft er Hänny an. Der meldet sich und sagt: „Sie sind angegriffen worden."

„Von wem wissen Sie das", staunt Bertschi.

„In der letzten halben Stunde war es DAS Thema hier im Treff. Kaum war der Überfall bekannt, bildeten sich zwei Parteien. Die einen fanden es gut, den Bullen einen Denkzettel zu verpassen. Die andern lehnten den grundlosen Zoff ab. Irgendwann artete der Streit zwischen den Lagern aus. Um die Diskussion abzuwürgen, schickte ich die Moderaten heim. Und die Hardliner, die hielt ich zurück."

„Und, ist niemand ausgerastet?"

„Nicht, dass ich wüsste", meint Hänny.

„Wer war Ihr Informant", erinnert ihn Bertschi hartnäckig.

In der Leitung herrscht Stille. Hänny überlegt, bevor er den Namen preisgibt.

„Lastcall. Er befand sich auf dem Heimweg, und sah Sie von weitem."

„Hat er die zwei Schläger erkannt?"

„Sie trugen Motorradhelme."

„Sie wissen, wer die beiden sind."

Hänny verweigert die Antwort.

„Haben Sie die Milenkovic-Jungs gesehen?"

„Sie hielten sich bis gegen halb zwölf hier im Treff auf", erwidert Hänny.

„Keine zehn Minuten später sind wir angegriffen worden", bemerkt Bertschi trocken.

☙

Die beiden Polizisten von der Streife studieren die Namensschilder.

„Ich hab ihn", sagt der eine und läutet bei Milenkovic. Keine Reaktion. Beim zweiten Mal vergisst der Polizist die Höflichkeit. Sein Finger lässt die Klingel nicht mehr los, bis sich eine männliche Stimme mit einem unwilligen Ja meldet.

„Polizei. Aufmachen."

Der Summer wird betätigt. Die Polizisten betreten das Haus betreten und fahren mit dem Lift hoch. Die Wohnungstür ist angelehnt. Mit einem Klopfen treten sie ein. Josip, der ältere Junge, taucht auf, und bittet mit gedämpfter Stimme, leise zu reden. Seine Mutter schlafe, und sein kleiner Bruder auch. Mit einem Blick überzeugt sich der Beamte, dass beiden Betten besetzt sind.

„Wann sind Sie heimgekommen?", fragt er Josip.

„Vor einer Stunde." Das heißt, Josip war zuhause, bevor das B&B-Team überfallen worden ist.

Der Polizist runzelt die Stirn. Er begibt sich in Darios Zimmer. Der Junge scheint zu schlafen. Während der eine Polizist Josip bewacht, durchsucht der andere das Zimmer der Jungs. Er findet nichts, was man mit der Tat in Zusammenhang bringen könne. Keine Helme. Kein Tränengas.

Wie er weiter vorgehen solle, erkundigt er sich bei Bertschi.

„Wir vertagen alle weiteren Maßnahmen auf morgen. Du und dein Kollege, ihr schiebt Wache in der Wohnung, bis die Ablöse kommt. Das wird maximal eine Stunde dauern. Die Zimmertür zu den Jungs bleibt offen. Seid vorsichtig! Lasst euch auf keine Deals ein! Die Jungs sind raffiniert."

Nach dem Gespräch starrt Bertschi sein Handy an, als erwarte er vom Display eine Entscheidung. Wen soll er aus dem Schlaf reißen? Emmer oder Hunziker oder Venetz? Ein boshafter Gedanke durchzuckt ihn. Logisch. Er ruft den an, bei dem der Hahn kräht, wenn man seine Nummer wählt.

Zweimal muss Bertschi das Krähen über sich

ergehen lassen, bevor Venetz zum Handy greift.

„Tut mir leid, Einsatz", meldet sich Bertschi knapp. Mit ein paar Worten skizziert er das Geschehen in Bethlehem, und beauftragt Venetz, die Wache in der Milenkovic-Wohnung zu übernehmen.

Vom Münster hört er einen Schlag. Sonntag. Die Stunde eins. Er trinkt das Glas leer, schlüpft aus Hose und Hemd, und schläft schon, bevor er die Füße unter die Decke kriegt.

Als der Wecker klingelt, rollt sich Bertschi auf die Seite und will den Arm um Florian legen. Doch er greift ins Leere. Der Versuch, sich zu orientieren, scheitert an den Augen, die sich nicht öffnen lassen. Sie sind verklebt. Da wird ihm klar, wo er sich befindet. Er stellt sich unter die Dusche, und lässt sich vom Wasser aufwärmen. Der Massagestrahl tut sein Übriges, und schließlich fühlt er sich gut. Bloß die Klamotten vom Vortag stören ihn. Er trägt nie die gleichen Sachen zweimal hintereinander.

Mit einer Tasse Ingwer-Tee in der Hand beauftragt er Emmer, Venetz abzulösen, und die Milenkovic-Jungs zu bewachen, bis der Spurendienst seine Arbeit erledigt hat. Danach beschließt Bertschi, sich um Beta zu kümmern. Im Treppenhaus fällt ihm ein, dass sein Auto die Nacht in Bethlehem verbracht hat. Wohl oder übel muss er den Bus nehmen. Er stellt sich an die Haltestelle und wartet eine Ewigkeit. Ach ja, Sonntag! Da dauert das Warten. Da verkehren die Buße spärlich.

Obwohl die Straße zugeparkt ist, sieht er seinen Wagen von weitem. Er scheint heil zu sein. Doch ein Blick auf die Motorhaube lässt ihn zusammenzucken. Das schwarze Graffiti zeigt einen Gehenkten, aufgeknüpft am Ast eines Baumes. Beim Opfer handelt es sich eindeutig nicht um eine Frau, sondern um einen

Mann. Nachdenklich streicht sich Bertschi übers Kinn. So starb sie, die Petrovic. Gehängt. Und so wird er sterben, lautet die Botschaft.

Bertschi kramt nach dem Schlüssel, um das Auto zu öffnen. Alle Schlösser sind verkleistert. Nichts geht mehr. Er telefoniert der Spurensicherung, die sich mit seinem Wagen befassen soll. Vielleicht findet man einen Hinweis auf die Täter. Geduldig spaziert Bertschi hin und her. Ob er sich ärgert oder nicht, die Situation verändert sich nicht. Sein Blick bleibt auf einem roten Plastikteil im Straßengraben hängen. Ein Deckel, aber eigentlich zu groß für eine Flasche. Bertschi bückt sich und betrachtet den Deckel eingehend. Schließlich hebt er ihn mit einem Papiertaschentuch auf. Er könnte zu einer Pfefferspray-Dose passen.

Nachdem die Spurensicherung das Auto aufgeladen hat, kann Bertschi dem Ort den Rücken kehren.

Ein Taxi bringt ihn zum Inselspital.

Leise betritt er das Zimmer. Beta schläft. Sie hängt an einer Infusion. Auf dem weißen Kissen breiten sich ihre dunklen Locken aus. Wenn sie aufwacht, wird sie die Astern sehen, die er mitgebracht hat.

Im Gespräch mit dem behandelnden Arzt erfährt Bertschi, dass Beta umfassend untersucht worden sei. Der Verdacht auf Beckenfraktur habe sich bestätigt. Es bestünden keine weiteren Verletzungen, weder im Beckenbereich, noch im Unterleib, oder an den Gefäßstrukturen. Sobald sie aufwache, werde er sie über die weitere Behandlung informieren. Es gäbe die konservative Art, oder die operative. Da es sich bei der Verletzung um einen stabilen Bruch handle, werde er die konservative Behandlung empfehlen.

Auf dem Weg ins Kommissariat beruft Bertschi eine Sitzung ein. Venetz und Hunziker machen sich sofort auf den Weg. Von Emmer verlangt er, in der Milenkovic-Wohnung zu bleiben, bis der Spurendienst die Ergebnisse vorlegt.

Den Chef hat sich Bertschi bis zum Schluss aufgespart.

„Ja", meldet sich Kost.

„Schlechte Nachricht", sagt Bertschi. „Beta liegt im Inselspital." Er spürt, wie Kost erstarrt.

„Sie ist nicht lebensgefährlich verletzt", beschwichtigt er sofort, und erzählt den Hergang des Angriffs.

In seinem Schrecken reagiert Kost aggressiv. „Warum wurde ich nicht sofort benachrichtigt? Sie wissen, das ist Ihre Pflicht."

„Ich musste wichtige Entscheidungen fällen, sowohl was Beta betraf, als auch was die eventuellen Täter anging. Abgesehen davon war auch ich beeinträchtigt. Wenn man Pfefferspray in die Augen kriegt, hat man nichts mehr zu lachen. Und manchmal muss man schlichtweg Prioritäten setzen."

„Das stimmt", bestätigt der Chef beruhigt. Bertschi lacht lautlos, weil ihm im letzten Moment das Wort zugefallen ist, das Kost so gern verwendet, und ihn sanft werden lässt wie ein Lamm.

„Welchen Zeitrahmen hat der Arzt für die Genesung anberaumt?"

„Sie meinen, wie lang Beta voraussichtlich arbeitsunfähig ist", übersetzt Bertschi das gedrechselte Deutsch seines Chefs. „Das kann man erst in ein paar Tagen abschätzen."

„So oder so fehlt jetzt eine Person in Ihrem Team. Dieser komplexe Mordfall Petrovic hält uns in Atem." Kost hält einen Moment inne, bevor er weiterspricht: „Ab sofort übernehmen Sie die Leitung der Mannschaft. Außerdem schicke ich Ihnen eine Ersatzkraft."

Bertschi nickt. Die Arbeit bleibt für ihn die gleiche.

Im Büro setzt sich Bertschi mit Burger in Verbindung.

Der wartet mit einer Neuigkeit auf: „Der Fingerabdruck von Dario Milenkovic entspricht den Fragmenten auf der Bahre, und auf dem Seil."

„Ha! Da rennen wir potentiellen Kindsvätern hinterher, und verdächtigen sie des Mordes, während uns diese Jungs auf der Nase herumtanzen."

Burger findet tröstende Worte für Bertschi: „Manchmal übersieht man die einfachsten Dinge."

„Ja. Und das, obwohl du mir einen Tipp gegeben hast. Die Bahre stamme wahrscheinlich aus einem Jugendlager, hast du gesagt. Warum hab ich diese Idee nicht verfolgt?"

„Mach dich nicht verrückt! Und was die Durchsuchung der Wohnung betrifft, so deutet nichts darauf hin, dass die zwei Kerlchen die Täter sind. Nun zu den Pfefferspraydosen. Wir haben überlegt, wo man Pfefferspraydosen entsorgt, und haben die Abfallcontainer zwischen Tatort und Wohnung überprüft. Und wirklich, wir haben die Sprays gefunden. Leider ohne Fingerabdrücke. Bei einem fehlt der Deckel."

„Welche Farbe?"

„Rot."

„Gut, den hab ich. Schick jemanden vorbei, damit du ihn untersuchen kannst."

❧

Hänny wird jäh aus einem turbulenten Traum gerissen. Eben noch befand er sich mit der Petrovic in Indien. Sie plante eine Safari, aber ohne ihn. Dann setzte sie sich neben Furrer in den Jeep. Sie komme zurück, erklärte sie.

In diesem Moment läutet das Telefon. Die Nummer

des Anrufers ist unterdrückt.

„Ja", meldet er sich.

„Du hast mich und meinen Bruder bei den Bullen verpetzt. Das wirst du bereuen."

„Nun mal langsam. Wenn du etwas wissen willst, dann stell Fragen. Was ich auf den Tod nicht ausstehen kann, sind Drohungen. Kapiert?"

„Hast du uns verpetzt?"

„Ich habe Auskunft gegeben. Wenn ich lüge, verlier ich den Job. Die Kripo wollte wissen, wie lang ihr im Beth-Treff wart. Bis kurz nach halb zwölf, hab ich ihnen geantwortet. Pech für euch, denn damit habt ihr kein Alibi, Du und Dario."

„Genau. Du hättest sagen müssen, dass du nicht weißt, wann wir gegangen sind."

„Weißt du, was ich nicht versteh? Wie kann man so blöd sein, die Kripo anzugreifen. Das mit dem Pfefferspray würde man euch vielleicht verzeihen, aber dass du die Kommissarin schwer verletzt hast, das bringt dich in Teufels Küche. Das schwör ich dir."

„Was hat sie?"

„Einen Beckenbruch. Die ist für Wochen lahmgelegt. Wer hat dir den Karate-Griff beigebracht?"

„Wer schon. Du."

Hänny lacht. „Na, endlich beherrschst du die Technik. Doch das allein ist zu wenig. Man muss auch wissen, wann und wo man Karate einsetzt, und da hast du dich offensichtlich vertan. Das war nicht Notwehr, das war absichtlich zugefügte schwere Körperverletzung."

„Die können uns nichts nachweisen. Sie haben nichts gefunden. Wir sind befragt worden, und zwei Polizisten haben uns die ganze Nacht bewacht."

Hänny seufzt. Was macht man mit solchen Hohlköpfen? In harschem Ton sagt er: „Ich will von der

Geschichte nichts wissen. Lass mich damit in Ruhe."
Grußlos kappt Josip die Verbindung.

Der kann mich mal, denkt Hänny, und lässt sich aufs Bett zurückfallen. Unrast erfasst ihn. Seit Wochen geht hier alles drunter und drüber, und er hat das Gefühl, immer tiefer im Chaos zu versinken. Er kann Lela nicht loslassen, auch jetzt nicht, wo sie tot ist. Sie geistert durch sein Denken und Fühlen, und er glaubt, dass sie noch leben würde, wenn sie sich nicht von ihm abgewandt hätte.

Josip und Dario drängen sich wieder in sein Bewusstsein. Er muss sich mit den Jungs befassen. Um die beiden kümmert sich niemand. Der Vater befindet sich in U-Haft, und die Mutter ist restlos überfordert. Ob Bertschi ihn über den Stand der Dinge unterrichtet? Er wählt die Nummer des Kommissars.

Höflich erkundigt sich Hänny nach Betas Befinden.

„Sie liegt vollgepumpt mit Medikamenten im Spital", antwortet Bertschi.

„Sind die Schuldigen inzwischen gefasst?"

„Über laufende Ermittlungen darf ich keine Auskunft geben."

„Klar. Die Familie Milenkovic benötigt jetzt besondere Unterstützung. Ich übernehme ab sofort die Betreuung der beiden Jungs und der Mutter, weil heute die Ämter geschlossen sind. Morgen werde ich mich mit dem Sozialamt in Verbindung setzten."

„Uns liegen neue Erkenntnisse im Fall Lela Petrovic vor, weshalb ich Josip und Dario zum Verhör vorladen möchte. Könnten Sie die zwei begleiten?"

„Mach' ich. Steht ihnen ein Anwalt zu?"

„Selbstverständlich. Die Vernehmung findet um vierzehn Uhr im Kommissariat statt. Eine Streife wird Sie und die Jungs eine Viertelstunde vorher abholen.

Nur zu Ihrer Information: ein Polizist bewacht die Wohnung der Familie Milenkovic rund um die Uhr."

⚬

Die vier Männer des B&B-Teams sitzen bei Bertschi im Büro. "Da fehlt jemand", sagt Venetz. Emmer nickt. "Ja. Ich habe das Gefühl, sie schneie plötzlich herein, obwohl ich weiß, dass das nicht möglich ist."

Bertschis Telefon läutet. Er zeigt Emmer das Display. "Du hast übersinnliche Kräfte", meint er und schaltet das Mikrofon ein.

"Hallo Beta. Wie geht's?"

"Wie schon. Beschissen." Sie hört das Gelächter, und erkundigt sich sanft, ob alle da sind.

Im Chor brüllen die Männer 'Ja'.

"Wir sind nicht im Kasperlitheater", nörgelt sie, und will wissen, wer für den Überfall verantwortlich ist.

"Wir bereiten gerade die Befragung von Josip und Dario vor. Genaue Infos kriegst du am Nachmittag. Aber jetzt zu dir. Hast du Schmerzen?"

"Nein, dank der Medikamente. Allerdings bin ich hundemüde, so, als wäre ich seit Tagen nicht ins Bett gekommen. Stellt euch vor, Kost hat angerufen. Er wollte wissen, warum ich mich nicht gewehrt habe."

"Warum wohl?" Hunzikers Frage dringt bis zu ihr durch. Beta kichert. "Ich habe ihn das Gleiche gefragt. Bei einem Angriff von hinten hat man keine Chance. Sorry, Fellner ist in der Leitung. Ich sag' euch tschüss bis zum nächsten Mal."

Beta atmet tief durch und nimmt den Anruf entgegen. Dr. Fellner erkundigt sich eingehend nach ihren Verletzungen und entpuppt sich als aufmerksamer Zuhörer. "Sie werden Geduld haben müssen, damit der Bruch wirklich ausheilen kann."

Die Bemerkung stößt Beta sauer auf. Meint Fellner,

282

es fehle ihr an Langmut? Das ist allerhand.

Er kennt sie doch nur als Kommissarin. Von ihr als Privatperson hat er null Ahnung. Er hat sie nie mit Fabrizio im Weinberg erlebt. Der Mund würde ihm offen bleiben vor Staunen.

"Man soll seinen Feind nicht unterschätzen", bricht es aus ihr hervor.

"Das hat schon manchen das Leben gekostet", bestätigt Fellner. "Ich habe soeben einen Roman gelesen, und die Protagonistin hat mich an Sie erinnert. Es geht um eine beharrliche Person, die unermüdlich recherchiert, um verlässlich ein richtiges Urteil zu fällen. Mit einem Wort, sie nimmt ihren Beruf ernst. Die Geschichte ist von Anfang bis Ende spannend, und ich möchte Ihnen das Buch vorbeibringen. Natürlich nur, wenn Sie gern lesen."

"Wie heißt der Autor?"

"McEwan, den Vornamen habe ich vergessen. Der Roman heißt 'Kindeswohl'. Es geht um eine Richterin, um Familienrecht, und um die eigene Ehe."

Überrascht lauscht Beta seinen Worten. Ist das wirklich der ruppige Kollege, vor dem sie zittert?

Es ist still in der Leitung. Sie schuldet Fellner eine Antwort. Ja, sagt sie hastig, sie mag McEwan und seinen Stil. Sie interessiere sich sehr für das Buch.

Dann schaue er im Lauf des Tages vorbei, antwortet er.

Fellners Anruf beschäftigt Beta eine ganze Weile. Als er sich meldete, dachte sie, es handle sich um einen Akt der Höflichkeit. Aber sie hat sich offensichtlich geirrt. Fellner hat zwei ganz verschiedene Seiten. Seine barsche Art wird sie nie mögen. Wenn er im Beruf so respektvoll wäre, wie eben am Telefon, hätte sie mit ihm kein Problem.

Ein paar Minuten später schickt Fabrizio eine SMS: "Ich sitze am Tisch, und alle acht Minuten wird mir ein neuer Happen serviert. Ich liebe diese Frau, die mich so sehr verwöhnt. Trotzdem wünschte ich, das wärest du."

Beta schreibt zurück: "Richt ihr liebe Grüße aus. Ich komme sobald als möglich, und dann übernehm ich den Job in der Küche. Wenn's sein muss, rühre ich mit der Krücke um."

Bertschi fragt Beta, ob er ihr Auto ausleihen könne. Seines sollte entklebt werden.

"Klar. Und das gehenkte Strichmännchen, darf das auf dem Kühler bleiben?"

"Mensch, das hab ich vergessen! Natürlich muss der Wagen neu gespritzt werden. Dann komm ich jetzt den Schlüssel holen. Soll ich etwas mitbringen? Freundin? Brigitte? Gala?"

"Unbedingt. Auf so was steh ich total. Bitte bring mir den Laptop."

"Nicht, dass du arbeiten willst!" ruft Bertschi entsetzt aus.

"Ich brauche Lesestoff und meine Musik. Und ich will mit Fabrizio skypen."

Am frühen Nachmittag meldet sich Fabrizio. Das Mütterchen habe sich hingelegt. Er habe nun alle Zeit der Welt.

"Dann komm zu mir", fleht Beta wie ein kleines Mädchen.

"Das geht nicht. Übermorgen findet die Sitzung mit den Weinbauern aus dem Piemont statt. Die kann ich nicht sausen lassen."

"Und mich kannst du sausen lassen?" Fabrizio sieht Betas verzweifelte Miene auf dem Bildschirm, und lächelt liebevoll: "Meine wunderschöne Alpenblume. Ich spüre deine Trauer, und gäbe alles hin, um bei dir zu sein."

"Nur nicht deinen Rebberg!", keift Beta.

"Hättest du lieber einen Bankangestellten? Ich lass mich umschulen, wenn du willst."

"Wie bitte? Ist dir dein Beruf so unwichtig?"

"Ganz und gar nicht. Die Pflege der Reben und das Keltern von Wein bedeuten mir viel. Ohne triftigen Grund würde ich meinen Alltag nicht verändern. Das mit dem Bankangestellten war nicht ernst gemeint. Haben wir nicht abgemacht, dass du eines Tages zu mir nach Alba kommst?"

"Ja, aber ich brauche dich jetzt hier in Bern. Der ganze Körper tut mir weh. Ich halte es nicht mehr aus, auf dem Rücken zu liegen."

"Meine Liebste, ich komme übermorgen. Bitte hab Geduld!"

Beta stöhnt. Der Laptop rutscht zur Seite und zeigt nur noch einen Teil ihres Gesichts.

"Du bist müde, Beta. Ruh dich aus. Ich singe dich in den Schlaf."

Fabrizio stimmt ein Lied an, das er Beta schon öfter vorgesungen hat. "Da streiten sich die Leut' herum, wohl um den Wert des Glücks. Der eine heißt den andern dumm, am End weiß keiner nix. Da ist der allerärmste Mann, dem andern viel zu reich. Das Schicksal …"

"Frau Bianca, ich lege den Laptop auf den Nachttisch", hört Fabrizio eine Stimme.

"Sie schläft", sagt jemand.

ᘓ

Es klopft anders als üblich. Herrisch. Kost betritt Bertschis Büro.

"Gut, dass Sie alle hier sind. Wir müssen das weitere Vorgehen im Fall Petrovic besprechen."

Die Stühle sind besetzt. Hunziker bietet seinen Stuhl dem Chef an. Er selbst lehnt sich an Betas Schreibtisch.

"Herr Venetz, Sie sind für das Protokoll zuständig", entscheidet Kost.

Als Venetz auf die Tasten des Laptop einhämmert, runzelt Kost unwillig die Stirn. Das Geräusch stört ihn. Es reicht doch, wenn man Stichworte notiert und nach der Konferenz vernünftige Sätze formuliert!

Kost behält seine Meinung für sich und schneidet sofort das für ihn wichtige Thema an.

"Milenkovic und Hakala befindet sich in U-Haft. Beide Anwälte fordern, dass ihre Mandanten wegen Mangels an Beweisen freizulassen sind. Welche Auffassung vertreten Sie?"

"Milenkovic hat zwar ein Alibi für die Tatzeit, aber das heißt nicht unbedingt, dass er als Täter ausscheidet. Der Mann ist raffiniert und könnte die Tat so geplant haben, dass wir ihm nichts nachweisen können. Wir haben weder von ihm noch von seinem älteren Sohn Josip Spuren gefunden. Und das, obwohl wir wissen, dass Josip die Petrovic im Auto von Milenkovic in den Wald gebracht hat. Nur von Dario gibt es Fingerabdrücke. Der Junge ist knapp vierzehn."

"Was wollen Sie damit andeuten?"

"Ein minderjähriger Mörder kommt nicht in den Knast."

"Das klingt nach Taktik", sagt Kost.

"Um 14 Uhr werden hier im Kommissariat Dario und Josip getrennt voneinander verhört. Mit den Aussagen der Jungs konfrontieren wir dann Milenkovic. Ich denke, heute Abend wissen wir mehr."

"Und was ist mit dem Finnen, der die Petrovic betäubt hat?"

"Als die Frau bewusstlos war, hat er ihr, so wie

geplant, das Notizbuch entwendet, um es Josip zu verkaufen. Aber dann kam die Petrovic nicht mehr zu sich, und alles lief aus dem Ruder. Josip geriet in Panik, worauf der Vater befahl, die Frau zu erhängen, um einen Selbstmord vorzutäuschen.

Danach suchte Hakala seinen Bekannten in Kerzers auf, um dort zu übernachten. Doch der kann die Aussage nicht bestätigen."

"Hakala hat also kein Alibi. Demnach kommt er als Mörder in Frage."

"Nicht zwangsläufig", sagt Hunziker. "Warum sollte er sich mit einem Mord belasten? Das Geld von Josip hatte er in der Tasche und das Bahnticket nach Spanien auch."

Abrupt erhebt sich der Chef. "Ich erwarte am Nachmittag Ihren Bericht", sagt er zu Bertschi und verlässt den Raum.

Venetz hakt bei Hunzikers Beitrag ein: "Trotzdem hat Hakala ein Motiv. Der Mann hasst die Petrovic, und das ist ein wesentlicher Punkt. Aber es gibt noch einen anderen wichtigen Punkt, den von der Durchführung. Die Petrovic wurde von zwei Tätern aufgeknüpft. Einer davon ist Dario, das können wir anhand der Spuren beweisen. Aber wer ist der andere? Josip oder Hakala?"

"Oder Vater Milenkovic."

"Der hat für die fragliche Zeit ein Alibi. Er kann also nicht selbst Hand angelegt haben."

"Trotzdem hat er großes Interesse am Tod der Petrovic, damit er seine Geschäfte auf der KrimMall weiterhin tätigen kann."

"Beim Überfall auf Beta und mich wiederholt sich das Muster: zwei handelnde Personen, aber nur Darios Fingerabdrücke", sagt Bertschi.

"Vielleicht wurde Dario als Täter missbraucht", wirft

Emmer ein.

"Was willst du damit sagen?", hakt Bertschi nach.

"Eventuell hat Milenkovic die Sache so gedeichselt, dass weder ihm noch Josip ein schuldhaftes Verhalten nachzuweisen ist, während der minderjährige Dario nichts zu befürchten hat. Den wird man in einem Heim für straffällig gewordene Jugendliche unterbringen."

Keinem fällt mehr etwas ein. Ins wortlose Nachdenken mischt sich das Knurren eines Magens. Bertschi massiert sich den Bauch, und schaut auf die Uhr. "Okay. Die Zeit reicht fürs Essen. Um 14 Uhr werden die Jungs verhört. Hunziker, du übernimmst Dario. Ich befasse mich mit Josip. Ihr beide", er blickt Emmer und Venetz an, "verfolgt die Gespräche hinter den Spiegeln. Sobald die Vernehmungen abgeschlossen sind, treffen wir uns zum Austausch hier im Büro. Anschließend konfrontieren wir Milenkovic und Hakala mit den neuen Erkenntnissen."

Bertschi steht auf und streckt sich. Sein Rücken knackst beinahe so laut wie die Finger, wenn er an ihnen zieht. Er denkt an Beta, und an die Brutalität, mit der sie auf den Asphalt geschmettert wurde. Plötzlich vermisst er sie.

଼

"Wie geht's dem Becken?"

"Geht so. Und deinem?" Die beiden Frauen kichern.

"Ich bin hier in der Nähe und könnte dich besuchen. Aber vielleicht ist es dir zu viel", erkundigt sich Fabienne.

"Im Moment fühl ich mich gut. Komm doch vorbei."

"Allein oder mit Milo?"

"O la la. Jetzt hast du ihn schon sonntags im Schlepptau", stellt Beta trocken fest.

"Ausnahmsweise. Seine Frau ist bis morgen beim

Jahrgängertreffen."

"Bring ihn mit, ich platze vor Neugier."

Beta betrachtet das praktische Spitalhemd, das sie trägt und das sich problemlos hochschieben lässt. Dazu passt ihr verknittertes Gesicht mit dem blauen Auge. Sie kann sich ihr Aussehen auch ohne Spiegel gut vorstellen. Milo wird von ihr beeindruckt sein.

Mit wem ihre Freundin auftauchen wird? Mit einem smarten Bergführer? Mit einem wortkargen Bauern?

Es klopft. Im Türspalt erscheint der Kopf der Mutter. "Störe ich?", fragt sie leise.

Musst du gerade jetzt erscheinen, denkt Beta. Ihre Vorfreude auf die Freundin ist wie weggeblasen.

"Komm nur herein", sagt sie lahm.

Die Mutter macht sich sofort nützlich. Die Rose darf nicht auf dem Nachttisch stehen. Das Fenster muss gekippt sein, um frische Luft hereinzulassen.

"Ich hab ein Nachthemd für dich gekauft", erklärt sie, und packt es aus.

"Danke", antwortet Beta und bestaunt das Wäschestück, bedruckt mit blassblauen Blumen und Efeu. Es sieht nicht viel schöner aus als das, welches sie trägt. Nur am Rücken ist es anders. Da ist es zugenäht. Wo findet man eine solche Geschmacklosigkeit? Hat man es der Mutter zur Hochzeit geschenkt? Beta fallen vor Frust die Augen zu.

Die Mutter bleibt eine Weile am Bett sitzen. Dann tätschelt sie Betas Hand und flüstert: "Dir kann man keine Freude machen", und bricht auf.

Beta spürt die Enttäuschung der Mutter. Ihr selbst geht es nicht anders. Jedes Mal nimmt Beta einen Anlauf, um ihrer Mutter freundlich zu begegnen. Ihr zuzuhören. Sich mit ihr zu unterhalten, zu fragen und zu erzählen. Doch sie scheitert stets, manchmal schon nach

289

ein paar Minuten. Beta schafft es nicht, eine normale Beziehung zu ihrer Mutter aufzubauen. Bloß wenn Fabrizio mit ihr zusammen die Mutter besucht, kommt es zwischen ihnen zu winzigen Gesten der Herzlichkeit.

Seiner Mutter begegne man mit Achtung, ermahnt Fabrizio sie von Zeit zu Zeit. Worauf Beta stets antwortet, die Mutter habe ihr eine Kindheit lang das Leben vergällt. Worauf Fabrizio immer antwortet, das sei Vergangenheit, und die müsse man irgendwann loslassen.

Beta lächelt vor sich hin. Mit Fabrizio hat sie das Herz-As gezogen. Er zeigt ihr, wie Leben geht. Warum weiß er, wie es geht? Weil er die bessere Mutter hatte? Weil er mit der Natur verbunden ist? Oder weil er bei Dante Weisheit schöpft?

Es klopft. Als sich die Tür öffnet, beginnt Beta zu strahlen. Fabienne dreht sich um und winkt Milo herein. Dann tritt sie ans Bett, um ihre Freundin vorsichtig zu umarmen.

"Schön, dass du da bist. Jetzt rück mal zur Seite, damit ich den Mann hinter dir sehen kann."

Milo schenkt ihr einen intensiven Blick, der Beta den Atem stocken lässt. Der Typ kann sich sehen lassen. Das glatte blonde Haar fällt ihm fast bis auf die Schultern. Wenn er lacht, vertiefen sich die Krähenfüße in den Augenwinkeln. An seiner linken Hand funkelt der Ehering.

"Pech gehabt, oder?", meint er mitfühlend.

Beta zuckt mit der Achsel: "Ja. Wenn mich jemand von vorne angreift, hat er keine Chance. Aber so ein Esel von hinten …"

"Mich hat einer von vorn attackiert, ein richtiger Esel, ein vierbeiniger. Das Ergebnis war ein Oberschenkelhalsbruch", sagt Milo.

Plötzlich reden alle drei durcheinander. Man hänselt

sich und unterbricht sich. Man erzählt abstruse Unglücksgeschichten und lacht. Hätte ein Fremder die Lage beschreiben sollen, er hätte behauptet, die drei Freunde würden sich schon lange kennen.

Beta hält eine Weile mit, doch dann spürt sie die Erschöpfung. Sie wird still.

Fabienne streicht ihr liebevoll die Haare aus der Stirn und überreicht ihr ein Päckchen. "Für dich."

Beta wägt es in der Hand. "Leicht wie eine Feder", lächelt sie und öffnet es. Sie zieht etwas Weißes heraus. "Wow, ein Gedicht aus Seide." Sie beginnt zu kichern und versucht gleichzeitig, etwas zu erklären. "Die Mutter ...". Der Rest geht in einem Gelächter unter, das wie Schluckauf klingt.

Fabienne wirft Milo einen irritierten Blick zu. "Keine Ahnung, was sie hat."

Milo stört die Situation nicht. Freundlich betrachtet er die Frau, die seiner Meinung nach die Nerven verloren hat.

Nach einer Weile wendet sich Beta an Fabienne: "Schau, was mir meine Mutter mitgebracht hat." Sie weist mit dem Finger zum Nachttisch. Fabienne kramt das Nachthemd hervor. Das synthetische Material knistert.

"Ein gewagtes Teil", urteilt sie. Die Frauen platzen los. Milo wendet sich ab und geht zum Fenster.

Es gefällt ihm, wenn die Menschen lachen.

"Eigentlich habe ich das Nachthemd für mich gekauft. Aber heute Morgen dachte ich, ich bringe es dir als Geschenk mit. Magst du es?"

Beta nickt. "Ich werde es anziehen, wenn Fabrizio kommt."

☙

Gegen eins läutet Hänny. Er hat sich telefonisch

angekündigt. Sofort wird der Summer bedient. Als er im fünften Stock aus dem Lift steigt, grinst ihm ein Polizist entgegen. Hänny zeigt auf die Wohnungstür. Er werde erwartet.

"Kein Problem. Herr Bertschi hat mich informiert."

Hänny klopft an und schiebt die angelehnte Tür auf. Frau Milenkovic heißt ihn mit einer Geste willkommen und führt ihn ins Wohnzimmer. Dort sitzen Dario und Josip wie zwei höfliche Jugendliche, die keinem ein Haar krümmen würden.

"Zuerst will ich ein paar Dinge klarstellen. Ich bin kein Polizist. Ich bin kein Anwalt. Ich bin der Streetworker von Bethlehem. Ich stelle keine Fragen, weil ich nicht wissen will, was ihr gemacht habt. Ich habe kein Recht, die Aussage zu verweigern, und falsche Angaben werde ich nicht machen. Kapiert? Es ist Aufgabe der Kripo, den Mord an Lela Petrovic zu klären. Und die Kripo befasst sich auch mit dem Überfall von gestern Abend."

"Warum bist du hier?", fragt Dario.

"Weil ihr laut Gesetz von einem Erwachsenen begleitet werden müsst. Als Sozialarbeiter vertrete ich eure Eltern. Ich werde euch aufs Kommissariat begleiten, und ich werde verfolgen, ob alles mit rechten Dingen zugeht."

Hänny atmet tief durch. "Ist euch klar, dass ihr heute verhört werdet? Man wird euch mit Beweisen konfrontieren. Man wird euch mit Fragen bombardieren. Natürlich bekommt ihr einen Anwalt gestellt. Der jedoch kann euch nur helfen, wenn ihr ihm gegenüber ehrlich seid."

"Wir haben nichts verbrochen. Man kann uns nicht einsperren", meint Josip unbeeindruckt.

"Mensch Josip, komm endlich auf den Boden der

Realität. Heute Nachmittag wird über eure Zukunft verhandelt. Geht das wirklich nicht in deinen Schädel? Merkst du nicht, dass du in der Klemme steckst? Da kommst du allein nicht mehr raus. Du wirst Hilfe brauchen. Beobachte doch einfach, wem du Vertrauen schenken willst. Du bist doch nicht blöd. Man wird dir eine zweite Chance bieten. Man wird dir bei der Arbeitssuche helfen."

Josip hält den Blick gesenkt. Dario imitiert seinen Bruder, auch er starrt Löcher in den Boden.

In Hänny steigt ein Verdacht auf. Was, wenn Josip ein geregeltes Leben gar nicht interessiert?

"Im Gegenzug erwartet man von dir, dass du deine Aktivitäten auf der KrimMall einstellst."

"Mach ich, sobald ich einen Job mit dem gleichen Lohn hab'." Josip grinst. So naiv kann nur ein Streetworker sein.

"Die Erwachsenen sind nicht so dumm wie du meinst", grinst Hänny zurück. "Du kannst dein Leben selbst bestimmen. Aber auch die Verantwortung dafür trägst du selbst. Nicht die Eltern. Nicht der Krieg. Im Übrigen besitzt jeder Mensch eine innere Instanz, die unmoralisches Handeln verurteilt. Kennst du so etwas wie ein schlechtes Gewissen?"

"Ich hab' gestern meine Mutter angeschrien, da hat sie geweint."

Hänny nickt. Josip hängt an seiner Mutter. Und er liebt sie, sonst würde er sein grobes Benehmen nicht bedauern.

"Gut. Du hast verstanden." Hänny wendet sich an Dario: "Du auch?"

Dario weiß nicht, welche Antwort von ihm erwartet wird. Josip springt für ihn ein. "Er auch."

Frau Milenkovic serviert in einer Silberkanne Tee

und redet auf Josip ein. "Meine Mutter möchte wissen, was wir besprochen haben. Kann ich es ihr schnell übersetzen?"

"Kann ich fertig Handball spielen", fragt Dario, und als er Hänny den Kopf schütteln sieht, verlegt er sich aufs Betteln. "Ich brauche nur fünf Minuten."

Bei Hänny fällt der Groschen. Klar, Dario will an den Computer. Er nickt. Soll er sich doch ein wenig ablenken. Der Nachmittag wird für den Jungen hart werden.

∽

"Noch zehn Minuten", verkündet Bertschi mit Blick auf die Uhr. Venetz und Emmer haben die gemütlichen Sessel in der Sitzecke okkupiert, und sind in ihre Unterlagen vertieft. Hunziker hat den Platz von Beta eingenommen, und schaut ins Leere.

"Sieh dir das an." Bertschi winkt Hunziker zu sich. Über Bertschis Schulter hinweg liest er die Mail im Laptop.

"Shit", flüstert er. "Das hat uns noch gefehlt."

Er richtet sich auf. "Wir bitten um zwei Stunden Aufschub", schlägt er vor.

"Die Zeitspanne ist zu knapp. Milenkovic soll bis 18 Uhr in U-Haft bleiben. Dann setzen wir ihn auf freien Fuß, unter der Bedingung, dass keine neuen Verdachtsmomente vorliegen."

Hunziker wiegt zweifelnd den Kopf. "Probier's. Ruf Kost an, und erklär ihm die Sache."

Bertschi trägt dem Chef sein Anliegen vor, und begründet es damit, dass man erst nach dem Verhör der beiden Jungs entscheiden könne, wie mit Milenkovic zu verfahren sei. Deshalb plädiere er dafür, Milenkovic erst am späten Nachmittag freizulassen.

"Ihr Argument leuchtet mir ein. Trotzdem bitte ich, die Anweisung von Staatsanwalt Keller zu befolgen. Es ist Ihnen doch klar, dass seine Anordnung nicht verhandelbar ist."

Missmutig nickt Bertschi. Doch auf einmal macht er seinem Ärger Luft. "Milenkovic kann sich dank seiner illegalen Geschäfte den besten Anwalt leisten. Fehlt nur noch, dass der sich als ehemaliger Studienkollege von Keller entpuppt."

Auf diese Bemerkung geht Kost nicht ein. Er sagt bloß: "Ich habe die Order von höchster Stelle an Sie weitergeleitet. Melden Sie sich, sobald die Vernehmungen abgeschlossen sind." Damit ist das Gespräch beendet.

Hunziker reagiert unaufgeregt: "Wir lassen alles für die Freilassung vorbereiten, aber da am Sonntag der Personalbestand dezimiert ist, verzögert sich das Procedere."

Der bürokratische Ernst seines Kollegen animiert Bertschi. "Ja, wir haben zu wenig Personal. Es wird sicher 18 Uhr, bis Milenkovic freikommt."

Bertschi hebt zufrieden den Daumen. Dann fährt er fort: "Wir haben es mit einem Kind und einem Minderjährigen zu tun. Sie wissen nicht, was wir von ihnen wissen, und das gibt uns einen Vorsprung. Außerdem sind wir raffinierter, als sie denken. Wir werden sie in Widersprüche verwickeln, ohne dass sie es merken. Wichtig ist, dass wir uns nicht provozieren lassen. Auch dann nicht, wenn sie uns mit ihrer rotzigen Art schier die Wände hochtreiben."

Die Stoppuhr von Venetz läutet. "Drei Minuten vor drei", meldet er.

"Du bist wie ein Coach", sagt Emmer. "Du machst mir Mut."

"Danke. Du mir auch. Ich habe das Gefühl, ich leiste gute Arbeit."

Die Männer klopfen sich gegenseitig auf die Schultern, und brechen auf.

Im Verhörraum herrscht eisiges Schweigen. Bertschis Blick wandert zu Josip. Der legt seine Hände in den Schoss und betrachtet sie. Der Anwalt blättert lustlos in den Papieren. Es scheint, als hapere es mit der Kommunikation zwischen den beiden. Aber auch Bertschi gelingt es nicht, Josip zum Reden zu bringen. Nicht einmal Name und Geburtsdatum will er nennen.

Bertschi wendet sich an den Anwalt: "Wissen Sie, ob er ein Schweigegelübde abgelegt hat?"

"Da er schweigt, weiß ich es nicht."

Bertschi setzt sich dem Anwalt gegenüber und beachtet den Jungen nicht mehr. "Wir können Josip Milenkovic zu keiner Aussage zwingen. Wahrscheinlich weiß er gar nicht, dass er sich mit seinem Verhalten selbst schadet, und sich damit ein höheres Strafmaß einhandelt. Schade für ihn. Die Zusammenarbeit mit der Polizei lohnt sich allemal.

Aus den Unterlagen geht hervor, dass Hakala seine Exfreundin betäubte, um ihr Notizbuch zu entwenden. In diesem Notizbuch vermerkte Frau Petrovic ihre Beobachtungen über die illegalen Geschäfte auf der Krim-Mall. Auch Josip dealte dort, und befürchtete, aufzufliegen. Deshalb animierte er Hakala, seiner Exfreundin das Notizbuch zu stehlen, um es ihm anschließend abzukaufen. Zwei Stunden später war Frau Petrovic tot. Aber die Tropfen, mit denen Hakala Frau Petrovic betäubt hatte, waren nicht tödlich."

Bertschi wendet sich an Josip. "Du weißt, woran Frau Petrovic gestorben ist. Du warst die ganze Zeit dabei."

"War ich nicht", wehrt sich Josip.

Immerhin funktionieren seine Stimmbänder, denkt Bertschi. Er fährt fort: "Du hast geholfen, sie zu erhängen."

Der Anwalt gibt Josip ein Zeichen, sich nicht zu äußern, und bittet um eine Pause von zehn Minuten. Bertschi nickt und verlässt den Raum. Auf dem Gang kommt ihm Emmer entgegen.

"Ein harter Brocken! Wie kriegt man den bloß zum Reden", stöhnt Bertschi.

"Er hat ja schon was gesagt", meint Emmer lakonisch.

"Seine drei Worte bringen uns nicht weiter."

"Doch. Du verwendest einfach das Schema von vorhin. Du plauderst mit dem Anwalt, drehst dich plötzlich zu Josip um, servierst ihm eine Behauptung, und schon macht der Junge den Mund auf."

Bertschi starrt Emmer wie ein seltenes Insekt an. Dann beginnt er zu lachen. "Du bist ganz schön raffiniert."

Als Bertschi in den Verhörraum zurückkehrt, scheinen sich Josip und der Anwalt bereits alles anvertraut zu haben. Jedenfalls sitzen sie wortlos da.

Bertschi zieht seine Unterlagen zu sich her, blättert darin, und berichtet dann dem Anwalt von den Machenschaften auf der KrimMall. Sogar Minderjährige würden sich dort oben herumtreiben. Er wirft Josip einen Blick zu und sagt im Plauderton: "Du und dein Bruder, ihr habt die Petrovic aufgehängt. Ihr habt sie getötet."

"Die war doch schon hinüber", ruft Josip aus.

Der Anwalt wirft Bertschi einen Blick zu, und schreitet ein. "Ihre Behauptungen entbehren jeder Grundlage. Ab sofort verweigert mein Mandant die Antwort." Dazu blitzt er Josip an. Der kapiert, dass er dem Kommissar auf den Leim gegangen ist.

Seelenruhig antwortet Bertschi: "Zum Geschehen

von Montagnacht liegen bereits die Aussagen von Dario und Hakala vor. Der Überfall von gestern Abend auf meine Kollegin und mich ist auch geklärt. Du und dein Bruder, ihr seid die Täter. Auf deinem Helm haben wir Pfefferspray gefunden.

Es ist der von der Dose mit den Fingerabdrücken von Dario."

Bertschi unterbricht die Sitzung, und begibt sich mit Emmer zu Venetz. Der steht am verspiegelten Fenster und beobachtet das Geschehen im Verhörraum.

"Im Moment läuft gar nichts", erklärt er. "Dario hört nicht mehr auf zu heulen, seit Hunziker ihm erklärt hat, dass wir wissen, wer am Überfall beteiligt war."

Emmer stellt fest, dass der junge Anwalt überfordert ist. "Auf der Uni hat man ihm offensichtlich nicht beigebracht, wie man eine solche Situation bewältigt."

Hunziker bringt Dario ein Glas Wasser. Mit sanften Worten versucht er, ihn zu beruhigen. Dario plärrt. Dazwischen schlägt er sich mit der Faust auf den Oberschenkel. Hunziker reicht ihm ein Papiertaschentuch, worauf Dario vor lauter Schnäuzen das Schluchzen vergisst. Erstaunt bemerkt Hunziker, dass der Junge wie sein Sohn funktioniert. Ablenkung heißt das Zauberwort. Er kramt in seiner Laptop-Tasche nach einem Kaugummi, den er Dario anbietet. Dario entfernt das Papier und widmet sich dem Kauen.

"Wer kaut, heult nicht", bringt Venetz die Sache auf den Punkt.

Nach einer Weile führt Hunziker das Gespräch mit Dario fort: "Wann gehst du abends zu Bett?"

"Um zehn. Aber manchmal wird es später, und dann lässt Mama die Wohnungstür angelehnt, damit uns der Vater nicht heimkommen hört, weil es sonst Zoff gibt."

"Aber am Montag, als das mit Lela passierte, ist es

viel später geworden."

"Da waren wir erst um vier daheim."

"Machst du alles zusammen mit Josip?"

"Ja, ich darf nichts allein machen. Er muss auf mich aufpassen, weil ich der Jüngere bin. Josip ist ein guter Bruder, er schützt mich vor dem Vater. Wenn er für sich Jeans kauft, darf ich auch eine aussuchen. Aber nur, wenn ich ihm gehorche."

Seine Miene verzerrt sich vor Angst. "Ist Josip jetzt im Gefängnis, so wie der Vater?" Tränen stürzen ihm aus den Augen.

Hunziker versichert ihm, dass Josip nur befragt werde, so wie er.

"Wir haben die Petrovic nicht getötet. Ganz sicher nicht, ich schwör's."

Dario wischt sich mit dem Ärmel übers Gesicht. "Hakala hat geflennt wie ein Weib, weil seine Tussi nicht mehr aufwachte. Deshalb verlangte Josip von mir, ich solle ihren Puls fühlen. Das machte ich, aber ich spürte ihr Herz nicht schlagen. Da sagte Josip, die Sache sei klar, die Frau sei tot. Er hatte eine Stinkwut auf den blöden Finnen, weil der die Tropfen nicht richtig dosiert hatte.

Josip hat sonst immer eine Idee, wenn es Probleme gibt. Aber an dem Abend wusste er nicht, was machen. Er war ganz nervös, und rief den Vater an. Der stauchte Josip so was von zusammen! Daheim hätte er ihn grün und blau geschlagen. Aber dann, auf einmal, beruhigte er sich. Er sagte, es sei ja nicht unsere Schuld, dass die Frau tot sei, sondern die Schuld von Hakala. Er befahl Josip, den Autoschlüssel zu holen, und die Leiche mit dem Auto in den Wald zu fahren. Die Straße Richtung KrimMall würde er ja kennen. Und der toten Lela wäre die Strecke auch vertraut. Er schärfte Josip ein, alle

Spuren zu beseitigen, und nichts ohne Handschuhe anzufassen. Und dass er kontrollieren soll, ob er beobachtet wird."

"Warum hast du den Rat deines Vaters nicht befolgt?"

"Welchen Rat?"

"Wir haben deine Fingerabdrücke auf der Leiche gefunden."

"Wir hatten nur zwei Paar Handschuhe, und wir waren zu dritt. Josip sagte, dass ich keine Angst haben soll, man würde mich nicht einlochen."

Der Anwalt mischt sich nicht ein ins Gespräch. Der Junge ist ihm zu chaotisch. Ohne Vater und Bruder fehlt dem die Struktur, da hat er als Anwalt keine Chance.

"Josip hat also das Auto seines Vaters geholt, und ist dann zu euch gefahren", konstatiert Hunziker.

Dario nickt. "Josip stand Wache und ich legte zusammen mit Hakala die Frau in den Kofferraum.

Es war komisch, weil ich sicher war, dass sich die Frau bewegt hat. Ich sagte Hakala, er soll noch ihren Puls kontrollieren, weil ich es vielleicht nicht richtig gemacht habe. Aber dann befahl Josip, wir sollen sofort einsteigen, es komme ein Pärchen. Wir sind dann los. Im Wald zeigte Josip uns, wo wir Lela begraben sollen. Der Vater habe alles Nötige ins Auto geladen. Die Trage, ein Seil, fünf Kerzen. Was wir denn mit dem Seil sollen, fragte ich, wir brauchen eine Schaufel. Josip zuckte bloß mit den Schultern, und antwortete, der Vater will, dass Lela aufgeknüpft wird, weil es dann aussieht, als hätte sie Selbstmord gemacht. Dann verschwand Josip, weil er noch etwas erledigen musste. Also machten wir uns an die Arbeit. Hakala suchte die schönste Tanne aus, und als die Petrovic zwischen den

Ästen schwebte, sah sie aus wie eine Fee. Wir stellten fünf Kerzen auf, und Hakala hielt eine Rede. Er bat seine Freundin um Verzeihung für alles, was er ihr angetan hatte, und dass er zu viel Tropfen ins ..." Die restlichen Worte gehen in einer Flut von Tränen unter, die dem Jungen über die Wangen rinnen.

Die vier Kriminalbeamten ziehen sich in Bertschis Büro zurück, um sich auszutauschen.

"Hat Josip den Puls der Petrovic absichtlich nicht kontrolliert?"

"Das wäre rein theoretisch möglich, denn die Petrovic stand kurz davor, ihre Recherchen über die Krim-Mall zu veröffentlichen. Vielleicht hat er sich gedacht: besser, sie schweigt für immer."

"Warum ließ Josip seinen Bruder und Hakala allein, als es darum ging, die Petrovic zu hängen?"

"Er wollte sich ein Alibi verschafften, um nicht als Täter verdächtigt zu werden. Wahrscheinlich hat ihm das sein Vater befohlen."

"Vielleicht hat Milenkovic den Finnen kaltblütig benutzt, um die Petrovic aus dem Weg zu räumen. Warum sonst hat er verlangt, sie zu hängen?"

"Um sicher zu sein, dass sie tot ist und ihm nicht mehr schaden kann."

"Wir werden Josip und Hakala mit der Aussage von Dario konfrontieren. Mal schauen, ob uns der heulende Junge etwas vorgespielt hat. Venetz, nimm dir Hakala vor. Und du, Hunziker, den schweigenden Josip."

☙

Seit wann haben Esel Glocken? Damit Milo weiß, wo sie sich aufhalten? Beta öffnet die Augen. Kein Milo weit und breit. Sie hat geträumt. Es ist das Handy auf dem Nachttisch, das klingelt. Mit einem unwirschen Ja meldet sie sich.

"Hab ich dich geweckt?", fragt Bertschi erschrocken.

"Ich war gerade auf der Weide", erklärt sie. Bertschi erschrickt noch mehr. Beta liegt doch mit einem Beckenbruch im Inselspital, nicht mit einem Hirnschaden.

"Wenn du etwas sagen willst, dann fang endlich an.".

Erleichtert atmet Bertschi auf. So kennt er seine Kollegin. Es scheint ihr gut zu gehen.

"Unser Fall dreht sich im Kreis", sagt er. Sofort bombardiert ihn Beta mit Fragen, und Bertschi beißt sich auf die Zunge, um nicht auszurasten.

Auf einmal unterbricht sie sich. "Ich bin unmöglich, nicht wahr. Unbrauchbar bin ich, weil ich an dieses blöde Bett gefesselt bin."

"Werd nicht ungeduldig. Ich brauche dich und deine Ideen, um gute Arbeit zu leisten. Vergiss das nie!"

"Danke! Danke für die lieben Worte."

Bertschi lacht. "Deine Tonskala reicht von lammfromm bis messerscharf! Du bist die Callas der Worte."

Beta beginnt zu summen. Sie singt kein Lied. Sie reiht bloß Töne aneinander, um sich zu beruhigen.

"Und nun bitte alle Informationen", sagt sie sanftmütig.

"Du meinst von Anfang an?"

"Nicht bei Adam und Eva. Bei Hakala."

"Gut. Ich fasse zusammen."

Nach dem Bericht ist es eine Weile still. Schließlich sagt Beta: "Wenn sich Milenkovic nicht eingemischt hätte, würde die Petrovic noch leben. Er wurde zu ihrem Henker, ohne sie auch nur berührt zu haben."

"Wir sind also gleicher Meinung: Milenkovic ist der Mörder."

"Ja, bloß interessiert sich niemand für unsere Meinung. Von uns erwartet man Beweise."

"Die wir nicht haben! Deshalb zwingt uns das

geltende Recht, Milenkovic freizulassen."

Bertschi seufzt. "Köpfen sollte man ihn!"

"Lass ihn gehen, bevor dich der Staatsanwalt köpft."

Auf dem Weg zurück ins Büro hadert Bertschi mit der Situation, die ihn dazu zwingt, Milenkovic aus der U-Haft zu entlassen. Um nicht dessen triumphierendes Grinsen sehen zu müssen, delegiert Bertschi die Freilassung an Emmer.

Er selbst kontaktiert den Chef, der sich nach dem ersten Klingelzeichen meldet.

"Und?" Bertschi hat sich längst an die einsilbige Form von Kosts Gesprächskultur gewöhnt. Er bringt Kost auf den neuesten Stand der Dinge, ohne sich in Details zu verlieren. Kost hört geduldig zu. Trotz diverser Rückfragen überzeugen ihn Bertschis Argumente nicht. Der Fall dünke ihn eigenartig. Er werde die Sache überprüfen, um sicher zu gehen, dass nichts übersehen wurde. Bertschi möge ihm die Unterlagen in zweifacher Ausfertigung schicken, damit er sich mit Staatsanwalt Keller besprechen kann.

Einen Moment lang gärt es in Bertschi. Da strampelt er sich das ganze Wochenende ab, um den Fall zu lösen, und dann verbrummt ihn der Chef zu einer gebündelten Dokumentation. Will er Keller beweisen, dass er seine Abteilung im Griff hat?

Bertschi krempelt die Ärmel hoch. Er druckt alles aus, was mit der Petrovic zu tun hat. Soll sich doch der Chef durch die Seiten quälen, bis ihm die Buchstaben vor den Augen tanzen.

Der Drucker arbeitet auf Hochtouren, als Emmer das Büro betritt.

"Wer kriegt denn das Elaborat?", erkundigt er sich.

"Zweimal 17 Blätter für Keller und Kost."

"Gute Sonntagabendlektüre", meint Emmer und

setzt die Wasserflasche an. Bertschi vernimmt ein Gurgeln und Glucksen, und da es kein Ende nimmt, schielt er zu seinem Kollegen hinüber. Schluckt er beim Trinken, oder lässt er das Wasser einfach durch die Speiseröhre hinunterlaufen?

Emmer setzt die Flasche ab. "Sorry, ich hatte Durst", sagt er.

In Gedanken befasst sich Bertschi mit einem Problem, das schon den ganzen Tag an ihm nagt. Am liebsten würde er Emmer damit betrauen, aber seit dem Gespräch von neulich hat er Hemmungen.

"Auf uns wartet noch ein schwieriger Akt", leitet er das heikle Thema ein.

Emmer nickt: "Vater Petrovic muss über die Vergewaltigung seiner Tochter informiert werden."

Überrascht horcht Bertschi auf. Welchen Instinkt der Mann besitzt!

"Hunziker hat sich anerboten, das nächste Gespräch dieser Art zu führen. Das kann er morgen Vormittag erledigen." Damit ist für Emmer die Angelegenheit geklärt.

Kurz darauf wird Bertschi ins Chef-Büro beordert. Kost und Keller sitzen wie zwei verlorene Knaben am riesigen Tisch, an dem stets die Beschlüsse gefasst werden. Keller zappelt mit dem rechten Fuß, und Bertschi weiß nicht, ob der Mann nervös ist, oder ob ihn der Harndrang plagt.

Die Sitzung dauert keine fünf Minuten.

Keller informiert Bertschi mit knappen Worten: "Nach eingehenden Studien Ihrer Papiere kommen wir zum Schluss, dass Herr Milenkovic gegen Auflagen freizulassen ist." Keller händigt Bertschi ein Papier mit den Bedingungen aus, die Milenkovic zu erfüllen hat.

"Haben Sie dem etwas hinzu zufügen?"

Bertschi schüttelt den Kopf.

❧

"Mama, mag Beta die Tiere gern?"

"Ich glaube schon. Vielleicht hat sie sogar einen Hund oder eine Katze. Wir werden sie fragen, okay?"

"Weißt du, ob sie Schafe hat?"

"Hat sie sicher nicht." Max ist erleichtert.

Als es dreimal klingelt, sprinten Mutter und Sohn die Treppe hinunter. Hunziker bemerkt, dass die linke Hosentasche von Max ausgebeult ist.

"Was hast du denn da drin?"

"Eine Überraschung. Aber nicht für dich."

"Max, wir gehen jetzt ins Inselspital und besuchen Beta. Die ist umgefallen und hat sich verletzt. Ihr Beckenknochen ist gebrochen, und deshalb muss sie ganz still im Bett liegen."

"Darf sie reden?"

"Das darf sie schon. Aber vielleicht ist sie müde und mag nichts sagen."

"Wenn sie müde ist, muss sie die Augen schließen. Dann wissen wir, dass sie schlafen will."

Ein Helikopter nähert sich dem Spital. "Da wird ein Verletzter eingeliefert", erklärt Hunziker seinem Sohn.

"Papa, ich will zuschauen. Wo hat der Helikopter seinen Parkplatz?"

"Der Landeplatz ist abgesperrt, da darf niemand hingehen."

Max macht ein langes Gesicht. "Aber du hast doch eine Pistole."

"Ja, aber nur für Verbrecher, nicht für Verletzte oder den Arzt. Wenn du magst, kannst du von einem Fenster aus zuschauen. Nimm die Mama mit, die interessiert das auch. Ich muss noch etwas erledigen. Ich bin gleich zurück."

Gestern hat Moni ihn daran erinnert, er solle an ein kleines Mitbringsel für seine Kollegin denken.

Ihr Gefühl sagt ihr, dass ihr Mann vergessen hat, etwas zu kaufen.

"Da bin ich aber gespannt, was du jetzt auftreibst", sagt sie. "Komm Max. Ich kenne einen Platz, von dem aus wir den Heli gut sehen."

"In 15 Minuten hier?", fragt Hunziker. Moni nickt.

Als sich Hunzikers wieder treffen, erklärt Max seinem Vater, dass der Helikopter senkrecht startet und senkrecht landet. "Weißt du, dass der Heli noch anders heißt?"

"Hm, mit welchem Buchstaben fängt das Wort an? - Mit H. - Also Heli oder Helikopter. - Nein, ein neuer Name. - Sag mir den zweiten Buchstaben. - Hu. -

Moni beginnt zu lachen. "Weißt du das wirklich nicht?" Hunziker schüttelt den Kopf.

"Ich helfe dir, Papa. In dem Wort versteckt sich ein anderes, das du kennst. Du hast es in deinem Werkzeugkasten. - Das Wort? - Nein, das Ding, das den Namen hat. - Also gut: Hammer? Nagel? Schraube? - Stopp! - Meinst du, dem Helikopter kann man auch Schraubenzieher sagen?"

Max kichert. - Ich helfe dir noch einmal. Das Wort fängt mit Hub an. - Ich hab's. Ich sag es dir ins Ohr. - Hunziker flüstert Max etwas ins Ohr. - Nein, das ist falsch. Das gibt es auf der ganzen Welt nicht, einen Hubschraubenzieher. Der Helikopter heißt auch Hubschrauber. Das ist so wie dein Name Urs Hunziker. Der Pilot hat gesagt, alle dürfen nächste Woche in den Heli einsteigen und anschauen, wie er innen aussieht. Gehen wir da hin?"

Hunziker klopft sanft an die Tür, bevor er sie öffnet. Beta liegt im Bett. Der Laptop auch. Sie hört Musik.

Berner Rock, stellt Hunziker fest. Der Name der Band will ihm nicht einfallen. Die hat ihm vor 20 Jahren auch gefallen. Beta erlöst ihn: "Patent Ochsner."

Max stellt sich ans Bett und erkundigt sich, ob Beta Tiere gern hat. "Und wie", versichert sie.

"Kannst du deine Hand öffnen und die Augen schließen?"

Beta befolgt die Anweisung. Max zieht etwas aus der Hosentasche und legt es in Betas Hand.

"Jetzt kannst du schauen."

"Oh, wie schön. Ist das dein Lieblingstier?" Max nickt. "Ich schenk es dir, damit du schneller gesund wirst."

Monis Augen beginnen feucht zu glänzen, und Hunziker drückt ihr verschämt die Hand.

"Danke, das ist toll von dir. Wenn es mir wieder gut geht, bring ich dir das Schaf zurück. Okay?"

Max ist einverstanden: "Da werden sich die anderen Schafe freuen."

"Ich habe auch etwas für dich. Hast du einen Kuli?", erkundigt sich Hunziker.

"Willst du mich mit einem Tagebuch überraschen?"

Hunziker legt ihr ein dickes Heft auf die Decke. Lauter Kreuzworträtsel.

"Ein hundertprozentiger Treffer! Das macht Spaß, und es bleibt keine Zeit, um mit dem Schicksal zu hadern."

Man plaudert eine Weile miteinander, und Beta rühmt das erstaunlich leckere Essen.

Nachdem Moni mit Max das Zimmer verlassen hat, hält Beta nichts mehr zurück. Endlich kann sie Hunziker mit Fragen löchern.

"Warst du bei Petrovic, um ihn über die Vergewaltigung seiner Tochter zu informieren?"

"Nein, wir treffen uns übermorgen. Aber ich wäre heilfroh, wenn ich das Gespräch schon hinter mir hätte. Ehrlich gestanden hab ich Angst, dass ich dem Auftrag nicht gewachsen bin. Vor meinem inneren Auge tauchen die schrecklichsten Bilder auf. Ich stelle mir vor, wie er ausrastet. dass er das Beil aus dem Keller holt und Milenkovic totschlägt. Oder dass er in seiner Verzweiflung die ganze Familie Milenkovic auslöscht. Und ich, ich kann dem Morden nicht Einhalt bieten."

Beta zieht die Stirn kraus. Hunziker wird Petrovic trösten müssen, und dazu müssen ihm die richtigen Worte einfallen, denn die Überbringung dieser Nachricht verlangt Einfühlungsvermögen.

Beta kommentiert seine Ängste nicht, um ihn nicht noch mehr zu verunsichern. Sie versucht, ihn aufzumuntern, damit er seine Aufgabe erfüllen kann. Schließlich sagt sie: "Du wirst es schaffen."

"Da bin ich mir nicht so sicher. Ich weiß nur, dass Emmer verzweifelten Menschen echtes Verständnis entgegenbringt. Sie spüren seine Wärme, und erfahren ihn als Stütze in der Not. Er ist ein begnadeter Tröster. Ich dagegen verliere mich. Ich versinke in der Trauer meines Gegenübers und weine mit ihm, als wär ich selbst betroffen. Aber das hilft niemandem, weil ich dann mit mir selbst zu tun habe. Wenn ich mich nur besser abgrenzen könnte!"

☙

Bertschi starrt aus dem Fenster. Es wird schwierig werden, dieses Gespräch mit Hänny, und es wird sich vor allem um die Petrovic drehen.

Es klopft an die Tür. Hänny betritt das Büro. Sein Gesicht ist blass, er bewegt sich langsam und ohne Energie. "Sie haben es nicht leicht in Ihrem Job", sagt Bertschi.

"Ich bin müde. Es ist zum Verrücktwerden, aber in Bethlehem erinnert mich alles an die Petrovic. Für mich war sie die große Liebe. Ich werde nie mehr einer Frau begegnen, die in mir so starke Gefühle weckt. Ich muss weg von hier, sonst geh ich vor die Hunde. Sobald mit der Familie Milenkovic alles klar ist, verlasse ich die Schweiz. Ich werde mit einem Segelschiff den Atlantik überqueren, und kein bekanntes Gesicht wird mich stören. Auch nicht das meiner Mutter."

Bertschi ist irritiert. Letzthin hat Hänny anders über die Petrovic geredet. Da war er ziemlich frustriert, weil sie nichts mehr von ihm wissen wollte. Und jetzt singt er das Lied von der großen Liebe zwischen ihnen beiden?

"Wie geht es der Familie Milenkovic?", gibt Bertschi der Unterredung eine andere Richtung.

"Nach außen hin scheint alles in Ordnung zu sein. Milenkovic spielt den besorgten Vater, der seine Söhne kontrolliert. Dario geht zur Schule, er erledigt sogar seine Hausaufgaben. Josip jobbt als Fahrradkurier, und bleibt abends daheim. Vater Milenkovic geht keiner geregelten Arbeit nach. Immerhin entlastet er seine Frau, indem er sich um den Einkauf kümmert."

"Das heißt, Frau Milenkovic verlässt nie das Haus, sie trifft nie andere Menschen, sie geht nicht spazieren. Sie lebt wie in einem Gefängnis."

"Das war schon immer so. Trotzdem wird sie nun mit einer neuen Situation konfrontiert. Vorher traf sich die Familie nur zum Essen. Jetzt aber ist Milenkovic oft daheim, und die beiden Jungs auch. Die Mutter hat keine Ruhe mehr. Ich bezweifle, dass sie dieser Situation gewachsen ist. Gibt es bereits einen Gerichtstermin für Josip und Dario?"

"Nein. Aber die Fürsorge hat sich eingeschaltet. Man

hat Milenkovic verdeutlicht, dass Dario in eine Einrichtung für gefährdete Jugendliche abgeschoben wird, falls er sich etwas zu Schulden kommen lässt. Auch bei Josip hat man Klartext geredet. Sollte er mit dem Gesetz auch nur einmal in Konflikt kommen, so drohe ihm die Jugendhaftanstalt. Milenkovic selbst befindet sich, mit gewissen Auflagen, auf freiem Fuß. Die Anklage auf Mord wurde aus Mangel an Beweisen fallengelassen. Die Fluchtgefahr wird als relativ klein eingeschätzt, da er seine Familie nicht allein zurücklassen würde. Wegen seiner betrügerischen Aktivitäten und seiner illegalen Geschäfte hat der zuständige Staatsanwalt bereits Anklage bei Gericht erhoben."

"Bei uns in Bethlehem munkelt man, dass sein Anwalt gute Beziehungen zur Anklagebehörde unterhält."

"Hängt dieses Gerücht mit seinen Aktivitäten auf der KrimMall zusammen?"

Hänny zuckt die Schulter: "Kann sein. Und was passiert mit Hakala?"

"Bei ihm hat der Staatanwalt entschieden, dass er in U-Haft bleibt, bis der Prozess beginnt."

"Gut so. Er ist schuld am Tod der Petrovic. Ohne die K.o.-Tropfen wäre sie nicht gestorben. Hakala war spitz auf die 2000 Franken von Josip." Verbittert fügt er hinzu: "Er nahm in Kauf, dass seine Ex die Tropfen nicht überleben würde."

"Die Tropfen waren nicht tödlich. Frau Petrovic wurde erhängt."

Eine Pause entsteht. Alles scheint gesagt zu sein. Und doch hat man das Wichtigste noch nicht angeschnitten. Bertschi beobachtet Hänny aus den Augenwinkeln. Der streicht ohne Unterlass über den rechten Oberschenkel.

"Das Kind ist von Milenkovic", bricht es aus ihm heraus.

Bertschi nickt.

"Warum hat sie nicht an die Kraft unsrer Liebe geglaubt. Ich hätte dieses Kind angenommen, und wäre ihm ein guter Vater gewesen. Wir wären weggezogen, um diesem Barbar nie mehr zu begegnen. Sie hätte weiterhin als Journalistin gearbeitet, und ich als Streetworker. Sie war eine starke Frau, aber im entscheidenden Moment verlor sie die Gewissheit, dass sich alles zum Guten wenden würde. Es fehlte ihr an Urvertrauen." Hännys Stimme schwankt: "Urvertrauen hat man, oder man hat es nicht."

ଓ

Hunziker lässt die Zeitung sinken. Den Artikel über Glyphosat hat er schon zweimal gelesen, aber er hat keine Ahnung, worum es geht. Der Inhalt will sich ihm nicht erschließen, weil er sich nicht konzentrieren kann. Er hat noch Zeit, er muss erst in 20 Minuten aufbrechen. Den Kaffee streicht er, der steigert bloß seine Nervosität. Besser, er schenkt sich ein Glas Multivitamin-Saft ein. Wenn Max zu Hause wäre, würde er jetzt mit ihm herumtollen, und die Gedanken, die sich in seinem Kopf verankert haben, würden ihn nicht belästigen. Plötzlich sehnt er sich nach seiner Frau. Mit ihr kann er über alles reden. Auch über das Sterben und den Tod. Sie verliert bei diesem Thema nicht die Fassung, weil sie den Tod als wesentliches Element des Lebens begreift. Damit nimmt sie dem Tod etwas von seinem Schrecken. Sie gibt offen zu, dass sie Angst vorm Sterben hat, aber – so hat sie ihm einmal gestanden - sie hat nur deshalb Angst, weil sie nicht weiß, was sie nach dem letzten Atemzug erwartet.

In diesem Moment stellt Hunziker wieder einmal fest, wie stark seine Frau ist. Sie betrachtet die Welt durch die Brille des Möglichen und verliert nicht den

Boden unter den Füßen. Ohne ihren Pragmatismus würde er in der nicht überschaubaren Menge von Möglichkeiten untergehen. Ausfransen würde er. Hunziker geht in der Wohnung auf und ab. Das Leben mit Moni ist für ihn eine nicht enden wollende Bereicherung. Wenn sie jetzt da wäre, würde er ihr eine Liebeserklärung machen.

Es ist Mittag vorbei. Hunziker bricht auf, er ist unruhig.

Als Petrovic die Tür öffnet, erschrickt er. Der Mann ist hager. Hat er die Nahrungsaufnahme eingestellt? Seine Augen sind leer. Er steht ohne ein Wort in der Türöffnung.

Ob er eintreten dürfe, fragt Hunziker. Petrovic tritt einen Schritt zurück, schließt dann die Tür und geht wortlos voraus ins Wohnzimmer. Er setzt sich nicht in den Fauteuil, und bietet Hunziker keinen Platz an.

Hunziker versucht, ein Gespräch in Gang zu bringen. Da Petrovic einsilbig antwortet, fallen ihm bald keine Fragen mehr ein.

Schließlich macht Petrovic der Qual ein Ende. "Genug. Von wem ist das Kind?"

"Es tut mir leid, dass Sie sich eine Weile gedulden mussten, bis die Untersuchungen in der Pathologie abgeschlossen waren, und natürlich wollen Sie den Namen wissen. Es ist eine grausame Geschichte, und sie will mir schier nicht über die Lippen. Ihre Tochter wurde von Milenkovic vergewaltigt. Das Kind stammt von ihm."

Petrovic erstarrt. Nach einer Weile beginnt er zu nicken. Er nickt und hört nicht mehr auf.

Warum hört er nicht auf zu nicken, denkt Hunziker. Warum schreit er nicht? Oder weint? Oder zerdeppert das Geschirr?

Dann fällt ihm eine Frage ein: "Haben Sie sich das schon gedacht?"

Petrovic stellt das Nicken ein. Schließlich sagt er: "Ja. Das passt zu Milenkovic. Er war ein Gewaltverbrecher in Kroatien, und er ist einer hier in der Schweiz. Zweimal hat er meine Frau vergewaltigt, und als wär es nicht genug damit, hat er sich auch noch an meiner Tochter vergangen. Das hiesige Gericht hat dieses Schwein freigesprochen, und ich weiß jetzt schon, dass er wieder freikommen wird."

"Wir können nicht beweisen, dass Milenkovic der Mörder Ihrer Tochter ist. Aber wir wissen, dass er seinem älteren Sohn Josip befohlen hat, Ihre bewusstlose Tochter mit dem Auto in den Wald zu fahren. Dort hat Josip auf Geheiß des Vaters seinem Bruder Dario und dem Finnen Hakala

den Auftrag erteilt, Ihre Tochter aufzuhängen. Zu diesem Zeitpunkt hat sie noch gelebt. Sie ist nicht an den K.o.-Tropfen gestorben."

Petrovic beginnt zu schreien wie ein waidwundes Tier. Er hämmert sich auf die Brust. Als er den Kopf gegen den Holzschrank knallt, streicht ihm Hunziker besänftigend über den Rücken, immer wieder, unermüdlich. Dazu sagt er ein ums andere Mal, dass Milenkovic bestraft werde.

Nachdem sich Petrovic ein wenig beruhigt hat, schlägt Hunziker vor, sie beide könnten gemeinsam ein wenig Luft schnappen. Petrovic lässt sich darauf ein, aber nach einer Viertelstunde will er zurück. Er sei müde, er wolle sich ein wenig ausruhen.

Das sei eine gute Idee, sagt Hunziker. Er komme nach der Arbeit noch einmal vorbei.

Als es vom Münster her sieben schlägt, schließt Hunziker das Fenster und macht sich auf den Weg zu

Petrovic. Er drückt auf die Klingel und erwartet, dass Petrovic die Tür öffnet. Doch es rührt sich nichts. Vielleicht schläft der Mann. Dann sollte er ihn nicht stören. Eigentlich könnte er heimfahren. Er schämt sich über seine Gedanken, und läutet noch einmal. Die Haustür geht auf, aber es ist nicht Petrovic, sondern eine ältere Frau. Sie erkundigt sich, ob Hunziker jemand suche.

Er wolle Petrovic besuchen.

"Der ist nicht da. Er ist am Nachmittag weggegangen. Ich weiß das, weil wir auf der gleichen Etage wohnen."

"Hat er gesagt, wohin er geht?"

"Der redet nicht mehr, seit das mit seiner Tochter passiert ist. Aber wenn er spazieren geht, dann immer entlang der Aare."

Hunziker gibt der Frau seine Visitenkarte und bittet sie, anzurufen, sobald Petrovic auftauche.

Er setzt sich ins Auto und ruft Bertschi an, um mit ihm die Lage zu erörtern. Ob man Petrovic in Ruhe lassen oder ihm eine Beruhigungsspritze setzen solle.

"Vielleicht streunt Petrovic gar nicht durch den Wald. Was, wenn er gerade die Milenkovic-Sippe mit einer Machete auslöscht?"

Die beiden Kripobeamten verstummen. "Ich komme zurück ins Büro", sagt Hunziker.

"Und ich schicke eine Streife zum Wohnblock, in dem die Familie Milenkovic lebt."

Der Abend verläuft ruhig, aber Petrovic bleibt verschwunden. Die beiden Kripobeamten fahren nach Hause.

Die Nacht vergeht ohne Drama.

Am Morgen ruft Hunziker die Nachbarin von Petrovic an. Die ist absolut sicher, dass er nicht heimgekommen ist.

Der Spurendienst wird eingeschaltet, um die

Wohnung von Petrovic zu überprüfen. In der Wohnung befindet sich niemand. Das Handy liegt auf dem Küchentisch, es muss aufgeladen werden. Später erhält Hunziker eine Mail vom Spurendienst. Man habe auf dem Handy so etwas wie einen Abschiedsbrief entdeckt, aber nicht geschrieben, sondern gesprochen. Sofort greift Hunziker zum Hörer. Der vom Spurendienst hält das Handy von Petrovic vor den Lautsprecher:

"Milenkovic ist ein Aas. Er hat meine geliebte Frau auf dem Gewissen, und er hat meine wunderbare Tochter umgebracht. Warum hat sich dieser herzlose, gemeine Mensch in mein Leben gedrängt? Ich bin ihm nie begegnet. Ich hab ihm nichts getan. Das Leben hätte so schön sein können ohne ihn. Er ist kein Mensch, sondern ein grausamer Unmensch. Einer, der die Todesstrafe verdient. Man müsste ihn erschießen. Nun sind meine Liebsten tot. Ohne sie bin ich allein. Nichts lohnt sich mehr für mich."

Emmer wirft Hunziker einen Blick zu. "Klingt gar nicht gut. Meiner Meinung nach ist Petrovic suizidgefährdet."

Hunziker entscheidet, Petrovic als vermisst zu melden. Er beschreibt Aussehen und Kleidung, und Emmer informiert die lokale Polizei. Auch in Radio und Fernsehen wird die Vermisstmeldung ausgestrahlt.

Zwei Tage später meldet sich der Direktor des Wasserkraftwerks in Niedergösgen bei der Kripo. Man habe im Rechen einen toten Mann entdeckt. Der diensttuende Polizist habe bestätigt, dass die Kleidung des Ertrunkenen der des Vermissten entspreche. Bei der Leiche handle es sich wohl um Petrovic.

☙

Es klopft. Auf das Herein öffnet sich die Tür einen Spalt, und Kost fragt höflich, ob er störe.

Beta zupft an ihren Locken und lächelt ihm zu. Daraufhin tritt er ans Bett und hält ihr mit beiden Händen sein Mitbringsel entgegen.

"Ich tippe auf leckeres Ciabatta Brot", sagt sie zum Spaß, worauf Kost laut lacht. In all den Jahren hat Beta ihren Chef selten laut lachen gehört. Auch ihm selbst scheint es fremd zu sein. Er beeilt sich, das Lachen einzusammeln. Sein trockene Art, begleitet von sparsamen Worten, gewinnt wieder die Oberhand.

Er habe sich mit Bertschi beraten und hier sei das Ergebnis.

Natürlich hat Beta längst erkannt, dass eine Weinflasche in der Tüte ist. Der Gewürztraminer, den Kost ihr überreicht, stammt aus dem Elsass. Oberes Preissegment, stellt sie bei sich fest. Sie nickt anerkennend und bedankt sich artig.

Ob er Zeit habe? Er möge sich doch einen Stuhl nehmen und sich neben sie ans Bett setzen. Kost zögert einen Moment, dann zieht er beherzt einen Stuhl heran. Er erkundigt sich nach Betas Befinden und ist erleichtert, als sie versichert, sie habe keine Schmerzen.

"Dank der Chemie. Ohne Schmerzmittel würde ich es nicht aushalten", erklärt sie.

"Wie lautet denn die Diagnose?"

"Auf dem Röntgenbild ist der Beckenbruch eindeutig zu erkennen. Das Gute an der schlechten Nachricht ist, dass es sich um einen stabilen Beckenbruch handelt, der mit konservativen Methoden behandelt werden kann. Noch darf ich mich nicht bewegen, ich muss mich strikt an die verordnete Bettruhe halten. In ein paar Tagen wird das Mobilitätsprogramm anlaufen. Dann werde ich unter Aufsicht eines Physiotherapeuten langsam die üblichen Bewegungsabläufe trainieren. Die dabei auftretenden Schmerzen wird man mit Medikamenten unterdrücken. Die meiste Zeit aber werde ich im Bett liegen, um die Bildung des Knochenkallus zu begünstigen. Und dann, nach vier Wochen, sollte das Schlimmste überstanden sein."

"Es tut mir leid, dass Sie so schwer verletzt wurden, gerade Sie, eine meiner Frauen."

Beta schenkt ihrem Chef einen heißen Blick. Er wird rot und versucht zu erklären, wie das mit den Frauen gemeint war.

"Ist doch gut, wenn Sie mich zum Lachen bringen. Das beschleunigt den Heilungsprozess."

Kost beeilt sich, das Thema zu wechseln. "Haben Sie schon gehört, dass sich Milenkovic wieder in U-Haft befindet?"

Beta schüttelt den Kopf.

"Das entschied Staatsanwalt Keller gestern, nachdem er einen Wink von der Steuerbehörde erhalten hat. Ich habe mich mit Keller besprochen, und wir haben den Mann sofort hinter Gitter gebracht. Eine Stunde später war er in U-Haft, und dort bleibt er bis zum Prozessbeginn. Keller, Bertschi und ich haben noch einmal die Akte geprüft, um sicher zu sein, dass alles seine Richtigkeit hat. Es gibt wirklich keinen Beweis, dass Milenkovic Hand angelegt hat, um Frau Petrovic zu töten. Am Schluss standen wir vor der Frage, wie es sein kann, dass jemand drei Menschen auslöscht, ohne sie ermordet zu haben. Nach dem geltenden Recht kann Milenkovic für den Tod der Familie Petrovic nicht verurteilt werden. Man kann ihm zwar die Vergewaltigung der Lela Petrovic nachweisen, aber es wird zu keiner Verurteilung kommen, da die geschädigte Person bereits verstorben ist."

"Es ist bitter, aber das Recht ist auf Seiten von Milenkovic, und bestätigt ihm bloß, dass das Recht flexibel ist, wenn man sich einen guten Anwalt leisten kann. Nie geht es um Gerechtigkeit. Wir wissen, dass das zu erwartende Urteil nicht gerecht sein wird. Man wird ein unmoralisches Urteil über einen unmoralischen Menschen fällen. Ich tröste mich damit, dass Milenkovic des Betrugs angeklagt wird, denn da blühen ihm ein paar Jährchen im Gefängnis."

Beta fallen vor Müdigkeit die Augen zu. Sie hört Kost aufstehen. Er trägt den Stuhl zurück, murmelt einen halblauten Gruß, und verlässt das Krankenzimmer.

Betas letzter Gedanke gilt Milenkovic. Selbst die grausamste Strafe lässt ihn zu wenig lang leiden.

Dann versinkt sie im Land der Träume.

ଓଃ

Es ist Montagnachmittag. Beta betritt zum ersten Mal seit dem Überfall das Kommissariat. Sie geht den Flur entlang und freut sich, dass sie im Haus ohne Krücken gehen kann. Draußen auf der Straße verwendet sie die pinkfarbenen Stöcke noch, weil sie sich mit ihnen sicherer fühlt.

Aus ihrem Büro dringt Musik. Wenn das nicht der gute alte Italiener ist!

Sie öffnet die Tür. Ihre vier Kollegen haben sich in der Sitzecke versammelt. Die Musik kommt von Bertschis Handy.

Spotify, wirft Beta mit Kennermiene in die Runde. Vom digitalen Musikdienst hat sie vor einer Woche zum ersten Mal gehört. Aber wie dieser Dienst funktioniert, entzieht sich ihrer Kenntnis. Technik ist nicht ihre Stärke. Die Männer wissen das. Sie grinsen. Beta ist irritiert, als Bertschi den Kopf schüttelt. Das sei Paolo Conte, erklärt er, und nicht Spotify.

Er solle aufhören, sie zu veräppeln, empört sich Beta und blickt ratlos in die Runde. Bertschi bietet ihr

Frieden an, indem er ihr versichert, sie hätten beide recht. Auf weitere Erklärungen verzichtet er.

Gegen sechs läutet das Telefon. Bertschi greift zum Hörer. "Eine ganze Seite? Da bin ich gespannt. Das würden Sie machen? Gut, in fünfzehn Minuten unten am Empfang. Danke. Vielen Dank."

Bertschi wendet sich an seine Kollegen. "Morgen erscheint die Reportage über die KrimMall im 'Bund'. Einer meiner Bekannten bringt eine Kopie des Artikels vorbei, damit wir Bescheid wissen, was auf uns zukommt. Denn morgen wird es hier zugehen wie in einem Bienenstock."

Bertschi begibt sich zum Empfang hinunter.

Venetz beginnt zu pfeifen und wartet auf den Einsatz von Hunziker. Der bietet Beta den Arm und fragt höflich, ob er sie in den blauen Salon begleiten dürfe.

Nun beginnen Emmer und Venetz mit der Umgestaltung des Büros. Betas ehemaliger Bürotisch wird in ein Buffet verwandelt. Trockenfleisch, Hauswürste und luftgetrockneter Speck sehen aus wie ein fantasievolles Kunstwerk.

"Lass dir ja nicht einfallen, etwas zu naschen, sonst kracht das Gebilde zusammen wie ein Kartenhaus", mahnt Venetz, während er aus der Karotte eine Palme schnitzt. Emmer steckt sie in einen Sockel aus Camembert. Venetz, total begeistert von seinem Werkzeug, stellt aus rohem Gemüse Bäume und Rosen, Brücken und Wege her, und Emmer baut daraus eine Landschaft, dekoriert mit schwarzen Oliven.

Wasser-, Bier- und Weingläser stehen auf dem Aktenschrank und im giftgrünen Plastikzuber liegen, mit Eiswürfeln bedeckt, die Getränke.

Als Bertschi auftaucht, nickt er zufrieden. "Gut. Fangen wir an!" Er ruft Burger vom Spurendienst an. Kurz darauf hört man im Gang ein Saxofon. Türen gehen auf, Mitarbeiter der Kriminalpolizei machen sich auf den Weg. Venetz holt den Chef ab, und Emmer ist heilfroh, dass sich Staatsanwalt Keller nicht in der Schweiz aufhält. Sonst nämlich hätte es ihn getroffen, Keller zu begleiten, und dann hätte er einmal mehr bemerkt, dass ihm fürs leichte Gespräch die Begabung fehlt.

Auch im blauen Salon hört man das Saxophon. Hunziker fordert Beta auf, ihm zu folgen. Das Büro des B&B-Teams füllt sich, und schließlich erscheint Burger in der Türöffnung. Hingebungsvoll bläst er in sein Instrument, und die Gäste klatschen und rufen ihm Bravo zu.

Dann kündigt Burger ein letztes Stück an. Es sei ein Duett, erklärt er, geht hinaus auf den Gang, und kehrt mit einem Hund zurück. Nicht gerade der Schönste, denkt Beta. Aber sympathisch. Der Vierbeiner setzt sich zu Füßen seines Meisters, und wartet auf den ersten Ton. Als der erklingt, beginnt der Hund ganz wundersam zu jaulen. Er ist auf seinen Herrn fixiert, und auch Burger hat nur Augen für seinen Hund. Es ist absolut still. Herr und Hund musizieren ergreifend schön.

"Die geniale Darbietung macht Durst", beendet Kost den emotional aufgeladenen Moment, füllt einen tiefen Teller mit Wasser und stellt ihn vor den Hund. Dann wendet er sich an Burger. "Für Sie das Gleiche?"

Hunziker hält bereits einen Gewürztraminer in der Hand. "Die Farbe gefällt mir besser", zeigt Burger auf die Flasche.

Beta hat das Weinetikett sofort erkannt. "Mir auch", bittet sie, und eröffnet mit diesen zwei Worten die improvisierte Bar, an der sich jeder bedienen kann.

Emmer steuert auf einen fünfrädrigen Stuhl zu, der mit einem stattlichen Samtkissen gepolstert ist, und peilt Beta an. Die ist erleichtert über die Aussicht, sich hinsetzen zu können. Bei zwei Krücken und einem Weinglas fehlt eindeutig eine Hand. Nachdem sie bequem sitzt, eröffnet Kost den Reigen: "Sie alle haben sich hier eingefunden, um Abschied zu nehmen. Es geht hier und heute darum, einen Menschen ziehen zu lassen. Das ist nicht leicht, vor allem dann nicht, wenn eine gute Kollegin geht. Wie aber wollen wir ein Fest feiern, wenn uns die Tränen in die Quere kommen."

Kost geht auf Beta zu, und erhebt sein Glas auf sie. "Gesundheit und Glück wünsch ich Ihnen. Das heißt, ein ausgeheiltes Becken, und einen liebevollen Mann."

Alle erheben ihre Gläser auf Beta, und viele bewundern die skurrilen Worte dieses sonst so kargen Menschen, der nie Gefühle zeigt.

Bertschi, der Anti-Weintrinker, zieht mit seinem ewig halbvollen Weinglas von Gruppe zu Gruppe, redet hier und spottet da, und wartet auf den richtigen Moment. Der ergibt sich, als eine attraktive Frau den Raum betritt. Plötzlich senkt sich der Geräuschpegel, es wird hörbar leise.

Wer ist sie? Manche haben sie noch nie gesehen. Einige wissen, dass es sich um die Neue im Sekretariat handelt. So oder so erinnern sich nur wenige an ihren Namen.

Die Unbekannte lacht. "Ich heiße Tina Werner, und wurde zu dieser Feier eingeladen." Hunziker rettet die Situation, indem er auf sie zugeht und ein Gespräch mit ihr anknüpft.

Bertschi ist zufrieden. Da ist er, der Moment, auf den er gewartet hat. Jetzt kann er seine Neuigkeit loswerden.

"Wir treffen uns heute hier, um dich, Beta, hochleben zu lasen. Wir von der Mordkommission", Bertschi zeigt auf Hunziker, Emmer, Ventz und sich selbst, "haben in gutem Einvernehmen zusammengearbeitet. Für mich warst du nicht nur eine verlässliche, intelligente und fantasievolle Kollegin, sondern auch eine unschätzbare Freundin, und eine begnadete Köchin. Ich danke dir für unsere gemeinsamen Jahre."

Nach einer Pause fährt er fort: "Heute, zu deinem Abschied, soll sich die Welt nur um dich drehen. Aber es gibt noch eine umwerfende Neuigkeit: Milenkovic befindet sich in U-Haft. Dies verdanken wir Staatsanwalt Escher, der zurzeit Dr. Keller vertritt. Die Anklage lautet auf Anstiftung zum Mord an Lela Petrovic. Erschwerend kommt hinzu, dass Milenkovic drei junge Menschen benutzt hat, um die Tat auszuführen. Zwei sind seine Söhne, einer von ihnen war zur Tatzeit minderjährig."

Bertschi wirft Kost einen Blick zu. "Sicher habt ihr schon gehört, dass morgen die Reportage über die KrimMall erscheint. Der Text stammt von einem Reporter, dessen Namen nur dem 'Bund' bekannt ist. Endlich beschreibt ein mutiger Journalist das gesetzlose Treiben dort oben im Wald. Alle Anschuldigungen können mithilfe von Zeugen oder Fotos belegt werden."

"Zeiter", ruft Beta dazwischen.

"Ja, die Fotos stammen von Zeiter. Er hat wieder einen Reporter gefunden, mit dem er zusammen arbeiten kann. Gut, dass es keine Frau ist! Ab 22 Uhr liegt der Artikel im Konferenzraum auf, natürlich mit genügend Kopien."

Bertschi zieht an seinem rechten Zeigefinger, und erkennt Betas entsetzten Blick. "Du wirst meine Marotten noch vermissen", grinst er, und wendet sich dann an alle Kollegen: "Wie wär's mit feiern? Lasst es euch gut gehen, und vergesst nicht, dass dies eine Party ist."

Ein paar Hungrige schielen sehnsüchtig auf den Tisch mit den leckeren Happen. Hunziker ernennt Emmer zum Chef de Buffet, worauf der eine weiße Serviette über den Arm schlingt und die Fleisch-Skulpturen vorsichtig abbaut. Schönheit muss ja nicht in Verwüstung enden, murmelt er vor sich hin.

Inzwischen kümmert sich Venetz um die Musik. In einer Ecke, abgeschirmt von einem Kleinmöbel, steht sein alter Plattenspieler. Er legt Miles Davis auf, den er so dezent Trompete spielen lässt, als trete er im Hotel Schweizer Hof auf.

Bertschi hält sich in der Nähe von Kost auf, und beobachtet sein Trinkverhalten. Sein Chef schüttet das Bier in sich hinein, als gehe es um Wettsaufen. Als sein Glas fast leer ist, besorgt Bertschi ihm ein neu gefülltes. Erfreut über die Aufmerksamkeit, beginnt Kost zu plaudern. Er merkt nicht, dass Bertschi ihm ein alkoholfreies Bier angedreht hat.

Beta hält Hof. Und sie hat schon einen in der Krone. Die Kollegen haben sich rund um den Rollstuhl versammelt, und es geht ziemlich laut her.

- Ob sie denn Alkohol vertrage?

- Eigentlich habe sie vergebens Psychologie studiert.

- Psychologie könne man immer brauchen, vor allem für den Partner.

- Sicher nicht, das zerstört jede Beziehung.

Für Venetz wird es Zeit, andere Musik aufzulegen. Mit italienischen Popsongs hat er stets gute Erfahrung gemacht. Manche summen mit, manche erinnern sich an die eine oder andere Textzeile, und man tauscht Erinnerungen über Italien aus.

Bertschi versorgt seinen Chef mit Bier, diesmal bringt er ihm eines mit 5,5 % Alkohol. Dann kramt er in seiner Schublade nach der Schallplatte, die er extra für dieses

Fest von zuhause mitgebracht hat. Er bittet Venetz, den ersten Song auf Seite A zu spielen.

Das Bandoneon lässt die Gäste aufhorchen. Man versucht herauszufinden, welcher Song sich da ankündigt. Dann das Klavier. Mit kraftvollem Anschlag beginnt das Lied 'Vuelvo al sur". Bertschi singt leise mit und bewegt sich auf Beta zu. Sie summt zuerst, dann fällt sie in seinen Gesang ein. Die beiden Stimmen bringen die Gäste zum Schweigen. Und Venetz, mit seinem Gefühl für Musik, fährt die Lautstärke zurück, so dass Piazzolla das B&B-Team nur noch sanft begleitet. Die meisten Zuhörer verstehen nur Bruchstücke vom spanischen Text, aber sie spüren instinktiv die Sehnsucht nach dem Süden, die Sehnsucht nach Heimat und nach der Liebe, die immer auch Heimat bedeutet.

Beta streckt Bertschi die Hand entgegen. "Weißt du, was mir am meisten fehlen wird? Deine Freude an der Musik und deine göttliche Stimme."

Bertschi verneigt sich wie ein tibetischer Mönch.

Ein argentinischer Tango ertönt. Das Bandoneon, dieses mitreißende Instrument, verführt Bertschi zu einer übermütigen Handlung. Formvollendet fordert er Beta zum Tanz auf.

Für diesen Sport sei sie leider noch nicht fit genug, wehrt sie ab.

Als habe er den Einwand nicht gehört, legt er ihre Krücken beiseite, und tanzt mit ihr, die im Rollstuhl sitzt, hinaus in den Gang. Beta lacht in sich hinein.

Sie muss niemandem gestehen, dass sie nicht Tango tanzen kann.

Zeitfracht Medien GmbH
Ferdinand-Jühlke-Straße 7
99095 Erfurt, Deutschland
produktsicherheit@kolibri360.de